COLLECTION FOLIO

Lao She

La cage entrebâillée

Traduit du chinois par
Paul Bady et Li Tche-houa
Avant-propos
de Paul Bady

Gallimard

La version française de cet ouvrage a été relue par Jacqueline Alézaïs.

Titre original :
LIHUN

Né en 1899 dans une famille mandchoue de la capitale, Lao She a été, dès son enfance, plongé dans une société en pleine évolution. Après avoir enseigné pendant une vingtaine d'années, notamment en Angleterre, l'écrivain, à la suite du succès remporté par son fameux *Pousse-pousse*, a pu se consacrer entièrement à son œuvre. Sous le régime communiste, il a été amené à composer plusieurs pièces de théâtre, en particulier *La maison de thé.* « Suicidé » au début de la Révolution culturelle, il n'a pu achever le grand roman autobiographique qu'il avait entrepris, *L'enfant du Nouvel An*, mais cette œuvre posthume montre qu'il n'avait rien perdu de son talent de romancier.

AVANT-PROPOS

Les habitants de Pékin ont toujours aimé les cages à oiseau. Encore aujourd'hui, il suffit de se lever un peu tôt et de parcourir les rues et les parcs de la capitale pour en voir des centaines. Délicatement ouvragées et souvent recouvertes de toile bleue, on les trouve généralement suspendues aux arbres ou au guidon des bicyclettes. Image de l'insouciance et des goûts raffinés dont la population a, en partie, hérité des Mandchous, la cage symbolise également le peu de liberté qui est laissé à l'homme.

Lorsque, au début de l'été 1933, Lao She se met à écrire son nouveau roman, il y a tout juste deux ans que la promulgation du Code Civil a reconnu pour tous, y compris les femmes, le droit de divorcer. Ayant toujours songé à mettre en scène un personnage d'entremetteur pékinois, le romancier se saisit aussitôt d'un sujet qui fait fureur et lui donne l'occasion de se moquer, avec beaucoup d'humour, de lui-même autant que de ses contemporains. Le divorce : *c'est sous ce titre*[1] *qu'a paru, dès la même année, un livre qui, avant* Le pousse-pousse, *apporta la consécration de la critique à son auteur et sera très souvent réédité.*

1. *Lihun*, Liangyou tushu gongsi, Shanghai, 1933.

À l'exception de l'entremetteur, que les autres appellent, avec une déférente sympathie, le « Grand frère Zhang », et d'une crapule sans vergogne, nommée Xiao Zhao, tous les personnages du roman se sentent prisonniers de la même cage. Victimes du système traditionnel des mariages arrangés, ils aimeraient bien profiter de la nouvelle législation pour voler chacun de leurs propres ailes. Parmi les hommes, certains ne se gênent guère pour acheter une concubine ou prendre une maîtresse. D'autres, tel Lao Li, qui s'est résolu à faire venir sa famille de la campagne, ont plus de scrupules. Cependant, ils n'échappent pas à la tentation de la passion ou au rêve d'une aventure sentimentale : à peine installé avec les siens, le père du jeune Ying et de la petite Ling est ainsi persuadé qu'il trouvera « un peu de poésie » s'il délaisse sa femme au profit d'une jeune voisine. De leur côté, les épouses se liguent pour faire valoir leurs droits. Plusieurs envisagent sérieusement le divorce, tandis que les moins malheureuses tentent de garder leur mari.

La situation est d'autant plus tendue que tous ces messieurs travaillent ensemble dans un bureau de l'administration municipale où les intrigues et la corruption grossissent au moindre changement politique. Lorsqu'il s'y rend le matin, Lao Li a l'impression de se retrouver devant un « horrible monstre », fait pour « engloutir vivants les ronds-de-cuir ». Cette nouvelle bureaucratie républicaine est tout aussi détestable que l'ancienne et, de surcroît, la vieille cité impériale a perdu son statut de capitale. Même si la ville garde encore une partie de son charme, la société pékinoise donne le spectacle d'un dangereux pourrissement, dû notamment à toutes les compromissions qui entachent la vie publique et privée. Tout plutôt que perdre la face : tel est le principe unanimement admis. Comme pour définir plus précisément une notion difficilement traduisible, un même mot revient fréquemment sous la plume de l'auteur : il s'agit du fuyan, *cette façon, ou plutôt cet art, de sauver les apparences et d'esquiver les difficultés en recourant à toutes sortes d'expédients. Tant de lâcheté inspire à Lao She une de ses formules les plus dures pour sa ville natale : « À Pékin, en dehors du vent, il n'y a rien qui résiste. »*

Comme dans La cité des chats, *la satire est parfois virulente, en particulier contre l'action des communistes, plusieurs fois tournée en ridicule*[1]*. Mais, plutôt que l'ironie et le sarcasme, ce sont, dans l'ensemble du roman, le sourire et l'humour qui dominent. On le voit d'abord dans les scènes domestiques, lorsque le père de famille apprend à jouer avec ses enfants, ou bien quand les époux Zhang, après avoir éteint la lampe, discutent au lit. C'est vrai aussi lors de la rencontre de leur fille Xiuzhen avec Xiao Zhao : la collégienne est bien naïve, mais elle parvient tout de même à prendre ce libertin endurci dans les rets du sentiment.*

L'emprisonnement de son frère Tianzhen, un play-boy accusé de communisme alors qu'il n'aspirait qu'à « communiser » les biens paternels, vient, certes, compliquer la situation. Mais, comme pour un authentique roman policier, on ne révélera pas ici le secret du dénouement. Disons seulement qu'au terme de nombreuses péripéties, Zhang retrouvera un poste dans l'administration et pourra reprendre son rôle d'agent matrimonial. Quant au problème conjugal, il restera en suspens. Lorsque,

1. Dans les éditions postérieures à 1949, et encore dans celle de 1981, toutes les critiques ou allusions ont été soit gommées soit réduites de façon à les rendre aussi insignifiantes que possible.

finalement, Lao Li retourne vivre en province avec sa femme et ses enfants, l'entremetteur n'est pas certain que la décision de son ami soit irrévocable : « Comment pourrait-il oublier Pékin ? »

Cette ultime remarque éclaire rétrospectivement un des aspects les plus marquants du roman : la fascination que la vieille capitale déchue a toujours exercée sur ceux qui l'ont connue. Disséminées au fil des pages, les descriptions sont relativement peu nombreuses. Pékin n'en occupe pas moins le centre du récit. Parmi les diverses évocations de la ville, la dernière est particulièrement réussie : « Symbole de Pékin, le Pont de la Rivière impériale, bordé de lotus et déjà envahi par la circulation, réunissait l'art et la nature en une synthèse harmonieuse, qui n'avait ni l'air étriqué de certaines architectures, ni l'aspect sauvage de la campagne. Une peinture ancienne aux couleurs toutes fraîches : Pékin n'était jamais aussi beau qu'après la pluie. »

Pleine de bonne humeur, l'œuvre a été composée d'une seule traite, en quelques semaines. Lao She, qui, lui-même, s'était marié seulement deux ans plus tôt, dit avoir eu grand plaisir à écrire cette comédie de mœurs pékinoises. Apparemment heureux en ménage, il semble avoir échappé pour sa part au mal qu'il dénonce. Toutefois, il n'est pas interdit de voir, dans les figures opposées de Lao Li et de Zhang, les deux faces de son propre caractère. Partagé entre le rêve et la réalité, tour à tour conciliant et taciturne, rond et carré, le romancier ne cesse de faire son portrait, par sentiments et personnages interposés. Autant que la drôlerie de l'intrigue, ce regard intérieur constitue l'un des principaux attraits de La cage entrebâillée.

Paul Bady

CHAPITRE I

Zhang[1] n'avait pas volé son surnom de « Grand frère » (Dage). Non seulement tout le monde l'appelait ainsi, mais on aurait trouvé normal que son propre père le désignât de la même façon, tellement il remplissait bien son rôle.

Toute sa vie n'avait pour but que d'accomplir une mission sacrée : servir d'intermédiaire officiel pour les mariages et empêcher les divorces. À ses yeux, une jeune fille devait absolument trouver un parti convenable et un jeune homme, une femme à son goût. Mais des partenaires assortis ne se rencontrent pas comme ça. Pour les dénicher, Zhang réunissait à la fois les qualités d'une loupe et celles d'une balance. S'il s'apercevait que telle jeune fille avait le visage légèrement grêlé, il trouvait aussitôt dans l'immense marée humaine de la capitale un homme tant soit peu bègue ou myope. Dans la balance, les deux défauts de la petite vérole et de la myopie s'annulaient si bien l'un l'autre qu'il

1. Nous avons utilisé pour cet ouvrage la transcription officielle pinyin.

s'ensuivait toujours un heureux mariage. D'un côté, le myope ne remarquait pas le visage grêlé de sa promise, et, de l'autre, naturellement, la jeune fille ne pressait pas son futur mari de se faire faire des lunettes. On pouvait donc procéder sans plus tarder, et si nécessaire, à un échange de photos, et l'on mettait ainsi toutes les chances de succès de son côté en éliminant toutes les possibilités d'échec.

Bien entendu, la balance de Zhang était loin d'être aussi rudimentaire. Un par un, il pesait tous les éléments qui pouvaient entrer en ligne de compte : l'âge, l'apparence physique, la famille, le caractère et l'horoscope [1]. Une affaire qui concernait toute la vie ne pouvait être conclue à la légère ! C'est pourquoi, lorsque tel ou tel de ses amis ou de ses proches se mariait sans avoir eu recours à ses services, il envoyait seulement sa femme pour féliciter les époux et refusait catégoriquement de prendre part à la noce, sous le prétexte qu'un tel spectacle l'affligerait. Ce n'était pas de la jalousie de sa part mais il trouvait sincèrement que ce genre d'unions, même si elles n'étaient pas malheureuses, ne pouvaient pas non plus être pleinement réussies.

La balance de Zhang ne tolérait pas la moindre erreur de pesée. Pour lui, le divorce n'avait pas d'autre cause : les balances des marieurs manquaient de précision. Aucun des ménages qui s'étaient unis par son intermédiaire n'avait divorcé :

1. Les « huit caractères » cycliques qui représentent l'année, le mois, le jour et l'heure de la naissance de la personne concernée.

il n'en avait même jamais été question. Que de jeunes époux se disputent et se battent, c'était une autre affaire. Comme on dit, une nuit entre époux prolonge l'amour de cent jours, et puis, il n'y avait pas d'amour sans coups : un nez égratigné ou un œil poché étaient à plus de cent lieues du divorce, une distance vraiment considérable !

Quant au mariage par simple consentement, bien entendu, il faisait pendant au divorce, dans la mesure où il s'était toujours passé des services des entremetteurs. Lorsque des noces de ce genre avaient lieu, même la femme de Zhang s'abstenait d'y assister et notre marieur se contentait d'envoyer en guise de félicitations une paire de sentences parallèles, dont le texte, sans être le même que pour les rouleaux d'enterrement, n'était finalement pas très différent.

Zhang considérait le rôle qu'il jouait comme une sorte de création et voyait dans sa dénonciation du divorce une forme de critique artistique. Il ne l'aurait jamais dit, mais il le pensait. Comme les divorces étaient dus à l'imprécision de la balance de ses collègues, il s'agissait pour lui de réduire et de faire disparaître les différences entre époux en procédant à une nouvelle pesée sur sa propre balance, d'analyser très en détail la situation, et de trouver ensuite le moyen d'ajouter quelques poids pour rétablir l'équilibre. Ainsi, il parvenait à dissiper jusqu'au moindre nuage et à écarter toutes les difficultés qui divisaient encore le couple, et celui-ci restait uni, au grand désappointement des avocats, une corporation où Zhang, naturellement, ne comptait aucun ami. De même que seul le créateur peut faire de la critique artistique, de même il n'y avait qu'un marieur digne de ce nom qui pût anéantir le fléau du divorce. Le plus souvent, Zhang commençait par écarter le collègue qui avait mal fait son travail, puis il servait de médiateur pour les époux qui menaçaient de se rendre au tribunal. Une fois réconciliés, l'homme et la femme reniaient celui qui, le premier, les avait unis, et, le reste de leur existence, chantaient les louanges de Grand frère Zhang. Celui-ci, alors, abandonnait sa position de critique pour s'asseoir à nouveau sur le trône du créateur.

Les oncles et les grands frères sont tout désignés comme marieurs. Le nom de Zhang Dage était devenu synonyme d'« entremetteur ». Il suffisait de dire que « Zhang Dage était là » pour qu'aussitôt, dans n'importe quelle famille, les jeunes filles, le visage tout rouge, se réfugient dans un endroit à l'écart pour écouter battre plus fort leur cœur. En dehors des funérailles, il ne mettait jamais les pieds dans une maison privée de garçon et de fille. Lorsqu'il se rendait dans une famille et qu'il n'y retournait pas dans les dix jours qui suivaient, il y avait bien des chances qu'au moins un oreiller fût trempé de larmes. Son pouvoir était tel qu'il pouvait manipuler à sa guise le cœur des gens. Même dans une famille où il n'y avait qu'une vieille fille de quarante ou cinquante ans on le voyait venir avec plaisir : tout projet de mariage était exclu, mais chaque fois qu'il venait, il y en avait une dont l'existence déjà grise se nuançait de rose.

Zhang Dage était un homme érudit, qui, dès son enfance, s'était plongé dans les Classiques et les Annales et aurait même lu *L'amour dans le mariage*[1]. Il ne pouvait se passer de telles lectures, qui servaient à prouver la justesse de ses opinions. Ses yeux rappelaient le *yin* et le *yang*[2]. Le gauche avait une paupière si longue qu'elle recouvrait la moitié de la pupille. Heureusement, le droit n'avait pas la même particularité et fonctionnait normalement. Mais le gauche, véritable regard intérieur, était une sorte de tamis très fin qui passait au crible tout ce que lisait ou voyait l'autre œil. Ainsi, Zhang pouvait lire n'importe quoi : ses idées étaient toujours les meilleures et celles qui étaient différentes se trouvaient aussitôt éliminées.

Ce défaut à l'œil gauche était une bénédiction céleste. Zhang était assez fier de la supériorité que le Ciel lui avait ainsi donnée, mais, pour le reste, il était la modestie et la gentillesse faites homme. En passant ainsi tout au crible, il ne risquait pas de rien pousser à l'extrême, ce qui a toujours pour résultat de déséquilibrer la vie des individus et de les faire trébucher même sur un terrain plat. Or il n'y avait rien que Zhang détestât plus que de faire un faux pas. Tous les éléments de sa tenue, aussi bien sa pipe, sa canne ou ses gants, que son cha-

1. Titre d'un recueil de conseils à l'intention des jeunes mariés, publié dans les années vingt.

2. Les deux éléments fondamentaux sont censés symboliser ici l'un, la fermeture, l'autre, l'ouverture.

peau ou ses habits, étaient de ceux qu'un homme à la page pouvait avoir portés depuis plus de six mois, mais que les personnes plus vieux jeu n'adoptaient qu'après plusieurs mois supplémentaires de réflexion. À en juger par son apparence extérieure, Zhang avait quelque chose d'un pont en dos d'âne, à l'approche duquel les conducteurs et les piétons ralentissent, sans jamais s'arrêter complètement.

« On a toujours intérêt à suivre les conseils de Zhang Dage ! » Parmi les amis et les proches du marieur, bien peu étaient ceux qui auraient osé dire le contraire. Une des inventions de Zhang était d'introduire un palanquin dans l'automobile de la mariée. Qu'on se serve d'une voiture à moteur à la place de la chaise à porteurs traditionnelle était déjà un usage reconnu par tout le monde, mais, de ce fait, les jeunes filles risquaient de regretter toute leur vie de n'être pas montées dans un palanquin le jour de leurs noces. Par ailleurs, avec les automobiles, une fois arrivée, la mariée devait descendre de voiture dans la rue et il n'était pas convenable, et encore moins de bon augure, de l'exposer ainsi aux regards plus ou moins égrillards des badauds. Le meilleur moyen était donc de combiner les deux. Lorsque la voiture s'arrêtait devant la porte, en un tour de main, quatre hommes en retiraient tout un palanquin couvert ! Les badauds étaient refaits : en dehors de leur propre mariage, il leur était désormais impossible de jeter un regard indiscret sur la nouvelle mariée. C'était pour Zhang une façon de les éduquer, en les incitant à se marier eux-mêmes. Une fois, en plein été, il arriva qu'une jeune épousée tomba du palanquin, incommodée par la chaleur au point de s'évanouir. C'est la raison pour laquelle, depuis cette époque, même en automne, le plafond des automobiles a toujours été équipé de deux ventilateurs : encore une invention de Zhang ! L'expérience est bien la meilleure des conseillères.

Si tout le monde avait une épouse à son goût, le communisme n'existerait sûrement pas ; or, sans parti communiste, il ne serait plus question de partager les femmes. Zhang en était intimement convaincu. Il suffisait qu'un jeune révolutionnaire se marie pour qu'il devienne aussitôt plus timide qu'une souris : c'était là un fait, et sur cette question Zhang détenait plus d'une preuve. En conséquence, ce n'était pas un hasard si un homme encore célibataire avait le visage plein de petits boutons rouges et si un homme marié avait toujours les sourcils froncés : dans les deux cas, il convenait de trouver sans tarder une solution au problème matrimonial, sinon, on risquait de graves ennuis.

Ainsi, par exemple, la mine contrariée que manifestait Lao Li depuis plusieurs jours cachait certainement un drame. Zhang commença par lui conseiller d'avaler un cachet d'aspirine, puis il lui dit de prendre en plus une pilule d'un médicament chinois contre les inflammations. Mais ni l'un ni l'autre n'eut d'effet : Lao Li fronçait toujours autant les sourcils. Le diagnostic de Zhang fut désormais formel : le problème était d'ordre conjugal.

Lao Li était né à la campagne. Selon Zhang, en dehors des Pékinois, il n'y avait que des rustres. Tianjin, Hankou, Shanghai, même Paris et Londres faisaient pour lui partie de la campagne. La seule chaîne de montagnes qu'il connaissait était les Collines de l'Ouest et il se sentait un peu intrigué par les marchands de fruits qui venaient des Monts du Nord. Sa plus lointaine expédition hors de la vieille capitale avait été de franchir la Porte Yongding[1]. Il connaissait néanmoins l'existence des porcelaines de Jiujiang[2], ainsi que des soieries de Hangzhou et de Suzhou; il n'ignorait pas non plus que Qingdao se trouvait au Shandong et que les gens originaires de cette province, à Pékin, étaient tous charcutiers. Il n'avait jamais vu la mer et ne le souhaitait même pas. Pékin était le centre du monde. Lao Li, n'y étant pas né, ne pouvait être qu'un campagnard. L'entremetteur avait du reste une sympathie particulière pour les gens de la campagne : ils étaient parmi les plus nombreux à réclamer le divorce, en raison de l'incompétence de ses collègues ruraux, qui ne valaient pas mieux que les médecins de village. C'était en quelque sorte une infortune que d'être né à la campagne.

Les deux hommes travaillaient à la Direction des Finances de la ville. À vrai dire, Lao Li avait fait

1. Porte centrale, située à l'extrémité sud de la ville chinoise.
2. Ville du nord de la province du Jiangxi.

plus d'études et possédait plus de titres que son collègue. Mais lorsqu'on les voyait ensemble, c'était Zhang qui avait l'air du grand homme, et Li donnait l'impression d'être moins qu'un gratte-papier. Quand le premier se trouvait en conversation personnelle avec des ministres plénipotentiaires, il avait toujours des mots agréables, tandis que le second, en présence d'une simple serveuse de restaurant, ne savait comment se comporter. Lao Li faisait partie de ces malheureux enfants nés à la fin de la dynastie mandchoue[1] et privés de toute affection. Il avait un air minable, mais on aurait été bien en peine de dire pourquoi. Tant qu'il ne s'était pas coupé la natte, Zhang avait ressemblé à un seigneur de la guerre comblé par la fortune[2]; depuis, il se frictionnait les cheveux avec une lotion, et on l'aurait pris au moins pour un directeur de banque. En revanche, Lao Li avait beau porter un costume occidental à la dernière mode, son vêtement se tire-bouchonnait sans cesse et semblait, par endroits, tout gonflé de bourre de coton. Même quand il venait de se raser, son visage, au contact du rasoir, était gagné par une sorte de suintement jaunâtre, qui le rendait tout terne et rêche. Lorsqu'il présentait sa carte de visite où figurait son titre officiel : « Fonctionnaire au Deuxième Bureau de la Direction des Finan-

1. Mot à mot : « Dans les dernières années de l'ère Guangxu » (1875-1908). L'auteur songe probablement à sa propre enfance.

2. Le texte fait ici nommément allusion au fameux général Zhang Xun (1844-1923), célèbre pour sa loyauté à l'égard de la dynastie mandchoue. Des années après la chute de l'Empire, ses soldats portaient toujours la natte.

ces », son interlocuteur mettait un bon bout de temps à le croire. S'il expliquait alors qu'il avait étudié la gestion bancaire et l'économie, les gens l'observaient de plus près encore, comme si quelque chose dans son visage faisait tort à ces respectables sciences.

En fait, Lao Li n'était pas laid. Il avait poussé tout en longueur, mais il avait de beaux yeux et d'épais sourcils. Si sa bouche était un peu large, il avait en revanche de belles dents blanches et bien plantées. Pourtant, il y avait en lui quelque chose qui choquait la vue. Quel que fût son entourage, il mettait les gens mal à l'aise. Comme il en était conscient, il faisait toujours particulièrement attention, ce qui lui donnait un air encore plus agité. Ainsi, lorsqu'on lui offrait une tasse de thé, il fallait toujours qu'il se lève pour la prendre à deux mains : on aurait dit qu'il ne cherchait pas autre chose que de renverser la tasse sur celui qui la lui donnait et de se brûler lui-même les mains par la même occasion. Il tirait alors son mouchoir de sa poche pour essuyer le thé qu'il avait répandu et, du coup, il heurtait du poing le nez de son hôte. Là-dessus, il restait sans dire un mot jusqu'au moment où, n'y tenant plus, il prenait son chapeau et s'enfuyait tout droit on ne savait où.

Au bureau, il était extrêmement minutieux. Aussi lui confiait-on toutes les tâches pénibles et lui refusait-on tout le reste : les contacts avec les supérieurs, les missions au-dehors, les pots-de-vin et les promotions. En dehors des heures de travail, son plaisir était d'acheter et de lire des livres. Exceptionnellement, il se rendait tout seul au cinéma. Mais lorsqu'il avait devant lui, ou à côté de lui, un couple moderne qui profitait de l'obscurité pour s'embrasser, il se sentait si révulsé qu'il était capable de se lever et de s'en aller, non sans écraser les pieds des femmes sous ses grosses semelles renforcées de plaques de fer.

Quant à Zhang Dage, il avait le visage allongé, mais sans excès, et lorsqu'il souriait, ses traits se contractaient encore, révélant un empâtement assez fréquent chez les hommes approchant de la cinquantaine. Avec son nez plutôt saillant, ses yeux rappelant le *yin* et le *yang* et ses lobes d'oreille charnus, il ne pouvait aller nulle part sans se faire remarquer par son physique imposant. Il s'habillait aussi de façon élégante : une longue robe de laine bleu foncé, doublée de poil de chameau, avec, pardessus, un gilet de satin noir sans manches, fendu d'une petite poche arborant l'agrafe en or d'un stylo. Celui-ci, visiblement, n'avait jamais contenu d'encre, mais Zhang le sortait parfois, rien que pour essuyer l'extrémité de la plume avec son mouchoir de soie blanche. Il tenait toujours à la main une canne en laque de Weixian [1], baguée d'or, dont la pointe n'avait jamais touché le sol. Il fumait une pipe anglaise de marque Silver Star, dont il tapotait le haut du fourneau avec une boîte d'allumettes en cloisonné pour enfoncer le tabac. À l'annulaire de la main gauche il portait une bague en or, sur laquelle était gravé son nom en caractères sigillaires. Sous sa robe, il était vêtu d'une chemise occidentale, et non chinoise, car il aimait par-

1. District situé au centre de la province du Shandong.

dessus tout porter des boutons de manchette ornés de fausses pierres précieuses. Sa femme avait cousu quatre poches sur chacune de ses chemises, afin qu'il pût y mettre commodément et à l'abri des pickpockets son porte-monnaie, son nécessaire à cacheter — il l'avait toujours sur lui pour le cas où il aurait à apposer son sceau sur un acte de mariage —, ainsi que sa montre en or. Les jours de congé, il lui arrivait d'avoir à l'épaule un petit appareil photographique, mais jusqu'alors il n'avait jamais pris la moindre vue.

Zhang avait une curiosité universelle, mais il appréciait particulièrement les menus objets, surtout lorsqu'ils étaient de fabrication ingénieuse. Pour retenir par cœur les dates des soldes dans les principaux magasins de la ville, tels que le Zhongyuan Department Store, la Commercial Press, la boutique de broderies de Mme Wu ou encore chez Hendrick le fameux horloger, il n'avait pas son pareil. Cela étant, il se refusait à acheter des produits importés. Ce seul geste suffisait à satisfaire sa conscience patriotique et l'autorisait à participer de plein droit aux campagnes dénonçant les traîtres vendus à l'étranger.

Il possédait des connaissances aussi complètes que celles des encyclopédies de la vie quotidienne. Son expérience s'étendait à tous les milieux. Comme fonctionnaire de rang intermédiaire, il avait pratiquement occupé tous les postes que l'administration pouvait lui proposer. Dans chaque parti il connaissait personnellement au moins un ou deux responsables, sans adhérer aux principes ou à la doctrine d'aucune organisation politique.

En dépit des changements qui intervenaient dans les hautes sphères, il trouvait toujours à s'employer, et, chaque fois qu'il entrait dans un nouveau service, Zhang Dage était aussitôt célèbre tant il plaisait à ses collègues. Quand ceux-ci mentionnaient le nom de tel ou tel fonctionnaire, qu'il s'agît d'un chef de service ou de département, voire d'un simple rédacteur, il gardait son œil gauche bien fermé et, de l'autre, observait la fumée bleue qui s'élevait de sa pipe, tout en écoutant attentivement son interlocuteur. Lorsque celui-ci avait fini de parler, il entrouvrait l'œil gauche et disait à voix basse : « Ah lui, c'est moi qui ai arrangé son mariage ! » Il suffisait que la chose arrive une fois pour qu'aussitôt tout le monde sache qu'un immortel en chair et en os, une vraie réincarnation du Vieillard sous la lune [1], était arrivé dans le service. Zhang pouvait ainsi consacrer la moitié de son temps à accomplir son travail administratif, et l'autre à régler ses affaires matrimoniales. La plupart du temps, il n'avait rien à faire au bureau, mais aucun jour ne s'écoulait jamais sans qu'il fît des projets ou conclût des arrangements en vue d'un mariage. Lorsque ses occupations extérieures devenaient plus absorbantes, il ne se croyait même plus obligé de traiter en personne les quelques dossiers qui lui parvenaient.

« Gouverner par les mariages [2] » était la formule

1. Dieu traditionnel des entremetteurs.

2. *Yi hun zhi guo :* ce nouveau slogan est calqué sur de vieilles expressions, telles que « gouverner le pays par l'agriculture » ou « l'industrie », etc.

qu'il employait quand il se sentait débordé par la tâche. Bien qu'il reçût beaucoup plus de coups de téléphone que n'importe qui, les garçons de bureau chargés de le prévenir à chaque appel ne lui en voulaient pas. C'était en particulier le cas des jeunes, qui se disaient qu'en servant bien M. Zhang Dage ils trouveraient un moyen de se marier : leur future ne serait peut-être pas très jolie, mais grâce à la balance de Zhang, elle aurait au moins deux coffres et quatre caisses comme trousseau.

On comprendra mieux le dynamisme spécial qui animait depuis quelque temps l'entremetteur, lorsqu'on saura que son collègue Lao Li avait manifesté l'intention de... divorcer.

« Lao Li, viens donc dîner simplement ce soir à la maison. » Lorsqu'il invitait des gens, Zhang ne se préoccupait guère de savoir s'ils étaient libres ou non : il se contentait de leur donner un ordre, mais sur un ton si cordial qu'aucun ne pouvait se dérober, même lorsqu'il avait par ailleurs un engagement de la plus haute importance.

Lao Li accepta sans même prononcer un mot, ou plutôt c'est Zhang qui, avant qu'il ait eu le temps de le faire, décida à sa place. Il faut dire que Lao Li ne répondait jamais très vite aux questions qu'on lui posait. Lorsque quelqu'un l'interrogeait au sujet d'une affaire quelconque, il se sentait débordé comme un standardiste recevant à la fois plusieurs coups de téléphone : il était incapable de répondre sans avoir d'abord écarté toutes les associations d'idées qui l'assaillaient. Ainsi, quand vous lui demandiez à brûle-pourpoint le temps qu'il faisait le jour même, il pouvait très bien se remémorer le jour de son enfance où il avait oublié d'emporter son cartable en allant à l'école. C'est aussi la raison pour laquelle il était plus que quiconque attentif au moindre détail et n'oubliait pas facilement une affaire dont il s'était occupé.

« Viens de bonne heure, Lao Li. Le dîner sera tout à fait simple, juste une occasion de parler un peu tous les deux. Disons : à cinq heures et demie, ça te va ? » Pour éviter de donner toujours des ordres et faire semblant de consulter son collègue, Zhang avait transformé en question la dernière partie de sa phrase.

« Oui, ça me va ! dit Lao Li qui avait enfin capté le message. Surtout, ne multipliez pas les plats pour moi ! » En s'exprimant ainsi, il avait l'air d'être tout à fait opposé à l'invitation qui venait de lui être faite, bien que son intention fût plutôt d'être poli.

En fait, Lao Li n'avait qu'un désir : que quelqu'un l'invite pour discuter avec lui. Il prépara soigneusement toutes les paroles qu'il devrait prononcer, sachant d'avance toutes les questions que l'autre allait lui poser. S'il arrivait à saisir, ou, du moins, à percer les intentions cachées de son interlocuteur, il ferait mieux apparaître la subtilité de sa propre pensée.

À cinq heures et demie sonnantes, il frappa à la porte de son collègue. En réalité, Lao Li était arrivé avec dix minutes d'avance, et il avait fait plusieurs fois le tour du quartier. S'il avait réellement cru en la vertu de l'exactitude, il ne serait arrivé ni en retard ni en avance, mais ponctuellement à l'heure.

Zhang n'était pas encore de retour. Sa femme, qui était au courant de l'invitation, pria Lao Li d'entrer. Zhang n'était jamais à l'heure ; il aurait aimé être plus exact, mais cela lui était impossible. Dans la même journée, il lui arrivait d'avoir trois obligations à remplir, deux cérémonies de fiançailles, et, parfois, de devoir en plus accompagner Mme Wang ou la tante Li pour examiner le trousseau d'une future mariée. Comme il savait ce qu'il en était, Lao Li ne s'étonna pas du retard de son collègue. Mais il se demandait bien quel sujet aborder avec la femme de son hôte. Il ne s'attendait pas à se trouver dans une pareille situation.

En dehors du fait qu'il s'agissait d'une femme, et non d'un homme, Mme Zhang ressemblait presque point par point à son mari. Tout ce que lui savait, elle le savait aussi. L'entremetteur qu'il était avait trouvé en elle une adjointe parfaite. On pouvait même comparer son ton de voix à celui de son époux, ainsi que son physique, en dépit d'une légère différence de taille. Tantôt, on l'aurait volontiers prise pour la sœur aînée de Zhang, tantôt pour sa tante ; on ne la reconnaissait vraiment que lorsqu'elle ouvrait la bouche. Elle avait un timbre de voix plus élevé d'une octave que son mari. Il humectait encore ses lèvres quand elle les avait déjà toutes grandes ouvertes, et, lorsqu'il prononçait ses premiers mots, elle faisait depuis longtemps vibrer le papier garnissant les fenêtres. Heureusement, comme ses yeux n'avaient pas le même défaut que ceux de son époux, elle était plutôt jolie ; elle s'était fait couper une fois les cheveux, mais, dès le mois suivant, elle s'était remise à les laisser pousser, avec le sentiment que cette absence de chignon pouvait compromettre son équilibre psychologique.

« Asseyez-vous, je vous prie, Lao Lɪ ! dit Mme Zhang qui s'adressait toujours aux visiteurs de la maison avec la même familiarité que son mari. Dage va rentrer d'un moment à l'autre. Pour le dîner, j'ai prévu une marmite mongole de mouton, aussi je vais aller couper la viande. Vous avez devant vous du thé, des graines de pastèque et des petits gâteaux, vous n'avez qu'à vous servir ! Inutile de faire des manières ! Enlevez donc votre manteau ! » Puis elle enchaîna en prononçant elle-même les paroles qui revenaient plutôt au visiteur et en riant deux fois de suite, avant de s'interrompre brusquement et de sortir de la pièce.

Du début à la fin, Lao Li avait été incapable de trouver un mot à dire, et voilà que la femme de son ami était déjà sortie. Il se sentit plus à l'aise. Ôtant son manteau, il chercha pendant longtemps un endroit où le mettre et finit par le poser sur son bras. Il s'assit mais n'osa pas toucher aux gâteaux de Mme Zhang : il se contenta de prendre une graine de pastèque qu'il s'amusa à faire tourner entre ses doigts. Comme on était juste au début de l'hiver, on avait déjà installé un poêle, mais il n'était pas encore allumé. Pourtant, Lao Li avait les mains toutes moites. Il faut dire que, quand il se rendait chez des amis, il avait la transpiration plus facile que la conversation. Il lui arrivait ainsi de guérir ses rhumes rien qu'en faisant des visites.

À cette époque de l'année, on aurait pu encore se passer de manger un plat comme la marmite mongole, mais, en matière de nourriture aussi bien que de vêtements, devancer la saison a toujours fait partie des jouissances de la vie. Aussi bien pour le mouton à la mongole, les nouilles en sauce, les gâteaux de riz glutineux du Nouvel An, que pour les robes doublées de fourrure, les lunettes spéciales contre le vent de sable et les pétards qu'on lance lors des fêtes, Zhang entendait pour sa part jouer les précurseurs. Il y avait dans le goût de la jouissance un raffinement qui faisait défaut aux simples nécessités de la vie. Dès qu'une légère brise, à peine perceptible, commençait à souffler, Zhang mettait ses lunettes de protection, sans attendre qu'elle ait fait frémir les feuilles des arbres. De même, quand un ou deux lambeaux de nuages insignifiants parcouraient le ciel, il était toujours le premier à échanger sa canne contre un parapluie. Dans sa maison, du reste, tout le décor correspondait à la même préoccupation. Au salon, on avait déjà disposé une coupe de coings, pour leur parfum, et les narcisses pointaient leurs bourgeons. Le maître de céans, durant les mois d'hiver, commençait par apprécier les fleurs qu'il avait lui-même exposées au soleil, puis, au moment du Nouvel An, il achetait plusieurs espèces particulièrement rares et qui n'étaient cultivées qu'en serre. Même les disques près du gramophone, sur lesquels Lao Li avait jeté un regard furtif, étaient tous des productions récentes. Il n'y avait pas seulement de l'opéra de Pékin, mais aussi quelques chansons de films destinées aux jeunes filles. L'entremetteur avait tout prévu. Le sol était recouvert d'un tapis, les fauteuils étaient en bois précieux et de style ancien, à vrai dire fort inconfortables, mais personne n'aurait osé affirmer que le tapis, au fond bleu décoré de fleurs rose pâle, ne s'accordait pas merveilleusement aux sièges de bois sculpté.

Lao Li eut un mouvement d'envie, presque de jalousie, à l'égard de son ami. Du même coup, il ressentit de l'admiration pour Mme Zhang. C'était elle qui s'occupait de couper la viande : Zhang n'avait donc pas à payer de domestique ; lorsqu'il y avait trop de travail à la maison, il pouvait toujours faire appel à tel ou tel garçon du bureau. En général, les domestiques, loin de les redouter, voient plutôt d'un bon œil les patrons qui explosent de colère pour un rien mais sont totalement ignorants : un tonnerre qui n'est pas suivi de pluie n'est pas un véritable orage. Avec Zhang, c'était différent : non seulement il ne se mettait jamais en colère, mais il était au courant de tout. Quelques pas au-dehors lui suffisaient pour connaître aussi bien le prix d'une robe fourrée de renard que celui d'une livre de crevettes séchées et décortiquées. On l'aurait dit en communication directe avec l'air de la rue. Aucun serviteur ne pouvait donc rester longtemps aux ordres d'un tel maître. Non pas que Zhang fût injuste ou impitoyable ; au contraire, il était si juste et si compatissant que parfois les domestiques se croyaient obligés de se faire justice eux-mêmes en essayant de se pendre ou de se jeter dans une rivière.

Finalement, toutes les tâches de la maison incombaient à Mme Zhang. Mais celle-ci n'en gardait pas moins son rire, un rire sonore qui, vu les circonstances, remplissait Lao Li d'admiration. Pourtant, au bout d'un instant, il se mit à secouer la tête : non, ce genre de maison ne pouvait être qu'un lourd fardeau ! Seul, Zhang Dage, véritable catalogue ambulant des usages et des prix, pouvait assumer sereinement une telle charge et même contraindre sa femme à en tirer un peu de joie : celle que l'on éprouve à astiquer les meubles, faire la vaisselle et couper la viande, tandis que lui connaissait le plaisir de rabaisser la condition de sa femme au point qu'elle valait moins qu'une livre de mouton. Pauvre Mme Zhang !

Zhang revint juste à ce moment-là. Il avait à la main quatre petits paquets de taille différente et, sous le bras, un autre assez volumineux, recouvert de tissu. Sans même prendre le temps de les déposer, il trouva le moyen de serrer la main de son hôte. Il avait pour ce faire une manière qui n'appartenait qu'à lui : il se servait toujours de la main gauche, de sorte qu'il ne vous donnait jamais une vraie poignée de main mais vous saisissait entre le pouce et l'index, comme s'il avait voulu vous prendre le pouls.

Lao Li, qui ne s'était pas préparé à lui rendre la pareille, commença par tourner et retourner ses mains, puis, voyant qu'il ne pouvait faire autrement, il essuya directement sur son pantalon ses paumes toutes moites.

« Excuse-moi, je te prie ! Il y a longtemps que tu es arrivé ? Assieds-toi donc ! Je n'ai jamais une minute à moi, comme un oisif affairé. Allons, assieds-toi ! As-tu encore du thé ? »

Tout occupé à s'asseoir et à vérifier s'il y avait ou non encore du thé dans sa tasse, Lao Li n'eut pas le temps de placer un mot. Zhang avait déjà repris la parole : « Je vais lui porter ces quelques paquets, dit-il en désignant de la tête la cuisine. Je reviens tout de suite. Tu n'as qu'à te servir : fais comme chez toi ! »

Lao Li se dit que Zhang Dage avait décidément quelque chose de plus que lui. Mais quoi ? Qu'est-ce qui pouvait donc rendre Zhang aussi guilleret ? Le simple geste de porter des paquets à la cuisine semblait n'avoir rien de commun avec des notions aussi épineuses que « la vie » ou « la vérité ». Il s'agissait là de réalités tout à fait ordinaires, dont l'intérêt ne dépassait pas celui d'objets usuels, tels que les couvertures ou le papier hygiénique. Si Lao Li avait exprimé le désir de se rendre lui-même à la cuisine, son ami ne s'y serait probablement pas opposé. Après tout, qui aurait pu dire que les flammes du fourneau, la bonne odeur de viande et les miaulements du petit chat n'étaient pas, eux aussi, la vérité et la vie ?

Mais Zhang revint pour tenir compagnie à son invité : « Lao Li, je te garantis que le mouton que tu vas manger aujourd'hui est extra ! Même la sauce à la crevette est la meilleure que l'on puisse trouver à Pékin ! Comme tu sais, mon seul défaut est la gourmandise ! Je te le dis, Lao Li : les hommes sont aussi attachés à la bonne chère que les femmes à la toilette. » Éclatant de rire, l'entremetteur prit une des pipes qui étaient accrochées au mur.

Au total, il y en avait cinq. Zhang n'attendait pas que l'une fût trop vieille et inutilisable pour en acheter une nouvelle ; à peine était-elle à moitié culottée qu'il en acquérait une autre, de façon que les nouvelles alternent avec les anciennes et que toutes durent plus longtemps. Zhang était de ces hommes qui n'aiment ni les choses trop neuves, ni les choses trop vieilles. Les pipes dont il ne pouvait plus se servir, il ne savait qu'en faire : elles sentaient trop mauvais pour être utilisées comme bois de chauffage et même le chiffonnier ne les aurait pas échangées contre une boîte d'allumettes.

Lao Li se demandait toujours s'il devait ou non rire à la suite de son hôte : à peine avait-il desserré les mâchoires qu'il se reprenait, trouvant la chose déplacée, et se passait la langue sur les lèvres. Il s'attendait à être interrogé par son interlocuteur, mais celui-ci ne semblait pas disposé à parler de sujets importants avant d'avoir le fameux mouton au fond de l'estomac.

Certes, Zhang considérait que pour faire aboutir son projet de changement de calendrier[1], le gouvernement, au lieu de bannir l'ancien, aurait mieux fait d'inviter toute la population à manger

1. C'est en 1912 que la Chine abandonna son ancien calendrier lunaire pour adopter le nouveau calendrier républicain, calqué sur le nôtre.

une marmite mongole ou, à défaut, des ravioli. Une fois le ventre plein, on pouvait parler mariage, et c'est en satisfaisant ces deux besoins que la paix ne manquerait pas de s'étendre à la terre entière.

Tout dans le plat qu'avait préparé Mme Zhang respirait la joie, depuis la marmite de cuivre jusqu'à la pousse d'oignon finement hachée. Lao Li n'avait jamais rien mangé qui fût aussi copieux et laissât une impression aussi agréable. Le bien-être qui l'envahit parvint même à le remplir d'admiration pour la philosophie de la vie qui caractérisait Zhang : il suffisait qu'un homme eût le ventre plein pour que la vie prenne aussitôt un sens. En plaçant l'estomac au milieu de l'être humain, le Créateur en avait fait le centre même de la vie. Lao Li eut l'impression que le bouillon de mouton, sur lequel flottaient une constellation de gouttes d'huile et des feuilles vertes de coriandre et qui semblait rassembler, comble de l'imagination et de la poésie, dans un seul bol l'essence végétale et animale de l'univers, lui avait si bien lubrifié la bouche que les mots allaient se bousculer à ses lèvres comme une poulie qui s'emballe.

L'œil gauche entièrement clos, Zhang regardait du droit les joues enflammées de son ami.

Mme Zhang avait eu fort à faire : non seulement elle avait dû préparer les plats, le thé, rajouter du bouillon et servir elle-même l'invité, mais il lui fallut aussi changer les baguettes, car Lao Li mangeait avec un tel enthousiasme qu'il les laissa tomber deux fois par terre. Tout en se réservant les morceaux les plus gras, elle ne manquait pas non plus de se décerner des éloges pour son art culinaire. À table, la bonne cuisinière qu'elle était se montrait également d'une correction exemplaire. Quand tout le monde eut fini, elle mit si peu de temps à desservir qu'on aurait dit qu'elle disposait de plusieurs mains supplémentaires, prêtes à tout débarrasser à sa place sans que rien n'y parût. Si elle n'avait pas été entourée de vaisselle, Lao Li l'eût volontiers prise pour une déesse.

Quand Zhang lui offrit un cigare de Manille, Lao Li ne sut qu'en faire. Par politesse, il tira quelques bouffées, le temps de l'allumer, mais, par la suite, il le garda entre deux doigts, uniquement pour en faire tomber la cendre. Pour sa part, Zhang alluma une pipe. Savourant le mélange original que constituaient la fumée du tabac et les derniers effluves de la marmite mongole, il semblait gagné par l'euphorie.

« Lao Li », serrant sa pipe entre les dents, Zhang laissa échapper ces deux syllabes et il esquissa un sourire qui s'arrêta au bord de ses narines.

Lao Li était prêt : bien huilés, les mots ne demandaient plus qu'à sortir. Il se mit à remuer les lèvres.

Le sourire que Zhang n'avait fait qu'esquisser s'épanouit alors, gagnant jusqu'au coin des yeux.

Les dents de Lao Li allaient enfin entrer légèrement en contact avec l'air extérieur, lorsqu'on frappa à la porte, aussi fort que s'il y avait eu le feu.

« Un instant, Lao Li, je vais voir ce qui se passe. »

Moins d'une minute après, l'entremetteur revint en compagnie d'une jeune femme.

CHAPITRE II

« Asseyez-vous, et dites-moi ce qu'il y a ! » ordonna Zhang à la jeune femme. Puis, désignant Lao Li du bout de sa pipe : « C'est un familier de la maison : vous pouvez parler sans crainte. »

Elle ne parvenait toujours pas à dire un mot, le visage inondé de larmes.

Zhang n'en avait cure, et fit comme si de rien n'était : « Voyons, parlez !

— Mon mari, dit-elle en étouffant un sanglot, a été arrêté par la police ! Ah, quel malheur ! et ses larmes redoublèrent.

— Pourquoi donc ?

— Un nommé Zhang, qui habite Kushuijing[1], avait une angine à points blancs. Mon mari l'a soigné, dit-elle en retenant un nouveau sanglot, et l'autre est mort. Mon mari croyait qu'il s'agissait bien d'une angine ; pour ma part, je ne sais pas comment il l'a soigné, mais ce qu'il y a de sûr, c'est qu'il s'est trompé. C'est affreux : ils vont le fusiller !

1. La rue du Puits à l'eau saumâtre, située à l'ouest de la ville tartare.

ajouta-t-elle, le visage noyé plus que jamais par les pleurs.

— Il n'y a pas de quoi aller jusque-là ! lui répondit l'entremetteur.

— Même s'ils ne le gardent en prison qu'un an ou six mois, c'est plus que nous n'en pouvons supporter ! Sans homme à la maison pour gagner de l'argent, je ne vois pas comment je pourrais m'en sortir ! »

À la voir, Lao Li se dit qu'il s'agissait d'une jeune mariée, pour laquelle Zhang avait probablement servi d'intermédiaire.

Effectivement, au milieu de ses larmes, elle s'adressa à Zhang : « C'est vous qui nous avez mariés et je ne peux que me reposer sur vous ! Bien sûr, c'était pour mon bien que vous m'avez choisi un tel parti ; à présent, vous ne pouvez refuser de m'aider jusqu'au bout ! »

En l'entendant, Lao Li songea : « Avec une dialectique pareille, quiconque a un jour servi d'entremetteur ne peut qu'ouvrir un centre d'accueil pour les nécessiteux ! »

De son côté, Zhang gardait plus que jamais son sang-froid, en homme pour qui la tâche de marieur ne se limitait en aucune façon au seul devoir d'être présent lors du départ, en palanquin ou en voiture, de la jeune épousée. « Vous pouvez toujours compter sur moi, inutile de vous tracasser ! dit-il, puis il se tourna vers l'extérieur : — Tu m'entends, je te demande de venir ! »

Mme Zhang était juste en train de laver la vaisselle. Elle s'avança, en essuyant ses doigts aussi rouges que des carottes. Dès la porte franchie, elle s'écria : « Ah, c'est toi, Petite sœur ! Assieds-toi donc ! »

À sa vue, la jeune femme donna de nouveau libre cours à ses pleurs.

Zhang ordonna alors : « Tu vas aller lui préparer quelque chose à manger !

— Je ne pourrai rien avaler, Grand frère, car lorsqu'on a, comme moi, le cœur en travers de la gorge, ça ne passe pas ! » S'adressant ensuite à Mme Zhang, elle lui dit : « Comme vous savez, belle-sœur, mon mari a été arrêté par la police !

— Ciel ! fit Mme Zhang, qui n'aurait jamais imaginé chose pareille. Ce n'est pas possible ! Quand donc est-ce arrivé ? Dans quelles circonstances ? Et pourquoi l'ont-ils emmené ? »

Voyant qu'elles en auraient pour toute la soirée si on les laissait bavarder à leur guise, Zhang intervint : « Puisqu'elle ne veut pas manger, inutile d'insister. Mais dites-moi plutôt comment votre époux est devenu médecin : est-ce qu'il a bien passé l'examen au commissariat du quartier ?

— Oui, mais il l'a eu grâce à une recommandation. Dès qu'il a mis sa plaque, j'ai été aux cent coups, redoutant un pépin, dit la jeune femme que l'anxiété n'empêchait pas d'employer facilement des expressions populaires pékinoises. Dans tous les cas de maladie, son ordonnance comportait toujours deux onces de sulfate de calcium, est-ce que ce n'était pas se moquer du monde ? Cette fois-ci, emporté par son élan, il en a prescrit une demi-livre et il a eu probablement la main trop lourde ! Pourtant, je le lui avais dit souvent, tu devrais donner moins de sulfate et plus de fleur de chèvrefeuille ! Mais vous le connaissez, avec son mauvais caractère, il s'est bien gardé de m'écouter !

— Il ne faut pas oublier non plus que le sulfate est spécialement bon marché », fit remarquer Mme Zhang, dont le jugement était toujours plein de sens pratique.

L'entremetteur opina, mais sans qu'on pût savoir s'il était d'accord avec ce qu'avait dit la jeune femme ou bien avec l'avis émis par son épouse. Puis il demanda : « Par qui s'était-il fait recommander ?

— Par un nommé Wang Bagao du Commissariat central.

— Vous voulez parler de Wang Bogao, dit Zhang qui le connaissait.

— Oui, c'est lui : à la maison, on l'a toujours appelé Wang Bagao [1], répondit la jeune femme, secouée par un rire qui acheva de libérer ses yeux encore pleins de larmes.

— Eh bien, c'est simple : je vais aller demain dès l'aube voir Wang Bogao. Grâce à lui, tout s'arrange. Et un intermédiaire tel que moi ne reste pas en chemin ! » Pour rassurer encore la malheureuse, Zhang ajouta : « L'homme qui vous a donné cette recommandation ne pourra pas me refuser, à moi, la libération de votre mari.

— Vous me voyez bien soulagée ! Mais il faut d'abord que je vous remercie vous, ainsi que Madame, dit la jeune femme, dont les yeux étaient presque tout secs. Seulement voilà, est-ce que, une

1. Le nom du personnage ainsi déformé signifie : « fils de cocu ».

fois libre, il pourra ou non continuer de pratiquer ? Si j'arrive à le persuader de donner moins de sulfate, on évitera peut-être un nouveau malheur !

— Nous aurons le temps d'en reparler ! Maintenant, je vous l'ai dit, je me charge de votre affaire et ma femme va vous préparer quelque chose à manger.

— Ah, me voilà toute réconfortée ! »

Mme Zhang savait qu'en pareille circonstance on a toujours besoin de se restaurer un peu. « Venez avec moi à la cuisine : nous ferons un brin de causette et nous préparerons par la même occasion de quoi manger. »

La jeune femme, en même temps que son anxiété s'apaisait, se sentait un petit creux à l'estomac. Elle saisit donc la perche qui lui était tendue : « C'est vous qui aurez toute la peine, dit-elle en s'adressant à Zhang ; je vais, de mon côté, bavarder un peu avec votre épouse. » Sans regarder Lao Li, elle ajouta une phrase qui lui était certainement destinée : « Je vous en prie, restez assis ! »

Les deux femmes prirent le chemin de la cuisine.

Lao Li avait oublié ce qu'il voulait dire et son esprit s'était laissé accaparer par d'autres sujets : il se demandait notamment s'il devait admirer Zhang Dage, ou bien le haïr. L'ardeur que ce dernier mettait à rendre service était méritoire, mais les moyens auxquels il recourait étaient plutôt répréhensibles. En même temps, il se disait que, dans une société comme celle-là, de tels moyens étaient peut-être encore les meilleurs. Toutefois, cette sorte de compromission, même si elle partait d'un bon sentiment, ne pouvait que prolonger l'existence d'un monde corrompu en laissant croire que l'on pouvait y vivre heureux : au milieu de telles ténèbres, la moindre lumière risquait de paraître insoutenable et les yeux pourraient bien se fermer à son approche.

Zhang dit en riant à son ami : « Tu as vu cette jeune femme, Lao Li ? Avant son mariage, elle était muette comme une calebasse dont on n'aurait pas ouvert l'orifice, on n'en tirait pas la moindre parole ! Maintenant, on dirait une vraie crécelle ! Dire qu'il n'y a pas un an qu'elle est mariée, pas même un an ! En fin de compte, le mariage... » L'entremetteur ne finit pas sa phrase, comme pour laisser à son invité le soin de faire l'éloge de l'institution matrimoniale.

Mais Lao Li ne répondit rien, absorbé qu'il était par ses propres réflexions : « Ne vaudrait-il pas mieux d'abord se demander si n'importe qui peut devenir médecin et tuer son semblable ? Quant à l'appui recherché en vue de la libération du charlatan... »

Devant un tel silence, Zhang pensa que son interlocuteur devait être en train de songer à ses propres problèmes : « Lao Li, je t'écoute !

— Qu'est-ce que tu veux que je te dise ?

— Parle-moi de tes soucis, de ce qui te fait à longueur de journée froncer les sourcils !

— Des soucis ? Mais je n'en ai pas ! répondit Lao Li, qui trouvait agaçante l'insistance de son ami.

— N'empêche qu'au fond de toi tu ne te sens pas bien, tu fais de la neurasthénie, comme on dit aujourd'hui.

— C'est probablement parce que, dans une société comme la nôtre, quiconque réfléchit tant soit peu ne saurait échapper à la neurasthénie ; enfin, à l'exception..., dit Lao Li, dont le visage s'empourpra brusquement.

— Tu peux très bien ne pas tenir compte de moi, l'interrompit Zhang avec un sourire et en fermant son œil gauche, qui ne laissa plus apparaître qu'une mince fente. Mais, pour ma part, je vois aussi les phénomènes sociaux d'une certaine façon. En fait, deux interprétations sont possibles : si la neurasthénie des gens peut s'expliquer par la société pourrie que nous connaissons, elle peut être aussi à l'origine de ce même pourrissement. »

Lao Li se sentit tout perplexe. Zhang employait des mots tels que « phénomènes sociaux », « pourrissement », « neurasthénie », mais au fond, que signifiaient-ils ? Qui sait si, par « pourrissement », il ne désignait pas tout simplement « une dégradation durable du temps » ? « Ce que tu dis relève simplement du bon sens..., dit Lao Li, qui ne pouvait s'empêcher de penser tout haut et que la sueur envahit aussitôt.

— C'est vrai, ce que je dis est banal comme le bon sens. Mais sans bon sens, comment pourrait-on vivre ? C'est comme si on voulait manger une marmite mongole sans sauce à la crevette ! » fit Zhang en éclatant de rire.

Lao Li resta silencieux un long moment. Il se disait à lui-même : « Dans une civilisation qui n'a pas plus d'épaisseur qu'un épiderme, le bon sens est comparable aux pores de la peau. Quand seulement quelques-uns fonctionnent, l'existence même de la civilisation est en danger. Si un tuberculeux avait des pores en supplément, à quoi cela lui servirait-il ? » Mais il aurait eu mauvaise grâce à tenir de tels propos devant Zhang, dont l'univers était limité à la cour de sa maison et dont la vie, si agitée qu'elle fût, était dépourvue de toute signification. Après tout, son hôte n'était pas un mauvais type : il le comparait à un petit reptile qui vit dans la pourriture mais n'a jamais mordu personne. Une fois arrivé là, Lao Li sentit sa position fléchir. S'il n'échangeait pas quelques mots avec Zhang, il risquait de se montrer indigne de l'excellent mouton qu'on venait de lui servir. Le bon sens avait son importance, se dit-il en riant intérieurement, et c'eût été manquer de bon sens que de prendre congé aussitôt dégustée la marmite mongole ! Cependant, en ménageant trop le bon sens, il craignait de sacrifier sa sincérité... « Eh, mais c'est que Zhang attend que je lui parle ! »

En effet, l'entremetteur, qui était en train de fumer sa pipe, cligna de l'œil droit comme pour indiquer qu'il était prêt à entendre les paroles de son invité.

« À mon avis, fit Lao Li en gardant les yeux fixés sur ses genoux, la neurasthénie actuelle ne provient pas des unions malheureuses mais du fait que le système matrimonial tel qu'il est ne devrait pas exister ! »

À ces mots, la pipe de Zhang s'éloigna de ses lèvres.

Gardant la tête baissée, Lao Li enchaîna : « Je ne cherche pas à résoudre mon propre problème, mais je me demande pourquoi perdre autant de temps pour quelque chose qui devrait être purement et simplement supprimé !

— Sale communiste ! » s'écria Zhang en riant, mais au fond de lui l'entremetteur était plutôt mécontent. Pour lui, le communisme était un délit passible de la peine de mort ! En mettant en commun les femmes comme tout le reste, les communistes prétendaient se passer d'entremetteurs et, ce faisant, méritaient d'être fusillés !

« Ce n'est pas du communisme ! répondit tranquillement Lao Li, dont la voix avait pris plus d'assurance. Je ne demande pas à connaître les joies de l'amour partagé, mais ce que je recherche, c'est un peu de poésie. Toutes les institutions, familiales, sociales, nationales ou mondiales, sont si terre à terre, elles manquent tellement de poésie ! La plupart des femmes, qu'elles soient ou non mariées, sont insignifiantes, plus insignifiantes encore que les hommes. Je voudrais, ne serait-ce qu'une fois dans ma vie, voir une jeune fille que la réalité n'aurait pas encore dénaturée et qui serait passionnée comme un poème, gaie comme un morceau de musique et pure comme un ange ! Je suis peut-être fou, mais ma folie consiste précisément, dans la mesure où je me connais moi-même, à vouloir l'impossible : je rêve d'une aventure tout en refusant la vie de bohème, je souhaite que la société pourrie où nous nous trouvons puisse se transformer du jour au lendemain, je n'ignore pas le sort qui nous attend au terme de cette vie mais j'imagine un paradis où régnerait l'immortalité, enfin, je me défends d'être superstitieux et, pourtant, j'aimerais plus de mystère. Ma folie est faite de tous ces éléments difficiles à définir. Mais peut-être que tu considères tout ça comme autant de paroles inutiles ?

— Non, c'est très intéressant, extrêmement intéressant ! » répliqua Zhang en regardant les ronds de fumée qui surplombaient sa tête : il s'entraînait à déterminer, d'après leur épaisseur, la qualité du tabac qu'il fumait. « Toutefois, plutôt que de parler de poésie ou de mystère, il vaudrait mieux agir en partant de ce qui dépend directement de nous. Les histoires de magie sont passionnantes et moi-même, quand j'ai le temps, je ne manque pas de me plonger dans un roman de cape et d'épée ! Par exemple dans *L'incendie du temple du lotus rouge* ! Mais plutôt que d'attendre en vain un justicier, il vaut encore mieux, si vos moyens vous le permettent, faire l'aumône à un mendiant. En matière de poésie, j'ai également quelques notions : quand j'étais jeune, j'ai lu l'*Anthologie des mille poètes* et *Les trois cents poèmes des Tang*[1]. Mais la poésie n'a jamais enrichi personne et ne m'a guère rendu plus intelligent. J'estime en revanche qu'écrire couramment de la prose est plus utile : il ne te viendrait pas à l'idée de rédiger en vers une lettre adressée aux tiens. Eh quoi ! à te

1. Célèbres recueils de poésie composés, le premier sous les Song, le second au XVIIIe siècle.

parler bien franchement, la difficulté ne vient pas de ce que tu ne peux pas, mais de ce que tu ne veux pas régler ton problème. Du coup, tu laisses de côté les questions concrètes et tu te mets à rêvasser pendant la nuit, mais cette femme à laquelle tu songes...

— Il ne s'agit pas d'une femme réelle, mais plutôt d'un peu de poésie !

— Qu'importe la différence ! Pour moi, ce que tu appelles poésie ne peut être qu'une femme, et une femme, c'est une femme. On n'envoie pas un palanquin avec huit porteurs au domicile d'une jeune fille si c'est seulement pour en ramener un peu de poésie. Lao Li, je te parle simplement et sans détour : c'est vraiment dangereux de rêvasser comme tu le fais ! Tu y vois une supériorité, en fait il s'agit d'un aveu de faiblesse. Pourquoi ? Parce que, au lieu de chercher à résoudre ton problème, tu laisses ton esprit divaguer en pleine poésie jusqu'aux heures les plus avancées de la nuit. Qu'est-ce que ça veut dire ? Ressaisis-toi, résous ton problème, et lorsque la réalité correspondra à tes souhaits, je peux t'assurer que tu abandonneras tes idées creuses et que tu partiras “en quête”, comme vous dites, cher monsieur[1], d'une bonne marmite mongole ! conclut Zhang en s'esclaffant.

— Est-ce que tu me conseillerais le divorce ?

— Non, bien entendu ! » L'œil droit de l'entremetteur s'ouvrit tout grand. « Mieux vaut encore détruire sept pagodes que de porter atteinte à un

1. « En quête » (*zhuiqiu*) faisait partie des expressions à la mode parmi les intellectuels des années trente.

ménage. Et puis, il y a tant d'années que tu es marié, tu ne peux ignorer le proverbe selon lequel "une nuit entre époux prolonge l'amour de cent jours". Quelle idée !

— Mais alors, que faire ?

— Que faire ? C'est très facile : rentre dans ta famille et ramène ton épouse. Elle ne correspond peut-être pas à l'être idéal auquel tu aspires, mais c'est ta femme, une femme en chair et en os, rien à voir avec les fées-renardes de tes chers contes[1] !

— Une fois que je l'aurai ramenée ici, tu crois que tout ira bien ? rétorqua Lao Li.

— Je n'oserais prétendre que tout ira bien, mais, par rapport au tout-va-mal que tu connais maintenant, ça ira nettement mieux. » Zhang était particulièrement fier de sa trouvaille. « S'il y a des choses qu'elle ne connaît pas, tu les lui apprendras. Si elle a encore les pieds bandés, tu lui ôteras ses bandelettes. Pour ce qui est de lui couper ou non les cheveux, tu as le temps de voir. Rien n'est plus agréable que d'instruire sa propre femme.

— Pour toi, Zhang Dage, le mariage ne se réduit tout de même pas à une école ? » En prononçant ces mots, Lao Li aurait bien ri s'il en avait été capable.

« Eh, c'en est pourtant une ! répliqua du tac au tac l'entremetteur. Ce n'est pas avec ta femme que tu en lanceras la mode. N'as-tu pas deux enfants ? Eux aussi ont besoin d'instruction ! Si donc tu n'as pas envie de t'occuper d'elle, tu n'auras qu'à jouer

1. Le *Liao zhai zhi yi*, le chef-d'œuvre de Pu Songling (1640-1715).

avec tes enfants. Tu leur apprendras quelques caractères, parmi les plus simples à écrire, tels que l'homme, la montagne, l'eau ou la terre. Tu verras : c'est très intéressant. Et puis, tu aimes tes enfants ? »

Zhang avait touché l'endroit sensible : Lao Li ne savait que lui répondre car, en dépit du mépris qu'il avait pour les opinions de son interlocuteur, jamais il n'aurait osé reconnaître qu'il n'aimait pas ses enfants.

Voyant que Lao Li n'ouvrait pas la bouche, Zhang se dit qu'il fallait battre le fer pendant qu'il était chaud et imagina aussitôt la combinaison suivante :

« Je te le dis, tu n'as qu'à faire un tour en province, dans ta famille. Pour le reste, je me charge de tout ! Je te trouverai une maison à louer et je m'occuperai de la meubler, tu peux compter sur moi. Si tu as peur d'avoir à dépenser trop d'argent, je me débrouillerai : je commencerai au moins par te prêter quelques meubles. Et si jamais ton épouse se révèle inéducable, tu pourras toujours la renvoyer en province et je récupérerai mes meubles. Comme ça, tu n'auras pas perdu trop d'argent. Mais, à mon avis, elle n'est pas aussi indécrottable que ça : d'ordinaire une jeune épouse aime à vivre avec son mari et une fois qu'elle sera là, ta femme ne pourra pas s'opposer à tes désirs. Afin de conserver une certaine liberté d'action, tu lui diras au début qu'il s'agit seulement d'un petit séjour d'agrément dans la capitale ; comme ça, tu garderas la possibilité de la renvoyer le moment venu. Il faut prévoir les choses à long terme et ne pas s'engager trop à l'avance. Écoute-moi, Lao Li, je suis ton ami ! Ma longue expérience d'entremetteur le prouve : toutes les femmes sont susceptibles de s'améliorer. En plus, tu as tes enfants, et les enfants sont de vrais petits anges plus enchanteurs que toute ta poésie ! Même leurs pleurs te rempliront de joie : le père d'un enfant malade sera toujours plus heureux qu'un vieux célibataire endurci. Mais dis-moi plutôt ce que tu comptes acheter : on va dresser une liste, et je t'avancerai l'argent. »

Lao Li savait combien son ami était redoutable. S'il mentionnait le moindre achat à faire, il capitulait sur toute la ligne. Si, en revanche, il ne disait rien, Zhang était capable de lui forcer la main et de procéder aux achats à sa place. S'il refusait les meubles que l'autre lui proposait, il risquait de voir l'entremetteur ramener lui-même sa femme de la campagne. Zhang Dage avait une ardeur et des compétences sans limites : après vous avoir fait manger une bonne marmite de mouton, il aurait été parfaitement capable de vous faire épouser une vache !

Plein d'anxiété, Lao Li était couvert de sueur. Tout ce qu'il trouva à dire fut : « Je vais y réfléchir encore un peu !

— À quoi bon y réfléchir encore ? Tôt ou tard, tu n'auras pas d'autre solution ! »

Lao Li, d'un seul coup, tomba de la lune sur le sol noir de la capitale ! Loin de la poésie qui le charmait, il se trouvait devant la triste obligation d'aller chercher sa femme et ses enfants ! C'était comme une gifle qu'il se donnait à lui-même ! S'il ramenait sa famille, il y aurait de nombreux problèmes pratiques à résoudre, et en parler aurait été renoncer à la possibilité de « réfléchir encore un peu » !

Mais par ailleurs, Lao Li se sentait pris de court ; il était bien obligé de le reconnaître : la vie était ainsi faite que la réalité chassait toujours les illusions et qu'il s'établissait alors une sorte d'équilibre entre les peines et les joies quotidiennes... Et puis il y avait les enfants, Zhang savait toucher les gens au point sensible. Or, parfois, il arrivait à Lao Li d'avoir envie de caresser les menottes de ses enfants et d'embrasser leurs joues toutes chaudes. Les enfants, à eux seuls, donnent aux femmes une dignité qu'elles n'auraient pas autrement.

Comme Lao Li ne disait rien, Zhang prit son silence pour une reddition sans conditions.

Si Lao Li avait été à ce moment-là à la cuisine, pour rien au monde il n'aurait capitulé. Non pas que l'endroit fût particulièrement calme, car Mme Zhang y poursuivait avec la jeune femme une conversation des plus animées sur divers sujets domestiques. En plus il y avait Ding Erye, qui finissait en même temps que la visiteuse les restes du festin. Lui ne disait rien, mais il mangeait comme quatre.

Ce vieil homme occupait chez les Zhang une place assez mal définie. Bien qu'il ne fût pas un simple serviteur, c'était lui qui gardait la maison et mettait du charbon dans le poêle lorsque l'entremetteur et sa femme s'absentaient. Aux yeux de

Zhang, un homme qui, comme lui, n'avait ni famille ni profession et vivait sous le toit d'autrui ne pouvait être qu'une anomalie ! Mais dans l'intérêt du ménage, Ding n'en restait pas moins indispensable ! Non seulement il évitait aux Zhang d'engager un domestique, mais il leur permettait d'avoir toujours quelqu'un à domicile pour surveiller la maison sans rien devoir débourser que sa nourriture. Quant à Ding, il se disait que, si Zhang n'était pas là pour l'entretenir, il parviendrait probablement à subsister : il n'en était pas très sûr, mais il n'en avait cure.

Le protégé de la famille Zhang avait lui-même ses propres protégés, plusieurs serins, qu'il n'était même pas obligé de promener dans la rue et qui semblaient se contenter d'un peu de millet. Quand les Zhang étaient sortis, il arpentait la cour avec, à la main, sa grande cage à oiseaux. Il est probable que dans le monde ornithologique ces serins constituaient eux aussi autant d'anomalies : sur les quatre qu'il possédait, un n'avait pas de queue, le deuxième était chassieux, le troisième chauve et le dernier avait les ailes plutôt déplumées ; chacune de ces caractéristiques expliquait pourquoi les serins en question n'avaient trouvé l'hospitalité que chez Ding.

Quand il eut fini de manger, le vieil homme retourna dans sa chambre pour bavarder avec ses oiseaux. « Bonze tatoué », « Tigre volant », « Tête de léopard », etc., à chacun il donnait toujours un nom superbe en rapport direct avec ses qualités respectives. Il se prenait lui-même pour Song Jiang et convoquait souvent dans sa chambre minuscule l'« Assemblée des héros[1] ».

Après son départ, la jeune femme aida Mme Zhang à faire la vaisselle.

« Xiuzhen loge toujours à l'école ? » demanda-t-elle tout en essuyant les baguettes. Xiuzhen était la fille des Zhang.

« Bien sûr, mais ne m'en parlez pas : élever une fille par les temps qui courent est vraiment difficile ! » répondit la femme de l'entremetteur, qui versa à grand bruit une bouilloire d'eau chaude dans la cuvette vernissée qu'elle avait devant elle.

« On peut dire que vous en avez de la chance : un garçon et une fille, et un mari très capable ; par ailleurs, tout ce qu'il faut pour vivre, vous l'avez !

— Je ne vous contredirai pas, mais chaque famille a ses problèmes. Ainsi mon mari a l'air très compétent : en fait, entre nous soit dit, il est vraiment nul ! Il est tout aussi incapable d'élever son fils que sa fille ! Il passe son temps en vaines mondanités, et il n'y a que moi qui trime ! C'est toujours moi qui fais les courses et la cuisine, le fils n'est jamais là pour rendre service, la fille est interne, tout me retombe donc sur le dos, comme si j'étais la bonne à tout faire de la famille ! Comme si c'était là mon seul lot ! C'est vrai que, matériellement, rien ne manque, pourtant, qui irait se douter qu'on me traite plus bas qu'une servante ! » Mme Zhang gardait le sourire, mais son visage

1. Les noms donnés aux oiseaux sont autant d'allusions à quelques-uns des cent huit héros du célèbre roman *Au bord de l'eau*. Song Jiang en était le chef.

s'était légèrement empourpré sous l'effet de la colère. « Et encore, une servante trouve toujours un instant pour se reposer, alors que moi, les affaires de la maison ne me laissent jamais aucun répit ! Du matin au soir, je me démène sans arrêt. Et ne me parlez pas de mon mari : il ne rate pas une occasion de manifester son humeur de chien ! À l'extérieur, il se montre toujours doux comme la Déesse aux enfants, mais une fois à la maison, il déverse sur moi toute la colère qu'il a accumulée un peu partout ! » Elle poussa un long soupir. « Cela dit, c'est toujours pareil : jamais nous n'aurions dû naître femmes ! Car, chez les femmes, le malheur est tout simplement inné ! Alors que les hommes ont tous les avantages, c'est nous qui nous tapons tous les embêtements ; enfin, il faut accepter son sort ! ajouta Mme Zhang avec un sourire plein de tristesse où le pessimisme faisait place à la résignation.

— Il est vrai que votre tâche n'est vraiment pas facile ! Je me dis souvent qu'il y a peu de femmes dans votre genre capables de faire immédiatement ce qu'elles ont à faire, aussi bien la lessive que la cuisine ou les courses... »

Mme Zhang acquiesça de la tête : elle se sentait un peu réconfortée. L'autre poursuivit : « Si seulement je pouvais faire la moitié de ce que vous faites, je m'estimerais heureuse !

— Je vous en prie, n'exagérez pas ! Chez vous aussi, une femme incapable ne saurait venir à bout de toutes les tâches domestiques ! » Mme Zhang se croyait obligée d'encenser également sa visiteuse.

« Votre mari doit bien gagner quelques dizaines de dollars par mois ?

— C'est beaucoup dire ! Lorsqu'il s'agit de parents ou d'amis, la plupart du temps il n'est pas question d'honoraires : on nous offre seulement du thé ou l'équivalent à l'occasion des trois grandes fêtes annuelles[1], ce qui fait qu'à la maison on a toujours beaucoup plus de thé que de farine. N'empêche que le thé n'a jamais rempli l'estomac ! La médecine est le dernier des métiers : quand vous guérissez quelqu'un, rien ne vous garantit que votre patient vous paiera, et lorsque vous commettez une erreur, c'est votre réputation qui en prend un sacré coup ! Toute la journée, à cause de mon médecin de mari, je me faisais du mauvais sang et parfois il m'arrivait de me sentir aussi mal à l'aise de vivre que de mourir ! » À son tour, la visiteuse poussa un long soupir. « Pour moi, il n'y a que les jeunes filles d'aujourd'hui et les femmes modernes qui aient une vie un peu intéressante : elles peuvent se promener du matin au soir sans toucher jamais ni fil ni aiguille et elles sont parées comme des fleurs !

— Pouah ! enchaîna Mme Zhang, elles se promènent toute la journée, mais il y en a aussi qui, le soir venu, reçoivent des raclées ! Mieux vaudrait ne pas se marier !

— Oui, mais quelle est la vieille fille qui ne lorgne pas avec envie le palanquin nuptial ? »

1. Les trois fêtes du Double Cinq (le 5 de la cinquième lune), de la mi-automne (le 15 de la huitième lune) et du Nouvel An lunaire.

Un même soupir unit les deux femmes, qui abandonnèrent momentanément leur discussion. La visiteuse en profita pour se réchauffer un peu les mains au-dessus du poêle.

Au bout d'un certain temps, elle rompit le silence : « Tianzhen n'est pas encore fiancé ?

— Le vieux fripon, dit Mme Zhang la tête tournée en direction de la bibliothèque, il passe son temps à marier les enfants des autres et ne s'occupe pas un instant des siens !

— Il faut dire aussi que les jeunes qui font des études, il est difficile de s'en occuper, à une époque comme la nôtre. Mais comment pourraient-ils être tous aussi stupides que nous ?

— Pour ma part, je suis persuadée, absolument persuadée, qu'un père digne de ce nom est capable de prendre soin de son fils, dit la femme de l'entremetteur, qui était vraiment en colère. Vous-même vous l'avez certainement aperçue, cette demoiselle Qi de la rue des Grandes-Écuries[1] : non seulement elle est jolie et habile de ses doigts, mais elle est instruite par-dessus le marché, et pas fofolle pour autant. Eh bien, quand je lui en ai parlé, qu'est-ce que mon mari ne m'a pas raconté ! D'une part, il s'agissait d'une famille de commerçants, d'autre part, la fille avait le visage couvert de taches de rousseur ! En fait, quelle est la jeune fille qui n'en a pas ? Et puis, avec un peu de poudre, ça ne se voit plus ! En tant que bru, c'est la personne qui compte, et non les taches qu'elle peut avoir sur

1. Rue importante à l'ouest du Lac du Sud, proche de celle où habitent les Zhang.

le visage ! Même la frimousse des jeunes Occidentales est loin d'être parfaitement blanche ! Chaque fois que je lui en ai parlé, il m'a envoyée promener ! Maintenant, la jeune fille a épousé un colonel et elle roule toute la journée dans une voiture qui klaxonne sans arrêt : ce n'est pas le fait d'avoir des taches de rousseur qui l'en empêche ! »

La visiteuse profita de ce que Mme Zhang reprenait souffle pour glisser un mot : « Même moi qui n'en ai guère, j'ai bien failli me faire écraser l'autre jour par une auto !

— Après avoir raté la belle occasion qui se présentait avec les Qi, il a mis en avant une famille Wang, dont la fille est drôlement bizarre : on prétend qu'elle passe tout son temps au marché couvert de Dong'an, elle a aussi les cheveux tellement frisés qu'on dirait une vraie poule, et, l'été, elle se pique de ne pas porter de bas. Dès qu'il m'en a touché un mot, je lui ai répondu tout net que je n'en voulais pas ! Je ne pouvais tout de même pas avoir comme belle-fille une poule toute frisée ! Une fois de plus, mon mari s'est montré intarissable : non seulement la famille était riche et influente, mais la conclusion d'une telle union permettrait à notre fils de trouver facilement un emploi au terme de ses études. Seulement voilà : dès son retour à la maison, Tianzhen n'eut pas plus tôt échangé quelques mots avec son père que le projet fut enterré !

— Qu'est-ce que votre garçon a dit à son père ? demanda la jeune femme.

— Rien que des sottises : il a prétendu qu'il n'accepterait de se fiancer qu'après la fin de ses études et qu'en outre, pour ce faire, il n'avait pas besoin de l'aide de son père...

— Il revendique la liberté du mariage ! » Dans ses paroles, la visiteuse semblait avoir une concision que l'autre ne possédait pas.

« Oui, c'est ça : la liberté ! Tout le monde y a droit, sauf les mères de famille ; du matin au soir et d'un bout à l'autre de l'année, c'est toujours pareil : la cuisine, la lessive et le ménage ! Et dire que ce vieil imbécile, après avoir entendu son fils, n'a pas soufflé mot et s'est contenté de tirer bruyamment sur sa pipe, comme si c'était son fils qui l'entretenait et pas l'inverse ! J'étais furieuse, non pas que j'aurais voulu avoir cette dinde comme bru, mais parce que j'étais indignée de la liberté dont jouit tout le temps mon fils et qui risque de me priver à tout jamais des services d'une belle-fille. Sur ce, je n'ai rien objecté, je me suis levée et je m'en suis retournée dans ma propre famille. Je me suis dit, en effet : "Profitez bien de votre liberté ! La vieille dame que je suis a bien droit à quelques jours de repos ! Vous n'aurez personne pour vous préparer les repas, tant pis pour vous !" » Mme Zhang prononça ces mots avec une telle énergie que son chignon faillit se défaire sur sa nuque.

La visiteuse était du même avis : « Oui, il faut leur montrer de quoi nous sommes capables ! »

Mais Mme Zhang eut à nouveau un sourire triste : « En dépit de ma résolution, je ne me suis absentée qu'une demi-journée, car, en fin de compte, je ne pouvais renoncer à cette maudite maison : si le feu était venu à s'éteindre, j'aurais eu peur que Ding Erye ne gaspille trop de bois pour le rallumer. Hélas ! Il en va des maisons comme des enfants : on ne peut les abandonner en dépit de tous leurs défauts ! Une journée, et c'en était déjà trop pour un cœur comme le mien. Et puis, quand une femme a pris de l'âge, elle n'est plus tellement bien accueillie dans sa propre famille.

— Votre fils n'est donc toujours pas fiancé ? »

Mme Zhang fit signe que non, l'air infiniment affligée.

« Et que devient votre fille ?

— C'est une vraie chipie ! Une fois dans le second cycle, elle a réclamé à cor et à cri d'être interne. De même que la fille Wang, elle a la tête frisée comme une poule ! Mais cette coiffure donne à sa chère petite silhouette un charme particulier ! Au-dessus de son visage aussi frais qu'une pomme, ces boucles noires se gonflent joliment ; on a beau dire, quand on est belle, même avec la nouvelle mode on le demeure ! Comme mon mari ne s'en occupe pas, je me sens encore moins de prise sur elle. D'ordinaire, pour une fille de dix-huit ou dix-neuf ans, il serait temps de trouver un époux, mais voilà que son père refuse de la lâcher. On ne peut pas empêcher un père d'aimer sa fille, surtout quand elle est jolie comme un cœur ! Pourtant, mais à quoi bon en parler, quand elle n'est pas là, j'ai toujours les mains moites et mon inquiétude ne se dissipe qu'à son retour, lorsque sa présence remet enfin tout en ordre. L'ennui, c'est que, dès qu'elle rentre, quand il ne s'agit pas de bas de soie, elle réclame aussitôt des chaussures de cuir. Si on ne lui donne pas immédiatement satisfaction, ses sourcils s'envolent tout de suite sous l'effet de la colère ! Ah, avoir des enfants et les élever ne va vraiment pas de soi : on a beau se briser le cœur pour eux, ils ne vous en sont nullement reconnaissants !

— Mais pour qui nous dévouer, sinon pour eux ! » Le mot de la jeune femme était, pour une fois, parfaitement sensé.

En l'écoutant, Mme Zhang soupira de nouveau, comme si, au milieu de son affliction, elle avait trouvé, dans la bouche de son interlocutrice, quelque motif de consolation.

Le cours de la conversation alors se modifia, et ce fut la femme de l'entremetteur qui, à son tour, posa délicatement la question à la visiteuse :

« Vous-même, attendriez-vous un heureux événement ? »

La jeune femme regarda fixement Mme Zhang et poussa un soupir, tandis que ses paupières commençaient à rougir.

Les larmes aux yeux, elle partit en disant : « Je vous en supplie : recommandez bien à M. Zhang d'intervenir en notre faveur ! »

De retour à la pension où il habitait, Lao Li se jeta sur son lit sans prendre la peine d'enlever son pardessus. Les mains sous la nuque, il regardait d'un air hébété le plafond.

Sur le front du rêve comme de la réalité, Zhang Dage venait de lui infliger une cuisante défaite. La cause d'une telle déroute ne résidait pas tant dans une différence de capacités intellectuelles ou de talent oratoire : elle venait plutôt du fait qu'il se connaissait mal lui-même et se croyait, pour cette raison, foncièrement incapable au point de manquer de toute autorité en face de son interlocuteur. Il aurait rêvé être un philosophe, un révolutionnaire, mais il était par trop indécis. De même, jamais il n'aurait dû se contenter d'être un petit fonctionnaire et un père de famille bonasse, mais, là encore, il était victime de son indécision. Dans le fond, on ne pouvait, hélas, rien attendre de lui, vu son absence totale de résolution !

Faire venir sa femme à Pékin ? Cela risquait d'être une catastrophe ! Avec ses petits pieds débandés et en compagnie de ses deux gosses vêtus de couleurs criardes comme des petits paysans, c'était impensable !

Ce n'était pas pour lui la question la plus importante à régler, mais seul ce type de considérations portant sur un problème concret le tourmentait particulièrement, sans qu'il sût au juste pourquoi. Il n'osait plus se lancer à la recherche d'un idéal inaccessible, sachant que cette quête le ferait souffrir confusément, tel un rêve qui change toujours d'objet et ne se réalise jamais.

Le divorce, à ses yeux, était exclu. Ses parents ne l'accepteraient pas et il ne voulait pas leur faire de peine. Mais il se disait aussi que nulle part au monde, à moins de transformations complètes, il ne pouvait y avoir de bonheur totalement dénué d'égoïsme. Entre les préjugés moraux de la petite bourgeoisie et l'accomplissement du paradis terrestre, combien faudrait-il compter de siècles ? Lao

Li se demanda alors de quel côté il se trouvait, mais cette question ne fit qu'augmenter son embarras.

Après tout, ce n'était pas de sa faute si elle avait eu les pieds bandés et ce n'était pas elle qui avait imposé de tels vêtements à ses enfants. On ne pouvait rien lui reprocher, absolument rien ! Lui-même, Lao Li, ne se sentait pas responsable. Allait-il donc s'apitoyer sur son sort à elle, ou bien sur le sien ? Ah, pourquoi fallait-il que les sentiments s'abritent toujours sous l'ombrelle de la raison et se privent ainsi de la douceur du soleil ? À cette idée, il resta perplexe.

La situation était sans issue. Lui-même rongeait son frein en ville, tandis qu'elle en faisait autant à la campagne. « Loin des yeux, loin du cœur » : cette solution bâtarde n'en était pas une, mais il n'y en avait pas d'autre.

« Tant pis pour elle ! se dit-il pour conclure. Autant laisser traîner les choses en longueur. Après tout, Zhang Dage peut raconter ce qu'il veut, ce n'est pas sa femme ! »

Il prit un livre et lut un bon moment, sans même savoir à quel ouvrage il avait affaire. Il pensa sortir pour aller prendre un bain, pour s'acheter des fruits ou emprunter *L'Impartial* du jour. Finalement, il ne bougea pas et se replongea dans sa lecture ; cette fois, les mots et les idées lui semblèrent encore plus flous qu'auparavant.

« Comment prétendre qu'elle n'est pas capable de s'améliorer ? » se dit alors Lao Li en s'accusant de manquer de courage. Mais non : c'était impossible. Si une telle amélioration pouvait se produire, pourquoi lui-même ne donnait-il pas l'exemple ? Devant lui se dressait un mur, qu'il aurait suffi de renverser pour trouver, de l'autre côté, un paysage désertique et pourtant plein de majesté. Mais il n'osait y toucher, de peur de se laisser contaminer par un air que personne encore n'avait respiré. Derrière lui, il y avait également un mur, au-delà duquel il aurait pu trouver un décor familier et tout ce qui était nécessaire pour vivre, mais il n'avait pas l'audace de le renverser, de crainte d'être asphyxié par la pollution de l'air ambiant. Autant donc rester là où il était : entre les deux murs, il pouvait toujours rêver !

Dans la chambre voisine survinrent alors des visiteurs qui se mirent à rire et à parler très fort. En les entendant, Lao Li sortit de son rêve et n'en ressentit que plus vivement sa solitude.

Il se mit à songer à l'éducation de ses enfants. Son devoir était de former pour la société des enfants bien élevés ! Il aurait bien aimé caresser un peu leurs menottes, si potelées, si douces et si chaudes, dont se dégageait un délicieux parfum de bonbon à la banane. Il voyait même les petites fossettes qui se creusaient au dos de chacune d'entre elles, ainsi que leurs ongles légèrement retroussés.

« Non, décidément, je ne pourrais jamais les abandonner, se dit Lao Li, même si la plus belle fille du monde me tombait dans les bras ! »

Quant à sa femme, elle n'aurait pratiquement pas eu d'existence pour lui si elle n'avait pas été la mère de ses enfants. Il avait beau fermer les yeux, il n'arrivait même pas à se souvenir de son sourire. Il se rappelait seulement qu'elle savait faire la cuisine et qu'elle était dure à la besogne...

Il crut entendre alors une voix féminine dans la chambre voisine ; des applaudissements éclatèrent et un couple se mit à chanter. Dire que sa femme à lui était tout juste bonne à surveiller les poussins et à garder les cochons ! Elle n'avait pas sa pareille pour élever la voix, lorsqu'il s'agissait de disputer les enfants ou d'engueuler le voisinage !

Il fallait absolument qu'il se charge lui-même de l'éducation de ses enfants ; sinon, il serait toujours en dette à leur égard. Mais il ne pouvait tout de même pas les faire venir, eux, sans leur mère ! Plus il réfléchissait et moins il trouvait de solution. Il en vint à se demander : « Est-ce bien une vie ? Ne serais-je venu au monde que pour présenter mes excuses à la force vitale qui m'a engendré ? »

Ses pensées et ses actes ne pouvaient se passer de justifications. Par exemple, il ne fallait pas être à la traîne ! Mais, en même temps, il se demandait : « Est-ce bien correct ? Et d'après quel critère distinguer ce qui est correct de ce qui ne l'est pas ? Comment ne pas en revenir toujours aux préceptes des vieux classiques ? » D'un côté, sa conduite, qui était en accord avec la morale traditionnelle, était inexcusable du point de vue des idées nouvelles ; de l'autre, sa philosophie, qui était celle de son temps, était offensante pour l'ombre de Confucius. Coupée en deux, sa vie ne ressemblait à rien, un peu comme les petits pieds débandés de son épouse.

Lao Li n'osa pas pousser plus loin sa réflexion. Décidément, Zhang Dage était un modèle de sagesse, lui dont l'existence était parfaitement cohérente.

CHAPITRE III

Le soleil n'avait pas encore fait son apparition et une lueur blafarde barrait l'horizon. Dans la rue, les ornières creusées par les voitures étaient, par endroits, couvertes de givre. Sur le dos des chameaux, et aussi sur leurs bosses, le gel formait des franges toutes blanches ; les naseaux des bêtes rejetaient également une abondante buée. Pékin semblait avoir complètement changé d'aspect : même les rues que Lao Li croyait connaître le mieux lui paraissaient nouvelles. Saisi par le froid vif qui l'entourait, il eut une impression d'immensité, de calme et de soumission, faisant naître l'image d'une caravane de chameaux aux pas silencieux. Les yeux tout embués de larmes, il se mit à bâiller, et l'air froid qui lui envahit alors les poumons lui fit du bien.

Le jour grandissait ; tandis qu'il avançait dans la rue, les ampoules électriques qui éclairaient la chaussée se transformaient peu à peu en de simples filets d'or. À la lueur grise du ciel se mêlait seulement une faible teinte rouge, comme si le soleil répugnait à faire pour de bon son apparition. Même lorsqu'il se montra, la lumière fut si pâle qu'on avait du mal à distinguer une ombre sur le sol. Au loin, on commençait à entendre le tintement des premiers tramways.

Dans la rue, les passants se firent progressivement plus nombreux ; on aurait dit qu'ils attiraient à eux la chaleur du soleil, car on voyait mieux leurs ombres et la lumière projetée sur la partie saillante des murs était plus vive.

Une chiffonnière[1] passa, portant sur le dos une grande hotte vide ; la femme n'en marchait pas moins le corps plié en deux. De malheureux gosses, chargés d'ombrelles, de bannières et d'autres objets destinés à une procession funéraire, se hâtaient en traînant leurs vieilles savates. Chemin faisant, ils se lançaient des injures. « Ce sont aussi des enfants », se dit Lao Li en songeant aux siens. Il en remarqua un, âgé de huit ans tout au plus : ses haillons laissaient voir ses mollets, il avait les doigts de pied à l'air. Sale et déguenillé, c'était, de toute la bande, celui qui criait le plus fort lorsqu'il s'agissait de lancer des insultes. Lui aussi était, malgré tout, un enfant comme un autre. En face de ce gamin, Lao Li se sentit pris de pitié ; en même temps, il se demanda qui au juste il fallait incriminer : la famille, ou bien la société, ou encore l'une et l'autre ? Mais à quoi bon ? Autant penser aux problèmes qui le touchaient de plus près. Devant l'anxiété et le sentiment de culpabilité qui l'avaient envahi, il se dit qu'il valait

1. Nombreuses à Pékin, ces femmes échangeaient des chiffons et des vieux papiers contre des boîtes d'allumettes.

encore mieux se préoccuper d'abord de ses propres enfants.

Ses pas l'avaient conduit au Lac du Centre [1]. Une mince couche de glace recouvrait la surface dont la teinte vert pâle était effleurée par les premiers rayons du jour. Au pied du pont, des tiges de lotus et quelques rares roseaux gelés étaient pris dans la glace, de même qu'une feuille de nénuphar qui avait l'air d'un mors de cheval rongé par la rouille.

Levant les yeux, il aperçut une chaise à porteurs toute rutilante de couleurs. Elle passa à vive allure : sans nul doute allait-elle chercher une jeune mariée à la campagne, sinon, pourquoi serait-elle partie si tôt ? Lao Li la regardait, l'air hébété : il avait l'impression de se trouver en face d'une chose mystérieuse, étrange et un peu ridicule. Mais cette chose-là n'en existait pas moins ; autrement, comment les hommes auraient-ils pu conserver du respect pour ce qui n'était, au fond, qu'une grande cage à oiseau ? À cette pensée, il retrouva un peu d'assurance. La fille, dans cette belle chaise, serait probablement très fière et ne souffrirait d'aucun complexe.

Il parvint tout droit à Xisipailou [2], non pas de propos délibéré ni parce qu'il avait besoin d'y aller ; il y était arrivé machinalement. Durant toutes les années qu'il avait passées à Pékin, jamais

1. Zhonghai, un des trois lacs situés à l'ouest de la cité impériale.

2. Les « Quatre Arcs de triomphe de l'ouest », jadis situés au carrefour des avenues Xuanwumen et Fuchengmen, dans la partie occidentale de la ville tartare. Ce monument n'existe plus à l'heure actuelle mais le nom est resté.

il ne s'était trouvé d'aussi bonne heure sur cet important marché. Il y avait là toutes les sortes de viande : porc, mouton ou bœuf; toutes les espèces de volailles et de poissons, morts ou vifs, et tous les légumes imaginables. Le sol était couvert de flaques de sang de cochon qui avait gelé sur place avec de la pelure d'oignon. Des anguilles et des loches, en quantité innombrable, frétillaient dans un fond de baquet, la tête couronnée de glaçons. Les yeux des loches étaient exorbités : on aurait dit qu'ils cherchaient à hypnotiser les passants. Tout se déroulait dans le plus grand désordre, parmi des odeurs immondes, au milieu d'une agitation extraordinaire. Près d'un poissonnier se tenait un vendeur ambulant qui criait : « Achetez mes bandes de chevilles [1], ce sont les meilleures ! »

Les clients du coiffeur n'étaient pas encore là, mais le patron avait déjà dressé sa tente blanche et l'employé était en train de balayer le sol jonché des cheveux coupés la veille. Les poulets égorgés et plumés voisinaient avec les poulets vivants qui continuaient de se chamailler et de piailler dans leurs cages. Le marchand en saisit un, qui se mit à pousser des cris sauvages ; mais, comme l'affaire ne se concluait pas, il rejeta la bête dans sa cage dont le couvercle, en se refermant, coinça à demi une aile, provoquant de nouveau les cris du volatile. Dans un autre coin du marché, un grand chien efflanqué qui avait volé un chapelet de saucisses s'enfuyait vers l'est. Le charcutier parvint à lui bar-

1. Elles servaient à maintenir le pantalon autour de la cheville.

rer le chemin ; les saucisses roulèrent à terre, mais le commerçant, comme si de rien n'était, les ramassa et les remit au crochet.

Dans ce lieu malodorant et désordonné se pressaient toutes sortes de gens : des Cantonais, des Pékinois, des Shanghaïens, des personnes des deux sexes de toute origine et de tout âge. La vie humaine, en un tel endroit, se ramenait à tuer, à saigner et à polluer. Seul comptait le ventre, capable de dévorer le monde ! Pas question d'y découvrir le moindre idéal : c'était le royaume de la tripe. Chose étrange : on y voyait notamment des femmes, les cheveux défaits et le visage encore barbouillé du fard de la veille. Qui aurait dit qu'on les rencontrerait le soir dans des lieux chics comme le marché couvert de Dong'an[1] ?

C'était la première fois que Lao Li visitait pareil endroit. Il se sentait à la fois surpris et intrigué, comme s'il venait de découvrir là des réalités jusqu'alors ignorées. La vie consistait donc uniquement à manger, quitte à manger n'importe quoi ; la nourriture était le véritable but de l'existence humaine. L'inégalité fondamentale entre les hommes résidait là : dans la différence d'alimentation. Par comparaison, toutes les idées poétiques qu'il pouvait concevoir n'étaient que des fadaises ! Dans le monde, il n'y avait pas trente-six solutions : ou bien, pour défendre sa propre pâture, on condamnait les autres à mourir de faim ; ou bien,

1. Situé sur Wangfujing, la principale artère commerçante, ce marché, aujourd'hui appelé Dongfeng shichang, était le plus important de la capitale.

pour avoir de quoi manger, on était obligé de faire la guerre. Le marché, à lui seul, était un microcosme. Tous ces hommes et ces femmes qui y venaient en masse et en connaissaient les moindres recoins jouissaient pleinement de la vie ; ils vivaient pour leurs tripes, et pas pour autre chose. Sur ce point, Zhang Dage avait raison. Par ailleurs, il était également vrai que la plus réaliste des révolutions consistait, en faisant la guerre, à satisfaire avant tout son estomac.

Au fond, Lao Li était le seul à avoir tort. Il s'était si bien habitué à sa pension qu'il n'aurait jamais imaginé que les plats servis sur la table, porc sauté aux œufs ou potage au caillé de soja, pussent provenir d'un autre lieu que de la cuisine. Il considérait le système féodal comme un vestige romantique et la lutte des classes comme un chemin propice aux idées poétiques. Jusqu'alors, il n'avait jamais compris que le terrain, tout imprégné d'odeurs, où il se trouvait fût plus important que la vieille capitale dans son entier. Il ne pouvait s'avancer que dans deux directions : continuer de se perdre dans les nuages, ou bien vivre en tenant enfin compte de la réalité. Cette seconde voie pouvait elle-même se subdiviser : il s'agissait soit de gagner sa propre croûte, soit de lutter pour nourrir les masses. S'il avait été capable de choisir une de ces orientations, il lui aurait été désormais loisible de mener une existence sans complexe.

Au pied des arches, on vendait du lait de soja ainsi que plusieurs sortes de bouillies d'orge ou de froment, dont une parfumée aux amandes d'abricot, toutes plus fumantes et odorantes les unes que les autres. On trouvait également du clafoutis aux jujubes avec des graines de soja à l'intérieur; lorsqu'on le coupait, ces graines apparaissaient toutes alignées comme des yeux de poissons et on aurait dit qu'elles regardaient les clients.

S'arrêtant devant un des comptoirs, Lao Li but un bol de lait de soja.

Lao Li était résolu à faire venir sa femme et ses enfants de la campagne, rien que pour voir un peu comment ils s'adapteraient; mais il ne savait toujours pas quand il irait les chercher.

Tous les matins, Zhang Dage ne manquait pas de lui donner des nouvelles. Un jour, il lui dit : «J'ai loué pour vous une maison; veux-tu aller la voir?

— À quoi bon? Tu es mon respecté collègue et bien meilleur juge que moi», répliqua Lao Li, que la reconnaissance n'avait jamais étouffé.

Par bonheur, Zhang connaissait le caractère de son ami. Non seulement il ne se fâcha pas, mais il n'en ressentit que plus de fierté. Le lendemain, il fit un nouveau rapport :

« Trois tables, six chaises et une armoire-penderie en bois d'orme au vernis un peu écaillé, provisoirement, ça pourra aller? »

Lao Li se contenta de hocher la tête en signe d'acquiescement. Quand Zhang en vint à annoncer qu'il avait pensé même au service à thé, Lao Li fut bien obligé de songer à se mettre en route.

Zhang lui suggéra de demander cinq jours de

congé. Au moment de partir, Lao Li lui recommanda de ne révéler à aucun de leurs collègues le motif de son absence. Zhang jura de n'en rien dire à personne.

Lao Li, qui voulait acheter pour ses parents quelques spécialités de Pékin, traversa toute la ville du nord au sud. Pour cette expédition, il avait eu scrupule à demander encore des conseils à son ami ; il fut donc contraint de partir seul à l'aventure. Le résultat fut qu'au terme de sa longue marche, il était couvert de sueur et n'avait rien trouvé. Son échec était dû principalement au fait qu'il ne connaissait pas les magasins et qu'il n'arrivait pas à se décider. Il redoutait aussi d'être mal accueilli par les commerçants, persuadé que s'il entrait, il risquait de se faire rouler. Finalement, il prit quelques fruits au marché de Dong'an, tout en sachant bien que les bananes et les agrumes qu'il avait achetés n'étaient pas précisément des produits de Pékin. Il compléta alors ses emplettes par une demi-douzaine de boîtes de conserve, dont les étiquettes multicolores étaient du plus bel effet.

Le lendemain du départ de Lao Li, tous ses collègues ou presque étaient au courant de la prochaine venue de son épouse dans la capitale. Zhang Dage n'avait pourtant rien dit. La station émettrice qui avait répandu la nouvelle était un nommé Zhao, également employé à la Direction des Finances. Ce fonctionnaire ne se rendait jamais au théâtre ou à l'opéra sans avoir en poche des billets gratuits : il était toujours le premier ou le second à en obtenir dès qu'on en mettait en circulation. Quand on distribuait des programmes réservés aux seuls officiels dans les manifestations sportives, il se débrouillait toujours pour en avoir un. Aux matches comme aux spectacles, il roulait même son programme en tube et s'en servait comme d'une arme pour frapper le crâne des gens de connaissance. La personne visée se retournait alors, et Zhao s'exclamait : « Toi aussi, tu es là ! »

Il s'intéressait très vivement aux femmes d'autrui. Dans son esprit, le fait de ramener sa famille de province équivalait à organiser une exposition. Bien qu'on ne distribuât pas, en pareille circonstance, de billets d'entrée, il tenait à être le premier à « y jeter un coup d'œil ». Qu'il s'agît de championnes, de serveuses de restaurant ou d'actrices, il devait un jour ou l'autre « jeter un coup d'œil » sur elles ; c'était leur seule raison d'exister. Même à l'égard des épouses des autres, il en allait ainsi. Or, quand il « jetait un coup d'œil » sur une femme, tout le corps y passait : le visage, le cou, les mains, les pieds, bref, toutes les parties immédiatement visibles. Et lorsqu'il rêvait la nuit, la même femme lui apparaissait entièrement nue, de sorte que, le lendemain matin, on ne manquait jamais de nouveaux sujets de conversation ou de détails intéressants.

Les atermoiements de Lao Li avaient accru l'impatience de Zhao. Celui-ci avait remarqué que, lorsqu'on parlait des femmes, son collègue, d'ordinaire, ne riait pas autant que les autres, et cette réserve ne faisait qu'aviver son désir de voir le spectacle que lui offrirait bientôt Lao Li.

La physionomie et les attitudes de cet amateur du beau sexe ressemblaient un peu à ces billets gratuits qui, en dehors du droit d'entrer, n'ont aucune valeur marchande. Tous les organes qui ornaient sa figure y occupaient une place bien vague, qui changeait sans cesse quand il parlait. Ses pupilles bondissantes étaient alors semblables à des petits pois sauteurs. Lorsqu'il se mettait à rire, la pointe de son menton venait lui toucher le front. Il se croyait lui-même beau garçon, un point sur lequel personne ne se serait permis d'élever la moindre contestation. Comme sa conversation était fort divertissante, il imaginait avoir un don particulier dans ce domaine. En présence de Lao Wang, il trouvait toujours le moyen de se moquer de Lao Li, et inversement. Et lorsque les deux étaient là, eh bien, ses railleries visaient Lao Sun ! Il n'était jamais à bout de ressources : faute de cibles réelles, il en forgeait d'imaginaires.

« Lao Li est allé chercher sa belle ! dit Xiao Zhao, les yeux fermés, comme si une gorgée de potage trop chaud venait de lui brûler le gosier.

— C'est vrai ? (Tout le monde avait dressé l'oreille.)

— Bien sûr ! Il a demandé cinq jours de congé, cinq jours...

— Cinq jours ? Lui qui n'est jamais en retard pour arriver, et jamais en avance pour partir !

— Voilà le hic ! Mais, patience, nous allons bien nous rincer l'œil ! »

Excité par la curiosité, Xiao Zhao se sentait un chatouillement au cœur, une démangeaison à la racine des cheveux.

« Xiao Zhao, si tu y vas sans nous, gare à ta peau, on t'écorchera vif ! menaça M. Qiu.

— Xiao Zhao, tu ne vas pas faire des misères à Lao Li ! À quoi bon ? C'est un si brave homme ! » protesta M. Wu, qui s'efforçait de rester calme.

Le torse bombé, un pinceau serré dans son poing gros comme un bol, ce dernier pratiquait la calligraphie du style « jambonneau mijoté au soja ». Il avait la figure toute rouge, mais le cœur gonflé de droiture. M. Wu était même si fier de ce sentiment qu'il poussait la rectitude jusqu'à faire passer pour justes ses actes les plus injustes. Ainsi Xiao Zhao, qui lui était pourtant apparenté et qui avait manœuvré pour lui obtenir son poste, ne jouissait d'aucune considération à ses yeux, alors que lui, Wu, se prenait pour un homme parfaitement droit. Tout récemment, lorsque M. Wu avait voulu prendre une concubine, Xiao Zhao avait si bien répandu la nouvelle que Mme Wu en avait eu vent et avait failli arracher d'un coup de dents une oreille à son mari, lequel n'en conçut que davantage de mépris pour son collègue. Xiao Zhao, pour sa part, redoutait quelque peu les deux poings énormes de M. Wu !

Tout en gardant le silence, Xiao Zhao projetait en secret de prendre en filature Lao Li, quand il reviendrait de la campagne, afin de découvrir sa nouvelle adresse. Il réunirait ensuite ses collègues pour qu'ils aillent tous se rincer l'œil, ou plutôt prendre le thé en compagnie de la belle ; tous, à l'exception de Lao Wu auquel il jeta un coup d'œil furieux.

M. Qiu était un brave homme, mais tellement

sevré d'amour que cette affaire l'intéressait particulièrement. Il s'approcha de Xiao Zhao pour discuter à voix basse avec lui : « Nous achèterons en commun deux livres de thé pour aller la contempler chez elle, et, par-dessus le marché, nous nous ferons inviter à dîner par Lao Li. C'est toi qui dirigeras l'expédition ! »

M. Wu révéla le complot à Zhang Dage qui se contenta de sourire sans souffler mot. C'est vrai que Zhang rendait service avec zèle à ses amis, mais il ne voulait pas en offenser un au profit d'un autre. Les quelques tonnes de charbon qu'il brûlait chaque hiver lui étaient du reste procurées par Xiao Zhao sur le compte de la collectivité ; comme cela représentait une économie de trois ou quatre yuans[1] par tonne, il ne convenait pas de froisser Xiao Zhao. Mais, s'il le fallait, il pouvait bien payer plus cher son charbon. L'ennui était d'offenser un ami ; et puis, de telles économies sur le charbon n'étaient pas négligeables !

Ne pas froisser Xiao Zhao était une chose, tenir tout prêt pour l'installation de Lao Li en était une autre. Zhang Dage retourna jeter un coup d'œil dans la maison qu'il avait louée pour son collègue. Située dans le *hutong* de la Pagode de Brique[2], elle

1. Yuan : monnaie chinoise valant dix maos et cent fens.

2. Dans le quartier ouest de la ville tartare. Les *hutongs* sont des ruelles, typiques de l'urbanisme pékinois : ils sont caractérisés par de très longs murs parallèles, sans autre ouverture que les portes extérieures des maisons sur cour.

était toute proche d'une station de tramway et d'un marché. Le quartier, calme et convenable, était tout à fait indiqué pour la résidence d'un fonctionnaire. Dans la cour se dressaient trois pavillons. Lao Li allait occuper celui du côté nord, large de cinq travées. Les deux autres, à l'est et à l'ouest, étaient déjà habités. Bien que fraîchement repeint, le pavillon nord avait des fuites dans la toiture. Zhang le savait, car, depuis que les femmes avaient adopté la mode des cheveux courts, les maisons de Pékin semblaient souffrir de cet inconvénient. C'est pourquoi, au moment de conclure la location, il avait aussitôt signalé ce défaut et obtenu un rabais de deux yuans. Cela devait compenser les tracas causés par la nécessité d'ouvrir des parapluies à l'intérieur, par mauvais temps. Mais comme une longue période ne manquerait pas de s'écouler entre l'apparition des premières fuites et l'instant où le bâtiment s'effondrerait, il n'y avait donc, pour l'heure, aucun souci à se faire.

Zhang procéda à une dernière inspection. Du pavillon se dégageait un relent de farine moisie. Le sol était jonché de papiers déchirés, de chaussettes trouées, de deux vieux récipients à huile; vides, quatre ou cinq boîtes à cigarettes rondes, privées de leur couvercle, ressemblaient à de gros yeux exerçant une surveillance pour le compte du propriétaire. Depuis l'automne, on n'avait pas encore changé le papier des fenêtres; on s'était contenté de rafistoler tant bien que mal les moustiquaires. Les vitres étaient zébrées de traits noirs; le plafond avait plusieurs trous, certains entourés de lambeaux de papier faisant pendant à ceux qui parsemaient le sol. Zhang sentit naître en lui quelque mécontentement. Il n'en voulait pas spécialement aux gens qui avaient déménagé, mais il songeait aux deux petites maisons qu'il avait lui-même mises en location : les occupants feraient sans doute les mêmes dégâts avant de quitter les lieux. Décidément, les locataires devaient appartenir à la même race que les rongeurs !

Il fallait recoller du papier aux fenêtres ; pour le plafond, cela ne lui semblait pas nécessaire. Sur les murs, on voyait les traces laissées par les cadres et les rouleaux de sentences parallèles ; elles formaient des carrés ou des rectangles blancs aux contours d'un gris jaunâtre, mais il jugea qu'il était aussi inutile de s'en occuper, car Lao Li devait avoir des photos et des calligraphies. Il suffirait d'en accrocher quelques-unes s'accordant aux dimensions des traces laissées aux murs. Zhang estimait que ceux qui n'avaient rien à accrocher dans leur salon n'étaient pas des gens civilisés.

Après avoir échafaudé ces projets, il alla se planter dans la pièce centrale pour jeter un coup d'œil à droite et à gauche. Un plan précis d'aménagement lui vint aussitôt à l'esprit : cette pièce servirait de salon, une fois meublée d'une table carrée et de quatre chaises. À l'est et à l'ouest, les deux chambres voisines auraient chacune une table et une chaise ; c'était un peu maigre ! Provisoirement, on pourrait s'en contenter. Mais non, il suffisait de ne mettre que deux chaises dans le salon ! La pièce de l'est servirait de bureau ; il y manquait, hélas, une étagère à livres ! Lao Li était un amateur de livres. Quel idiot ! S'il mettait de côté l'argent consacré aux bouquins, il pourrait en quelques années acquérir une petite maison, pour sûr ! Il faudrait lui dénicher un rayonnage. Dans la pièce de l'ouest, on placerait l'armoire. Quant aux alcôves de l'est et de l'ouest, l'une servirait de chambre à coucher, l'autre de cuisine ; les lits étaient déjà trouvés, mais il manquait encore une planche à découper pour la cuisine.

L'ameublement lui paraissait finalement un peu sommaire. Pour l'intérieur d'un fonctionnaire, c'était insuffisant. Mais ça irait quand les photos et les rouleaux seraient accrochés ; d'autant qu'il faudrait installer dans la pièce du milieu un poêle à l'occidentale. Zhang vérifia tout de suite s'il y avait, au mur du fond, un trou rond pour le passage du tuyau. Il y en avait un, large comme une soucoupe, bouché avec du papier, entouré de traces de fumée noire, pareil à la lune à demi cachée par les nuages. La paix revint un peu dans son esprit : sans un poêle à l'occidentale, on ne pouvait prétendre au titre de civilisé ! Le plan d'ensemble une fois établi, il trouva que l'ameublement était tout de même un peu rudimentaire. Mais, bien que Lao Li eût accédé au même niveau hiérarchique que lui, il n'était pas moins d'origine paysanne, ce qui le reléguait à un rang inférieur. Comment un campagnard pourrait-il apprécier un bon équilibre, de belles proportions ? Des meubles de meilleure qualité risquaient d'être abîmés par les deux marmots sortis de leur cambrousse. « Ça suffit comme ça, je n'aurai qu'à dire au colleur de venir changer le papier des croisées et donner un coup de balai par terre ; ça ira comme ça. »

Une fois sorti dans la rue, Zhang examina de nouveau la porte d'entrée. Elle n'avait pas mauvaise allure, cette petite porte à l'occidentale surmontée de deux lionceaux en ciment, qui ressemblaient plutôt à de petits chiens pékinois. Elle témoignait même d'un certain talent artistique ! Entre les deux lionceaux figurait un dessin des Huit Trigrammes [1], de la taille d'une assiette. L'alliance des fauves et du symbole taoïste donnait la même impression de puissance que les esprits gardiens des portes [2]. Il en éprouva une vive satisfaction : une maison « civilisée » se devait d'avoir une porte à l'occidentale surmontée de lions de ciment, avec, par-dessus le marché, un emblème des Huit Trigrammes !

Zhang se rendit aussitôt chez le colleur, une vieille connaissance. Inutile de marchander ! De fait, le colleur n'eut pas le temps de rien proposer : avant même qu'il ait ouvert la bouche, Zhang avait fixé le prix. De toute façon, il fallait se soumettre. Changer le papier des croisées était un travail ingrat, mais il ne fallait pas perdre de vue des tâches mieux rémunérées, par exemple, la réfection du plafond dans une chambre nuptiale ou la confection d'articles mortuaires. Aux mariages qu'il faisait conclure, Zhang recommandait également le colleur pour des travaux éventuels ; et si,

1. Depuis le *Livre des mutations*, les Huit Trigrammes servent de symbole de l'ordre universel.

2. Collées sur les deux battants des portes, ces images de divinités aux traits grimaçants étaient chargées de défendre l'entrée de la maison.

par malheur, un des conjoints mourait avant d'atteindre l'âge des têtes chenues, c'est encore lui qui devait s'occuper de faire confectionner les accessoires mortuaires en papier. Autant dire que la fortune du colleur était entre les mains de Zhang Dage. L'affaire une fois arrêtée, Zhang s'informa par la même occasion du prix actuel du papier doré et argenté, et des têtes de figurines en papier mâché. Un homme tel que lui devait se tenir au courant ; même si la précaution se révélait superflue, il valait toujours mieux être bien renseigné que ne pas l'être du tout.

Il était plus de cinq heures de l'après-midi ; Zhang devait rentrer chez lui. À Xisipailou, il acheta un poulet mijoté dans le soja pour remercier sa femme : elle allait achever bientôt pour lui un pantalon ouaté ; il fallait donc lui offrir un petit régal. En fait, si elle avait su tricoter un caleçon de laine, elle n'aurait pas eu besoin de lui confectionner ce pantalon ouaté. Il demanderait un de ces jours à Mme Sun de lui apprendre à tricoter. Dans une boutique, un caleçon tricoté devait coûter sept ou huit yuans. Si on le tricotait soi-même, deux livres de laine — non, c'était trop, une livre et demie suffirait largement ; mettons quand même deux livres : deux fois deux yuans huit, ça faisait cinq yuans six. On économiserait presque trois yuans ! Il demanderait à Mme Sun d'enseigner le tricot à sa femme. « De toute façon, quand je vais au bureau, elle n'a rien à faire à la maison et ses moments de loisir s'écoulent inutilement. C'est contraire au bon sens de laisser une femme désœuvrée. Dans un couple de vieux époux comme le nôtre, il faut que la femme s'initie à de nouvelles techniques. » Zhang jeta un coup d'œil sur le paquet enveloppé de feuilles de lotus qu'il tenait au bout des doigts : le poulet était de bonne taille ; puisque leur fille ne rentrait pas, ce serait suffisant pour toute la maisonnée.

La fille en question avait dix-huit ans, il était temps de la fiancer. « Quand elle aura fini ses études secondaires, elle entrera à l'université ; les études supérieures ne lui serviront à rien et ne seront qu'une occasion de dépenses supplémentaires. Elle aura son diplôme dans deux ans, donc à vingt ans. Quatre années d'université, ça la mène à vingt-quatre ans. Elle travaillera pendant deux ans car si, après avoir fait des études universitaires, elle n'exerçait aucun métier, ce serait de l'argent dépensé en pure perte. Elle aura donc vingt-six ans. Vingt-six ans ! Une fille ne doit pas dépasser vingt-cinq ans, après quoi, personne n'en veut, même si elle est divinement belle, à moins de la donner en secondes noces. Il faudra lui trouver un jeune prétendant. Dès qu'elle aura terminé ses études secondaires, qu'elle s'en aille ! À quoi bon jeter de la poudre aux yeux ? »

Quant au garçon, il lui causait autrement plus de soucis !

Avisant, sur les plateaux d'un fleuriste ambulant, des chrysanthèmes, des amarantes, des pommiers d'amour... Zhang oublia son fils et lança un regard furtif de son œil à demi clos. Si l'on voulait faire des achats avantageux, il ne fallait absolument pas se précipiter les yeux grands ouverts, comme ces messieurs habillés à l'occidentale qui remorquaient à leur bras de belles amies, dans le marché couvert de Dong'an. Un coup d'œil à moitié intéressé, à moitié indifférent était de rigueur. Juste à cet instant, le marchand surprit le regard de Zhang Dage. Comme un pêcheur retirant sa ligne, celui-ci ramena son regard sur le poulet qu'il tenait à la main, et passa son chemin.

Son fils lui causait de gros soucis !

CHAPITRE IV

Cela restait un mystère : comment Lao Li avait-il pu amener en une seule fois sa femme, ses deux gosses, toute leur literie, y compris les alaises, quatre grosses mannes de bambou recouvertes d'un filet, sept ballots de tailles diverses, deux parapluies, une pleine bourriche de navets salés et une jarre à moitié remplie de millet de la dernière récolte ? Puisqu'il avait pris la décision de faire venir sa famille, il avait dû emporter tous les objets jugés indispensables par son épouse. Dire que d'habitude, quand il achetait plus de trois choses, il pensait toujours qu'il risquait d'en perdre une !

Il avait obtenu cinq journées de congé ; mais, dès le troisième jour, il leva le camp du village afin d'avoir du temps à consacrer à leur nouvelle installation dans la capitale, et pour éviter de demander un congé supplémentaire.

Il fit d'abord transporter les meubles de chez Zhang Dage. Comme celui-ci ne pouvait venir qu'après seize heures, Ding Erye prit l'initiative de donner un coup de main. Son rôle se limitait à la surveillance des enfants, mais sa présence fut plutôt source d'embarras. Ainsi, quand Lao Li voulut placer la table dans la pièce de l'est, les gosses et leur surveillant étaient en train de s'amuser juste à l'endroit prévu pour cette installation. En se grattant les cheveux, Lao Li se dirigea vers la pièce de l'ouest ; mais aussitôt, Ding et ses deux petits complices s'y précipitèrent à leur tour. Puis, lorsque Lao Li chercha le marteau sans le trouver nulle part, il s'aperçut que c'était Ding qui l'avait en main.

Au terme d'une journée pourtant fort occupée, les deux parapluies gisaient encore au milieu de la cour, des grains de millet étaient répandus partout, les quatre mannes de bambou avaient été vidées de leur contenu, mais celui-ci s'étalait par terre d'une façon tout à fait inattendue. Comme aucun objet n'était à l'endroit qui lui convenait, l'existence de chacun d'eux se trouvait grandement menacée : ainsi, Lao Li écrasa sous son pied une boîte d'aiguilles et Mme Li trébucha par deux fois sur le billot, en brisant quantité de choses fragiles, ce qui souleva les applaudissements de Ding et des enfants.

Zhang Dage arriva un peu avant seize heures. Il ouvrit légèrement l'œil gauche : presque tout le contenu des quatre mannes trouva aussitôt sa place. Il esquissa ensuite un geste de la main vers la droite et vers la gauche, et on ne vit à peu près plus rien par terre. Les grains de millet eux-mêmes avaient réintégré leur jarre.

L'installation prit fin. Il ne manquait que les photos ainsi que les rouleaux de calligraphie et de peinture ! Zhang était un peu déçu de constater que son ami n'en possédait pas. Un nouveau coup d'œil lui permit de découvrir, sur le papier neuf d'une croisée, un trou que Ding avait fait. On ne devait pas s'étonner que Zhang eût du mépris pour ces gens-là !

« Lao Li, viens prendre demain chez moi quelques paysages, une paire de sentences parallèles et un rouleau de peinture. Heureusement, aucun d'eux n'est dédicacé. »

Lao Li regarda le mur et remarqua seulement alors le contraste inesthétique entre les parties claires et les parties plus sombres.

« Si on refaisait la tapisserie ? proposa-t-il.

— On ne sait pas combien de temps vous resterez dans cette maison, à quoi bon retapisser pour les autres ? Et puis, si vous retapissez les murs, vous serez obligés de refaire le plafond, car on ne peut pas avoir quatre murs tout propres avec un plafond noir. D'ailleurs, si on change la tapisserie, il faudra tout bouleverser de fond en comble et déplacer les meubles. » Zhang ralluma sa pipe.

Dès qu'il se rendit compte qu'un grand chambardement serait à nouveau nécessaire, Lao Li estima qu'il commettrait une grosse erreur en faisant changer la tapisserie ; il se contenta de hocher la tête pour signifier qu'il irait chercher les œuvres d'art proposées par son collègue.

Ce dernier se retira.

Après le départ de son ami, Lao Li se souvint qu'il ne l'avait pas retenu à dîner ! Mais où était le dîner ? À défaut d'un repas, il aurait pu tout de même l'inviter à prendre une tasse de thé ! Dans la salle centrale, au milieu de la table carrée, une théière et six tasses trônaient sur un plateau de porcelaine, comme impatientes de remplir leur rôle. Mais qui devait aller faire le thé ? Supposons qu'on soit chez les Zhang, qui servirait le thé aux invités ? Lao Li fronça les sourcils. À peine eut-il froncé les sourcils que Ding demanda à se retirer à son tour, tandis que les enfants le tiraient chacun par une main, ne voulant pas le laisser partir.

« Restez dîner avec nous, proposa le garçon. Maman sait faire du pain aux jujubes !

— Pain aux joujouves ! » répéta la fillette, imitant son frère avec une certaine difficulté.

Tout en raccompagnant son hôte, Lao Li songeait : « Dire qu'un adulte possède moins de savoir-vivre que ces gamins ! » Puis il se ravisa : « À quoi riment toutes ces formules de politesse ? » Ses rêvasseries lui faisaient même oublier Ding Erye. Ce dernier était déjà bien loin lorsque Lao Li s'aperçut de son absence.

Mme Li n'était pas laide, mais sa figure à la peau nette et aux traits réguliers manquait un peu de vivacité. Sa bouche, qui avait peine à se fermer, découvrait de grosses dents et laissait passer une respiration bruyante. Sa taille épaisse, engoncée dans une veste ouatée trop large, donnait une impression de lenteur et de lourdeur. Quand elle marchait sur ses pieds débarrassés de leurs bandelettes dans des chaussons rembourrés d'ouate par-devant et par-derrière, on ne voyait que le balancement des bras, sans que le corps semblât avancer. Parfois, elle reculait brusquement d'un pas, sans doute parce que ses talons avaient perdu le contact avec le rembourrage. Assise, elle n'était vraiment pas mal. Elle venait d'apprendre le salut à la nouvelle mode : torse bombé, bras collés aux flancs, elle s'inclinait d'un seul bloc en avant, d'une manière très solennelle mais aussi fort périlleuse.

Elle s'était ainsi inclinée devant Ding, puis devant Zhang Dage, se sentant à la fois gênée et assez contente d'elle-même. Au moment où Zhang avait déclaré : « Il ne fait heureusement pas froid », elle avait su répondre : « Le début de l'hiver n'est pas encore là », phrase qui ne manquait ni d'élégance ni d'opportunité.

Maintenant, la maison était aménagée grosso modo. La main posée sur le dossier d'une chaise, Mme Li la parcourait d'un regard circulaire : c'était pas mal, mais un peu vide ! Ce vide ne l'empêchait pourtant pas d'éprouver un vif sentiment de satisfaction : tout cela lui appartenait ! Après son mari, c'était elle, ici, la personne la plus importante ; elle n'était plus sous les ordres de ses beaux-parents ni sous la surveillance de ses belles-sœurs. En outre, elle se trouvait à Pékin ! Cette ville n'était peut-être pas plus agréable que la campagne, mais sûrement plus imposante.

Les sourcils toujours froncés, son mari lui lança un coup d'œil et fut sur le point de dire : « Tu ne sais donc pas faire infuser un peu de thé ? » Mais il se ravisa et simplifia sa phrase : « Fais donc un peu de thé. » Avec elle, il valait mieux employer le mot *faire* plutôt que *infuser*.

« Allons, bon ! J'oubliais, vrai de vrai ! s'exclama-t-elle en riant, toutes ses dents dehors. Où sont les feuilles de thé ? » Sa voix retentissait comme si elle s'adressait à la ville entière.

« Doucement ! répliqua Lao Li, qui ravala la suite : ici, on n'est pas à la campagne, on n'a pas besoin de se faire entendre jusqu'au bout du village dès qu'on ouvre la bouche dans la maison ! »

Comme pour se faire pardonner le crime d'avoir parlé trop fort, elle eut la chance de découvrir les feuilles de thé. Elle se remit aussitôt à hurler.

« J'ai oublié autre chose, il n'y a pas d'eau !

— Baisse la voix ! » dit-il en serrant les dents, le milieu des sourcils soulevé comme une petite montagne.

La théière en main, elle voulut faire le tour de la pièce, mais le rembourrage de ses pieds lui causa un nouvel ennui et elle ne réussit pas à aller jusqu'au bout.

« Je vais emprunter un peu d'eau bouillante chez une voisine ! »

Il secoua la tête. Décidément, avec elle, les gestes ne suffisaient pas, il fallait tout lui dire :

« Ici, on n'est pas à la campagne, on ne peut pas disposer à sa guise du bien d'autrui.

— Maman, veux manzer ! » gémit la fillette en tirant sa mère par la main.

La mère la prit dans ses bras, tandis que le bord de ses yeux devenait tout rouge. À la campagne, les enfants devaient être couchés à cette heure-ci ; mais là, dans ce maudit Pékin ! On ne devait pas faire ceci, on ne devait pas faire cela, et les enfants n'avaient pas encore dîné à une heure pareille ! La pièce était vide, il n'y avait pas de *kang*[1] le long du mur, ni de coffre, il n'y avait pas même de l'eau. Tout lui paraissait étranger, rien n'était à portée de sa main, et son mari avait les sourcils froncés ! Cent Pékin ne valaient pas sa campagne !

« Papa, on ne dîne pas encore ? » demanda le garçon en donnant un coup de poing à son père.

À la vue des enfants, la montagne disparut entre les sourcils.

« Votre papa va vous acheter de quoi manger. » Il prit la menotte de son fils avant de poursuivre : « En ville, c'est très commode. Dans un instant, j'aurai tout acheté, tout... » Il se tourna vers sa femme : « Qu'est-ce qu'on achète ? »

Elle ne dit rien, mais son visage répondit à sa place : je ne sais pas ce qu'il y a dans votre Pékin !

« Papa, achète des cacahouètes, des petites pommes rouges !

— Papa, des cahouètes ! » répéta la fillette.

Lao Li se mit à rire. Il voulait leur dire quelque chose mais, comme il ne trouvait rien, il enfila son pardessus et sortit.

Dans la rue s'étalaient des marchandises à foison, si bien que Lao Li ne savait que choisir. Du côté ouest, à un éventaire de bouquiniste, le vieux

1. *Kang :* lit de briques recouvert d'une natte et chauffé avec les braises du foyer domestique. Plusieurs personnes pouvaient y prendre place. Ce type de lit est encore caractéristique de la Chine du Nord.

marchand était en train de remettre les livres dans ses paniers : *La dame aux camélias*[1], *L'odyssée de Lao Can*[2], *Cours de sciences naturelles*, première édition, 1907... Après avoir jeté un coup d'œil, Lao Li s'éloigna en faisant un geste évasif. Il se retourna, mais le bouquiniste qui s'affairait à ses rangements semblait ignorer son existence. Lao Li avisa alors, près d'une boucherie, des galettes au sésame. Elles sortaient du four, les grains de sésame dorés ressemblaient aux ventres gonflés de moustiques bien repus. Il avait envie d'en prendre quelques-unes. À côté, une vieille femme venait de conclure l'achat d'une bouilloire en fer-blanc et il profita de l'occasion pour en acheter deux. Après le départ de la vieille, rassemblant tout son courage, il demanda le prix d'un poêle à l'occidentale, et, comme Zhang Dage préconisait avec insistance l'utilisation de cet appareil, il en commanda un. Dès que l'affaire fut arrêtée, il eut conscience d'avoir payé trop cher, c'est pourquoi il décida que, au moment de raconter la chose à son collègue, il diminuerait le prix de deux yuans. Ainsi, Zhang ne pourrait lui reprocher de s'être fait rouler. Au fond, il était lui-même très satisfait : c'était la première fois qu'il achetait un poêle à l'occidentale, et il n'aurait peut-être plus l'occasion d'en acheter un autre durant tout le reste de sa vie. Tant pis si le prix qu'il avait payé était un peu trop élevé ! Il fut convenu que le poêle serait livré le len-

1. Plusieurs fois traduit, le chef-d'œuvre d'A. Dumas fils a toujours connu un très grand succès en Chine.
2. Roman de Liu E (1850-1910).

demain matin, avec les tuyaux. Après quoi, une bouilloire dans chaque main, il se retrouva, l'esprit vide, sans savoir où aller.

En fin de compte, que devait-il acheter pour le repas des enfants ? Après tant d'années de mariage, sa femme n'était que la bru de ses parents à lui ; ses enfants, les petits-enfants de sa mère. C'est pourquoi Lao Li avait pu ignorer son rôle d'époux et de père. À présent, s'il ne procurait pas de quoi manger aux enfants, personne d'autre ne s'en occuperait. Il éprouvait une impression bizarre. Sous l'éclairage électrique, le quadruple arc de triomphe semblait un paysage de rêve.

Pour alimenter des enfants, il fallait une nourriture facile à digérer. Lao Li serrait fort les poignées des bouilloires, comme si elles pouvaient lui donner de l'inspiration. Du lait en poudre ? Il n'en avait jamais consommé ! Il passa devant une épicerie fine : il ne devait pas oublier les cacahouètes. Il acheta une livre d'arachides décortiquées. Avec une livre, il croyait sauver les apparences. Hélas, cela ne coûtait que quinze fens [1] ! Il ne pouvait quitter décemment sur un simple achat de quinze fens un magasin illuminé de tant de lampes électriques ! Il demanda en plus deux boîtes de petites pommes au sirop et prit le chemin du retour. Arrivé au bout de la rue où il habitait, il ne se sentit pas satisfait, se disant que des cacahouètes et des petites pommes au sirop ne constituaient sans doute pas un dîner. Il fit demi-tour et jeta un coup d'œil dans une épicerie, puis dans une charcute-

1. Fens : l'équivalent de nos centimes, voir chap. III, p. 76, note.

rie, mais il n'eut pas envie d'y entrer. Un jour ou l'autre, il faudrait bien s'y résigner. Raison de plus pour s'en dispenser cette fois !

« Dès que tu en auras franchi le seuil, songeait-il, tu deviendras l'émule de Zhang Dage ! »

Mais, s'il n'entrait pas, de qui serait-il l'émule ? Il vit de nouveau les galettes au sésame. Il en prit vingt. Des petits pains farcis de mouton et de chou venaient de sortir de l'étuve ; sous la lumière électrique, ils paraissaient blancs comme de la porcelaine qui exhalerait de la vapeur. Il en acheta tout un plateau. Face au marchand, qui lui fit l'effet d'être « la gentillesse personnifiée », Lao Li fut si content que sa main se mit à trembler légèrement : la fin du monde n'était pas encore pour demain ! Il paya avec un yuan, confus d'obliger le marchand à lui rendre la monnaie. Mais pas du tout ! L'autre lui rendit très poliment des pièces de cuivre et des petites coupures, enveloppées dans du papier, en ajoutant cette remarque : « Ce mélange facilitera vos achats. » Lao Li se sentait le cœur plus chaud que les petits pains. La joie d'avoir un foyer ne se limitait pas à l'intérieur de la maison. Tel un poste de radio, la famille diffusait des ondes de bonheur, qui répandaient toutes sortes de musiques joyeuses et de bonnes nouvelles de Pékin jusqu'en Amérique du Sud ! Rien d'étonnant, si Zhang Dage était toujours heureux !

La petite Ling, qui sommeillait dans les bras de sa maman, sentit l'odeur des galettes et ouvrit tout ronds ses yeux, pareils à deux pions noirs de go tourbillonnant sur deux pions blancs. Ying, le garçon, semblait avoir déjà avalé une galette avant même d'avoir humé le fumet qui se dégageait du paquet. On le vit ensuite engloutir successivement un bon bout de galette, une grosse bouchée de petit pain et toute une poignée de cacahouètes, comme s'il faisait une compétition avec de jeunes tigres affamés.

Personne ne songeait à utiliser les baguettes. N'avait-on pas découvert la façon de se servir des doigts bien avant l'invention des baguettes ? On pensait encore moins aux assiettes et à tout le reste.

En mastiquant sa galette, Mme Li regardait sa fille, craignant que celle-ci ne mangeât pas à sa faim. Elle donnait l'impression de pouvoir se passer elle-même de nourriture, pour laisser tous les petits pains à l'enfant.

La fillette avait les yeux de sa mère, le garçon, ceux du père. Leur nez à tous deux était, disait-on, celui de la grand-mère paternelle. Ling n'était pas jolie, mais plaisante à cause de son visage grassouillet ; sa tête allongée, aux joues particulièrement pleines, avait l'air d'une calebasse parlante. Avec ses courtes jambes sous son ventre rebondi, elle ne marchait pas mais s'avançait en dodelinant des joues et de la bedaine. Sa bouche minuscule, toujours un peu mouillée, ressemblait à un bouton de fleur. Pas sauvage du tout, elle levait sa petite calebasse vers les gens, en clignant des yeux.

Ying était un garçon rude. Il avait de grands yeux comme son père, l'air un peu ahuri, le cou aussi brun que le visage. Bien en chair sans être gros, il ressemblait à un petit coq qui n'aurait pas encore toutes ses plumes. Ses membres potelés paraissaient pourtant minces. Son pantalon, tout neuf, n'était déjà plus à sa taille, les jambes étaient nettement trop courtes, mais l'enfant s'en fichait éperdument : plus le pantalon le serrait, plus il prenait plaisir à sauter et à exhiber toute son anatomie.

Lao Li aimait ce petit noiraud.

« Ying, faisons un concours ! Voyons qui pourra dévorer une galette en trois bouchées ! Regarde : première bouchée, un croissant ; deuxième, un lingot ; troisième, plus rien ! »

Le visage violacé, Ying s'étouffait tandis que Lao Li suffoquait, la figure presque toute verte.

Il n'aurait pas dû inciter son fils à dévorer comme un fauve ! Au moment de perdre lui-même le souffle, il se souvint qu'il y avait des principes d'éducation à respecter. Et, en même temps, il se rappela qu'il n'y avait pas d'eau. Il se versa un peu du sirop des pommes, mais ça ne suffisait pas. Saisi d'angoisse, il s'étira le cou à plusieurs reprises. Dans la pension où il vivait jusqu'alors, il aurait suffi d'appeler le garçon pour se faire servir aussitôt du thé ou de l'eau ; maintenant qu'il était au sein de sa famille, les ennuis ne faisaient que commencer !

Juste à cet instant, la vieille voisine du pavillon ouest cria devant la fenêtre :

« Monsieur, il vous manque de l'eau, n'est-ce pas ? Je vous en apporte là une bouilloire bien chaude. »

Il éprouvait de la gratitude, sans parvenir à l'exprimer. « Euh, euh, madame, euh... » Il rentra avec la bouilloire et versa de l'eau dans la théière, cherchant toujours ce qu'il devait dire. Avant qu'il ait rien trouvé, la voisine reprit la parole :

« Gardez la bouilloire, vous me la rendrez demain matin. Vous n'avez plus besoin de sortir ? Je vais fermer la porte d'entrée. J'ai l'habitude de me coucher tôt ; dès que la nuit tombe, j'ai envie de m'étendre. Dites au porteur d'eau de vous en apporter deux seaux, quand il passera demain. Avez-vous une jarre ? Au détail, ça coûte six sous pour deux seaux, mais on peut aussi payer au mois. De l'eau douce, bien entendu. »

Lao Li, qui n'arrivait pas à suivre les propos de la vieille, avait l'impression d'être un chameau courant après un tramway. « Six sous, merci, j'ai une jarre, je ne sors plus, vous pouvez fermer la porte. » Il ne lui vint pas à l'esprit de dire : « Allez vous reposer, je fermerai moi-même. »

« Vos enfants ne sont pas turbulents, ils sont vraiment gentils ! reprit-elle comme si son énergie redoublait au moment du coucher. Quel âge a votre petit garçon ? Ne les laissez pas sortir seuls dans la rue, il y a beaucoup de voitures et de chevaux ; les autos font la loi, elles roulent à tombeau ouvert. Moi-même, j'en ai les yeux tout éberlués, alors, de simples gosses comme les vôtres !... Vous n'avez pas encore allumé de feu ? Il faudra les habiller chaudement : l'hiver vient de commencer, le climat est traître, la température capricieuse ; il est donc prudent de se couvrir davantage. Avez-vous de bonnes vestes ouatées ? S'il y a des travaux de couture en retard, donnez-les-moi, je les ferai volontiers pour eux ! Avec mes lunettes, j'arrive à peu près à m'en tirer. De toute façon, les enfants abîment tout ce qu'ils portent. À demain ! Faites attention, en allant aux cabinets, de ne pas trébucher sur des morceaux de brique ou de tuile ; emportez une lampe avec vous. À demain !

— Demain... madame... », balbutia Lao Li, incapable de former une phrase complète.

Ici, la vie lui souriait bien davantage. Dans sa pension, il n'y avait point de vieille dame pour s'occuper de lui. Là-bas, il ne s'agissait que de commerce alors qu'ici, il découvrait la chaleur des sentiments humains. Après avoir bu une tasse de thé, il se mit à bâiller, puis il mangea un fruit au sirop, délicieux ! Il voulut raconter une histoire à son fils, mais il ne s'en rappelait aucune. Il avait mal aux reins, tellement il s'était dépensé dans la journée pour assumer ses nouvelles responsabilités. Jamais il n'aurait imaginé qu'il porterait un jour dans la main droite des galettes, dans la main gauche des petits pains, dans une poche de son pardessus un gros paquet d'arachides, et au majeur de chaque main une bouilloire de fer-blanc ! Enfin, il avait un foyer ! Dans la pension, à cette heure-là, il aurait fini de manger son riz sauté aux œufs et serait occupé à lire un journal, ou bien, tout seul dans son coin, en train de se curer les dents. Au fond, sa femme n'était pas si mal que ça ; mais, quand elle faisait le salut à la nouvelle mode, elle avait l'allure d'une figurine en papier qui piquerait de la tête. Il lança un regard sur elle.

La fillette, affalée sur sa mère, tenait une galette entamée. Elle avait les yeux fermés, mais entrouvrait de temps à autre une petite fente. Le visage tout à fait inexpressif, la mère continuait à mastiquer et se balançait de droite à gauche, en fixant la flamme de la bougie.

Lao Li ne se sentit pas le courage de la regarder davantage. Chaussures à talons hauts, courbes séduisantes, bas de soie couleur chair, lèvres peintes en rouge, longs sourcils gracieux... autant de choses qui avaient deux siècles d'avance sur Mme Li ! Il ignorait s'il devait le déplorer ou s'en réjouir. Il avait l'impression de découvrir sa propre faiblesse, il ne savait pas quelle attitude adopter, il lui restait la ressource de bâiller, ah... ah... ah...

Ying, de sa menotte bien chaude, retournait les doigts de son père pour en examiner les empreintes digitales.

« Ying, ce n'est pas encore l'heure de te coucher ?

— On n'a pas fini les pommes au sirop ! » répliqua le gamin, fort de son droit.

Lao Li bâilla de nouveau, mais il n'avait plus sommeil. Au sein de sa famille, au lieu de jouir d'une chaude intimité, il découvrait, sans savoir pourquoi, une sorte d'incompréhension mutuelle et de malaise. La flamme de l'unique bougie dansait sur les prunelles de sa femme.

CHAPITRE V

Le lendemain, Lao Li se rendit au bureau.

Décidément, Zhang avait songé à tout : la maison qu'il avait louée pour son ami et sa famille n'était pas loin du siège de l'administration. À pied, à peine plus d'un kilomètre, ce qui présentait au moins trois avantages : un, pas de frais de transport ; deux, un peu d'exercice à l'aller et au retour ; et trois, la possibilité de rentrer chez soi pour déjeuner.

Bien qu'il n'eût pas calculé sur-le-champ les économies qu'il ferait ainsi chaque mois, Lao Li se sentait légèrement réconforté à l'idée qu'il pourrait de cette façon mettre un peu d'argent de côté, mais dès qu'il envisagea cette perspective, il fut aussitôt obligé de reconnaître qu'il ne lui resterait plus guère à thésauriser, ayant désormais à faire vivre les siens à Pékin. Pour encourager les mariages ou le regroupement des ménages, Zhang avait toujours un argument, qui était à peu près le suivant : « Ce n'est pas du tout évident qu'un couple dépense plus qu'un célibataire. » Comme si les femmes n'étaient pas naturellement dépensières, n'avaient aucun besoin et ne devaient même pas en avoir ! Lao Li, pour sa part, ne les considérait point comme différentes des hommes. Pourtant, quand il songeait à son épouse, la mère du petit Ying, il se disait que même une poule a besoin de millet pour se nourrir ! Il en conclut qu'il avait eu tort de faire ce qu'il avait fait. Un chef de famille ? Plus il se regardait et moins il avait l'impression d'en être un.

À l'approche du bureau, il se sentit très mal à l'aise. Qu'est-ce qui lui avait donc pris d'entrer dans l'administration ? Il se le demandait encore. Et de devenir chef de famille ? Au moins, le fonctionnaire avait ceci de bon qu'il rendait possible l'existence du père de famille, comme si les deux choses allaient miraculeusement de pair. Mais comment ? En voyant l'immeuble de bureaux où il travaillait, il eut l'impression que la grande porte noire, en face de lui, était une gueule géante, qui rejetait en permanence de l'air froid et ne convoitait chaque matin qu'une chose : pouvoir engloutir vivants tous les petits bureaucrates qui se présentaient devant elle. Engloutir était le mot, car dans le ventre de la bête, chaque jour plus vieux et racornis, les ronds-de-cuir n'attendaient que la mort ! Certes il arrivait parfois qu'un coup de tampon sur une feuille de papier aboutisse à congédier quelqu'un, mais, au sein d'un pareil monstre, une expulsion n'avait rien d'excitant. Quant à résigner ses fonctions pour trouver ailleurs un travail plus intéressant, c'était vraiment impensable. De toute manière, il y avait toujours un endroit où se recaser : ce n'étaient pas les administrations qui manquaient. Dans ces conditions, les insectes qui dévoraient du papier à longueur de journée dans les bureaux étaient incapables de songer à un autre travail que le leur : non seulement ils n'auraient jamais consenti à un tel changement, mais ils auraient été dans l'impossibilité de faire autre chose. Oh, l'horrible monstre !

Jour après jour, Lao Li n'en était pas moins condamné, comme ses collègues, à pénétrer en rampant dans le ventre de la bête, et ce jour-là encore, il le fallait ! Chaque fois qu'il s'y introduisait, il avait l'impression que ses cheveux blanchissaient. Mais il ne pouvait reculer : d'un travail qui n'en était pas un, il avait fait une obligation purement formelle. Maintenant que les siens l'avaient rejoint, il était plus que jamais obligé de ramper. D'un côté, il y avait, en effet, la bête et sa gueule monstrueuse ; de l'autre, à la maison, sa diablesse de femme. Entre les deux, le fonctionnaire de l'administration et le chef de famille avaient vraiment bonne figure ! Presque incapable de faire un pas de plus, Lao Li se vit tout à coup défiguré par l'âge, il la vit elle aussi enlaidie par le poids des ans : ils avançaient ensemble sur la route de la mort, une route bordée, non pas d'herbe et de fleurs, mais de billets de banque tout déchirés et de pièces de monnaie graisseuses ! Pourtant, il ne pouvait rester sans bouger : il lui fallait absolument poursuivre le chemin. Poésie ? Amour ? Liberté ? Autant de mots magnifiques, mais vides. La vie, en réalité, consistait à acheter un poêle, à louer une maison... Mais au fait, se demanda soudain Lao Li, est-ce qu'on a bien livré celui que j'ai acheté ? Et aurat-elle bien su leur dire comment disposer les tuyaux ?

Il se retrouva alors juste à l'entrée de l'immeuble. Il eut grande envie de tourner aussitôt les talons. Mais le garde qui était là en faction se mit au garde-à-vous, probablement pour se moquer de lui, de sorte qu'il fut bien obligé d'entrer. Il avait les mains moites de sueur. Tous ses collègues de bureau l'attendaient sûrement pour le soumettre à un interrogatoire : « Alors, comme ça, Lao Li, pourquoi ne nous avoir rien dit de ces retrouvailles familiales ? Quand donc nous invites-tu à dîner ? » À dîner ! Ces salauds étaient bien de la même espèce que les mouches, dont le meilleur de la vie se passe à jouer des mandibules !

Une fois dans son propre bureau, il se sentit un peu rasséréné. Personne n'était encore arrivé. Il respira un bon coup. Sur sa table, toute déglinguée et recouverte d'un méchant tapis de toile, les mêmes traces d'encre, de bols à thé ou de cigarettes étaient toujours là, immuables. L'affreux éphéméride suspendu au mur avait cinq jours de retard ; visiblement, personne ne s'était soucié d'enlever les feuilles en l'absence de Lao Li. Il s'étonna de la poussière sur les vitres. Au sein du monstre il n'y avait donc personne pour s'occuper précisément de quelque chose ! Il arracha cinq feuilles de l'éphéméride et les jeta dans la corbeille à papier : elle ne méritait guère son nom, car, même coincée à l'angle du mur, c'était tout juste si elle tenait debout.

Lorsqu'il s'assit sur sa chaise, la plus vieille de toutes celles qui se trouvaient dans la pièce, il resta interdit. Au fond, les affaires publiques consistaient à n'avoir rien à faire : on les supprimerait dans le monde entier que l'humanité n'en souffrirait pas le moindre préjudice. Des dossiers, il y en avait partout, mais rien que des dossiers sans queue ni tête, qui n'en finissaient pas de s'accumuler. Dans l'administration, la seule réalité, terriblement réelle, était l'argent que l'on extorquait au contribuable. Ainsi, le monstre engloutissait d'un côté des fonds pour recracher de l'autre des dossiers ! Et personne ne savait où passait exactement l'argent. On remarquait simplement les maisons de type occidental que certains se faisaient construire, ou encore les automobiles et les concubines que d'autres se payaient. Mais les dossiers, pour le commun des mortels, étaient les seules réalités tangibles de la vie administrative. À l'idée de ne pouvoir sur-le-champ réduire en miettes le décor minable qui l'entourait, ainsi que le monstre lui-même, Lao Li enrageait. Mais lui qui voulait détruire le monstre ne pouvait même pas toucher au tapis qui était devant lui. Ou bien alors il aurait condamné les trois nouveaux habitants du *hutong* de la Pagode de Brique à mourir de faim.

De retour sur son siège, il se mit à attendre ses collègues. Vraiment, on aurait dit que le monde était fait pour eux ! À la maison, ils disposaient de toutes les commodités nécessaires, y compris de nouveaux jeux de mah-jong. Au bureau, le garde à l'entrée leur rendait les honneurs et ils étaient libres ensuite de blaguer et de discuter sans fin des affaires privées des uns et des autres, aussi bien de l'otite d'un gosse, de l'anniversaire d'une grand-mère que de la première serveuse de tel restaurant à la mode. Ils pouvaient arriver en retard et repartir en avance : l'important était de rester le moins possible. Ils passaient leur temps à boire du thé sur des tables vétustes et dans des bols ébréchés, tout en fumant force pipes et cigarettes, au point qu'ils ne pouvaient même plus lire clairement la date sur l'éphéméride.

Lao Li attendait donc ses collègues. Il les considérait comme des amis mais aussi, dans une certaine mesure, comme des juges. S'il portait un costume européen, c'était à cause d'eux, et quand ils blaguaient, il était bien forcé de se joindre à leurs plaisanteries. Il ne pouvait pas non plus ramener sa famille dans la capitale sans les inviter à dîner. Il avait du reste toujours le sentiment de leur devoir des excuses.

Le premier à arriver fut M. Qiu. « Ah, vous voilà de retour, Lao Li ! Tout va bien chez vous ? » dit-il en serrant la main de son collègue. Dans les yeux de Qiu se lisait une certaine malice, qui fit rougir Lao Li. L'autre n'insista pas, mais il y avait toujours le même sourire moqueur au coin de ses yeux et Lao Li sentit son visage s'enflammer de plus en plus. Qiu enleva son manteau et réclama du thé. Il ne regardait pas Lao Li, mais celui-ci se sentait enveloppé par l'expression ironique de Qiu, comme par un rayon d'étoile filante.

Sur ce, arriva M. Wu. « Ah, vous voilà de retour, Lao Li ! Tout va bien chez vous ? » Et de serrer à son tour la main de son collègue. Wu avait des mains beaucoup plus grandes que celles de Lao Li, très lisses, douces et chaudes comme il convenait à un fonctionnaire de son rang. Il tendit ensuite un billet d'un mao[1] : « Zhang Shun, va régler le pousse-pousse ! »

Bien que M. Wu fût toujours d'une correction parfaite, il y avait aussi dans son regard un soupçon de moquerie, moins appuyé que chez Qiu, qui fit pourtant rougir davantage Lao Li.

Celui-ci retenait son souffle dans l'attente de Xiao Zhao. C'était comme si, de l'arrivée de ce collègue, avait dépendu sa propre condamnation à cinq ans de travaux forcés ou sa mise en liberté sous caution. Mais il attendit en vain, car l'autre ne se montra pas.

Pourquoi donc ? Lao Li n'osa pas poser la question. Wu avait beau être apparenté à Xiao Zhao, il était le dernier à s'occuper des affaires de son cousin et ne lui adressait pratiquement la parole que lorsqu'il avait besoin de son aide pour conserver son poste. M. Wu était un homme trop honnête pour que Lao Li pût lui demander des nouvelles de leur collègue. Quant à Qiu, il était plus âgé que Xiao Zhao mais il n'avait pas les mêmes appuis que lui ; il se croyait donc obligé de participer à toutes les facéties dont l'autre prenait l'initiative aux dépens de tel ou tel d'entre eux. Mais il ne prenait jamais les devants. En l'absence de Xiao Zhao, rien ne l'autorisait à prononcer ne fût-ce que les deux syllabes de son nom. M. Qiu était un homme qui,

1. Voir chap. III, p. 76, note.

lorsqu'il ne plaisantait pas avec quelqu'un, était le premier à broyer des idées noires.

En réalité, l'un et l'autre savaient très bien pourquoi Xiao Zhao n'était pas là. Il était allé à Tianjin régler une affaire pour le compte de la femme du Directeur, et tous deux étaient un peu jaloux. Aussi ne pouvaient-ils facilement en parler à Lao Li. Celui-ci gagnait consciencieusement sa vie, sans s'occuper des affaires d'autrui. Il ne pouvait donc être sur la même longueur d'onde. En outre, M. Wu était un homme honnête, qui tenait tout particulièrement à le paraître devant Lao Li. Ce dernier se mit au travail, mais sur son esprit planait toujours l'ombre de Xiao Zhao. Très droit sur son siège, Wu traçait des caractères gros comme un jambonneau en sauce. De son côté, Qiu noyait sa mélancolie en fumant et en buvant sans arrêt, les yeux fixés sur son bracelet-montre.

Zhang Dage n'appartenait pas au même département que Lao Li, mais il passa spécialement pour saluer son ami. « Ah, te voilà de retour ! Tout va bien chez toi ? » fit-il, tandis que les doigts de sa main gauche tâtaient la paume de son collègue.

Lao Li sentit son cœur déborder de gratitude pour cet homme dont l'amitié toujours loyale se dépensait sans compter au service des autres. Comme on pouvait s'y attendre, les yeux de Wu et de Qiu se remplirent de curiosité. Si Lao Li avait bien ramené sa famille à Pékin, Zhang devait être parfaitement au courant. Alors, pourquoi avait-il dit : « Tout va bien chez toi ? » Ce que leur avait raconté Xiao Zhao était certainement faux mais, naturellement, ils étaient prêts à se réjouir dans le cas contraire.

« Cette année, à la campagne, la récolte n'est pas mauvaise, n'est-ce pas ? » demanda Zhang, qui adaptait toujours ses questions en fonction de son interlocuteur. À l'entendre, les deux hommes de la capitale que prétendaient être Wu et Qiu se sentirent surpassés.

« Non, pas mauvaise, mais le sort de la population est toujours aussi misérable ! répondit non sans émotion Lao Li.

— Espérons donc qu'il tombera beaucoup de neige cet hiver, de façon à éliminer les épidémies et favoriser les céréales ! » En fait, Zhang se souciait davantage de la lutte contre les épidémies que du reste : la capitale était trop loin pour qu'on y entende parler des souffrances des paysans ou de l'état des moissons. Les récoltes pouvaient être insuffisantes dans le monde entier, Pékin n'avait jamais manqué de farine de froment.

Zhang poursuivit ainsi sa conversation avec Lao Li pendant quelques instants. Il devisait avec la plus grande sincérité, mais aussi avec le souci de respecter les règles du savoir-vivre, ce qui, à ses propres yeux, constituait un véritable tour de force. Après avoir loyalement tenu la jambe à son ami, il le laissa et passa une bonne heure à discuter avec Wu et Qiu. En réalité, il avait encore moins de travail à faire qu'eux : au département des Affaires générales et de l'Intendance, il était chargé de l'emploi des agents et des achats de matériel. En ce qui concernait la répartition du travail, il avait pour principe de ne pas intervenir, en sorte que les hommes employés par le département pouvaient dépenser toutes leurs forces pour ses propres affaires à lui, vu que l'administration les laissait toujours inoccupés. Pour les achats de matériel, c'était bien simple : les fournisseurs livraient, il n'y avait qu'un coup de téléphone à leur donner, quelques vérifications à effectuer, et l'affaire était réglée à la satisfaction générale. Quant aux remises et commissions habituelles, Zhang était trop respectueux des usages pour les refuser, mais il ne les empochait pas pour lui tout seul : il répartissait à chacun son dû, y compris aux simples agents. Au département des Affaires générales, Zhang passait pour un véritable chef.

Dans ces conditions, un homme tel que lui avait toujours du temps libre, en particulier pour passer d'un bureau à l'autre, et tout le monde le voyait arriver avec plaisir. Quelqu'un cherchait-il un médecin, une nourrice, des loges de théâtre, ou bien désirait-il acheter un vieux tapis, troquer une robe fourrée de petit-gris contre une autre fourrée de renard, louer une maison, commander un mobilier moderne, faire préparer tel ou tel médicament, etc., il trouvait toujours auprès de Zhang conseils et suggestions. Pour ce qui était des contrats de mariage ou des questions de trousseau, inutile de le préciser, il se chargeait lui-même de tout. Les nouveaux collègues qui venaient d'arriver dans la capitale, surtout ceux en provenance des provinces méridionales, se battaient pour l'avoir comme professeur de mandarin. Tel était notamment le cas de M. Sun. Même ceux qui rentraient après des études aux États-Unis ne manquaient pas d'étudier auprès de l'entremetteur la physionomie et l'art de conduire un bon mariage. Ces différents services, entièrement bénévoles, ne valaient à Zhang que des éloges du type : « Pékin est vraiment une ville bénie », ou bien : « Les gens de la vieille capitale n'ont pas leurs pareils pour régler une affaire. » Mais ces phrases suffisaient à lui donner le sentiment qu'il avait sûrement accumulé des mérites dans une existence antérieure pour être, plus qu'un simple habitant de la ville, un Pékinois de naissance ! Lorsqu'il avait un peu bu, il lui arrivait de se lamenter en évoquant « les talents d'un Premier ministre qui restent inemployés » ; toutefois, il trouvait dans la profondeur de cette vieille formule une certaine consolation.

Lorsqu'il engagea la conversation avec Wu et Qiu, ceux-ci espéraient précisément que quelqu'un viendrait bavarder avec eux ; ainsi, ils pourraient plus facilement se décharger de leur travail sur Lao Li, dont l'ardeur à la tâche était connue de tous, au point qu'il passait pour une monstrueuse anomalie.

M. Wu, un militaire d'origine, était un homme d'une extrême droiture. Comme on l'a vu, il venait d'apprendre la calligraphie et projetait de prendre une concubine. Une fois de plus, il revint à la charge : « Un soldat comme moi, vous le savez, Monsieur, n'a pas d'autre qualité que sa franchise. Tel le boulet de canon, je vais en ligne droite. Mais voilà : j'ai plus de quarante ans et je n'ai toujours pas de fils. Il me faut donc, Monsieur, envisager de changer de front ! » Il avait sans cesse un « Monsieur » à la bouche, comme pour souligner son changement d'état. Mais il était toujours droit comme un pieu et, quand il tournait la tête, son cou pivotait exactement comme pour respecter l'alignement.

Cette demande embarrassa plutôt Zhang. Non pas qu'il se refusât absolument à acheter une concubine pour le compte d'autrui, mais il préférait, autant que possible, ne pas avoir à s'en mêler. S'il ne pouvait s'y soustraire, il y mettait au moins une condition absolue : que la personne intéressée par l'achat d'une concubine fût au moins du niveau d'un sous-directeur dans l'administration ou d'un lieutenant-colonel dans l'armée. Les femmes devaient-elles ou non servir de concubines ? Cette question relevait des magazines féminins et Zhang ne prétendait pas la trancher. Il avait une façon très concrète de voir les hommes. Un petit fonctionnaire ou un simple professeur de l'enseignement secondaire, en dépit des motifs valables qui pouvaient être les leurs, avaient tout intérêt à ne pas prendre de concubine. Ils s'épargneraient ainsi beaucoup d'ennuis, aussi bien en matière de santé et d'argent que dans leur vie familiale. À quoi bon se charger soi-même d'une telle cangue ? Au fond, l'achat d'une concubine était chose facile et dépendait seulement du prix que l'on était prêt à payer. Visiblement, Wu n'avait pas les moyens : ni par sa situation ni par sès ressources, il ne faisait réellement le poids.

Zhang ne pouvait le lui dire carrément. Il se trouvait en face de lui aussi désarmé que devant de jeunes étudiants. Plus désarmé même, car lorsque ces derniers étaient amoureux, il n'avait plus qu'à les laisser faire : personne ne lui demandait d'intervenir. Wu, en revanche, réclamait son aide avec insistance.

Même de la façon la plus enrobée, même en détournant la conversation, Zhang ne pouvait lui opposer un refus sans l'offenser gravement. Or on peut tout se permettre sur terre, sauf d'offenser son semblable. Mais s'il engageait la discussion avec l'ancien militaire, celui-ci était capable de l'inviter sur-le-champ à dîner ; or, on ne crache pas comme ça sur le repas que l'on vient de vous offrir ; il risquait donc de se laisser harponner ! L'entremetteur ferma alors son œil gauche si hermétiquement qu'il semblait ne plus devoir jamais l'ouvrir. C'est ça, il n'y avait qu'à lui parler de boxe chinoise !

Wu le reconnaissait lui-même : il n'aurait jamais eu des poings pareils s'il n'avait pratiqué ce sport, et il suffisait de prononcer le mot de boxe pour lui faire oublier, au moins provisoirement, son intention d'acheter une concubine. Pour lui, la boxe était tout. Son style de calligraphie se voulait même une transposition des exercices les plus aériens de la boxe. Quand Zhang sortit sa pipe de sa poche en effectuant une figure particulièrement difficile, Wu lui répondit aussitôt par une démonstration encore plus complexe. Mais au bout d'une heure, l'entremetteur saisit la première occasion de s'éclipser.

Wu et Qiu, finalement, n'avaient pas questionné Lao Li et celui-ci s'en trouvait plutôt satisfait. À midi, quand les bureaux se vidèrent, il sortit dans l'avenue avec le sentiment de respirer un peu plus librement. C'était la première fois que, au lieu de se rendre du bureau à la pension où il logeait jusqu'alors, il rentrait chez lui. En songeant aux trois petits cœurs qui languissaient là-bas en son absence, aux trois bouches qui ne cessaient de répéter son nom, il se dit qu'il devait avoir quelque importance et que sa vie présentait de l'intérêt. Il regrettait d'avoir été aussi pessimiste le matin même. Certes, son travail et le cadre où il vivait manquaient d'attrait ; mais nourrir toute une famille et éduquer deux enfants était une tâche pour le moins importante, sinon capitale. Et puis, quitter l'horrible monstre pour se retrouver auprès de personnes que l'on aime n'était pas sans charme ; on y éprouvait peut-être le même plaisir qu'à fumer de l'opium : pour une bouffée on était prêt à vendre son âme au diable. Mais de là à supporter, à cause de sa famille, l'air empoisonné du bureau, de là à sacrifier pour ses seuls enfants tout idéal un peu élevé ou toute liberté dans sa vie ! Le cœur de Lao Li se mit de nouveau à battre très fort.

Il n'y avait pas de solution. Le mieux était encore de s'oublier soi-même, d'oublier qu'il était capable de remplir une tâche plus importante et de se consacrer uniquement à sa femme et à ses enfants ; en vivant et en travaillant pour eux seuls, il parviendrait au moins à un équilibre précaire dans une existence marginale. « Précaire » et « marginal » lui semblaient deux mots détestables qui enlevaient à la vie toute saveur. Mais par ailleurs...

Il ne poussa pas plus loin ses réflexions. Rien de tel que de tenir quelque chose de concret à la main pour chasser la pensée. Oui, il n'avait qu'à acheter quelques jouets pour ses enfants. Il fit aussitôt l'emplette de trois animaux en baudruche : un cheval, une vache et une chèvre. Ces objets dénués de toute vie allaient-ils augmenter la joie de sa progéniture ? Il se le demandait. Peut-être qu'au fond la vie ne valait pas grand-chose. Il se hâta en direction de sa maison.

Mme Li était à la cuisine en train de préparer le repas. Le poêle avait bien été installé et il y avait un trou de plus dans le papier qui garnissait la fenêtre. Les enfants jouaient à cache-cache, la petite, toute rondelette, accroupie sous la table, tandis que son frère criait depuis la chambre : « Ça y est ou non ? »

« Ying et Ling, venez donc voir ce que j'ai acheté ! » Lao Li fut lui-même surpris de la joie qui l'envahit lorsqu'il appela ainsi les enfants. Quand ceux-ci étaient encore à la campagne, il n'avait pu aller les voir qu'occasionnellement et jamais il n'avait osé jouer librement avec eux. Dire qu'à présent il pouvait s'amuser en leur compagnie autant qu'il le voulait : c'était comme si le monde lui appartenait !

À la vue des jouets bariolés qu'il apportait, les deux enfants roulèrent des yeux gros comme des billes et n'osèrent y toucher. Ling se mit à sucer son pouce et Ying s'essuya par deux fois le nez avec le dessus de la main ; leurs gestes à chacun restèrent sans effet.

« Vous voulez la vache ou le cheval ? » demanda leur père. Ni l'un ni l'autre n'avait deviné de quoi il s'agissait, mais ils répondirent d'une seule voix : « La vache ! »

Lao Li, tel un géant dans un conte, prit la vache et se mit à souffler très fort, la bouche collée à l'orifice de gonflage.

Ying, reconnaissant le premier l'animal, s'écria : « C'est la vache ! Donne-la-moi, papa ! »

Mais sa sœur la réclama aussi.

Lao Li savait qu'il ne pourrait les départager, ni gonfler plus d'un animal à la fois. « Ying, tu devrais en gonfler un toi-même, par exemple la chèvre. » C'était simple ; encore fallait-il y songer !

Le garçon s'accroupit et prit un animal, sans savoir s'il s'agissait du cheval ou de la chèvre. Il était très excité et il souffla de toutes ses forces. Quand bien même on lui aurait rendu la vache, il n'en aurait plus voulu, tellement il était heureux de gonfler lui-même son animal.

« Moi aussi, je veux souffler », dit alors Ling, qui s'empara du cheval, feignant de se désintéresser totalement de la vache.

Lao Li aida les enfants à gonfler à fond tous les animaux et à bien fermer les orifices. Frottant ses mains sur les jambes de son pantalon, Ying se taisait et continuait de souffler très fort. Sa sœur tenait la chèvre dans ses bras et toute sa petite personne rayonnait de bonheur. Là-dessus, Ying courut à la cuisine chercher sa mère, qui avait les mains pleines de farine. « Maman, dit-il en tirant un peu sur les basques de sa mère, regarde les animaux que papa nous a rapportés ! Tu les vois ? » Et il reprit haleine.

Mme Li sourit. Elle aurait bien aimé échanger quelques mots avec son mari, mais elle avait le sentiment de n'avoir rien à lui confier ; et, en même temps, si elle gardait le silence, elle risquait de paraître stupide. Elle laissa donc parler ses yeux, qui reconnaissaient plus que jamais Lao Li dans son rôle de chef de famille et le considéraient comme Dieu lui-même. À la campagne, jamais elle ne se serait permis d'adresser la parole en public à son mari ; en présence de ses beaux-parents, il était inutile de lui demander son avis à lui. Maintenant, au contraire, c'était lui le seul maître ; sans lui, Pékin n'aurait fait qu'une bouchée d'elle et des enfants. Elle ne pouvait rester là sans souffler mot : c'était lui qui se donnait du mal pour les faire vivre et gagner l'argent du ménage ; mais elle ne savait par où commencer.

« Maman, et si j'allais montrer la vache à la grand-mère qui habite la cour ? demanda Ying, impatient d'exhiber ses nouveaux trésors.

— Demande d'abord à ton père », répondit Mme Li, qui saisit une occasion de se manifester.

En fait, son mari ne trouvait pas juste de se voir ainsi renvoyer la balle, comme si les enfants n'étaient pas leurs enfants à tous les deux ! Mais il se rendait bien compte que, pour son épouse, il était le chef et qu'entre sa femme et lui, faute de pouvoir tout décider lui-même, il pouvait y avoir des désaccords. Cela dit, il n'allait pas se tracasser plus longtemps : « Non, Ying, ce n'est pas la peine ;

on va d'abord déjeuner, et tu pourras y aller ensuite.

— Je peux manger avec la chèvre ? demanda alors Ying.

— Oui, bien sûr, répondit Lao Li, qui ajouta, sans bien songer à ce qu'il disait : — Et tu lui donneras aussi à manger. »

Toute la famille se mit à table et le repas se passa dans la bonne humeur. Quand Ling eut aspergé la chèvre de soupe, l'animal ne fondit pas en larmes et Mme Li ne punit pas sa fille.

Après le déjeuner, tandis que leur mère rangeait la vaisselle, les deux enfants, en compagnie de leur père, continuèrent un bon moment à jouer avec leurs animaux de baudruche. En observant de près son fils et sa fille, Lao Li prenait de plus en plus conscience des liens très étroits qui l'unissaient à eux. Ainsi, Ying avait la même bouche et le même nez que lui ; surtout les mêmes yeux, très grands mais un peu inexpressifs. « Dire que je devais être aussi noiraud que toi quand j'étais jeune ! » se dit Lao Li. Quant à Ling, avec ses petits bras et ses jambes rondelettes, elle serait probablement un peu boulotte comme sa mère. Mais qui pouvait prédire l'avenir de ces enfants ? L'un continuerait-il de ressembler à son père et l'autre à sa mère ? Non, c'était impossible ! Et puis, au fond, quelle importance ? « Ling, viens embrasser ton papa ! » Après avoir embrassé sa petite dodue, il se tourna vers la cuisine et demanda : « Tu m'entends ? Est-ce que la petite a une jolie robe fourrée ?

— Est-ce que celle qu'elle porte n'est pas mignonne ? » répondit Mme Li, d'une voix si forte qu'on l'aurait entendue de la rue. Elle en a encore une mauve, qu'elle met seulement pour sortir. »

« Tu peux te la garder ! » songea Lao Li. Il était absolument nécessaire de faire faire une nouvelle robe à sa fille. Une fois un peu arrangée, Ling serait sûrement une adorable gamine. Il espérait que sa femme viendrait admirer la nouvelle robe qui n'existait pas encore.

« À ce soir, Ling !

— Tu vas acheter des couettes ? » demanda la petite fille, qui croyait que chaque fois que son père sortait, c'était pour acheter des cacahouètes.

« Papa, rapporte-nous une autre vache, comme ça, on en aura deux ! » Ying, de son côté, se faisait aussi des idées.

Lao Li eut beau attendre un instant sur le seuil de la maison, sa femme ne sortit pas. Dans la partie est de la cour, une porte s'entrouvrit. Il eut juste le temps d'apercevoir une silhouette ; il ne put distinguer de qui il s'agissait, mais l'éclair d'un vêtement rouge lui était passé devant les yeux.

CHAPITRE VI

Chargée d'un gros panier de fruits, de quatre photos de paysages, d'une peinture et de sentences parallèles sans dédicace, enfin, de six paires de petites chaussettes, Mme Zhang, armée de pied en cap, alla rendre visite à Mme Li.

Aux yeux de Mme Zhang, celle-ci ne pouvait qu'être à cent pour cent le parfait exemple de la paysanne. La femme de l'entremetteur éprouvait une condescendance et une compassion sans bornes pour les habitants de la campagne, surtout pour les femmes, et elle acceptait volontiers d'employer toute son énergie à les aider et à les guider. Dès qu'elle eut franchi le seuil, ses paroles, tel un fleuve en crue, submergèrent Mme Li dont la tête se mit à tourner follement comme un disque de gramophone déréglé. Elle ne pouvait que haleter, la bouche ouverte. La sincérité de Mme Zhang était totale et elle se croyait tout à fait dépourvue d'orgueil. Dans l'expression « femme de la campagne », elle accordait davantage d'attention au premier terme, « femme ». Une femme est toujours une femme. Quant au mot « campagne », il signifiait seulement que la femme en question parlait avec un accent du terroir, qu'elle était totalement incompétente, mais qu'elle avait un fond d'honnêteté et de franchise. Guidée par Mme Zhang, une simple paysanne comme Mme Li se métamorphoserait bien vite en une petite perle de citadine.

Ying et Ling étaient deux vrais trésors. Mme Zhang voulut aussitôt prendre Ling comme fille adoptive. Se souvenant, sur le moment, qu'il y avait chez elle, dans une armoire, deux bols décorés en bois verni et, dans un des trois petits tiroirs, du côté ouest, un pendentif d'argent suspendu à un cordonnet tressé de perles rouges, elle considéra son projet d'adoption comme absolument nécessaire. Les bols et le pendentif étaient tout prêts, Ling et sa mère étaient là, devant elle : pourquoi tarder à nouer ce simple lien de parenté ?

Mme Li ne savait que répondre. La bouche ouverte, elle montrait toutes ses dents, sans rien dire. Au fond de son cœur, elle craignait de mécontenter son mari. Mme Zhang devina la difficulté :

« Inutile de vous soucier de votre époux. Votre fille, c'est vous qui l'avez mise au monde. Viens, Ling. Prosterne-toi devant ta mère adoptive ! »

Après un bref instant de réflexion, Mme Li pensa que c'était bien vrai : sa fille lui appartenait et, de toute façon, son mari n'avait pas connu les douleurs de l'accouchement. Elle ordonna donc immédiatement à la fillette de faire les saluts rituels. Se fourrant le pouce dans la bouche et clignant des yeux, Ling restait indécise. Puis, comme elle ne trouvait rien de mieux, elle frappa tant bien que mal du front le sol, plusieurs fois de suite. Les prosternations achevées, elle y vit un peu plus clair : elle ressentait surtout un léger sentiment de supériorité ; son grand frère, lui, n'avait pas de mère adoptive ! Elle s'approcha de Mme Zhang et lui prit un doigt dans sa menotte. Elle était bien sèche, cette mère adoptive [1]. Quand elle riait, sa figure était toute ridée ; on aurait dit une pomme au four trop cuite, rouge et ratatinée à la fois.

Ying faisait la moue. Il voulait s'exercer à la prosternation, mais l'occasion ne s'en présentait pas. Mme Zhang dit en riant :

« Je ne veux pas de garçons, ils font trop de sottises ; regarde comme ma fille adoptive est sage. Mais attends un peu, Ying. Je te trouverai une jolie petite fiancée ! Est-ce que tu iras la chercher avec un palanquin ou avec une auto ?

— J'irai la chercher par le train ! » Ying n'avait pas encore oublié l'expérience acquise durant son voyage de la campagne à la capitale. Puisqu'il irait chercher sa fiancée par le train, il n'avait plus besoin d'une mère adoptive. Il cessa donc de bouder.

L'allusion aux sottises des garçons amena la visiteuse à raconter l'histoire de son propre fils. Depuis la cérémonie anniversaire du premier mois de sa naissance jusqu'à son dernier projet de mariage, avorté, avec une certaine demoiselle Qi, de la rue des Grandes-Écuries, tout fut rapporté

1. En chinois, la mère adoptive se dit *ganma*, la « mère sèche ».

d'une seule haleine, dans le plus grand détail. À la fin, Mme Zhang prit soin d'ajouter :

« Je vous le dis, ma chère Petite sœur, par les temps qui courent, il est vraiment difficile d'élever des enfants, surtout les garçons ! Ils sont foncièrement mauvais ! Prenez garde à votre mari. Les hommes, de seize à soixante-six ans, peuvent faire des sottises à tout moment. Surveillez-le, je vous le dis, surveillez-le bien ! Sans vouloir vous vexer, ma chère Petite sœur, vous qui êtes de la campagne, vous ne connaissez pas les vices d'une grande ville : ça foisonne, ça pullule. Les citadins et les citadines ne sont tous que des renards ensorceleurs ! Les hommes courent après les femmes, les femmes cherchent à aguicher les hommes. Dès qu'ils ont échangé deux ou trois mots, ça y est, les voilà collés ensemble. Nous autres, femmes qui restons fidèles à la tradition, nous devons avoir l'œil sur nos hommes ! »

Mme Li appréhendait ce danger depuis fort longtemps, sans cependant trop y croire ni savoir quelles dispositions prendre à l'encontre de son mari. Maintenant qu'elle venait d'entendre les propos de la visiteuse qui était, par-dessus le marché, la mère adoptive de Ling, elle se sentait doublement soutenue. Depuis son arrivée à Pékin, elle se considérait, bien sûr, comme l'égale de son mari ; Lao Li était le chef de famille, soit, il convenait de ne pas nier cette évidence. Elle devait pourtant avoir l'œil sur lui. Elle se contenta d'incliner la tête sans exprimer aucun avis. Pour les travaux de couture ou de cuisine, elle était compétente ; mais comment tenir son mari sous sa coupe ? Il ne faudrait pas s'y risquer avec trop de brusquerie. D'ailleurs, qui sait si Mme Zhang n'était pas venue pour l'espionner ! Prudence, songeait-elle. Croyez-vous que toutes les campagnardes sont des idiotes ?

« Je reviendrai un de ces jours, je dois partir ! J'ai tant de choses à faire à la maison ! déclara la visiteuse sans se lever. Ma fille adoptive, tu viendras me voir un de ces quatre matins. Rappelle-toi bien : *hutong* du Prétoire[1], numéro neuf. *Hutong* du Prétoire, nu-mé-ro neuf ! fit-elle en terminant sa phrase par un petit gloussement de rire.

— *Hutong* de Pétoile, numélo neuve ! répéta la fillette qui se demandait de quel monstre il s'agissait.

— Vous partirez quand vous aurez dîné avec nous, Belle-sœur », proposa Mme Li qui tenait toute prête l'invitation depuis la veille, jour de son installation. Elle avait alors oublié de convier Zhang Dage et Ding Erye, ce qui avait provoqué le froncement de sourcils de son mari. Elle sauta donc sur l'occasion de combler cette lacune.

« Une autre fois, une autre fois ! J'ai trop à faire à la maison. Il me faut partir ! » dit Mme Zhang en acceptant une autre tasse de thé.

Enfin, elle se leva.

« Ma fille adoptive, je reviendrai dans quelques jours pour t'apporter les bols et le pendentif. » Puis elle se rassit. « Il faudrait aussi offrir quelques jouets à Ying ! N'est-il pas vrai, mon garçon ? »

Ying réfléchit avant de répondre :

1. Rue très proche de la rue des Grandes-Écuries, mentionnée plus haut.

« Je voudrais... un bol en bois, mère adoptive !

— Elle est à moi, la mère adoptive !

— Regardez-moi ça, ma fille adoptive est terrible ! Eh bien, il faut vraiment que je m'en aille ! »

Mme Zhang sortit enfin dans la cour, où la vieille voisine du pavillon ouest était en train d'ajouter du charbon dans un poêle. Mme Zhang estima devoir faire quelques recommandations en faveur de Mme Li, bien qu'elle-même ne connût pas du tout cette voisine.

« Vénérable Dame, vous mettez du charbon ?

— Veuillez ne pas me donner ce titre, je n'en ai pas encore l'âge, j'ai à peine soixante-cinq ans ! Venez vous asseoir un moment chez moi. » Tout en ajoutant son charbon, la vieille était restée aux aguets dans la cour, elle n'attendait qu'une occasion pour se mêler à la conversation. « Puis-je vous demander votre nom ?

— Zhang.

— Oh, c'est le nom du monsieur qui est venu l'autre jour pour la location !

— C'est bien ça. Il est collègue de M. Li et c'est un de ses meilleurs amis. Je vous prie donc d'être aux petits soins avec eux ! dit Mme Zhang qui tenait Ling par la main, tout en regardant Mme Li.

— Ça va de soi, nos proches voisins sont comme nos parents ! dit-elle en regardant aussi Mme Li. C'est vraiment une excellente personne qui n'élève jamais la voix de toute la journée. Et les deux enfants, comme ils sont mignons ! Dis-moi, Ying, où est ta vache ? » Elle ajouta, sans laisser à Ying le temps de répondre : « J'aime ce genre d'enfants, robustes et plaisants. Regardez la petite frimousse grassouillette de Ling, qu'elle est drôle !

— Combien d'enfants avez-vous ?

— Ne m'en parlez pas, un garçon et une fille. La fille est mariée, elle est partie à Nankin avec son mari depuis plusieurs dizaines d'années sans revenir une seule fois. Quant au garçon, hélas ! » La vieille baissa la voix : « Hélas, n'en parlons plus ! Il s'est marié lui aussi... » Du doigt, elle montra le pavillon est : « Eh bien, j'ai honte de l'avouer, je ne parlerais pas de ça devant des étrangers, je risquerais de perdre la face.

— Serions-nous par hasard des étrangers ? s'exclama Mme Zhang qui brûlait de connaître la suite.

— Hélas ! Il s'est marié avec une femme à la fois jolie et intelligente. Dire que ça ne l'a pas empêché d'aller chercher ailleurs ! Mais n'en parlons plus ! Voilà trois ou quatre mois qu'il n'a pas mis les pieds à la maison. Je ne m'attendais pas à connaître pareil malheur dans ma vieillesse ! Je me demande quels péchés j'ai bien pu commettre dans une autre existence pour mériter cette punition ! Une bru si belle, si jeune ! Mon cœur est sur le gril. De plus, elle n'a pas d'enfant. Ling, que tu as de la chance d'avoir une mère adoptive ! » Sans nul doute, la vieille avait entendu la moitié au moins de la conversation des deux femmes.

La fillette se mit à rire et fourra carrément dans sa bouche son index à côté du pouce.

« Nous causerons un autre jour, Vénérable Dame. Quand on a des enfants, les soucis ne manquent pas !

— Je vous prie de ne pas m'appeler ainsi ! Vous êtes peut-être plus âgée que moi ?

— Je suis votre cadette, j'ai à peine quarante-neuf ans. Mais j'ai oublié de vous demander votre nom.

— Ma. Mais vous n'avez pas même pris une tasse de thé chez moi !

— Un autre jour. Je reviendrai vous rendre visite tout exprès, un de ces quatre matins. »

À la suite des enfants, la vieille reconduisit la visiteuse jusqu'à la porte donnant sur la rue, comme si les deux dames étaient ses propres sœurs.

Quand il eut terminé son travail au bureau, Lao Li se rendit chez Zhang Dage pour y prendre les sentences parallèles. Il n'en éprouvait aucune envie mais, comme Zhang les lui avait proposées, il aurait été gênant de les refuser. Si Lao Li répugnait fort à se plier aux usages, il redoutait encore plus de froisser un ami ; mieux valait donc accomplir cette corvée par acquit de conscience. Lorsqu'il arriva chez son collègue, Mme Zhang revenait de chez lui.

« Ah, vous voilà, parent par adoption ! »

Tout éberlué, Lao Li se demandait comment il avait été promu à ce nouveau titre. Mme Zhang raconta par le menu l'adoption de Ling, en ajoutant à son récit force fioritures. Lao Li en fut enchanté. Si Mme Zhang avait bien voulu adopter Ling, c'est que l'enfant devait être adorable et posséder probablement beaucoup de qualités qu'il ignorait encore lui-même.

« À tous points de vue, votre épouse est vraiment une bien jolie petite femme, calme, pondérée, honnête ! » Après avoir loué l'enfant, voilà que Mme Zhang entamait le chapitre des éloges sur la mère. De là, elle passa au père : « Lao Li, cher parent, cessez de vous plaindre ; quel autre genre d'épouse pourriez-vous souhaiter ? Propre et sage comme elle est, la vôtre devrait vous suffire. Sans compter qu'elle vous a donné une paire de petits trésors pleins de santé. Renoncez donc aux convoitises des jeunes mâles ! Contentez-vous de votre lot pendant qu'il en est temps. C'est un bien suprême de pouvoir jouir d'une existence heureuse. Regardez la vieille dame Ma...

— De quelle vieille dame Ma s'agit-il ?

— Votre voisine du pavillon ouest. Quel sort pitoyable ! Elle a chez elle une petite bru jolie comme une fleur, mais que son fils a quittée depuis trois ou quatre mois. Il n'est pas revenu à la maison depuis trois-ou-qua-tre-mois ! À la place de cette vieille dame, je ne pourrais m'empêcher de mordre à belles dents ce maudit garçon ! »

Elle venait à peine de prononcer la dernière phrase que survenait son mari.

« Qui voudrais-tu mordre à belles dents ? » Il croyait qu'on parlait de lui derrière son dos.

« Sois tranquille ! répliqua-t-elle en riant. Personne ne voudrait mordre ta chair de vieux bouc ! Nous étions en train de parler des Ma. »

Bien entendu, Zhang était au courant. Il s'empressa d'allumer sa pipe, referma son œil gauche et prit la relève du bavardage : le pavillon loué par Lao Li appartenait à la vieille Ma qui avait acheté la maison depuis fort peu de temps. Une affaire catastrophique ! La charpente était en mauvais état, les réparations avaient été bâclées. Mais comment une vieille femme aurait-elle pu conclure un marché avantageux ? Zhang profitait de toutes les occasions pour fournir la preuve de l'incompétence des femmes, y compris de sa propre épouse. Après l'achat, les Ma avaient occupé toute la maison. Un mariage avait suivi de peu l'installation. Il est probable que c'est en vue de ce mariage qu'ils avaient conclu hâtivement l'affaire, mais cette précipitation était la cause du prix élevé qu'ils avaient payé. Cela ne devait pourtant pas servir d'excuse, fit-il remarquer en lançant un nouveau coup d'œil à sa femme. Le fils Ma était, à l'époque, professeur dans un collège. Il avait épousé Mlle Huang, diplômée d'études primaires, une vraie beauté ! Mais — Zhang Dage ferma complètement son œil — six mois après le mariage, le jeune Ma nouait une liaison avec une de ses collègues, professeur de musique. Ils avaient commencé par vivre ensemble, puis ils étaient partis pour le Sud. « Vous dites qu'il n'est pas revenu depuis trois ou quatre mois ? Soyez sûrs que dans trois ans il ne sera pas encore de retour ! » Il ajouta en guise de conclusion : « Parce que la balance matrimoniale a été mal réglée ! » Après la fugue de son fils, la vieille Ma avait cédé en location le pavillon principal pour se faire un peu d'argent qui, joint à ses maigres économies, lui permettait de subsister tant bien que mal avec sa bru.

Ayant appris que Mme Zhang avait déjà porté chez lui les sentences parallèles, Lao Li demanda à se retirer dès que Zhang eut mis un terme à son discours. Mme Zhang ne le retint pas à dîner.

« Eh bien, rentrez vite chez vous. Quand vous reviendrez avec Mme Li, je préparerai quelques plats pour vous deux. Veuillez dire à Ling que je lui apporterai les bols un de ces jours, n'oubliez pas ! »

Dans l'esprit de Lao Li, la silhouette à la robe rouge commençait à prendre un contour précis. Elle s'appelait Huang, c'était une vraie beauté, mais en même temps une femme délaissée, une créature digne de pitié ! L'amour était à la fois le plus brûlant et le plus froid des sentiments. À supposer que Lao Li prenne la fuite avec... — avec qui donc ? Peu importait la personne. Dans quelle misère ne ferait-il pas tomber sa femme et ses enfants ? Il n'osait même pas l'imaginer. Certes, Zhang Dage n'était qu'un être ordinaire et plutôt terre à terre. Pourtant, si son bon sens était capable d'étouffer tout élan romantique, il était également à même de sauver des existences menacées de mort par les flammes de la passion. D'un autre point de vue, comment ne pas reconnaître qu'en tuant le romantisme, le bon sens tuait également l'idéal et la révolution ? À nouveau, Lao Li se retrouvait dans un cul-de-sac : il ne pouvait plus avancer et ne voulait pas reculer. À l'idée que Ling, cette adorable fillette, était devenue la fille adoptive de Mme Zhang, il s'indigna contre ce geste qu'il trouvait vulgaire.

« Papa ! s'écria le petit noiraud qui l'attendait

devant la porte de la cour. Papa ! Ling a une mère adoptive, c'est Mme Zhang. Elle viendra lui apporter des bols et un pendentif en argent. Et moi ? Est-ce que je pourrai prendre maman comme mère adoptive ? Tu lui donneras un peu d'argent et tu lui diras de m'acheter un bol en bois ; je ne veux pas de pendentif, mais seulement deux chevaux en baudruche. Celui que tu m'as donné, je n'ai pas soufflé trop fort dedans, mais il s'est percé je ne sais pas comment et j'ai beau souffler de toutes les manières, je n'arrive plus à le gonfler ! »

De toute sa vie, Lao Li n'avait jamais autant ri.

« Papa, la tante du pavillon est a soufflé pour moi pendant un grand moment. Elle non plus, elle n'a pas réussi à le gonfler. Cette tante est très, très belle. Ses grands yeux ressemblent à deux... deux... deux, dit Ying en laissant voir le blanc de ses yeux. À deux petites lunes ! Et ses mains sont douces, fines, bien plus fines que celles de maman. Les mains de maman ne sont bonnes que pour me gratter quand ça me démange, parce qu'elles sont toutes râpeuses.

— Si maman t'entendait, gare à la raclée », dit Lao Li qui cessa de rire.

Le dimanche suivant, Lao Li emmena sa famille au marché couvert de Dong'an, car il avait résolu de passer une bonne journée, en déjeunant et en dînant au restaurant.

Ying avait bien raison de le dire, les mains de maman étaient râpeuses ; comment aurait-il pu en être autrement, avec toutes les tâches domestiques et tous les travaux ménagers ? Il aurait fallu engager une bonne, non pour en faire étalage, mais parce que sa femme ne devait pas trimer si durement. Mais serait-elle capable de diriger une servante ? Après tout, il valait mieux ne pas se montrer trop exigeant sur le chapitre de la nourriture et de la boisson et demander à chacun de faire quelques sacrifices. En économisant ainsi l'argent des gages, il pourrait offrir à sa femme deux jours de détente par mois ; ce n'était peut-être pas une mauvaise idée. C'est ainsi qu'il avait pris la résolution de se rendre au marché couvert.

Mme Li se demandait comment elle devait s'habiller. Elle avait apporté de la campagne les vestes ouatées et les jupes qui faisaient partie de son trousseau de mariage. Mais elle ne possédait qu'une robe longue, qu'elle avait confectionnée à la hâte, travaillant jour et nuit, avant son départ pour Pékin. La robe était de couleur bleue, sans bordures, et, en plus, trop large.

« Tu as encore apporté ces jupes ? Pour un yuan, on en a deux au Pont du Ciel [1], et personne n'en veut ! »

Elle ignorait où se trouvait ce fameux Pont du Ciel, mais puisque, d'après son mari, on pouvait y acheter deux jupes pour un yuan, c'est qu'elles étaient passées de mode. Elle décida donc de mettre sa seule et unique robe qui était bleue, sans bordures, et trop large.

1. Marché aux puces permanent et principal lieu d'attraction, situé au sud-ouest de la ville chinoise.

Lao Li avait sorti tous les vêtements des enfants, sans réussir à les habiller convenablement, de quelque manière que ce fût, si bien qu'il avait les mains toutes moites de sueur. Vouloir donner l'image d'une famille heureuse à travers l'élégance vestimentaire était bien une idée bourgeoise ! Mais ses enfants étaient des enfants, ils devaient être beaux et propres, de même qu'il appartenait aux fleurs et aux plantes d'être éclatantes et fraîches. Si les règles de savoir-vivre des bonnes bourgeoises lui faisaient horreur, il désirait pourtant manifester son amour du beau à travers ses enfants, afin de compenser la honte que lui causait son propre costume tout tire-bouchonné. Ne pas se rendre au marché couvert serait une preuve de lâcheté. Il fallait y aller absolument, quoi qu'il arrivât. Peu lui importait d'essuyer quelques quolibets ; pourtant, il ne voulait pas non plus se sentir trop mal à l'aise. Désireux d'appliquer les principes de son idéal esthétique, mais réduit à utiliser les moyens du bord, il tripotait les enfants au risque de les transformer en fruits blets, sans arriver à les rendre présentables. Courage ! Lao Li avait fini par retrouver son opiniâtreté foncière. « En route ! » dit-il après avoir fait quelques recommandations à la vieille Ma pour qu'elle surveille un peu la maison pendant leur absence.

« Eh bien, dis-moi un peu, Ling, fit la vieille en se frottant les yeux ; tu es encore plus mignonne, si bien habillée ! Et cette paire de chaussons à tête de tigre ! Regarde où tu mettras les pieds, il ne faudrait pas les salir, tu m'entends ? Approchez, mes enfants, j'ai encore ici dix grosses pièces de cuivre, cinq pour chacun. Venez donc, mettez ça dans vos poches, pour acheter des cacahouètes dans la rue. » Les pièces de monnaie, toutes tièdes, tombèrent aussitôt dans leurs poches.

Lao Li se sentait assez satisfait : il n'avait pas trahi son idéal esthétique.

Une fois dehors, il observait à la dérobée les passants qui allaient et venaient, pour voir s'ils faisaient attention à eux. Pas le moins du monde ! Si les gens de Pékin étaient capables de tout critiquer, ils pouvaient aussi bien tout accepter, ils étaient sans parti pris. À Pékin, en dehors du vent, il n'y a rien qui résiste. Cette ville permettait à tous d'être fiers ; ce n'était pas un hasard si Zhang Dage l'était particulièrement. La respiration de Lao Li devenait moins oppressée. En se retournant, il avisa Ying et sa mère qui marchaient au milieu de la chaussée, tels une impératrice et son héritier présomptif fraîchement débarqués de la campagne. Il s'arrêta : « Si c'est la mort que vous cherchez, vous n'avez pas besoin d'emprunter le trottoir ! » Les yeux écarquillés, Mme Li jeta un regard circulaire aux alentours sans remarquer rien d'inquiétant. « Amène Ying par ici, en vitesse ! » Elle obtempéra, tandis qu'une rougeur envahissait son visage : l'apostrophe lancée par son mari avait dû être surprise par les passants. À la campagne, au moins, on pouvait marcher comme on voulait ! Elle réprima sa colère car, après tout, l'intention de son mari était bonne. Mais pourquoi s'être exprimé avec tant de brutalité ? « Ce serait étonnant qu'on s'amuse bien aujourd'hui ! » songèrent-ils tous deux, chacun de son côté.

À la sortie de la ruelle, des tireurs de pousse proposèrent leurs services, selon leur habitude, et sans témoigner aucun mépris pour la robe ouatée de Mme Li. Soit, il ne convenait pas de décliner leur offre. En temps ordinaire, au moment de quitter la maison, Lao Li avait déjà décidé s'il prendrait ou non un pousse. Dans la négative, il faisait un détour pour éviter les tireurs, car il lui était extrêmement désagréable de leur opposer un refus. Dans l'affirmative, il leur accordait toujours un bon prix. C'est pourquoi Zhang Dage, lorsqu'il accompagnait Lao Li, ne tenait pas à prendre ce genre de véhicule. Ying et sa mère s'installèrent dans un pousse. Ling et son père dans un autre. Chemin faisant, Ying posait quantité de questions sur la Porte de la Paix de l'Ouest, le Lac du Nord, la Cité interdite... comme si, sur chacun de ces lieux ou sites, se dressait un énorme point d'interrogation. Lao Li craignait que sa femme ne se retournât pour lui transmettre ces questions, mais elle restait silencieuse, tandis que le tireur répondait au petit garçon. Il craignait également qu'elle n'engageât la conversation avec le tireur ; mais non, elle s'en gardait bien. « Quel idiot je fais ! songea-t-il. Faut-il croire que les femmes soient vraiment dénuées d'esprit ? Elles sont les dépositaires des usages sociaux. » Là-dessus, il esquissa un sourire contraint. « Lao Li, tu resteras toujours l'émule de Zhang Dage, puisque tu ne peux te dispenser de suivre les coutumes ! »

Dès qu'ils eurent franchi le seuil du marché couvert, les enfants réclamèrent des pommes, ce qui plongea Lao Li dans l'embarras : en acheter une grande quantité ? Ce serait encombrant. N'en acheter que deux ? C'était s'exposer au mépris du vendeur. Et, s'il n'en achetait pas, les enfants feraient un caprice. Mme Li finit par trouver une échappatoire : « On en achètera plus loin, Ling. »

Lao Li fronça les sourcils, selon son habitude. Plus loin, les marchands de fruits ne manquaient pas. Allait-il en acheter ou non ? Il fallait prendre une décision. À quoi bon vouloir donner le change ! Lui-même était un bourgeois, sa femme abusait les enfants, sans vergogne, quel couple épatant ils formaient ! Mais qu'importe, si le problème était résolu. La fillette contemplait un éventaire de jouets et, à ce moment-là, elle aurait refusé les pommes, même si on lui en avait offert.

« Là-bas, il y aura de plus beaux jouets. » Et voilà un nouveau mensonge !

Contre toute attente, ce genre de mensonge était capable de résoudre le problème. En effet, le nombre des étalages de jouets augmentait au fur et à mesure qu'on avançait. À force de les admirer, les enfants avaient les yeux éblouis et ne savaient plus quoi demander. Lao Li lança un regard furtif à sa femme ; il avait l'esprit tourmenté par la crainte de la voir se comporter comme « la mémé Liu pénétrant dans le Parc aux Sites grandioses [1] ». Les yeux de Mme Li semblaient se partager le travail, l'un fixé sur les enfants, l'autre dévorant toutes sortes de marchandises aux couleurs

1. Allusion au chapitre 41 du *Rêve dans le pavillon rouge*, où une vieille paysanne commet des impairs en visitant une demeure aristocratique.

éclatantes. Au besoin, les deux yeux se portaient sur les enfants, faisant le sacrifice de tous les objets propres à séduire une âme féminine. À la voir ainsi, Lao Li se sentit fort ému.

Il n'en allait pas de même avec les couples modernes qu'ils rencontraient : les messieurs portaient les paquets et le sac des dames; un sourire perpétuel rayonnait sur leur visage et semblait descendre jusqu'à leurs talons légers et élastiques. Aussitôt que, d'un battement de cils, leurs compagnes désignaient des fruits, les orteils de ces messieurs se précipitaient vers l'étalage où l'on ne recherchait que les produits enveloppés de papier de soie, sur lequel étaient imprimés des mots étrangers accompagnés d'un tampon bleu — et cela, sans même s'inquiéter au préalable du prix. Lao Li n'osait plus regarder sa femme qui n'avait ni écharpe, ni sac à main, ni ces fameuses chaussures fourrées à fermeture clic-clac; elle n'était vêtue que d'une robe ouatée, sans bordures, et trop large ! Se sentant coupable envers elle, il résolut de lui acheter tous les objets précieux qui lui faisaient défaut. On pouvait bien rejeter soi-même les conventions bourgeoises, et, en même temps, désirer voir une épouse s'y conformer. Autant donc acheter ! Il faudrait aussi se procurer des chaussures et des petits bonnets de laine pour les enfants. Ils entrèrent dans un grand magasin.

« Choisis toi-même ! » ordonna-t-il. Si l'intention était louable, la voix sonnait de façon fort déplaisante.

Sa femme commença par choisir une écharpe : les rouges faisaient trop jeune, les vertes trop vieux, les jaunes n'allaient pas du tout, les bleues n'étaient pas mal, mais, hélas, un peu trop courtes. Pendant ce temps, Lao Li ne cessait de répéter à sa fille : « Attends un peu ; quand maman aura choisi, nous irons essayer des chaussures pour toi. » Ces mots devaient suffire, pensait-il, à diminuer l'agacement des employés. Si Lao Li avait été à leur place, il aurait depuis longtemps mis sa femme à la porte ! Elle avait fait sortir presque toutes les écharpes quand elle lui demanda : « Dis-moi laquelle je dois prendre. » Elle n'était même pas capable de se décider pour une si mince affaire. Ah, les femmes ! Lao Li s'approcha et désigna une écharpe bleue.

« Le bleu est très à la mode, monsieur », dit le vendeur qui semblait ne jamais avoir versé une larme de sa vie et qui, en prenant de l'âge, devait avoir acquis une propension de plus en plus grande à sourire. Lao Li posa l'écharpe bleue et en prit une grenat.

« Ce grenat conviendrait parfaitement à madame ! » Le vendeur redoublait de sourires. Les joues de Lao Li s'enflammèrent. Il reprit l'écharpe bleue.

« Décidément, c'est le meilleur choix, monsieur. La teinte est des plus seyantes et les fibres de laine sont les plus longues dans cet article. » Les sourires du vendeur semblaient bondir hors de son visage comme pour mieux embrasser le client.

Lao Li capitula : « Il vaut mieux que tu choisisses toi-même. »

Le visage souriant du vendeur se tourna vers Mme Li. Elle se décida enfin pour une écharpe gris-bleu, choix peu judicieux, car le soleil risquait de manger le bleu pour ne laisser subsister qu'une teinte grisâtre. Malgré tout, c'était un achat de fait, on pouvait aller voir autre chose.

« Veuillez vous asseoir, monsieur, prenez donc une cigarette. »

Les vendeurs entouraient Lao Li de prévenances, mais il refusa la cigarette et le siège. S'il s'asseyait, il craignait de laisser croire à sa femme qu'elle pouvait s'installer dans le magasin pendant un ou deux jours.

Mme Li demanda des serviettes de table pour enfants et du linge de corps chaud pour homme. Lao Li ne s'attendait pas du tout à de tels achats. Pourtant, les serviettes étaient réellement plus urgentes que les chaussures, et lui-même n'avait toujours pas de linge de corps pour l'hiver. Après tout, une femme était une femme, elle savait d'instinct ce qui était nécessaire. Elle prit ensuite du fil de différentes couleurs, des aiguilles et une paire de petits ciseaux. Ces emplettes étonnèrent encore davantage Lao Li : puisqu'il passait dans leur rue des marchands ambulants qui vendaient du fil et des aiguilles, à quoi bon venir jusqu'au marché couvert pour s'en procurer ? Mais il est vrai que sa femme ne disposait pas d'un sou, elle ne pouvait donc rien acheter dans la rue. C'était lui le responsable : il n'avait qu'à donner un peu d'argent à son épouse. Elle n'était pas une domestique et devait se procurer au moins les articles de première nécessité.

Ils avaient un gros paquet d'emplettes dont le montant ne s'élevait qu'à quinze yuans et vingt-sept fens. On présenta à Lao Li la facture sur laquelle étaient même collés des timbres fiscaux !

Comment emporter tout cela ? Le vendeur avança une suggestion : « Vous n'avez qu'à laisser votre paquet ici et vous viendrez le chercher après votre promenade. » Qu'il était aimable, plein d'initiative, et comme il savait nouer de bonnes relations avec les clients ! Lao Li estima que l'on devrait consacrer sa vie à ce genre de menues occupations qui faisaient l'intérêt de l'existence. Comme ils étaient heureux, ceux qui portaient les paquets et les sacs de ces dames !

Au centre des Osmanthes rouges [1], Lao Li se planta devant une librairie. Les pieds rembourrés de Mme Li commençaient à être las. À plusieurs reprises, elle regarda son mari qui prenait racine devant les bouquins. Soudain, elle s'aperçut que Ying avait disparu. Après avoir jeté un coup d'œil par-dessus l'éventaire des livres, elle découvrit le petit garçon de l'autre côté du magasin, le visage collé contre une vitrine, en train d'examiner des figurines d'argile.

« Ying est là-bas ! » Les pieds de Mme Li ne pouvaient plus la porter.

« Ying ! » cria Lao Li, fort mécontent. Il posa l'ouvrage qu'il tenait et saisit l'occasion pour adresser un sourire au jeune libraire.

Quand on fut de retour à la maison, c'était presque l'heure d'allumer les lampes. Ling s'était endormie, emmitouflée dans son écharpe neuve. Ying était plein d'entrain. Dès qu'il fut dans la

1. Au cœur du marché de Dong'an.

cour, il se mit à crier : « Ma tante, venez voir mon bonnet neuf ! » Mais la tante du pavillon est ne se montra pas. Elle se contenta de répondre, du fond de sa chambre : « Il est magnifique ! »

« Que penses-tu de Pékin ? demanda Lao Li à sa femme.

— Rien d'extraordinaire. Il n'y a que des avenues et encore des avenues. Mais le marché couvert est très bien, on y trouve de tout ! »

Là-dessus, Lao Li prit la décision de ne pas l'emmener visiter des lieux aussi célèbres que le Temple du Ciel ou le Temple de Confucius.

CHAPITRE VII

Zhang avait un souci permanent, qui lui venait de son fils Tianzhen. Or voilà que le jeune homme était de retour ! Il revenait toujours plusieurs semaines avant les vacances sans jamais se présenter aux examens, sauf une fois où, dès la distribution des copies, il les avait fait voler à la tête du directeur, qui ne s'en était jamais remis.

Depuis l'entrée à l'école primaire jusqu'à l'établissement d'enseignement supérieur où le garçon était censé se trouver, le père avait dû effectuer tant de démarches et lancer tant d'invitations qu'il était impossible de les compter. L'amour paternel et un sens achevé des convenances faisaient de toutes ces formes de politesse une sorte d'art. Quand son fils fut admis en première année d'école primaire, il avait pris soin de le faire inscrire par un parent du directeur de l'école, ce qui avait une allure plus officielle, sans rendre pour autant les épreuves d'entrée plus difficiles. Le premier jour de classe, il conduisit lui-même son fils, présenta ses civilités au directeur et aux instituteurs, sans oublier de donner une gratification au portier. Lorsque Tianzhen dut entrer dans une école secondaire, Zhang fut contraint à des dépenses autrement considérables. Cinq établissements le refusèrent, alors que les proviseurs et les professeurs principaux avaient tous accepté une invitation à dîner et qu'en outre, dans le cas de deux collèges, la demande d'inscription était passée par les femmes des chefs des établissements concernés. Cet échec lui ouvrit les yeux : il n'avait pas poussé assez loin les démarches personnelles. C'est pourquoi, lorsqu'il fit une sixième tentative, il alla trouver le chef du bureau de l'enseignement secondaire et il l'implora tant et si bien que l'autre, tout ému, intervint lui-même auprès du directeur de l'école pour que Tianzhen ait des notes suffisantes. Mais voilà que le fils n'était pas du tout content : il ne comprenait pas pourquoi il avait réussi cette fois-là et maudissait une vie qui l'obligeait à reprendre le chemin de l'école. Quand finalement il entra à l'université, personne ne put dire au juste s'il s'y trouvait comme un véritable étudiant ou comme un simple auditeur ; tout le monde savait bien pourtant que, sans les démarches de son père, jamais il n'y aurait mis les pieds.

Tianzhen était un garçon superbe mais futile, qui tout en penchant vers le communisme, méprisait les pauvres et avait toujours besoin de dépenser beaucoup d'argent, au point que, lorsqu'il en manquait, on le voyait subitement au cours, tout au plus pour une demi-heure. Sa beauté tenait surtout à son nez mince, à ses grands yeux, à ses pommettes point trop saillantes, et aussi à sa façon de sourire sans bouger un trait de son visage, sauf pour exhiber la blancheur parfaite de ses dents. Il ne faisait pas un geste ou un mouvement sans qu'on eût l'impression de se trouver en face d'une star de cinéma : pour lui, John Barrymore[1] était plus qu'un modèle, c'était un véritable dieu. Comme son idole, il avait du reste les cheveux soigneusement séparés par une raie et quand il restait chez lui il portait toujours un petit bonnet pour maintenir sa coiffure en place. Il avait pour coiffeur attitré un Russe blanc du Quartier des Légations. Ce dernier l'avait d'abord méprisé, devant l'incapacité du garçon à parler anglais, mais comme Tianzhen lui avait laissé un gros pourboire, la fois suivante, le coiffeur lui avait parlé naturellement en chinois, et même dans un très bon chinois.

Plus grand que la moyenne, le fils de Zhang avait aussi la taille fine et de longues jambes : il s'habillait, bien entendu, à l'occidentale. Il fréquentait les dancings mais seulement pour regarder évoluer les autres. Il feignait de s'absorber dans de grandes idées, tout en fronçant les sourcils devant son miroir et en passant son temps à manger des oranges. Quand il se rendait au marché de Dong'an il prenait avec lui ses patins à glace. Il dormait en tenue de sport. Chaque jour il lisait trois gazettes, moins pour connaître les événements importants de l'actualité que pour noter spécialement les programmes des cinémas. À l'égard des jeunes filles, il savait se montrer aussi aimable qu'il était bougon en présence de son père.

1. Le célèbre acteur de cinéma américain.

De retour dans sa famille, le garçon se dit qu'il n'y avait rien de plus désagréable que de retrouver les siens, mais il ne voyait pas comment il aurait pu faire autrement. Les cours avaient été suspendus, il ne savait pas pourquoi, vu qu'il se tenait toujours à l'écart de toute réunion ou action de type collectif. Il serait bien allé à Tianjin ou à Shanghai, mais il était, une fois de plus, à court d'argent et retenu par le manque d'audace. Contraint donc de rentrer chez lui, il était furieux. En premier lieu, il détestait son père ; en second il avait en horreur le mobilier en bois dur de la maison, qui symbolisait à ses yeux tout le système féodal. Heureusement que dans le cabinet de travail il se trouvait un tapis où il pouvait faire tous les trous de cigarettes qu'il voulait, sans avoir à jeter les mégots dans un cendrier. Pour Tianzhen, sa mère ne comptait pas.

Celle-ci avait un peu peur de lui : c'était normal puisqu'il s'agissait d'un fils aîné, et puis, il était beau comme un dieu[1]. Quand il rentra, elle songea naturellement à lui préparer quelque chose de bon à manger. Mais elle n'était pas sûre que ce qu'elle aurait choisi elle-même conviendrait aux goûts de son fils, dix fois plus modernes que ceux de son père et vraiment difficiles à satisfaire. Quant à lui demander ce qui lui ferait plaisir, c'était peine perdue, car le garçon ne répondait jamais et se contentait d'arborer le même sourire figé. Elle fit donc de délicieux ravioli au bouillon

1. Mot à mot : « comme Lü Dongbin ». Lettré de la dynastie Tang, vénéré comme un des Huit Immortels taoïstes.

de poule, mais lorsqu'ils furent prêts, Tianzhen était sorti et ne rentra pas dîner. Tout en lavant la vaisselle, Mme Zhang se sentit soudain envahie par les larmes, qu'elle cacha à son mari en restant auprès du fourneau tout le temps nécessaire pour les sécher. À minuit, comme il n'était toujours pas là, elle se crut obligée, en bonne mère, de veiller en guettant son retour.

À une heure et demie, le garçon revint : « Mais, maman, pourquoi es-tu restée à m'attendre ? dit-il en arborant un large sourire.

— Dis-moi plutôt comment tu serais entré dans la maison si je ne t'avais pas attendu ? Tu aurais fait le mur ?

— Va pour cette fois, maman, mais demain, inutile de m'attendre !

— Tu n'as pas faim ? lui demanda-t-elle avant d'ajouter, à la vue de ses oreilles toutes rougies par le froid : tu ne devrais plus mettre ces habits qui ne sont pas assez rembourrés pour le temps qu'il fait !

— Je n'ai ni faim ni froid. J'ai par-dessous une bonne doublure et, comme tu peux voir, le tissu est très épais ! » Un fils doit savoir parfois se montrer compréhensif avec sa mère, tout en se moquant d'elle gentiment.

« Mais oui, il est très épais !

— Le costume m'a coûté vingt-six dollars, je n'ai pas encore payé la note, mais c'est un lainage anglais !

— Tu ne vas pas saluer ton père ? Il ne t'a pas encore vu depuis ton retour ! » Les yeux de Mme Zhang se firent implorants.

« Ce sera pour demain. Il doit sûrement dormir.

— Ça ne fait rien si tu le réveilles : demain matin, il se lève et part très tôt, tandis que toi, on ne sait pas jusqu'à quelle heure tu vas dormir !

— C'est bon, je me lèverai tôt demain », dit le garçon, profitant de ce qu'il était devant un miroir pour égaliser ses cheveux, aussi lisses qu'une coupe de laque.

« Maintenant, maman, si on allait dormir ? »

Mme Zhang poussa un soupir et alla se coucher.

Le fils mit son protège-cheveux et s'assit sur le bord de son lit, fredonnant une chanson sentimentale à la mode tout en pelant une orange. Tandis qu'il avalait le fruit, il sourit, avec la sensation d'être plus que jamais John Barrymore.

Zhang ne plaçait pas dans son fils des espoirs démesurés, tout comme l'ensemble des habitants de la vieille capitale ; il espérait seulement que Tianzhen deviendrait quelqu'un de convenable, avec des manières, une situation et une famille correspondant au moins à la classe moyenne. L'imaginer chef de département dans l'administration aurait été viser un peu trop haut, et professeur dans l'enseignement secondaire, un peu trop bas. Il le voyait bien dans la fonction publique, comme rédacteur dans un service, chef d'un bureau de douanes ou responsable des transmissions dans un district, à condition que celui-ci fût proche de Pékin. Ce genre de poste lui conviendrait parfaitement. Un garçon qui sortait d'une université, peu importe laquelle, et qui commençait une carrière administrative, à la fois respectée et lucrative, c'était l'idéal. Ça ne supposait pas un travail intense, mais pas mal de relations et une bonne épouse capable de seconder son mari ; le mieux était de lui trouver une fiancée dans une vieille famille ; il fallait qu'elle sache un peu lire et écrire et aussi qu'elle ne soit pas trop menue : seules les grosses mamans faisaient de beaux bébés. Tianzhen n'aurait aucune peine à obtenir son diplôme universitaire, même comme simple auditeur. Au moment voulu, il aurait son parchemin : avec de l'entregent, rien n'est impossible. Lorsque le garçon serait diplômé, Zhang faisait son affaire du reste : ce serait facile, étant donné qu'il connaissait des gens dans tous les services, aussi bien à l'Éducation qu'à la Sécurité ou à la Mairie. Le mariage du garçon était une question plus délicate à régler, voilà plusieurs années que Zhang s'en préoccupait. Lui qui avait joué une grande partie de sa vie le rôle d'entremetteur ne pouvait tout de même pas prendre comme bru le dernier des laiderons, ce qui risquait de le faire expédier d'un coup aux Collines de l'Ouest[1] ! Pour ce qui était de trouver la jeune fille, comment Zhang aurait-il été en peine ? Son tourment, c'était Tianzhen lui-même.

Cinq fois de suite, le garçon n'avait pu être admis dans une école secondaire. C'était parce

1. Ces collines, situées à une trentaine de kilomètres du centre de la capitale, sont un peu l'équivalent de notre « diable Vauvert ». On le voit : la réputation de l'entremetteur était en jeu !

que les recommandations n'avaient pas marché, bien sûr, mais Zhang n'en était pas moins très inquiet pour les études de son fils. En voyant son écriture, ses textes où même la langue parlée était pleine de caractères fautifs, il ne pouvait échapper à la pire des anxiétés. Car, pour réussir dans l'administration, tout le reste importait peu, mais il était indispensable de savoir écrire. Une langue étrangère pouvait vous servir et même vous mener à un poste important ; malheureusement, Tianzhen n'en connaissait probablement pas un traître mot. Pour qu'une recommandation marche bien, il fallait un minimum de compétence, et Zhang, n'étant pas encore président de province [1], ne pouvait se permettre de nommer un illettré comme chef de district. Son principal souci résidait là. Si vraiment son fils n'était pas à la hauteur, il se demandait même à quoi servirait de lui trouver la fiancée idéale.

Il fallait ajouter que la conduite de Tianzhen était étrange. Le traiter de communiste aurait été injuste, mais l'inverse aussi, car avec un garçon pareil, qui ne respectait ni père ni mère, on pouvait s'attendre à tout. Ce n'était pas un dur, puisqu'il se refusait à utiliser les patins qu'il avait achetés, de peur de se fracturer l'occiput. Ce n'était pas non plus un mou, puisqu'il était capable de tenir tête à son père. Il était toujours plus malin et plus

1. L'expression employée (*Shengzhuxi*) représente bien l'époque où, sous la pression des signes de la guerre, la République chinoise avait fait place à une fédération d'États plus ou moins autonomes.

bête qu'il n'en avait l'air. Zhang était dans l'impossibilité de le faire entrer dans aucune classification, ou, pour dire les choses autrement, le poids de Tianzhen ne cessait de varier dans la balance paternelle, tantôt très élevé, tantôt très bas. Un pareil souci, l'entremetteur ne pouvait en parler à personne en dehors de la maison. Normalement, il n'y a pas mieux placé qu'un père pour connaître son fils, mais, dans le cas présent, manifestement, Zhang ne comprenait pas Tianzhen.

Les fluctuations qu'enregistrait sa balance ne lui enlevaient pas pour autant de l'idée que la pire des choses serait d'être dans l'incapacité de trouver un parti pour son fils. Si jamais celui-ci avait lui-même trouvé... Mais il valait mieux ne pas y penser, et il ferma ensemble ses deux yeux.

La fortune de l'entremetteur était difficile à évaluer. Il était entré dans l'administration à vingt-trois ans et voilà près de trente années qu'il y travaillait, vingt-huit pour être plus précis. Il n'avait pas mis de côté beaucoup d'argent, mais donnait toujours l'impression de vivre dans l'aisance, ce qui expliquait justement qu'il n'eût pas mis de l'argent de côté. Les apparences comptaient plus que tout le reste. Il est vrai qu'il n'aurait jamais gaspillé un sou, ni sa femme dépensé inconsidérément la plus petite somme, mais pour une marmite mongole il fallait bien mettre cinq à six yuans. Pour recevoir des invités — et comment un fonctionnaire de son rang aurait-il pu ne pas en avoir à sa table ? — on ne pouvait acheter que ce qu'il y avait de mieux et de plus cher. Naturellement, par rapport à un repas au restaurant, la marmite était moins onéreuse, mais cinq ou six yuans, c'était une somme, surtout quand elle revenait souvent. Les enfants coûtaient cher et leurs frais de scolarité étaient élevés. Les frais de relations publiques atteignaient aussi un gros montant, d'autant que Zhang mettait son point d'honneur à apporter chaque fois sa contribution. Lorsqu'il avait célébré ses quarante ans, il avait reçu un bon millier de présents, ce qui est un chiffre considérable, plus qu'honorable, mais s'il n'avait pas lui-même fait beaucoup de cadeaux auparavant, qui sait si on lui en aurait offert autant le jour de son anniversaire ?

Pour les vrais Pékinois, la richesse était fonction du nombre de maisons que l'on possédait, alors que tout le commerce était aux mains des gens originaires du Shandong, du Shanxi, et aussi maintenant du Guangdong. La terre, qu'on le voulût ou non, était toujours limitée à la propriété et au cimetière que vous avaient légués vos ancêtres. Spéculer en bourse était trop dangereux. Les placements internationaux étaient possibles, mais pas très fiables. En fait, le placement le plus sûr était dans la pierre. Zhang était donc propriétaire de trois maisons, y compris celle qu'il habitait. Aux yeux de ses collègues de bureau, qu'un fonctionnaire d'un rang relativement modeste comme lui détînt un tel patrimoine immobilier relevait du prodige.

Tianzhen prenait son père pour un richard. Chaque fois qu'il parlait de lui avec sa sœur, il hochait la tête et disait : « Ce vieux capitaliste ». Il ignorait le montant exact de la fortune paternelle et n'avait jamais cherché à le savoir. Quand Zhang lui refusait de l'argent, il rêvait de communisme. Mais il suffisait que son père lui en donne pour qu'il renonce à tout espoir de voir « communiser » les biens de la famille, qu'il voulait être seul à dissiper un jour. Dès qu'il avait de l'argent dans les mains, il dépensait aussitôt trois ou quatre yuans chez son fameux coiffeur, avalait une demi-douzaine d'ice-creams, ainsi qu'une bonne dizaine d'oranges, sous prétexte qu'il avait entendu dire qu'à l'étranger les jeunes raffolaient de glaces et de fruits. En dehors de ces dépenses ordinaires, il y en avait d'exceptionnelles dont il ne disait mot ou bien dont il ne parlait qu'après coup. Il commençait par acheter ce dont il avait envie et faisait ensuite envoyer les factures chez lui. Le vieux capitaliste était bien obligé de payer et le fils appelait ça la « communisation du patrimoine » sans effusion de sang.

La sœur de Tianzhen causait également du souci à Zhang, mais pas autant que le garçon. Une fille coûte toujours de l'argent, au moins pendant la vingtaine d'années qui sépare sa naissance de son mariage ; même au-delà, il arrive qu'elle retourne dans sa famille pour épancher ses larmes. Mais ça, personne ne peut rien y changer. Quand le Ciel vous a fait cadeau d'une fille, il faut accepter de bon gré ce qui vous arrive. Prétendre que l'on peut s'enrichir grâce à une fille relève de l'impudence ; en tout cas il n'était pas question que Zhang vende la sienne, même si, à parler franchement, il faisait plutôt à contrecœur son devoir de père. Pour un garçon, ce n'était pas pareil : il suffisait qu'il n'appartienne pas à la race des frelons. Était-ce le cas de Tianzhen ? Difficile à dire !

Le jour où son fils rentra chez lui, le vieux capitaliste ne dormit pas de la nuit.

Le jeune homme avait deux signes particuliers : il était mou et paresseux.

Ainsi le matin où il était convenu avec sa mère de se lever tôt, son père était déjà parti au bureau alors que lui restait toujours plongé dans le plus beau des rêves. Il s'était seulement levé à dix heures et demie. Sa mère, pour son petit déjeuner, avait commandé spécialement du lait de soja, les beignets les plus fins et les plus croustillants, du sucre blanc de type occidental, et puis, comme elle craignait que son fils n'aimât pas les bouillies sucrées, elle avait également préparé tout un assortiment de légumes macérés dans de la sauce de soja, qui provenaient d'une très bonne maison. Mais, entre le moment où Tianzhen bâilla au sortir du lit, et celui où il eut fini de s'enduire de sa crème de beauté préférée, il s'écoula bien une heure et quarante minutes.

Il laissa sa mère ranger sa chambre : auprès du vieux capitaliste, il était normal de trouver une esclave. Mais le même garçon, qui songeait si souvent à communiser la fortune paternelle, n'avait jamais envisagé un seul instant d'affranchir son esclave de mère. La pièce où il avait couché était dans un état incroyable pour un jeune homme aussi fier de son élégance : la moitié des couvertures traînaient par terre, des mégots, qui s'étaient consumés tout seuls, constellaient les soucoupes de traces jaunâtres, le sol était jonché de journaux, sur lesquels on retrouvait aussi bien des peaux d'orange qu'un démêloir et des brosses de différentes tailles. Au sommet de l'oreiller on découvrait un peigne très fin, et sur les pantoufles était renversée une bouteille de lotion capillaire. Dans le bol à thé, on remarquait plusieurs pépins d'orange. De vieilles chaussettes apprenaient à nager dans l'eau du crachoir. À cette vue, Mme Zhang fronça les sourcils. Comment pouvait-on sortir propre d'un bourbier pareil ? Elle songea à sa voisine, Mme Wang. Celle-ci avait toujours des draps crasseux et des couvercles de marmite tout suintants de graisse, mais, dès qu'elle sortait de chez elle, le maquillage lui donnait un teint de jeune fille et ses vêtements de couleur claire l'apparence d'un bouton de nénuphar. En réalité, elle ne se lavait jamais que la tête et les mains. Mme Zhang la détestait, et, malheureusement, elle avait un fils comme ça.

L'odeur virile qui se dégageait de son pyjama, le parfum de ses mouchoirs et de ses cigarettes lui étaient d'ailleurs de quelque réconfort. Dire que ce grand gaillard de Tianzhen avait des manières de jeune fille ! Serrant dans ses bras l'oreiller, Mme Zhang songea également, un long moment, à sa fille, dont les joues rondes et le sourire suffirent à effacer son froncement de sourcils : même le désordre qui régnait dans toute la pièce lui parut soudain moins insensé. Il suffisait d'espérer que Tianzhen épouserait un jour une jeune et jolie personne, mais pas dans le genre de Mme Wang.

Quand elle eut fini de faire le ménage, le garçon n'avait rien laissé du petit déjeuner qu'elle lui avait préparé.

« Dis, maman, est-ce que le vieux a eu la main large ces jours derniers ? » demanda-t-il tout en enfonçant les siennes dans ses poches et en bombant le torse. Ses yeux fixaient le plafond, il se dressa sur la pointe des pieds, dans une pose de star de cinéma.

« Tu veux encore de l'argent ? Mme Zhang ne savait plus si elle devait rire ou pleurer.

— Non, il me faut une jaquette ; ce n'est pas moi qui ai besoin d'argent. J'ai un ami qui se marie la semaine prochaine ; il m'a demandé d'être son témoin, c'est pourquoi il me faut cette jaquette.

— Il faut bien compter dans les vingt ou trente yuans, n'est-ce pas ? »

Tianzhen sourit, le visage toujours aussi figé, et dit en haussant les épaules : « Même une jaquette ordinaire en vaut plus de cent !

— Ah ! eh bien, tu en parleras avec ton père ! À mon avis, même pour le mariage d'un ami...

— Mais je ne la porterai pas que cette seule fois !

— Tu lui en parleras toi-même ! »

Mme Zhang ne voulait pas prendre sur elle une telle responsabilité, ni le fils discuter avec le père.

« Vous vous entendez bien, tu n'as qu'à lui en parler pour moi ! dit le garçon, qui montra toutes ses dents.

— Gros bêta ! Si nous ne nous entendions pas

bien, avec qui donc... » Le rire empêcha Mme Zhang de terminer sa phrase. Le fils fit à nouveau étalage de sa belle dentition en se disant que sa mère accepterait probablement de parler en sa faveur. Pour élargir encore son sourire, il ouvrit alors si grande la bouche qu'il aspira un peu d'air que parfumait toujours l'odeur du lait de soja.

Le soir eut lieu la rencontre entre le père et le fils. L'un et l'autre fumaient, sans dire un mot. Tianzhen regardait les volutes de fumée bleue qui s'élevaient, tandis que Zhang examinait obliquement sa pipe. Au bout d'un certain temps, l'entremetteur trouva que cette façon d'observer sa pipe n'était pas une solution : « Dis-moi, Tianzhen, dans combien de temps seras-tu diplômé ?

— Dans un an au plus, répondit le fils qui ne savait pas très bien ce qu'il en était au juste.

— Que vas-tu faire après ?

— Le mieux serait que j'aille poursuivre mes études en Occident, dit le garçon en tirant sur le pli bien droit de son pantalon.

— Ah bon, dit Zhang, qui regarda à nouveau sa pipe et attendit un bon moment avant d'ajouter :

— Qu'iras-tu étudier ?

— Je verrai une fois là-bas. Ou plutôt non : comme j'adore la musique depuis quelque temps, ce ne serait pas mal d'y poursuivre des études musicales.

— Tu sais ce que ce genre d'études te rapportera plus tard ?

— Des artistes, il y en a des pauvres, mais aussi des riches : il n'existe pas de règle absolue. »

Ce genre de phrase avait le don d'exaspérer Zhang, mais il n'allait pas ergoter avec son fils. Laissant de nouveau s'écouler un long intervalle de temps, il reprit : « À mon avis, comme études, cela ne vaut pas les finances.

— Mais les finances me plaisent aussi. Ainsi, vous êtes décidé à m'envoyer étudier en Occident ? » Tianzhen était déjà debout, prêt à partir.

« Je n'ai rien dit de tel ! Et d'abord, combien cela doit-il coûter par an ?

— Dans les deux ou trois mille yuans », répondit le garçon de façon tout à fait approximative. Il se souvenait d'un nommé Li Zhenghua qui, à Paris, en dépensait six mille par an. Mais il faut préciser qu'il entretenait trois jeunes Françaises. Avec une seule, trois mille devaient donc suffire.

Zhang n'était pas disposé à prolonger la conversation. Un fils qui n'hésitait pas, dans une famille comme la sienne, à réclamer trois mille yuans par an à son père était certainement dénué de toute compréhension, et ce serait perdre son temps que de vouloir discuter avec lui.

De son côté, Tianzhen n'avait rien à ajouter. Il ne s'agissait pour lui que d'un projet, qu'il n'aurait qu'à pousser lentement par la suite, et il savait bien que l'argent du vieux capitaliste n'allait pas lui couler comme ça dans les poches.

Sur ce, il réalisa tout à coup que, pour aller étudier à l'étranger, le premier pas consistait à se concilier la faveur paternelle et que, pour ce faire, le chemin le plus rapide était de dire du bien des narcisses que le vieux avait lui-même fait pousser : « Ces narcisses sont superbes cette année : c'est toujours vous qui vous en occupez ?

— Ils pourraient être mieux. » Zhang déplaça son regard de la pipe vers la figure de son fils, puis, très calme, il se leva. « Non, ils ne sont pas très bien, dit-il en se rapprochant d'eux et en passant la main en dessous des boutons. L'an passé, ils n'étaient pas plus hauts que ça, et, cette année, ils ont poussé trop vite. La pièce doit être trop chaude.

— Pourquoi n'avoir pas essayé une espèce étrangère, comme les jacinthes ? dit le fils en se gaussant secrètement de lui-même.

— Elles sont trop tardives et ne s'ouvrent qu'au début du mois qui suit le Nouvel An. En plus, cette année, elles étaient très chères : près d'un demi-yuan le pot ! On ne pouvait pas se le permettre ! Mais ce qu'il y a de bien avec les jacinthes, c'est qu'au-dessus on voit les fleurs et en dessous les racines, qui peuvent être très longues si on les entretient bien. Il y a quelques jours, je viens juste d'apprendre qu'après la floraison et la dessiccation des feuilles, si on dispose les bulbes la tête en bas dans un endroit sec et à l'abri de la lumière, les jacinthes sont capables de refleurir l'hiver suivant. La chose est étrange. Comment peuvent-elles continuer de pousser, suspendues à l'envers ? » Retournant sa propre pipe, il ajouta : « Il doit bien y avoir une raison ! » Zhang tenait à donner l'impression qu'il aimait utiliser ses facultés intellectuelles.

« Si vous élevez un gosse la tête en bas, une fois

grand, il deviendra sûrement un très haut fonctionnaire ! » Tianzhen trouvait qu'il avait beaucoup d'humour et qu'il était vraiment trop aimable avec son père.

Jugeant son fils très spirituel, celui-ci s'esclaffa. Quand elle les entendit rire, Mme Zhang les rejoignit et ses yeux se mirent à cligner en les voyant.

« Tu te rends compte : je lui parlais de la faculté qu'ont les jacinthes de refleurir quand on les conserve à l'envers, et le voilà qui dit qu'un enfant élevé de la même façon pourrait occuper un jour d'importantes fonctions officielles ! Ah, j'en ris encore ! »

La mère de Tianzhen rit si fort, elle aussi, qu'elle fit tomber une bonne couche de poussière du plafond. « Avec toute cette poussière, il va falloir nettoyer sérieusement la maison ! »

Un bonheur inhabituel avait gagné les cœurs de toute la famille.

Zhang était sur le point de s'endormir lorsqu'il dit à sa femme : « Tianzhen a, en plus, l'intention d'aller poursuivre ses études à l'étranger, ce qui représenterait trois mille yuans par an ! C'est une noble ambition, mais... » Il bâilla. « Encore faut-il trouver l'argent !

— Il a besoin aussi d'une jaquette, qui coûterait une belle somme, pour être témoin à un mariage ! ajouta Mme Zhang qui se mit elle aussi à bâiller.

— Tu veux dire cent yuans ? »

Mais la question resta sans réponse, car les deux époux préférèrent garder le silence.

CHAPITRE VIII

Xiao Zhao était de retour. Lao Li comprit que son verdict allait bientôt tomber, mais il se sentait plutôt soulagé. « On verra bien qui l'emportera, de Xiao Zhao ou de ma femme », se dit-il. L'existence semblait se dérouler dans un léger brouillard, ni trop sombre ni trop clair non plus, qui faisait qu'on ne savait plus si l'on devait rire ou pleurer. Il aurait fallu quelques rayons de soleil, ou, à défaut, une bourrasque pour balayer la brume. « On va bien voir ce dont ce Xiao Zhao est capable ! »

Ledit Zhao, l'homme de confiance de la femme du Directeur des Finances, ne gardait pourtant pas complètement le silence sur les secrets familiaux de son chef. Il racontait à ses collègues ce qu'il jugeait possible de révéler, afin de s'attirer leur admiration et leur respect. Même si ces indiscrétions revenaient aux oreilles du Directeur, Xiao Zhao n'éprouvait aucune crainte, car non seulement le poste, mais la vie du Directeur étaient entre les mains de Madame, dont Xiao Zhao, encore une fois, était l'homme de confiance ; et comme son prétendu travail au bureau consistait en réalité à régler les affaires personnelles de Madame, il n'avait rien à redouter. Dès qu'il fut rentré, tous les membres du Service tendirent l'oreille et, bouche bée, poussant de légers soupirs, attendirent des nouvelles inouïes. À dire vrai, les affaires « personnelles » de Madame avaient souvent des rapports mystérieux avec les affaires publiques, c'est pourquoi on pouvait parfois obtenir auprès de Xiao Zhao des informations politiques. Les deux premiers jours qui suivirent son retour, il fut assiégé par tous ceux qui souhaitaient se renseigner. Bien qu'il eût adressé un sourire de biais à Lao Li, il n'avait pas encore trouvé le temps de mener une attaque en règle contre son collègue qui attendait, comme on attend, après un éclair formidable, le fracas du tonnerre.

« Faut-il avertir ma femme ? songeait Lao Li. Faut-il rectifier sa façon de saluer ? Lui apprendre quelques phrases de circonstance ? » Il n'avait pas le cœur à instruire cette grande enfant qui dépassait déjà la trentaine. D'autre part, les agissements de Xiao Zhao et de ses collègues étaient complètement absurdes ; à quoi bon s'en inquiéter ? Ils feraient ce qu'ils voudraient, c'était sans importance. Il regardait son épouse préparer les repas, s'occuper des enfants, faire la cuisine ; elle lui inspirait de la pitié. Et lui-même souffrait de la solitude. Plus elle s'activait, plus la solitude pesait sur lui. Il avait envie de l'aider, sans en trouver le courage. Et dire que Xiao Zhao projetait encore de jouer un mauvais tour à sa femme ! Certes, elle faisait naître en lui de la pitié, mais plus elle était pitoyable, moins elle attirait l'amour. Décidément, on ne pouvait rien contre la cruauté humaine ! Sa seule consolation était de s'amuser avec ses enfants qui lui apprenaient beaucoup de jeux extraordinaires. Mais ils devaient se coucher dès la tombée de la nuit, et Lao Li n'avait alors plus d'autre distraction que la lecture. Il était malheureusement incapable de fredonner quelques airs d'opéra de Pékin. Quant à lire à haute voix pour sa femme deux ou trois passages d'un roman, il y pensait depuis plusieurs jours, sans toutefois le lui proposer, tant il avait peur de l'entendre répondre un « volontiers » plein d'incompréhension et dépourvu d'enthousiasme, uniquement dicté par l'obéissance.

Il finit par risquer une tentative :

« Je vais te lire un passage de roman, veux-tu écouter ?

— Volontiers. »

Les yeux fixés sur le livre, Lao Li resta un grand moment sans pouvoir prononcer un seul mot.

Il s'agissait d'un ouvrage récent qui commençait par la description d'une ville. Lao Li en lut cinq ou six pages, tandis que son épouse écoutait avec application ; pourtant, il savait qu'elle ne comprenait pas grand-chose, parce qu'elle ne riait pas aux endroits comiques, et restait impassible là où il insistait en articulant avec force. Les mains posées sur les genoux, elle regardait fixement la lampe, comme si quelques chimères apparaissaient au-dessus de la flamme. Lorsqu'il s'interrompit brusquement, elle ne lui demanda pas pourquoi et ne le pria pas non plus de poursuivre. Après être restée hébétée un moment : « Oh ! s'écria-t-elle ; il faut que je mette une pièce au pantalon de Ying ! » Cela dit, elle alla chercher le pantalon de son fils. À son tour, Lao Li demeura plongé dans l'hébétude.

Du pavillon ouest provenait une conversation entre la vieille Ma et sa bru. « Je suis donc moins heureux que cette femme abandonnée, songea Lao Li. Elle a tout de même une belle-mère compréhensive pour faire un brin de causette. Si j'allais les voir ? Mais ce ne serait pas convenable. Dans notre société, il n'y a que des interdits absurdes qui ne laissent place à aucun plaisir, à aucune liberté ! Il ne me reste qu'à me coucher, ou aller prendre un bain dans un établissement public au Xisipailou. Sortir, ce n'est pas une mauvaise idée ! »

Il enfila son pardessus.

« Je vais prendre un bain.

— Rapporte-moi un peu de fil bleu, du fin », dit-elle sans même lever la tête.

Il fut pris d'un mouvement de colère : « Du fil, du fil et encore du fil ! Est-ce que je suis une machine à acheter du fil ? Du matin au soir, pas un sourire, pas un seul mot, il ne s'agit que d'acheter du fil. Quel couple nous formons ! »

À son retour, après le bain, Lao Li avait toujours les sourcils froncés. Quand il pénétra dans la cour, la lumière du pavillon ouest était déjà éteinte, mais la jeune Ma se tenait debout devant la porte du pavillon est. En le voyant, elle sembla sursauter de peur et, comme éveillée d'un rêve, rentra chez elle à reculons.

Sans même quitter son pardessus, Lao Li s'assit

sur une chaise, saisi d'un irrésistible besoin de réfléchir. « Elle s'ennuie elle aussi, c'est sûr ! Sa belle-mère est-elle capable de la consoler ? Impossible. Habiter ensemble ne signifie pas forcément qu'on se comprenne. » Il jeta un regard sur sa femme, comme s'il cherchait un argument pour étayer son opinion. « Puisque c'est irréalisable même entre époux, comment cela serait-il possible entre une belle-mère et sa bru ? » Il renonça à poursuivre ses réflexions, c'était inutile. Que ce serait merveilleux de bavarder à cœur ouvert avec un ami, tout en buvant un verre, les yeux remplis de larmes ! Malheureusement, il n'avait pas d'amis. Supposons qu'il en eût un avec qui causer, le résultat serait tout aussi négatif ! « Allons, au lit ! »

La bise souffla toute la nuit, ébranlant les portes, faisant grincer les fenêtres et trembler jusqu'aux murs. Le plafond de papier ondulait avec un grondement sourd, des bouffées d'air glacial pénétraient par les fentes des portes. Aucun son n'était distinct ; tout se noyait dans un tumulte général. Le vent avalait tous les bruits pour les recracher ensuite, les transformant en des hurlements effroyables. Shuaatt — une envolée de sable ; ôôô ! — on aurait dit qu'une bande de démons ricanants traversait l'espace ; hualanghuala ! Tout ce qui pouvait se mouvoir se mettait à frémir. Hu-hu-hu — sur la terre entière tout semblait fuir. Les hommes se taisaient, les chiens avaient cessé d'aboyer. Dans un brusque instant de silence, on entendit rouler dans la cour une boîte vide d'allumettes, ou plutôt un jouet d'enfant en carton. Le vent se déchaîna de nouveau, ôôô-huu — le toit de la maison devait sûrement s'être envolé, Dieu sait quand, Dieu sait où ! Lao Li ne réussissait pas à s'endormir. Profitant d'une accalmie, il tendit l'oreille vers les enfants : leur respiration était parfaitement régulière et ils ne risquaient pas de s'éveiller, même si l'ouragan les emportait jusqu'au milieu du Lac du Sud[1]. Quant à sa femme, elle ronflait déjà. Il restait seul à écouter ce vent aveugle, exaspérant. Il sortit la tête hors des couvertures, l'air glacial lui piqua les tempes comme une alène. Il se réfugia aussitôt de nouveau sous les couvertures, se tourna, essaya de prendre patience, se retourna, mais ça n'allait toujours pas. Hu — le vent semblait s'enorgueillir d'agir sans contrainte. « Il n'y a que toi, Lao Li, qui n'oses agir librement. Petit fonctionnaire d'origine paysanne, tu gagnes ton bol de riz dans le brouillard en observant toutes les convenances. Les choses les plus pourries et les plus ineptes, tu les tiens dans tes bras comme des fleurs au parfum suave, et tout ça, rien que pour gagner de quoi vivre. Dire que tu voulais détruire cette société noyée dans un brouillard nauséabond ! D'une part, tu n'oses pas agir d'une façon romantique, et, d'autre part, tu répugnes à te lancer dans des opérations sans intérêt. Tu agis par acquit de conscience, tout en restant insatisfait. À quoi bon la vie ? Et à quel chapitre y figures-tu ? » Dans son lit, il avait l'impression qu'il ne valait même pas un de ces grains de sable qui, soulevés par le vent, pouvaient siffler et bondir. Il restait la tête enfouie sous les

1. Nanhai : autre lac à l'ouest de la Cité impériale.

couvertures ! Demain, quand le vent serait calmé, il ferait sûrement très froid ; il faudrait pourtant se rendre au bureau, vaquer à ses occupations, toujours la routine ! Il ne pouvait même pas rêver d'une aventure romantique. Obligé de faire des courbettes devant tout le monde, il ne savait au juste comment se comporter. « Dormons ! » se dit-il, en souhaitant que l'aube ne vienne plus jamais pâlir le ciel.

Le lendemain, Xiao Zhao se mit tout de suite à lui chercher noise : « Lao Li, quelle amende acceptes-tu ? »

Plutôt que de faire l'idiot, le plus simple était de se soumettre. Lao Li dit à plusieurs reprises : « Je vous invite à un repas ! »

Humant aussitôt en imagination le fumet des plats, M. Qiu et ses collègues encerclèrent Lao Li. Wu, la droiture personnifiée, prit la position de boxe dite « mains aux nuages », et demanda :

« Dans quel restaurant ?

— À l'Auberge de l'Harmonie », répondit Lao Li après un bref instant de réflexion. Puis il songea : « Si je peux esquiver l'assaut grâce à ce restaurant, ça vaut beaucoup mieux que de faire perdre la face à ma femme ! »

Les yeux de Xiao Zhao, qui n'étaient déjà pas grands, se rétrécirent en deux simples fentes. « Mais nous souhaitons saluer Mme Li ! Tu as fait venir ta famille en catimini, sans prévenir au préalable le seigneur Zhao ; réfléchis donc un peu ! »

Le regard fixé sur l'ancien militaire, Lao Li demanda : « Que pensez-vous de ma proposition d'aller à l'Auberge de l'Harmonie ? » comme si c'était pour l'instant sa seule planche de salut.

M. Wu était d'accord : pourvu qu'il pût dîner à l'œil, peu lui importait le restaurant. Mais Xiao Zhao repoussa ce choix : « N'importe qui fréquente ce restaurant ! Personne ne peut aller dans la moindre gargote sans mon autorisation ! » L'ancien militaire ravala son souffle. M. Qiu, le symbole de la neurasthénie, chuchota quelques mots à l'oreille de Xiao Zhao qui se mit à hocher la tête comme une lanterne de mouton [1], en disant à Lao Li : « Voici ce que je propose ; tu nous invites au Walter, le grand restaurant occidental, demain soir à six heures. Après le dîner, nous irons ensemble présenter nos respects à Mme Li. Est-ce que ce n'est pas digne et tout à fait convenable ? »

Lao Li acquiesça en inclinant plusieurs fois la tête, espérant pouvoir éviter à sa femme d'être déconsidérée au cours de la réception.

« Zhang Shun, passe un coup de fil au Walter pour réserver une table ! Combien serons-nous ? dit Xiao Zhao en faisant le compte des personnes présentes. Il faut inviter aussi Zhang Dage. Mettons donc six ou sept convives. Demain soir, à six heures. Recommande-toi de moi ; s'ils ne nous réservent pas un salon particulier, j'écraserai à coups de poing ces tapettes rapaces ! » Après avoir

1. Lanterne en forme de mouton articulée et montée sur roues ; la tête, munie d'un contrepoids, dodeline quand on fait avancer la lanterne.

donné ces instructions à Zhang Shun, il frappa légèrement sur l'épaule de Lao Li : « À demain ! Il faut que j'aille voir le Directeur. » Puis, s'adressant à ses autres collègues : « Demain soir, à six heures ; pas besoin de cartes d'invitation. » Ayant réfléchi un instant, il lui sembla que tout était réglé. « Zhang Shun, va chercher Lao Wang pour qu'il m'emmène en pousse chez M. le Directeur. »

« Je n'aurais jamais cru que Xiao Zhao me permettrait de m'en tirer à si bon compte, se dit Lao Li, se félicitant en secret. Il agit probablement à la tête des gens. Comme je ne lui ai fait aucun tort, il n'ose pas pousser trop loin la persécution ! »

Le lendemain soir, dès cinq heures et demie, Lao Li se rendit en éclaireur au Walter.

À six heures et demie, MM. Wu et Qiu arrivèrent à leur tour. Wu était toujours aussi exact : « J'ai transmis l'invitation à M. Sun qui ne tardera pas à être là. Si je suis en avance, c'est que, en qualité d'ancien militaire, j'ignore les usages des fonctionnaires civils. Garçon ! Des cigarettes, des "Fortress" ! Quand j'étais dans l'armée, c'était toujours cette marque qu'on fumait, et on buvait du champagne ; mais à présent... » Torse bombé, M. Wu s'assit et se mit à égrener les souvenirs d'antan. Au milieu de cette évocation, il prit deux positions du Taijiquan, comme si cette boxe était un symbole d'élégance et comme si, depuis qu'il avait abandonné la carrière militaire pour être reconverti dans un emploi civil, ces deux positions suffisaient à lui assurer la présidence du jury dans un concours de fonctionnaires.

Zhang Dage et M. Sun se présentèrent ensemble. « À quoi bon encore cette invitation ? » déclara Zhang. M. Sun, qui cherchait coûte que coûte à imiter le parler pékinois, ne réussit qu'à prononcer : « À quoi bon », sans trouver le reste de la phrase, qu'il fut contraint de compléter par un sourire.

À sept heures, Xiao Zhao n'était pas encore arrivé.

M. Qiu commanda des gâteaux, en précisant qu'il lui fallait prendre quelque chose avant le repas, car il craignait d'être obligé de boire sous peu du brandy, avec l'estomac vide. Lao Li, qui n'avait pas du tout l'intention d'offrir du brandy, allait devoir en passer par là, puisque M. Qiu venait de poser les jalons.

« Je ne bois pas d'alcool, protesta Zhang Dage. Ces jours-ci, de nouveau, mon appétit... »

Lao Li saisit la perche que lui tendait son collègue. Puisque certains ne buvaient pas, il n'était pas nécessaire de faire ouvrir une bouteille, il suffirait de commander un verre pour ceux qui le désireraient. Zhang Dage avait toujours de bonnes idées.

Une automobile stoppa tout à coup devant le restaurant. Un instant plus tard, Xiao Zhao fit son entrée, portant Ling dans ses bras, et suivi de Mme Li et de Ying. Les lèvres crispées, la fillette avait tellement peur qu'elle semblait sur le point de pleurer. À la vue de son père, comme si elle avait retrouvé toute son assurance, elle tordit d'un coup le nez de Xiao Zhao.

Celui-ci s'inclina solennellement devant ses collègues : « Approchez, messieurs, saluez notre Impératrice ! »

Mme Li, ne sachant quelle contenance prendre, oublia même le salut moderne qu'elle avait appris. La bouche ouverte, tenant Ying par une main, elle esquissa une salutation à l'ancienne mode, son autre main à la hauteur de l'estomac. Xiao Zhao riait intérieurement, laissant seulement filtrer un soupçon d'ironie à la pointe de ses sourcils ; il était fort content de son œuvre.

« Madame Li, veuillez offrir les cigarettes », dit-il en lui tendant une boîte ronde. Mais elle ne la prit pas, et Ying profita de l'occasion pour s'en saisir. Ling la réclama, son frère refusa de la lui céder. La fillette était au bord des larmes. Pan ! La mère administra une tape sur la nuque de son fils qui, tout éberlué, se sentit la tête en feu, sans pourtant oser pleurer. Tous les invités retenaient leur envie de rire. Mme Li, qui avait gardé son écharpe étroitement entortillée autour du cou, était toujours vêtue de la même robe bleue ouatée, sans bordures, et trop large. Passant en revue les convives et interrogeant des yeux son mari, elle se demandait vraiment ce qui lui arrivait.

« Madame Li, venez vous asseoir par ici. » Xiao Zhao écarta une chaise pour lui offrir la place de la maîtresse de maison. Elle regarda de nouveau son mari dont la figure avait viré au jaune foncé.

Ce fut encore Zhang Dage qui la tira d'embarras en prenant aussitôt une autre chaise : « Asseyez-vous tous, je vous prie ! »

Les voyant installés, elle voulut s'asseoir à son tour. Mais Xiao Zhao, qui se tenait debout derrière elle, les mains sur le dossier, fit glisser intentionnellement le siège sans qu'elle s'en aperçût. Elle faillit tomber. À part Zhang Dage, tous les autres avaient les yeux braqués sur elle.

Quand tout le monde fut assis, un serveur vint présenter le menu. Xiao Zhao le passa immédiatement à Mme Li qui y jeta un coup d'œil. Placée à côté de sa mère, Ling s'en empara : « Oh la la, c'est plein de jolies fleurs ! Maman, je l'emporterais bien pour m'amuser ! » Là-dessus, elle le fourra dans sa poche. Xiao Zhao trouvait cela fort drôle. « Ouvrez une bouteille de brandy ! » Le garçon, qui en avait apporté une, commença par servir Mme Li. Après avoir dit et redit qu'elle ne buvait pas d'alcool, elle se leva pourtant, son verre à la main.

« Reste donc assise », avait voulu lui souffler son mari. Mais, incapable de prononcer un seul mot, il se contenta d'avaler une gorgée de salive.

On apporta les hors-d'œuvre qui furent d'abord présentés à Mme Li, unique représentante du sexe féminin parmi les convives. Le plat en équilibre sur une main, le garçon se tenait auprès d'elle, immobile comme une figurine de papier grandeur nature. Après un instant de réflexion, elle dit : « Veuillez poser le plat ici », comme si l'autre n'était pas précisément chargé d'assurer le service.

Incapable de se dominer, Xiao Zhao éclata de rire.

Zhang Dage intervint alors : « Garçon, commencez par servir de ce côté ; inutile d'observer le protocole ! Si nous sommes satisfaits de vous, nous vous donnerons un bon pourboire ! » Et il se mit également à rire.

Voyant s'éloigner le grand plat, Ling descendit de sa chaise pour courir derrière le garçon et fit soudain une chute. La mère se précipita et se mit à frapper le sol de la main en disant : « C'est lui le coupable ! Pourquoi a-t-il fait trébucher notre fille ? » Devant les coups que sa mère administrait au prétendu coupable, la fillette, au lieu de pleurer à grand bruit, laissa seulement couler quelques larmes.

Lao Li avait le front couvert de sueur. Lui qui, d'habitude, ne buvait pas d'alcool en avala pourtant une grande lampée. Voyant tous les convives, y compris son mari, lever leur verre, Mme Li but également une gorgée, mais la boisson lui brûla tellement le gosier que celui-ci se rétracta, ce qui fit rire aux éclats la petite fille.

Ignorant l'usage du couteau et de la fourchette, Ling se servait de ses doigts. Sa mère, qui n'osait pas négliger le couvert, piqua la fourchette dans le morceau de viande et entreprit de le couper avec tant d'énergie que l'assiette se mit à déraper. Finalement, elle capitula et se tourna vers un coin vide de la salle, en poussant toute une série de soupirs.

Xiao Zhao était au comble de la satisfaction.

Après avoir bu deux verres, M. Wu ouvrit la vanne de son éloquence pour raconter sa vie à Mme Li dans le plus grand détail, depuis ses anciens exploits militaires jusqu'à ses récentes prouesses de boxe. Le visage de la jeune femme rougissait et pâlissait tour à tour, elle était incapable de placer un mot. Heureusement Zhang Dage lui posa, à propos de son appartement et de l'installation du poêle, quelques questions auxquelles elle trouva enfin des réponses appropriées. Pour manifester sa courtoisie, M. Sun voulut également s'entretenir avec elle dans son prétendu dialecte de Pékin. Elle crut qu'il faisait exprès de lui parler dans une langue étrangère et lui coupa plusieurs fois la parole, la figure empourprée, et ne sachant trop quoi dire. Quant à M. Sun, il était ravi, persuadé que Mme Li ne comprenait pas le pékinois.

Lao Li avait l'impression d'être assis sur une chaise électrique : il sentait des démangeaisons lui parcourir tout le corps. Par bonheur, son fils, placé à côté de lui, l'assaillait de questions, ce qui lui permettait de ne pas regarder son vis-à-vis. Il se mit en devoir de couper la viande de Ying en déployant une force capable de tuer un bœuf.

Xiao Zhao voulut trinquer avec Lao Li qui, sans même lever la tête, vida son verre en deux rasades. Xiao Zhao se tourna ensuite vers la femme de son collègue : « Madame Li, votre mari a trinqué avec moi, à votre tour de me faire le même honneur ! » Comme elle voulait se lever, Zhang Dage la retint : « Trêve de cérémonies ! Dans un repas de diables étrangers, on n'a pas besoin de toutes ces façons. »

Elle tendait la main pour saisir son verre quand Zhang ajouta : « Lao Wu, veux-tu boire à la place de Mme Li ? Cet alcool est trop fort, et elle doit encore s'occuper de ses enfants. »

M. Wu prit l'invitation de Zhang pour un compliment : « Belle-sœur Li, en ma qualité d'ancien militaire, je peux sans inconvénient vider une bouteille ou deux. » Il avala le verre d'alcool d'un seul trait, souffla un grand coup, puis prit la position de boxe dite « retour à la montagne avec un tigre dans ses bras », avant de s'essuyer les lèvres du revers de la main. Mais il n'avait pas suffisamment étanché sa soif : « Lao Li, je viens de boire un verre à la place de ton épouse ; pour que nous soyons quittes, nous devons en boire tous les deux un autre. À ta santé ! » Sans attendre la réponse, il siffla un deuxième verre et réclama aussitôt : « Qu'on ouvre une autre bouteille ! »

Sans mot dire, Lao Li vida également son verre.

Lao Li ne sut comment il avait regagné son domicile, car le brandy lui avait complètement fermé les yeux ; mais le vent glacé lui permit de recouvrer ses esprits. Arrivé devant chez lui, il finit par reconnaître sa maison ainsi que Zhang Dage. À la vue de son collègue et l'ivresse aidant, la colère lui monta à la tête. Mais, de toute manière, il était vain de s'emporter contre Zhang qui était incapable de le comprendre ; personne d'ailleurs ne le comprenait jamais ! Sa colère se transforma en désespoir, et les larmes qu'il avait accumulées depuis tant d'années n'attendaient que le signal de la mobilisation. Il ouvrit toute grande la bouche et se mit à pleurer et à se lamenter. Effrayés, les deux enfants se blottirent contre leur mère ; mais elle aussi, qui n'avait pas mangé à sa faim et avait de plus perdu la face, ne put retenir ses larmes.

Laissant Lao Li pleurer tout son soûl, Zhang Dage s'approcha de Mme Li pour tâcher de la consoler : « Chère Petite sœur, ne soyez pas triste, ce n'est rien ! Ces gens-là ne cherchent qu'à jouer des mauvais tours, il ne faut pas du tout les prendre au sérieux. La prochaine fois que vous serez en face d'eux, je vous le dis, chère Petite sœur, défendez-vous quoi qu'il arrive : œil pour œil, dent pour dent. Attaquez-les sans merci, et je vous garantis qu'ils cesseront leurs méchancetés. S'ils voient que vous avez peur, ils s'exciteront davantage.

— Ce n'est pas tout ça, Grand frère ; regardez-moi, je n'ai pas l'habitude de me battre. Comment lutter contre tous ces messieurs ? » Plus elle y pensait, plus grande était son affliction ; pour un peu, elle se serait mise à hurler.

« Chère Petite sœur, calmez-vous ; vous feriez peur à vos enfants ! »

Dès qu'elle se rendit compte que ses lamentations risquaient d'avoir un tel effet, elle ravala ses larmes. S'étant mouchée un bon coup, elle entreprit de déballer tous ses griefs : « Voyez-vous, Grand frère, quand le dénommé Zhao s'est présenté, je ne le connaissais pas du tout ; je n'avais donc pas à le suivre. Mais comme il était avec Ding Erye, je...

— Quoi ! Ding Erye ?

— Oui, je connais Ding Erye. Comme il approuvait d'un hochement de tête tout ce que disait Xiao Zhao, est-ce que je pouvais encore me méfier ? D'ailleurs, ce qu'il disait était tout à fait vraisemblable ! Il disait que mon mari avait invité des dames, que je devais aller leur tenir compagnie, et j'ai pensé : "Si je refuse d'y aller, il sera fâché contre moi." Tout de même, j'ai pris une précaution, je suis allée au pavillon ouest, demander l'avis de la vieille Mme Ma qui connaît également Ding Erye. Elle m'a répondu : "Allez-y, il le faut bien." Mais une fois au restaurant, en voyant qu'il n'y avait pas de dames, j'ai été consternée ! Je n'ai jamais rencontré un type aussi méchant que ce Zhao, jamais de ma vie ! »

Estimant que, par cette tirade, elle avait déchargé suffisamment sa rancœur, Zhang Dage passa auprès de son collègue pour le réconforter à son tour : « Lao Li, va te coucher ! Ce n'est pas grand-chose, cette méchante plaisanterie de Xiao Zhao ; à quoi bon te mettre en colère contre lui ? »

Lao Li ne poussa même pas un grognement. Il n'avait rien à dire puisque Zhang était incapable de le comprendre.

Sur ces entrefaites, la vieille Ma se glissa dans la pièce. Après le départ de Mme Li, la belle-mère et la bru, rongées d'inquiétude, s'étaient entretenues toute la soirée à son sujet. En la voyant de retour, et en entendant les pleurs de Lao Li, la vieille voisine n'y comprenait plus rien. C'est seulement quand Lao Li se fut calmé qu'elle se permit de venir aux nouvelles : « Que se passe-t-il donc, M. Zhang ?

— Pour s'amuser, nos collègues ont fait trop boire M. Li. Mais vous ne vous reposez pas encore, Vénérable Dame ?

— Pas encore. Après le départ de Mme Li et des enfants, je me suis fait du souci pour eux, je n'ai pas été tranquille de toute la soirée !

— Lao Li, va te coucher. Je dois m'en aller et je te dis : À demain. » Zhang Dage semblait avoir l'intention de confier le soin de l'affaire à la vieille voisine.

Lao Li n'avait aucune envie de raccompagner son collègue. Néanmoins, poussé par l'habitude, il se leva. Zhang l'arrêta aussitôt, craignant que le mouvement ne déclenchât des vomissements.

La vieille regagna son pavillon après avoir encore échangé quelques mots avec Mme Li. Celle-ci, tenant sa fille dans ses bras, alla se mettre au lit afin de pouvoir pleurer en paix.

Assis près du poêle, Lao Li avala toute une bouilloire d'eau chaude sans parvenir à calmer sa soif. La tête serrée comme dans un étau, il gardait le silence. Un feu sourd lui dévorait le cœur. Il ne désirait nullement faire une scène à sa femme, bien qu'elle eût perdu la face. Il se haïssait lui-même. Pourquoi avait-il invité Xiao Zhao et ses autres collègues au restaurant ? Était-ce uniquement pour leur témoigner sa sympathie ? Non, c'était pour éviter que sa femme fût ridiculisée. En fin de compte, elle l'avait été bel et bien et, par-dessus le marché, il avait dépensé beaucoup d'argent ! Pourquoi avait-il craint de voir ridiculiser sa femme ? S'il s'était montré inflexible en refusant toute invitation, quelles manigances Xiao Zhao aurait-il pu tramer contre lui ? Ma femme est comme ça, un point c'est tout. À quoi bon avoir cherché une dérobade ? Du reste, n'était-il pas lui-même l'incarnation des préjugés de cette société pourrie ? Puisqu'il n'osait pas se révolter contre l'absurdité et la bêtise, il n'était pas un homme, il ne méritait même pas ce nom. Il aurait mieux fait de saisir un verre d'alcool et de le jeter sur Xiao Zhao en pleine figure ! Ou bien de lui pincer le nez pour le forcer à ingurgiter une rasade de vinaigre ! Il ne savait se mettre en colère que dans le dos des gens, et il n'avait même pas le courage de regarder sa femme en face ! Il avait beau vouloir se considérer comme un homme moderne épris d'un idéal, il n'était, au fond, qu'un lâche qui ne risquait pas de dire un mot plus haut que l'autre devant ces fonctionnaires minables auxquels il servait de tête de Turc !

Lao Li haïssait Xiao Zhao, mais il en voulait encore plus à Zhang Dage. Pour le premier, il regrettait de ne pas avoir osé l'humilier sur-le-champ en lui donnant une bonne leçon. Face à l'autre, il se sentait complètement désarmé. Lors de la mascarade au restaurant, Xiao Zhao avait été le grand vainqueur, mais Zhang arrivait en seconde position. Plein d'attentions et de prévenances, il semblait chercher toutes les occasions d'aider Mme Li, alors qu'en réalité il laissait continuellement Xiao Zhao accomplir ses méchantes farces. Pourquoi, d'entrée de jeu, Zhang n'avait-il pas empêché Xiao Zhao d'agir ainsi ? Pourquoi, au restaurant, n'avait-il pas conseillé aux Li de se défendre contre ce mauvais plaisant en lui appliquant la loi du talion ? Comment Zhang osait-il se comporter de la sorte ? Sans doute approuvait-il les manœuvres de Xiao Zhao, même s'il les jugeait un peu exagérées ; il estimait bon que Mme Li fût ridiculisée, pourvu que la plaisanterie ne dépassât pas les bornes. Dire qu'un charlatan pouvait devoir son poste de médecin à une distribution de pots-de-vin et, toujours grâce à des pots-de-vin, faire mourir un patient sans être condamné ! Cela, c'était typique des méthodes de Zhang Dage ! De même, il laissait toute latitude à Xiao Zhao de ridiculiser définitivement Mme Li, tout en feignant de chercher des moyens subtils de la secourir. C'était également typique ! Lao Li frémit en songeant que c'était aussi sur le conseil de Zhang Dage qu'il avait fait venir les siens.

Zhang ne se permettait d'offenser personne ouvertement. Mais Lao Li se demanda brusquement : « Qu'en est-il pour toi-même ? Tu sors du même moule que lui. Tu te crois supérieur ; en réalité, tu ne le vaux pas. Supposons que quelqu'un veuille jouer un mauvais tour à Mme Zhang ; peut-être trouvera-t-il le moyen de la tirer d'embarras sans fâcher le mauvais plaisant. Mais toi, Lao Li ? Tu es un incapable. Xiao Zhao n'est qu'un individu insignifiant, et tu as peur de le remettre à sa place. Dire que ce vaurien monte des films pour cette société merdique, et que toi, tu t'appliques docilement à lui procurer des acteurs ! Et tu prétends encore avoir un idéal, faire la révolution en abattant les coutumes absurdes de cette société ! Ha, ha !

« Bien entendu, ta femme n'a pas toutes les qualités. Alors, pourquoi l'as-tu fait venir ? Qui donc est allé la chercher ? Non seulement tu n'as pas l'audace de te lancer dans une aventure, comme le fils Ma, mais tu n'oses même pas y penser ! Tu n'as plus qu'à bouffer la merde de cette société tout le reste de tes jours ! Puisque tu as fait venir ta femme, pourquoi as-tu essayé de la cacher ? Pourquoi n'aurait-elle pas le droit d'aller au marché couvert avec sa robe ouatée ? Pourquoi serait-elle même indigne de se présenter devant Xiao Zhao ? »

Il crut que son cœur allait éclater tant était vive la brûlure des flammes qui le consumaient intérieurement. Plus il réfléchissait, plus sa tête lui faisait mal. Peu à peu, sa pensée sombra en pleine confusion.

CHAPITRE IX

Lao Li se réveilla de bonne heure et n'osa plus se rendormir. Une fois debout, il se passa de l'eau froide sur la figure ; l'eau était glacée, mais à son contact il se sentit la tête moins lourde. Il s'habilla comme il put et sortit dans la rue. Celle-ci était déserte, à l'exception de quelques passants qui se dépêchaient, la tête enfoncée dans les épaules et les mains tout au fond des manches ; dans l'air froid du matin, une abondante buée sortait de leur nez. Où allait-il porter lui-même ses pas ? Il ne s'en souciait pas. Il ne voulait songer à rien, ni à Zhang, ni à Xiao Zhao, ni à Wu l'amateur de boxe : aucun d'entre eux ne méritait qu'on s'intéressât à lui, ne fût-ce qu'un instant ! Il préférait errer à l'aventure dans les rues. Au levant, de minces nuages roses barraient l'horizon, porteurs d'un peu de poésie, mais qu'est-ce que la poésie venait faire ?

Tout à coup, il se retrouva au Xidanpailou[1]. Une laiterie avait déjà suspendu son enseigne et sur le

1. Autre arc de triomphe, situé à l'intersection des deux avenues Chang'an et Xidan.

bord de la maison les premiers rayons, encore pâles, du soleil avaient fait leur apparition. Après avoir bu un bol de lait et mangé la moitié d'une pâtisserie, Lao Li eut un peu mal à l'estomac. Il décida de poursuivre sa promenade, puis de se rendre au bureau directement, et très en avance, rien que pour prouver à Xiao Zhao qu'il n'avait pas peur de lui. Il regretta de ne pas lui avoir donné une leçon dès la veille. Quand il eut fait un grand tour, les jambes un peu fourbues, il parvint à l'entrée du monstre. Dans son bureau, le feu n'avait pas encore été rallumé. Il s'assit et attendit. Lao Li n'était pas de ceux qui appelaient pour un oui ou pour un non les agents de service : il trouvait même heureux qu'il faille les appeler pour qu'ils viennent. Assis sur sa chaise, au moins il était seul et tranquille.

Il resta ainsi un long moment, sans voir bouger la moindre ombre. Soudain, il se demanda si les agents n'avaient pas vu le diable en personne : leur empressement confus indiquait que le Directeur lui-même venait d'arriver. On l'entendait du reste crier : « Est-ce que quelqu'un est déjà là ? Je demande s'il y a quelqu'un ? »

« M. Li, du Deuxième Département, est déjà arrivé », répondirent toutes à la fois plusieurs voix d'agents, qui s'empressèrent de prévenir l'intéressé : « Le patron vous attend dans son bureau. »

Lorsque son subordonné entra dans la pièce, le Directeur fut manifestement incapable de le reconnaître, bien que cela fît déjà presque deux ans que Lao Li travaillait sous ses ordres. Il avait un dossier extrêmement urgent à traiter, qu'il devait lui-même emporter à Tianjin. Habitué aux dossiers, Lao Li prit celui qu'on lui tendait et se mit tranquillement au travail. Pendant ce temps, le Directeur ne cessait de boire du thé, de tousser et de s'éponger le visage, comme quelqu'un qui paraît très occupé mais n'a réellement rien à faire. Sa figure ressemblait à une grosse pièce d'argent, aussi luisante que plate, et ses yeux étaient gros comme deux petits pois. Avec son énorme bedaine et ses jambes minuscules, la meilleure façon d'avancer devait être encore pour lui de se laisser rouler comme une barrique.

Une fois le dossier traité, Lao Li le présenta à son supérieur, qui commença par l'examiner, puis regarda son interlocuteur comme s'il s'agissait de certifier l'authenticité d'un billet de banque. « Monsieur Li, comment se fait-il que vous soyez venu si tôt ? » Lao Li, qui ne pouvait aisément faire état de ses ennuis domestiques, ne savait que répondre : ses mains devinrent toutes moites. Mais les agents, qui, d'ordinaire, lui témoignaient la même indifférence que le Directeur, firent preuve de cent fois plus de considération pour lui dès qu'ils le virent travailler dans le bureau même du patron. L'un d'entre eux, plus âgé que les autres, répondit donc à sa place : « C'est que M. Li vient tous les jours de très bonne heure ! »

Le patron hocha la tête tout en roulant des yeux : « Bon, bon ! Que M. Li, en repartant d'ici, aille dire au Secrétaire général que je vais à Tianjin où il pourra me téléphoner s'il y a quelque chose d'important : il connaît le numéro où me joindre. » Sur ces paroles, voyant que la grosse bedaine avait l'intention de s'ébranler et sachant qu'il lui fallait de la place pour évoluer, les agents se précipitèrent dehors. À l'extérieur de l'immeuble, une voiture klaxonnait, donnant un peu d'animation à cette matinée si calme. Le Directeur roula dehors et se hissa à bord de la voiture qui souleva un nuage de poussière, presque un vent de sable temporaire, dans les rues encore désertes.

Sur le chemin du bureau, Xiao Zhao avait préparé un plan pour diffuser, avec tous les détails, l'humiliation subie la veille par Mme Li et il imaginait ses collègues se tordant de rire. Malheureusement, les ondes étaient déjà occupées par les agents, qui avaient leur propre programme. Il apprit ainsi que le Directeur était venu aux toutes premières heures du jour, que Lao Li, et lui seul, avait été chargé de traiter un dossier des plus importants, qu'il avait eu un très long entretien avec le patron et que ce dernier n'avait cessé de rouler les yeux en parlant, ce qui, tout le monde le savait, était un signe de très bon augure. En entendant ces nouvelles, il ravala tout ce qu'il avait lui-même à dire, changea brusquement d'attitude et se dépêcha d'aller trouver Lao Li : « Dis-moi, est-ce bien vrai que le patron est venu aussi tôt ? »

« Seulement un peu plus tôt que d'ordinaire. » Lao Li ne mentait pas facilement, mais Xiao Zhao ne le croyait qu'à moitié et jugeait un peu arrogant l'aplomb de son collègue.

« Et de quel dossier s'agissait-il ? »

Lao Li le lui expliqua et sortit même de son tiroir ses propres brouillons. Après les avoir parcourus, Xiao Zhao ne les trouva pas aussi importants que ça, mais il lui semblait que son collègue n'avait pas le même air que d'habitude.

« Dis-moi aussi : comment se fait-il que tu connaisses personnellement le patron ?

— Moi ? J'étais déjà là avant qu'il vienne pour prendre ses fonctions et je ne sais toujours pas pourquoi il ne m'a pas mis à la porte à son arrivée. »

« Comment ! songea Xiao Zhao ; qui aurait cru cela encore possible ? Dire que la femme du patron a toujours plus de trois cents hommes à elle à caser et qu'on l'a gardé sans la moindre raison ! Ce diable de Lao Li est plus malin qu'il ne paraît et on aurait tort de se fier à l'apparence ! » Puis, se tournant vers son collègue : « Dis-moi enfin : le patron ne t'a pas promis de l'avancement ?

— Mais je n'ai fait que traiter un simple dossier ! » Agacé, Lao Li ne pouvait pas, non plus, ne pas répondre.

« Quand tu es rentré chez toi hier soir avec ta femme, elle devait me maudire ?

— Comment cela ? C'était pour elle une découverte ! Elle était si contente qu'elle riait sans arrêt ! » Lao Li ne s'était jamais cru aussi éloquent.

Xiao Zhao redoublait de suspicion : non seulement Lao Li n'était pas un imbécile, mais assurément c'était quelqu'un de redoutable. En même temps, s'il était réellement en si bons termes avec le patron, à défaut de trouver un moyen de le lui faire payer, il valait mieux commencer par le flatter un peu, tout au moins pour voir : « Ce soir, Lao Li, c'est à mon tour d'inviter à dîner, mais il faut absolument que ton épouse soit là. Je vais de ce pas convier les femmes de plusieurs de nos collègues, je jure que je ne te raconte pas d'histoires ! »

Lao Li, qui n'aimait pas inviter les gens, détestait encore plus être invité. Toutefois, rien que pour prendre au mot Xiao Zhao, il accepta sur-le-champ. Intérieurement, il se disait : « Espèce de salaud, si jamais tu oses créer de nouveaux ennuis, je te ferai la peau ! »

De retour chez lui, il en parla à sa femme qui tomba des nues. Elle s'attendait plutôt à une violente scène de ménage, vu ce qui s'était passé la veille. Certes, elle n'avait jamais mangé auparavant un repas de type occidental, mais l'humiliation qu'elle avait alors infligée à son mari n'en était pas moins vive : sinon, pourquoi serait-il parti si tôt le matin ? En voyant qu'il était revenu et qu'il ne déchargeait pas sa bile sur elle, elle se sentit un peu plus tranquille, quoique frappée de stupéfaction. Mais quand elle fut mise au courant de ce nouveau dîner, toujours avec Xiao Zhao, elle eut de la peine à retenir ses larmes, pensant que c'était sûrement un moyen que son époux avait trouvé pour la punir : si elle perdait une seconde fois la face, il ne manquerait pas de lui faire une scène monstre !

Lao Li, quand il parlait, n'avait pas l'habitude d'entrer dans les détails et ses propos avaient toujours quelque chose d'abrupt, voire de brutal, alors même qu'il n'avait pas l'intention d'être offensant. Le mari et la femme restèrent donc face à face.

« Il est impossible que j'y aille : il s'agit toujours

des mêmes gens. Est-ce que je ne me serais pas suffisamment ridiculisée hier pour devoir continuer ce soir ? » Mme Li était blême de colère.

« Au contraire, c'est précisément à cause de ça qu'il faut y aller, pour montrer à ces vauriens qu'ils ne peuvent se moquer impunément de quelqu'un.

— Naturellement, ce n'est pas toi qui es en cause !

— Je te dis d'y aller ; il faut donc que tu y ailles ! D'autres dames ont aussi été invitées !

— J'ai décidé de ne pas y aller et je n'irai pas ! »

Lao Li savait ce genre de dispute inévitable. Mais à quoi cela servait-il ? Même avec Xiao Zhao, l'affrontement était inutile. Alors, à quoi bon ? Qu'elle consente ou non à y aller, ce n'était pas son affaire à lui, un point, c'est tout ! Il venait de parvenir à cette conclusion quand il fut interrompu par le petit Ying :

« Maman, allons-y ! S'il y a encore cet énorme morceau de viande au menu, je pourrai rapporter la fourchette pour jouer avec à la maison : c'est tellement drôle ! »

Lao Li saisit l'occasion qui s'offrait à lui de mettre un terme à leur querelle : « C'est bien simple : Ying y va, Ling y va, donc votre maman y va aussi. »

Mme Li resta sans dire un mot.

« Je reviendrai à cinq heures et j'espère que vous serez tout prêts. »

Mme Li ne répondit toujours rien.

Quand, à cinq heures, Lao Li fut de retour, il pensait que sa femme serait encore en tenue négligée, les cheveux défaits et les mains pleines de farine ou de bouts de pâte. Or, il n'était pas arrivé devant sa porte qu'il aperçut sur le seuil la vieille Ma en compagnie de Ying et de Ling tous les deux habillés et prêts à sortir.

« J'espère, madame, qu'hier soir... » Lao Li n'arrivait pas à trouver les mots d'excuse qu'il fallait.

« Non, du tout, dit-elle, devinant ce qu'il voulait dire, mais vous sortez encore dîner dehors ?

— Oui, dit Lao Li en prenant sa fille dans ses bras ; c'est la corvée !

— Ne dites pas ça ! Quand on travaille aujourd'hui dans l'administration, on ne peut se dérober à ces obligations mondaines. Mon fils, par exemple... » Mais elle n'acheva pas sa phrase et poussa un soupir.

Mme Li, elle aussi, était prête. Elle portait une robe bleue, doublée de fourrure, que son mari n'avait jamais vue. Il la jugea un peu serrée à la taille, mais dans l'ensemble elle lui allait bien, à condition de ne pas se montrer trop difficile.

« C'est la bru de Mme Ma qui me l'a prêtée, dit-elle, en s'empressant d'ajouter : — Si elle ne te plaît pas, je peux très bien remettre ma robe ouatée !

— Pourquoi n'avoir pas encore utilisé le tissu que nous avons acheté l'autre jour pour te faire une robe ? »

Voyant que la conversation déviait, Mme Li comprit qu'elle n'aurait pas à changer de robe. Elle ne répondit pas à son époux, car il lui aurait fallu probablement trop de temps pour s'expliquer.

Elle avait les cheveux tout lisses à force d'avoir été peignés ; un peu de rouge ornait ses lèvres et de la poudre lui égalisait la peau du visage ; ses sourcils s'étaient subitement allongés. Bref, on lui aurait au bas mot donné deux ans de moins qu'elle n'en aurait eu à la campagne. Lao Li était particulièrement sensible au parfum de lotion qu'elle répandait autour d'elle.

« C'est notre voisine de gauche qui a passé un grand moment à me maquiller », dit Mme Li, l'air très satisfaite.

Qui sait si le revirement complet de sa femme n'était pas également dû à cette voisine ? Lao Li se le demandait mais ne tenait pas tellement à poser la question.

« Les deux dames vont garder la maison ; nous pouvons y aller. » Non seulement Mme Li était polie, mais sa voix s'était adoucie, probablement sous l'influence de la même voisine.

Le restaurant retenu par Xiao Zhao pour ses invités était précisément l'Auberge de l'Harmonie. Ils n'avaient pas besoin de pousses, ils pouvaient y aller à pied. En chemin, Ying trouva le moyen de salir ses souliers en jouant du bout du pied avec un petit morceau de tuile ; quand son père lui dit de cesser, il abandonna son jeu mais il ramassa le morceau de tuile et le cacha au fond de sa poche.

Il n'y avait rien de moins étonnant que l'impatience du vieux Wu à prendre une concubine. Son épouse était vraiment peu avenante : avec son dos de tigre et son ventre d'ours, on aurait pu également la prendre pour une adepte de la boxe, n'étaient les petits pieds, à peine débandés, qui l'auraient empêchée de pratiquer tout sport de combat, même le plus inoffensif. En hauteur comme en largeur, ses dimensions étaient presque les mêmes : on aurait dit un énorme cube de viande, surmonté d'un petit pain cuit à la vapeur, blanc comme s'il avait séjourné trois jours dans un bain de lait de chaux. Visiblement, les paupières, les narines et les oreilles étaient ressorties toutes rouges du bain qui n'avait laissé subsister que quelques cheveux et très peu de sourcils. Les traits du visage étaient un peu disposés comme sur un dessin d'enfant, où un petit garçon aurait grossièrement tracé la tête avant qu'une petite fille représente soigneusement le nez et le reste, laissant tout autour beaucoup de place inutilisée. Rien que pour mesurer la distance qui séparait les yeux des oreilles, il fallait un certain temps. Mme Wu était, au demeurant, fort aimable dans la conversation, un peu comme le patron de la fabrique de chaux à qui elle devait une aussi belle tête.

Son époux, qui n'osait pas la regarder en face, avait les yeux fixés sur ses deux énormes poings : manifestement, il aurait été ravi d'avoir un peu à s'en servir.

Mme Qiu était une dame très cultivée, qui n'avait qu'un défaut : pour une femme, elle manquait de séduction. Elle était petite, maigre et sèche. Les dents de la mâchoire supérieure reposaient sur la lèvre inférieure. Elle avait les cheveux courts mais peu fournis. Sa poitrine était aussi plate qu'un timbre-poste, qu'on peut coller n'importe où. M. Qiu semblait plein de respect pour sa femme. Dès qu'elle parlait, il s'empressait d'observer le visage des auditeurs pour noter leurs réactions. Lorsqu'elle avait fait une plaisanterie, il jetait un rapide coup d'œil autour de lui et, lorsqu'il voyait que l'on riait, il se tournait vers son épouse et riait à son tour, ce qui rendait l'atmosphère encore plus pesante.

Mme Sun était excusée. Son mari, un chaud partisan du contrôle des naissances, avait déjà depuis trois ans expérimenté toutes les méthodes; sa femme n'en avait pas moins accouché chaque année et elle était précisément sur le point de mettre un autre enfant au monde. Pour un fonctionnaire comme lui, il était criminel, à la limite, de pratiquer le contrôle des naissances. Sun ne se gênait pourtant pas pour le faire, et, comme cela ne portait pas tort à sa nombreuse progéniture, il vivait entouré du respect de ses collègues. Et même ceux qui étaient privés de postérité disaient avec admiration : « Les enfants sont un don du Ciel, vous n'avez qu'à voir notre M. Sun ! »

Finalement, la seule dame d'apparence agréable était Mme Zhang, dont la toilette et le maquillage s'accordaient bien avec l'âge et le rang qui étaient les siens.

La femme de Xiao Zhao n'était pas venue. En fait, personne ne savait au juste si ledit collègue était marié. Lui-même affirmait avoir une épouse, mais personne ne l'avait jamais vue. Elle était tantôt à Pékin, tantôt à Tianjin, parfois à Shanghai, et il était seul à connaître le fin mot de l'histoire. Certains prétendaient qu'elle vivait une partie du temps avec son mari et le reste avec d'autres hommes. Mais, comme Xiao Zhao ne l'avait jamais confirmé lui-même, la rumeur était à prendre sous toutes réserves.

En raison de la présence des dames, aucun des hommes n'osait évoquer les incidents de la veille, ni, non plus, lancer un regard moqueur à la malheureuse Mme Li. Au contraire, on les traitait, elle et les deux enfants, avec le maximum d'égards.

Lao Li compara sa femme avec chacune de celles qui étaient là et en tira la conclusion suivante : le mariage n'allait pas de soi et supposait entre époux beaucoup de concessions, sans lesquelles il vaudrait mieux supprimer purement et simplement l'institution matrimoniale. Mais une telle suppression ne risquait-elle pas de rendre ces femmes encore plus malheureuses ? À l'exception de Mme Zhang, aucune n'avait connu les joies de la jeunesse et toutes donnaient l'impression d'être nées à trente ans passés !

Plus cubique que jamais, Mme Wu avait entamé la conversation avec Mme Qiu, celle qui exhibait toutes ses dents, ainsi qu'avec Mme Zhang et Mme Li, qui avait emprunté la robe qu'elle portait sur le dos. Entre elles, les différences d'ordre intellectuel ne semblaient pas très grandes : une dame aussi cultivée que Mme Qiu, qui possédait des diplômes universitaires, aimait tellement les jolis tigres qui ornaient les chaussures de la petite Ling qu'elle demanda à Mme Li comment elle les avait brodés. Mmes Wu et Zhang échangeaient leurs informations sur les meilleures maisons où trouver des conserves de navet à la sauce de soja. La citadine Mme Zhang et la campagnarde Mme Li s'adressaient la parole comme si elles faisaient partie de la même famille. Les questions qu'elles soulevaient n'étaient pas très importantes mais leur donnaient, à l'une et à l'autre, l'occasion d'acquérir des connaissances immédiatement utilisables et une expérience pratique qui valaient bien tous les propos tenus par Socrate au cours de sa vie.

Pour Lao Li, ces petites réalités avaient encore plus d'intérêt que les affaires qui agitaient tant ses collègues. Et puis les dames, en particulier celles qui étaient là et qui représentaient un type de femme intermédiaire, ni trop moderne ni trop vieux jeu, ne discutaient entre elles que de leurs problèmes sans se préoccuper du tout de leurs époux. Leurs critiques et leurs opinions se concentraient sur ce qui les concernait, elles et leurs enfants, sans impliquer en rien le sexe fort. Les hommes, en revanche, parlaient des femmes dès qu'ils ouvraient la bouche : Lao Li trouvait ça lassant ! L'admiration et le respect qu'il commençait à ressentir pour le sexe opposé étaient tels qu'il était sur le point de décider l'achat d'une robe fourrée pour son épouse.

Le repas fut très long, mais personne ne but un coup de trop et la politesse régna. Bien qu'assis à côté de l'entremetteur, Wu n'osa même pas prononcer une fois le mot de concubine. Pour sa part, Sun se garda de toute propagande anticonceptionnelle, profitant seulement de l'occasion pour exercer un peu son pékinois, en usant notamment d'expressions populaires que lui seul comprenait. Xiao Zhao, à plusieurs reprises, aurait bien lancé quelques plaisanteries, mais il n'avait pas plus tôt ouvert la bouche que la docte Mme Qiu lui coupait la parole. M. Qiu aurait eu plaisir à applaudir sa femme et à célébrer chacune de ses victoires, mais rien que la vue de ses dents lui faisait peur, d'autant que, pour interrompre quelqu'un, elle montrait aussi toute sa mâchoire inférieure, comme si elle allait mordre l'oreille de son interlocuteur et ne point la lâcher. De son côté, Lao Li pensait que sa vie avait trouvé un point d'équilibre et il lui était bien égal que toutes ces dames fissent beaucoup plus que leur âge.

Après le dîner, les convives échangèrent leurs adresses et fixèrent même des dates pour se rendre mutuellement visite ; on aurait dit que le feu de l'amitié embrasait leurs cœurs.

Deux jours après, lorsque Lao Li rentra du bureau, il remarqua sur le visage de son épouse un sourire qu'il ne lui connaissait guère et qui ressemblait à une sorte de victoire morale. Elle dit aussitôt : « J'ai eu la visite de Mme Wu ! »

Il se contenta de hocher la tête et songea : « Diable, la Mastodonte ! »

« Mme Wu a, elle aussi, vraiment beaucoup d'ennuis ! hasarda seulement sa femme pour tâter le terrain.

— Que veux-tu dire ?

— Son mari n'a vraiment pas beaucoup de sens moral ! »

Lao Li émit un grognement. D'un côté, les

hommes critiquaient les femmes d'autrui, mais, de l'autre, voilà que les femmes critiquaient leur propre mari !

« Il ne pense vraiment qu'à une chose, c'est à prendre une concubine ! Avec une femme gentille et aussi capable que la sienne, je ne vois pas ce qui a pu lui mettre cette idée dans la tête ! »

Lao Li songea de nouveau au « Mastodonte ».

« Tu pourrais sans doute restreindre tes relations avec lui. »

Il avait donc affaire à une coalition ! Quand les hommes ne règnent pas en despotes, les femmes en profitent pour relever immédiatement la tête ! Décidément, la balance de Zhang Dage ne serait jamais équilibrée : il y aurait toujours un plateau plus lourd que l'autre !

« Entre lui et moi, de quelles relations veux-tu parler ?

— Je veux seulement dire que, pour Mme Wu, les hommes dignes de confiance n'existent pas !

— Et je serais dans le même sac ?

— Il n'était pas question de toi, c'étaient des paroles en l'air et tu n'as aucune raison d'être aussi soupçonneux ! » Même empreints de douceur, de tels propos étaient inhabituels dans la bouche de Mme Li.

Son mari avait plusieurs conseils à lui donner, entre autres de ne pas avoir la langue trop bien pendue, et il voulait lui interdire de rendre à Mme Wu la visite que celle-ci lui avait faite. Finalement il renonça à rien dire. Tout le respect qu'il éprouvait pour les femmes venait d'être subitement balayé. Les deux sexes, au fond, se valaient :

dans un cas comme dans l'autre, c'était le règne de l'ennui, de la sottise et du mensonge ! Le mariage, dans ces conditions, n'allait pas de soi ; il valait mieux ne pas se marier si l'on n'était pas prêt à toutes les concessions, car la famille était un abominable et stupide champ de bataille où tout le monde s'affrontait : le mari et la femme, les enfants et les parents, les puces et les punaises, et aussi les connaissances du genre de l'énorme Mme Wu ! Lao Li regrettait fort de ne pas trouver le courage de fuir un endroit aussi repoussant ! Si au moins il avait quelqu'un à qui se confier, homme ou femme qu'importe, il serait moins malheureux, mais où trouver un tel confident ? Sa maison lui semblait une mare d'eau croupie, et le monde extérieur, un désert. Mais à quoi bon se plaindre ? Autant se résigner à son sort !

Mme Li avait effectivement pris de l'assurance. Mmes Zhang, Wu et Qiu, ainsi que Mme Sun, qui venait juste d'accoucher, avaient constitué une Ligue internationale des Femmes, sur le modèle de la Société des Nations. Les deux dames Ma en faisaient également partie. Mme Li, naturellement, n'avait, ni en paroles ni en actes, le savoir-faire, la compétence et les idées bien établies des autres dames, mais son sous-développement intellectuel lui valait la sympathie générale. Et puis, sa présence donnait aux grandes nations l'occasion de manifester leur bienveillance amicale, leur généreuse assistance, ainsi que leur volonté de tout contrôler et diriger. Elle n'était, en effet, qu'un petit pays, alors que toutes les autres faisaient partie de ce qu'on appellerait aujourd'hui le Conseil de Sécurité. En revanche, aucune d'entre elles n'avait d'enfant de l'âge de Ying et de Ling : ceux de Mme Zhang étaient déjà grands, ceux de Mme Sun étaient plus petits, et Mme Qiu, qui espérait vivement un garçon, était trop maigre pour donner jamais naissance à un beau bébé. Lorsqu'elle prenait la parole, Mme Li avait donc un avantage certain, qui lui permettait de discourir beaucoup et de rester longtemps à la tribune. Bien que diplômée de l'université, Mme Qiu ignorait tout des douleurs de l'enfantement ; la mère de Ying et de Ling avait donc des choses à lui apprendre. Par ailleurs, la campagnarde qu'elle était ne cessait d'émerveiller les citadines qui l'entouraient en leur racontant des histoires champêtres. Mme Qiu n'avait même jamais vu une pousse de ciboule sortir de terre.

Sur le conseil de la jeune Ma, et sans rien demander à son mari, Mme Li se fit couper les cheveux. Mais elle les conserva suffisamment longs pour tresser encore deux nattes par-derrière. En les voyant, Mme Wu dit que ça la rajeunissait de dix ans et que Li pourrait ainsi attendre encore cinq années avant de réclamer une concubine. À la vue des mêmes nattes, Lao Li n'en ressentit pas moins de violents maux de tête et se demanda longtemps comment il devait prendre la chose ; finalement, partisan de minimiser l'incident, il ne prononça même pas un mot. Le silence entre époux est un peu comparable à une théière qui n'aurait pas de bec : on ne peut rien en tirer, mais si on l'agite trop fort et qu'on la renverse, on ne peut empêcher les feuilles qui sont à l'intérieur de sortir et on répand du thé sur toute la table. Lao Li voulait au moins donner quelques avertissements à sa femme : « Je suis d'accord pour que tu soignes ta toilette et pour que tu te maquilles, à condition que tu restes toi-même sans sortir des limites du bon goût : à trente ans passés, une femme ne porte plus de nattes ! » Cependant, comme ce genre de phrases ne sort pas facilement de la bouche, il ne trouva jamais le bon moment pour les prononcer et n'en fut que plus contrarié intérieurement. Par ailleurs, de telles recommandations, à y bien regarder, avaient une allure tellement bourgeoise que Lao Li eut honte de lui-même et, du même coup, se sentit très mal placé pour faire la leçon à autrui.

Par rapport à l'argent, l'attitude de son épouse avait également changé. Auparavant, elle prenait celui qu'il lui donnait et se faisait une raison lorsqu'elle n'en avait plus. Maintenant, elle ne cessait de lui en réclamer en bougonnant. Lao Li lui-même aurait considéré comme une erreur de ne pas donner régulièrement de l'argent à sa femme, mais voilà qu'elle en demandait n'importe quand pour s'acheter ensuite des choses inutiles ! Il avait beau n'être pas près de ses sous, il acceptait mal qu'on jette l'argent dans la rivière pour faire des ricochets. Et qui disait qu'à la campagne on était plus économe qu'en ville ? Mme Li, quant à elle, ne cessait de rendre visite aux Zhang et aux Wu. Chaque fois, il lui fallait acheter un cadeau, louer un pousse pour faire l'aller et le retour, et quand elle rentrait, elle ne se contentait pas de lui rendre compte de ses emplettes mais rapportait en détail les moindres propos de Mme Wu ou les dernières innovations vestimentaires de Mme Qiu. Lao Li n'était pas plus enclin à écouter ces histoires que toutes celles que ses collègues faisaient circuler. À force d'en entendre successivement au bureau, puis à la maison, il se demandait si la bouche n'avait pas été spécialement créée pour les bavards. Au surplus, il commençait à se sentir un peu gêné financièrement.

Plus intolérable encore était le fait que sa femme avait appris auprès de ses amies tous les moyens de bien surveiller son mari. La méthode de Mme Wu était la suivante : un homme devait remettre à sa femme tout l'argent qu'il gagnait sans y prélever un centime ; il ne devait pas rentrer le soir plus tard que dix heures, ou bien il se heurtait à une porte close. Ses poches étaient soumises à inspection chaque jour et s'il s'y trouvait un mouchoir inconnu, il fallait sur-le-champ commencer l'enquête. Car, disait Mme Wu, « à notre époque, un homme risque de se laisser séduire à tout moment et un peu partout : il y a les serveuses, les étudiantes, les coiffeuses, les employées et les secrétaires, et puis les enseignantes ! » La méthode de Mme Qiu était plus simple : elle consistait, en présence d'une autre femme, à mordre son époux dès qu'il cessait de la regarder en souriant !

De fait, un soir où Lao Li n'était rentré qu'à onze heures et demie, la porte n'était pas fermée, mais toutes les lumières étaient éteintes ; sa femme, tournée du côté du mur, faisait semblant de dormir : c'était certain, sinon elle se serait réveillée lorsqu'il l'avait légèrement poussée. Du moment qu'elle avait toute la Ligue derrière elle, il n'aurait servi à rien de la sermonner ; lui donner des explications aurait été révéler davantage ses propres faiblesses ; le mieux encore était de se coucher et de feindre également de dormir. Mais il avait l'impression d'avoir à côté de lui un vrai bloc de pierre, dénué de toute intelligence et froid comme du marbre ; sur le dessus, la paire de petites nattes ressemblait à deux pinceaux qui auraient trop servi. « La dresser ? Décidément, Zhang Dage ne connaît rien aux femmes pour m'avoir donné un tel conseil ! À présent, c'est plutôt moi qui me trouve dans un institut de rééducation ! » Lao Li poussa un soupir. Il eut envie de lui donner un coup de pied, mais cela le gênait. Il se mit à bâiller et fit exprès de prolonger son bâillement en variant de rythme et de tonalité, rien que pour la faire enrager en lui montrant qu'il ne dormait pas.

Faute de sombrer dans le sommeil, il réfléchit à tout ce qui s'était passé. Non, vraiment, ça n'allait plus, c'en était trop ! En lui demandant tout cet argent, en se faisant couper les cheveux et en rendant toutes ces visites depuis quelques jours, sa femme ne cherchait qu'une chose : tester les réactions de son mari. Lorsqu'elle avait vu qu'il ne réagissait pas, eh bien, elle s'était emparée des commandes. En n'attendant pas son retour ce soir, elle avait encore poussé plus loin son offensive. S'il ne contre-attaquait pas cette fois-ci, elle allait se croire tout permis ! Avant de l'amener à Pékin, il la rangeait dans la cohorte des femmes les plus bornées; ensuite, il l'avait mise un peu plus haut, parmi celles qui tantôt comprennent, tantôt ne comprennent rien. Mais à présent, il était bien décidé à la prendre pour ce qu'elle était : une stupide pécore! À l'origine, il considérait que la différence qui existait entre sa femme et les épouses modernes se réduisait à l'éducation superficielle qui caractérisait les secondes. Maintenant, il voyait bien que jamais l'éducation ne pourrait suppléer l'amour. En allant la chercher à la campagne, il pensait lui permettre de s'épanouir, et voilà que c'était elle qui triomphait et l'écrasait! Quelle empoisonneuse!

Mais il n'allait pas se quereller avec elle au milieu de la nuit : les enfants dormaient et il ne fallait pas les effrayer. Pourtant, il ne pouvait rester plus longtemps allongé avec, auprès de lui, un pareil bloc de pierre. Il se leva, tâtonna dans l'obscurité avant d'allumer une lampe, prit une couverture et assembla toutes les chaises qu'il put trouver pour se constituer une couche de fortune au salon. Le corps recouvert de son pardessus, il était étendu là depuis un bon moment, quand il entendit du bruit dans la chambre voisine.

« Mon chéri[1], qu'est-ce que tu fais donc ? » Le son de la voix était encore dur, mais on pouvait y percevoir comme une note de repentir.

Lao Li ne répondit pas. Il souffla la lampe, attendant que sa femme éclate en sanglots. Si elle osait

1. En chinois : « Père de notre petite Ling ».

se mettre à pleurer et lui faire une scène, il la reconduirait dès le lendemain à la campagne !

Comme elle ne pleurait toujours pas, sa colère à lui redoubla : « Espèce de garce ! Tu n'as pas plus de consistance qu'une vulgaire balle de caoutchouc ! » se disait-il en la maudissant intérieurement. Dans les romans et les films, les couples qui se disputent finissent toujours par s'embrasser comme si rien ne s'était passé. « L'amour plus fort que la haine » : c'était un beau titre. Mais Lao Li ne pouvait embrasser comme ça son épouse : elle n'aurait pas compris. Il n'y avait donc aucun espoir de réconciliation. Se disputer quand on s'aime, en soi, était idiot : le seul intérêt de la formule était de préserver un peu l'« amour ». Dans ces conditions, baste ! le mieux était encore de ne plus aimer et de renoncer même à la scène de ménage : il n'avait rien à faire avec ce bloc de pierre, ce monument de stupidité !

« Au lieu de te geler, murmura-t-elle à voix basse, viens donc un peu ici ! »

Lao Li ne bougea pas plus que la fois précédente. Il attendait une seule chose : qu'elle fonde en larmes. Il était en effet résolu à la reconduire à la campagne aussitôt après et n'était pas disposé à revenir sur sa décision. Son cœur s'était endurci au point de prendre plaisir à se montrer impitoyable. Il songea aux hommes qui, au milieu de la nuit, battent leur femme, et il se dit qu'avec la mule qu'il avait comme épouse il n'avait pas de raison de se gêner.

« Mon chéri », dit-elle en descendant du lit à la recherche de ses chaussons.

Lao Li, qui restait toujours sur ses gardes, retint même sa respiration. Par deux fois, des voitures passèrent dans la rue ; elle n'avait toujours pas retrouvé les chaussons.

« Mais qu'est-ce qui t'arrive donc ? » Elle était sortie de la chambre : « J'avais un peu mal à la tête et, quand tu es rentré, je ne t'ai pas entendu, je t'assure ! »

« Une femme qui ne ment pas n'en est pas une ! » se dit Lao Li.

« Va sans plus tarder te coucher pour de bon, au lieu de geler sur place ! Tu sais où sont passées les allumettes ? » À force de tâter sur la table tout en parlant, elle finit par les trouver. Elle put allumer une lampe et, s'approchant de son mari, elle lui reprit sa couverture : « Tu devrais venir, avec le froid qu'il fait ! »

La bouche toujours hermétiquement close, Lao Li leva un instant les yeux sur son épouse. Visiblement, ce n'était pas une mégère. Son regard était obscurci de larmes. À la lueur de la lampe, ses deux nattes qui se relevaient ressemblaient à deux petites ailes déplumées. Mais il ne pouvait aimer la femme qu'il avait en face de lui, simplement parce qu'il ne s'agissait pas d'une mégère. Quand elle se dirigea vers la chambre, il la suivit et se coucha. Il s'attendait à ce qu'elle parle, mais elle ne dit pas un mot de plus. Après avoir gardé longtemps les yeux ouverts, faute de trouver quelque chose de plus satisfaisant, il ravala sa colère et s'endormit.

CHAPITRE X

La fin de l'année lunaire approchait. « C'est pour les gosses qu'on célèbre le Nouvel An, se dit Lao Li ; quelle obligation pour les adultes d'y participer ? » Après avoir acheté de nombreux jouets destinés à ses enfants, il fut persuadé qu'il avait accompli son devoir paternel et qu'il pourrait, en conséquence, passer la fête dans la joie coutumière.

De son côté, Mme Li, voyant les voisins multiplier les emplettes, acheter des montagnes de choux, commander des galettes spéciales faites de crème de riz glutineux, se sentit des picotements au cœur. Elle fronçait les sourcils si fort que la sueur risquait de lui ruisseler sur le front.

Lao Li finit par comprendre que les adultes avaient également besoin de ces réjouissances ; sinon, la veille ou le jour du Nouvel An, certaines personnes iraient peut-être se pendre à une poutre. Il donna donc vingt yuans à sa femme, en songeant : « Dépense-les comme tu voudras ; tu peux même en faire cadeau à un chien ! »

Comme c'était dimanche, il resta à la maison

pour garder les enfants, tandis que sa femme partait à la conquête du Xisipailou.

La vieille Ma, un panier de bambou au bras, et emportant une dizaine de petits pots, sortit elle aussi pour aller s'approvisionner au marché.

Lao Li se mit à s'amuser avec ses enfants. Ling lui demanda de faire le bœuf, Ying de faire le tigre. Il se sentit obligé de se transformer en animal et s'efforça d'arpenter la pièce en se recroquevillant sur lui-même, pendant que Ling poussait des cris tonitruants.

Une voix douce se fit alors entendre devant la fenêtre :

« Ling, je veux te faire un cadeau !

— Ah ! merci ! » répondit la fillette avec un miaulement charmeur ; et elle entrouvrit la porte.

Lao Li reprit immédiatement la position humaine. La jeune Ma tenait dans sa main un navet plat, d'une jolie couleur rose, au milieu duquel était planté un cœur de chou jaune tendre, entouré de cinq ou six gousses d'ail aux pousses vertes[1].

« Oh, vous êtes ici, Grand frère ? Et ma belle-sœur ? » Le navet au bout des doigts, elle n'osait se retirer aussitôt.

« Elle est allée faire des courses », répondit Lao Li, le visage subitement empourpré ; il lui fallut reprendre son souffle avant de pouvoir ajouter : « Entrez donc, je vous prie. »

Elle était sur le point de refuser, mais la fillette

1. Type de décoration domestique traditionnelle au cœur de l'hiver.

la retint par une main, tandis que son frère venait entourer de ses bras les jambes de la jeune femme.

Lao Li pouvait enfin la contempler à loisir : qu'elle était agréable à regarder ! Sans être une beauté, elle était vraiment jolie. Sa silhouette était pleine d'harmonie et de délicatesse. Sa taille fine semblait avoir été modelée par un grand artiste ; les épaules et les jambes étaient plutôt rondes, le dos bien droit, la ligne qui joignait le cou à l'épaule, une perfection de naturel et d'élégance. Dans son visage allongé, de grands yeux brillaient sous l'arc régulier des longs sourcils. Légèrement raccourcis, les cheveux étaient rassemblés sur la nuque en deux nattes, comme ceux de Mme Li, mais avec une coquetterie qui leur donnait plus d'un siècle d'avance ! Elle portait une robe bleu clair, mi-longue, qui lui allait à merveille et dégageait ses poignets. Une grâce où se mêlaient la vivacité et la liberté émanait de sa toilette et semblait communiquer une extrême sensation de bien-être à tout ce qui l'entourait, comme une sorte d'aura nimbant un chef-d'œuvre de sculpture. Ce n'était pas une beauté, mais elle avait un rayonnement qui la rendait adorable.

Lao Li la regardait avec une telle intensité qu'il se sentit confus. Elle fit deux pas en avant, d'une démarche souple, sans effort, avec une harmonie inconsciente. De fait, elle ne marchait pas, mais semblait glisser en douceur. L'ensemble du corps était beaucoup plus beau que le visage. Elle tenait haut le navet : « Ce n'est pas un jouet, il faut le suspendre quelque part. Le chou donnera plus tard des petites fleurs jaunes. » En s'adressant aux enfants, elle ne cherchait pas à éviter le père.

« On le mettra sur la tête de papa ! » proposa Ying.

Lao Li éclata de rire. La jeune femme regardait partout dans la pièce, mais, comme elle ne découvrait pas d'endroit convenable, elle posa délicatement le navet sur la table. « J'ai encore beaucoup de travail », dit-elle en faisant mine de partir.

La fillette supplia : « Reste pour t'amuser avec nous, reste donc ! »

Lao Li s'efforçait de trouver deux mots à dire, mais en vain. Soudain, il fit un geste énergique de la main. Une question lui était venue à l'esprit : « Quel est le nom de vos parents ? » Peu importait que cette question semblât saugrenue, elle constituait tout de même une phrase. Sans paraître surprise, la jeune femme esquissa un léger sourire en répondant : « Ils s'appellent Huang. » Le sourire se fondait si intimement dans les mots qu'ils en devenaient mélodieux, bien qu'exprimant une réalité des plus banales.

« Vous ne retournez pas souvent chez eux ? poursuivit Lao Li comme s'il s'accrochait à ce sujet sans plus vouloir lâcher prise.

— Je n'y retournerai jamais, répondit-elle en caressant les cheveux de Ling. D'ailleurs, ils ne me le permettraient pas.

— Pourquoi ? »

Elle sourit de nouveau en fronçant légèrement les sourcils.

« Ils ne veulent plus de moi !

— C'est trop... » Lao Li ne réussit pas à trouver un adjectif convenable.

« Viens, Ling, viens t'amuser chez moi. » Elle sortait en tirant la fillette par la main.

« Je viens aussi ! » s'écria Ying qui leur emboîta le pas, emportant une brassée de jouets.

Sur le seuil, elle se retourna légèrement en faisant un petit signe de tête. Faute de trouver à temps les mots qu'il fallait, Lao Li perdit une nouvelle fois l'occasion de prolonger l'entretien.

Il resta seul à contempler le navet, les mains dans les poches de son pantalon. « Pourquoi ses parents ne veulent-ils plus d'elle ? »

Mme Li fit un retour victorieux. Elle était chargée d'innombrables paquets dont les ficelles avaient imprimé des traces violacées sur ses dix doigts. Le bout de son nez gelé était aussi rouge qu'une azerole ; pourtant, au moment de franchir la porte de son logis qui prenait les dimensions d'un arc de triomphe, elle avait l'air majestueux d'un général vainqueur. Des vingt yuans qu'elle avait emportés, il ne lui restait qu'un mao et deux sous, et elle n'avait encore acheté ni la sauce de soja, ni la viande de mouton, ni divers ingrédients. Il ne convenait pas à Lao Li de formuler aucun reproche, mais il n'alla pas jusqu'à lui adresser des éloges. Tandis qu'elle n'attendait qu'une question de son mari pour lui présenter le butin de sa victoire, il ne soufflait mot. Quand elle soupira : « Je n'ai pas encore acheté de mouton ! » il ne répondit que par un grognement.

Cependant, au fond de lui-même, il éprouvait du remords. Pourquoi ne posait-il pas quelques questions ? Même un mot de blâme aurait suffi à rompre la glace ; mais il n'avait fait entendre qu'un grognement ! Il se rendait compte que son esprit était ailleurs. Sa femme ne lui inspirait pas plus d'intérêt qu'un film qu'il aurait déjà vu deux ou trois fois.

Sur ces entrefaites survint Ding Erye, qui apportait les cadeaux des Zhang à leur fille adoptive. Dès que les enfants apprirent son arrivée, ils tournèrent aussitôt casaque : trouvant que la tante Ma n'était plus du tout adorable, ils rentrèrent dare-dare chez eux pour étaler tous leurs jouets sur les genoux du visiteur. Il n'était, aux yeux de Mme Zhang, qu'un bon à rien, mais, pour les enfants, un trésor inestimable.

Lao Li n'avait rien à dire à Ding Erye. Quant à Mme Li, elle sembla tout à coup avoir trouvé en lui un interlocuteur privilégié. Non seulement il comprenait tout ce qu'elle disait, mais il y attachait une estime nuancée de sympathie.

« Il fait vraiment froid ! dit-elle.

— En effet, répondit-il avant d'ajouter ses propres commentaires. Les gouttes d'eau gèlent aussitôt qu'elles touchent le sol ! Nous sommes à la fin de l'année, c'est le moment le plus froid.

— Que les champignons de Kalgan [1] sont chers ! soupira Mme Li.

1. Région située au nord-ouest de Pékin, célèbre pour sa production de champignons parfumés.

— Ils sont chers justement parce qu'ils viennent tout droit de Kalgan. Ils ne sont pas bon marché, loin de là ! » répondit-il en poussant lui aussi un soupir.

Lao Li avait envie à la fois de rire et de pleurer. Ding Erye était un incapable, tout juste bon à débiter des fadaises, soit ! Mais sa propre épouse prenait plaisir à s'entretenir avec cet incapable ! S'il souhaitait vivre en parfaite entente avec elle, il devrait donc devenir lui-même un autre Ding Erye ! Mais qui accepterait de bon gré de devenir un incapable, débiteur de sornettes ? « Asseyez-vous ; je dois m'absenter pour une affaire. » Lao Li prit son chapeau et sortit.

Après son départ, Mme Li passa une revue complète de tous ses achats avec le visiteur qui abondait dans son sens, en ajoutant des remarques de poids : « Excellent... Vraiment bon marché... Un peu cher... » La verve de Mme Li augmentait au fur et à mesure qu'elle parlait, comme si Ding Erye était, parmi tous les hommes, le plus apte à la comprendre. Il plaisait aussi beaucoup aux enfants.

« Deuxième oncle, fais le bœuf ! demanda Ying.

— D'accord, je vais faire le bœuf ! s'empressa-t-il de répondre.

— Deuxième oncle, lève-moi très haut ! » demanda Ling.

Il souleva aussitôt la fillette. En comparaison avec cet ami, leur papa n'était pas très amusant. Ying eut donc l'idée de proposer : « Deuxième oncle, on va dire à papa de devenir ton papa, et toi, tu seras notre papa ; qu'est-ce que tu en penses ? » Ding Erye se montra enchanté et parut approuver tout à fait cet arrangement. La mère ne pouvait se défendre de penser : « Si mon mari lui ressemblait, quelle fête de Nouvel An nous passerions, dans la joie et le contentement de tous ! Malheureusement, Ding est incapable de gagner de l'argent, tandis que Lao Li a malgré tout son poste — et un fonctionnaire est naturellement plus exigeant. »

Lao Li ne rentra pas déjeuner; sa femme s'inquiéta : « Est-ce qu'il m'en veut parce que je lui ai fait perdre la face l'autre soir ? Est-ce qu'il trouve que j'ai trop dépensé ? Ou bien, est-ce que Ding Erye lui inspire de l'antipathie ? » Soudain, elle avisa le navet rose :

« D'où vient ce machin ?

— C'est un cadeau de la tante du pavillon est, répondit Ying.

— Elle est venue pendant que je faisais les courses ? »

Ling devança son frère :

« Maman est partie, la tante est venue, papa a fait le bœuf.

— Oh ! »

Le cri de fureur manqua d'ébranler le ciel. « On dit bien : une nuit passée entre époux prolonge l'amour de cent jours. Alors, il ne devrait plus m'en vouloir. Ding Erye est un brave homme. Pour ce qui est de mes dépenses, puisque Lao Li gagne de l'argent, à qui pourrait-il le donner sinon à moi, sa femme ? Ou bien peut-être à celle qui cherche à me chiper mon mari ? Il doit y avoir anguille sous roche ! Pourquoi a-t-elle fait cette visite quand je n'étais pas là ? Si son homme l'a abandonnée, pourquoi se met-elle en tête de me voler le mien ? » Mme Li prit sur-le-champ la décision d'exclure de la Ligue internationale des Femmes la voisine du pavillon est, et ses réflexions finirent par se traduire en paroles : « Ying ! Ling ! » Elle forçait tellement la voix qu'on aurait cru une émission de radio. « Ying ! Ne va pas chez les autres ! Est-ce que tu n'as pas une maison à toi ? Tu m'entends ? Espèce de petit effronté ! Quelle fâcheuse visite as-tu faite ? N'essayez pas de me faire enrager, ou bien vous allez en entendre de belles ! »

Les yeux écarquillés, les enfants se demandaient pourquoi leur mère piquait une si étrange colère.

Mme Li, qui connaissait la portée de son émission radiophonique, se sentit le cœur libéré. D'un geste brusque, elle jeta dans le crachoir le navet rose avec le cœur de chou jaune tendre, ayant bien l'impression qu'elle avait mis le point final à cet incident.

Comme c'était uniquement pour fuir Ding Erye que Lao Li était sorti, il n'avait naturellement pas de destination précise. Arrivé devant la porte Xuanwu[1], il jeta un coup d'œil à la station terminus du tramway n° 5 et revint sur ses pas. Et voilà que, au marché couvert de Xidan, il tomba sur Ding Erye ! Ce dernier était vêtu des vieilles

1. Porte ouest, qui fait communiquer la cité tartare avec la ville chinoise. Dans le texte, elle porte encore son ancien nom de Shunzhimen.

défroques que Zhang Dage ne voulait plus porter, et qui présentaient sur Ding un aspect indiciblement pitoyable : la robe ouatée ressemblait à un saule d'automne, le pantalon à un réceptacle de lotus, le chapeau à un champignon qui n'aurait plus que l'apparence de la fraîcheur. Lao Li éprouva soudainement de la considération pour cet homme. Peut-être était-il lui-même sous l'emprise de la faim et de la solitude. Toujours est-il qu'il prononça une phrase dont il fut le premier surpris : « Que diriez-vous d'aller ensemble manger un morceau ? »

En l'entendant, Ding eut du mal à reprendre son souffle, mais il acquiesça aussitôt.

Près du marché couvert, ils découvrirent un petit restaurant. Lao Li ne savait que commander, et Ding se frottait les mains d'un air dubitatif en regardant le garçon.

« Je vous apporte deux pichets d'alcool ? suggéra ce dernier.

— C'est bien, deux pichets d'alcool ; deux pichets, c'est parfait ! » approuva Ding.

Pour le reste, le garçon fit des propositions que les deux clients acceptèrent sans plus tarder.

Comme Lao Li n'avait guère l'habitude de boire, ce fut Ding Erye qui vida les deux pichets. Une rougeur envahit son visage, son regard devint plus animé et un sourire se dessina même sur ses joues, tandis qu'il savourait l'alcool en claquant la langue et en remuant les lèvres ; il semblait même vouloir prendre la parole, mais sans savoir par où commencer. Après avoir jeté un coup d'œil sur son vis-à-vis, il eut un léger gloussement qui ne s'adressait qu'à lui-même, puis il ouvrit enfin la bouche : « Vos deux enfants sont vraiment adorables, oui, vraiment ! »

Lao Li hocha la tête en souriant.

« Autrefois, j'avais moi aussi un gros bambin. » Les yeux de Ding étaient légèrement embués, mais son visage restait souriant. « Il y a bien des années. » Son regard paraissait se diriger vers une période très lointaine : « Il y a bien des années ! » Il leva sa coupe et la porta machinalement à sa bouche. Seule, une gouttelette tomba sur sa lèvre inférieure. Il posa la coupe sur la table, la couvrant de sa main, et resta hébété pendant un moment ; puis il poussa un soupir.

Lao Li héla le garçon pour commander un autre pichet. Ding protesta qu'il ne voulait plus boire, mais lorsque l'alcool arriva, il se servit aussitôt. Après avoir avalé une gorgée, il reprit : « Il y a bien des années ! » comme si son esprit était hanté par cette phrase. « Monsieur Li, je vous remercie pour le repas et l'alcool. Il y a bien des années ! » Il but une autre gorgée. « Les femmes, oh, les femmes ! » Le sourire disparut de son visage, les yeux restaient fixés sur la coupe. « On ne peut pas avoir la moindre confiance en elles, pas la moindre confiance. Vous n'êtes pas fâché si je vous parle ainsi, moi qui ne suis qu'un raté et un pique-assiette ? »

Lao Li se sentait mal à l'aise, mais, comme il avait une forte envie de connaître la suite, il se remit à sourire :

« Moi aussi, je partage votre avis.

— Ah ! Enfin je rencontre un ami qui me comprend. Buvez une goutte, monsieur Li ! Quand je dis qu'on ne peut se fier à elles, regardez dans quel état je suis tombé, regardez donc ! Tout ça à cause d'une femme, il y a bien des années ! Autrefois, j'avais de l'allure, j'étais quelqu'un. Quand je me suis marié, hum ! Dès qu'elle est descendue du palanquin, elle m'a pris en dégoût sans que je sache pourquoi, elle ne voulait plus me voir. Que faire ? Lui rappeler qui était le maître ? Hum ! Elle a même fracassé le bol qui contenait les gâteaux assurant une longue descendance. Ah ! pour s'être disputés, on s'est disputés ! Finalement, j'ai eu le dessous. Il faut dire que je suis un brave type, un très brave type ! Mon épouse trouvait tous les hommes à son goût, sauf moi ! Qui accepterait de bon gré d'être cocu ? Mais — buvez donc une goutte, monsieur Li — je n'en suis pas moins un brave type. Pendant trois ans, j'ai souffert comme au fond de l'enfer, je n'exagère pas, comme dans le pire des dix-huit enfers[1] ! La battre, je ne pouvais pas, je suis trop bon, un homme vraiment trop bon ! Toute la journée, du matin au soir, c'est grâce à ça, dit-il en montrant du doigt la coupe, grâce à ça que j'ai pu résister tant bien que mal des jours, des mois, des années, trois années au total ! J'ai acquis une bonne capacité de buveur ; j'avale facilement une livre ou deux d'alcool par jour[2]. » Il se mit à rire, partagé entre la fierté et la honte.

S'humectant le bout des lèvres, Lao Li pria son

1. De la tradition bouddhiste.
2. En Chine, l'alcool se vend au poids.

invité de manger et l'encouragea à poursuivre son récit.

« J'ai perdu mon travail ; qui aurait voulu garder un ivrogne ? Une fois, je suis tombé du haut d'un pousse ; j'avais le nez tout bleu et la figure tuméfiée. Une autre fois, j'ai donné à un mendiant la paye que je venais de toucher. Je roulais les actes officiels pour en faire des mèches d'allumage. Il y a eu d'autres histoires, beaucoup d'autres histoires, toutes à vous faire crever de rire. Mais ce que je préférais, c'était me coucher ivre mort dans un fossé plutôt que de rentrer chez moi ! Et de beaucoup ! Dire qu'elle me défendait de jouer avec mon fils, qu'elle me défendait de le prendre dans mes bras ! Et certains prétendaient même que ce n'était pas mon fils ! Si elle s'était tout simplement enfuie en me laissant le petit, j'aurais pu renoncer à boire, pour redevenir un homme. Mais elle ne s'en allait pas. Ce n'est qu'après avoir ruiné ma santé et ma fortune, quand je n'avais même plus une tunique pour me couvrir le corps, qu'elle a décampé en emmenant mon fils ! Est-ce que je pouvais encore avoir du goût à vivre ? Lorsqu'un ami m'offrait un vêtement convenable, je le vendais pour boire. Zhang Dage a fini par me dénicher dans une auberge borgne, en plein hiver ; vêtu seulement d'un caleçon, j'essayais de me réchauffer avec un feu de détritus. Pourtant, je ne peux oublier ni ma femme ni mon fils. Où se trouve-t-elle à l'heure actuelle ? Que fait-elle ? Depuis tant d'années, du matin au soir, j'espère toujours recevoir une lettre — peu importe d'où elle me l'enverra — qui m'apporte de ses nouvelles. Le facteur est un drôle de type : il distribue tout le temps des lettres aux autres, et jamais rien pour moi. Mon fils, hélas ! Je suis foutu, complètement foutu ! Quand une femme veut détruire un homme, elle le ruine de fond en comble, pour de vrai. Monsieur Li, je vous remercie beaucoup pour le repas et l'alcool. Mais quand vous verrez Zhang Dage, ne lui dites pas que j'ai bu. Depuis que j'habite chez lui, je n'ai plus avalé une seule goutte. Monsieur Li, merci encore pour tout.

— Avez-vous suffisamment mangé ? » Lao Li cherchait à le retenir.

« J'ai assez mangé, vraiment assez. Quand je rencontre un véritable ami, je n'ai plus faim. Depuis bien des années, personne n'écoute mes radotages. Du temps où les enfants de Zhang Dage étaient petits, ils aimaient écouter mon histoire ; maintenant qu'ils ont grandi, ils ne veulent plus m'entendre. Merci, monsieur Li. Je dois marcher un moment pour chasser de ma bouche l'odeur de l'alcool. Si Mme Zhang s'en apercevait, ça ferait un malheur, un grand malheur ! »

Lao Li se sentait le cœur oppressé. « Une femme peut donc détruire un ou plusieurs hommes ! Et de même, un homme peut détruire combien de femmes ? Il ne s'agit pas d'une simple question personnelle entre un homme et une femme ; non, c'est le mariage qui, en tant qu'institution, doit clocher. » Incapable de résoudre un problème d'une telle importance, Lao Li se contenta de s'affliger sur son propre sort et sur celui de Ding Erye. Ce dernier ne lui inspirait plus autant d'antipathie. Dans le monde, il n'y a pas, à l'origine, de gens dégoûtants, mais comme l'existence est dépourvue de joie, elle suscite le dégoût; il s'agit sans doute de cela, songeait-il. Imaginons que Ding ait épousé Mme Li et que lui-même ait épousé — mettons la jeune Ma. L'existence de ces deux couples se serait probablement déroulée d'une tout autre manière. Peut-être pire, qui peut savoir ! Il se rendit alors au Pont du Ciel. Personne apparemment ne lui inspirait de dégoût, mais il avait l'impression que tous les passants cachaient de nombreuses souffrances au fond de leur cœur. Conteurs publics, baladins, acteurs d'opéra régional, vendeurs de bouts de tissus, tous ces hommes dissimulaient sûrement des souffrances à l'intérieur d'eux-mêmes. Parmi les spectateurs et les protecteurs des comédiens, il y avait peut-être quelques hommes heureux; mais leur bonheur devait être égoïste car ils possédaient sans doute une certaine fortune et une épouse qui leur donnait toute satisfaction. Ça pouvait les mettre de bonne humeur, leur gaieté n'en était pas moins mesquine, insignifiante, on aurait dit des brins d'herbe verte poussés par hasard sur un tas de fumier : non seulement de tels brins ne suffisent pas à évoquer le printemps, mais ils prennent racine dans un terreau fétide où s'accumulent les ennuis, les souffrances et les injustices de la vie.

Quand il arriva chez lui, les enfants étaient déjà couchés. Sans lui poser aucune question, sa femme afficha sur son visage une expression de contentement.

Mme Li se sentait effectivement satisfaite parce que, sous le couvert d'un tiers, elle avait réussi à insulter la jeune Ma et que celle-ci n'avait pas osé répliquer : visiblement, elle n'était pas dans son droit ; sinon, elle aurait relevé la tête. Plus Mme Li réfléchissait, plus elle était persuadée de la justesse de son raisonnement. Lorsque Lao Li rentra, il avait le nez et les oreilles rouges de froid, et son air était bizarre. Tout ça, c'était la faute de cette chipie ! Son mari eût-il des torts, ils étaient pardonnables, étant donné que cette petite éhontée n'était qu'une garce. Sans faire part de ses soupçons à son mari, Mme Li aurait désormais l'œil sur lui, afin d'empêcher la petite traînée de lui mettre le grappin dessus. Du reste, comme elle venait d'essuyer une bordée d'injures, la voisine n'oserait plus se montrer entreprenante. Protéger son mari était le seul et unique devoir de Mme Li. Son plan d'action lui semblait des plus pertinents, elle avait l'impression de rétablir l'ordre dans la rue et le quartier tout entiers ; c'est pourquoi, vis-à-vis de Lao Li, elle adoptait l'attitude d'une sœur aînée : non seulement elle ne lui demandait pas où il avait passé la journée, mais elle lui montrait même une mine accueillante. Le mieux était de le laisser réfléchir par lui-même !

De son côté, Lao Li imaginait que la satisfaction de son épouse provenait du fait qu'elle avait eu une conversation agréable avec Ding Erye. Elle pouvait agir à sa guise ! Mais si elle partait avec Ding, quelle attitude devrait-il prendre, lui, Lao

Li ? Comment savoir ? Mais, après tout, Ding n'était qu'un misérable bon à rien.

Mme Li était impatiente de connaître les réactions de sa voisine. Quand elles se rencontreraient dans la cour, si la jeune Ma affichait une expression désagréable, que ce serait ennuyeux ! Mme Li n'avait pas du tout peur d'elle, mais comme ils étaient locataires des Ma, à supposer que la dispute s'aggrave et que les propriétaires leur demandent de déménager, il faudrait tirer l'affaire au clair et Mme Li aurait alors à se mesurer avec son mari. Celui-ci n'était, certes, pas redoutable, mais les hommes ont le caractère plutôt porté à la violence ; si elle devait subir une raclée pour cette histoire, ça n'en valait pas la peine ! Elle n'éprouvait pas de véritable crainte : elle était tout de même un peu inquiète. Elle n'aurait pas dû courir le risque de s'attirer des ennuis rien que pour le plaisir de proférer quelques injures. D'ailleurs, il aurait fallu saisir les deux adultères sur le fait ; un navet rose ne constituait pas une preuve suffisante. Et même si elle réussissait à les prendre en flagrant délit, avait-on jamais entendu parler d'une épouse massacrant à coups de couteau le mari infidèle et sa maîtresse ? Existait-il un seul homme fidèle ? Pourtant, la femme meurtrière de son propre mari était toujours considérée comme une grande criminelle. Plus elle réfléchissait, moins elle y voyait clair. Elle avait mal dormi pendant la nuit et, par deux fois, elle avait rêvé que des chiens errants lui dérobaient les gâteaux de Nouvel An.

Le lendemain matin, elle avait grande envie de se trouver face à face avec sa jeune voisine. Mais, comme il faisait un froid de loup, celle-ci ne semblait pas avoir l'intention de pointer le nez dehors ; d'autre part, Mme Li, qui s'affairait à la préparation des mets pour la période des fêtes, ne trouva pas le loisir de quitter sa cuisine. Quand elle eut mis au feu les petits pains à la vapeur, une idée lui traversa soudainement l'esprit :

« Ying, va faire une petite visite à la tante du pavillon est.

— Est-ce que tu ne m'as pas défendu d'y aller ? » La mémoire du petit noiraud était infaillible.

« C'était pour rire ! Vas-y donc !

— Moi aussi ! cria Ling qui désirait depuis un bon moment se rendre chez la jeune Ma.

— Allez-y tous les deux ! Ying, emmène gentiment ta sœur. »

Les deux chérubins s'amusaient chez la voisine depuis un quart d'heure, quand Mme Li se mit à appeler devant la porte de son pavillon :

« Holà, Ying, rentre à la maison ! N'ennuie pas ta tante en cette veille de Nouvel An !

— Je voudrais m'amuser encore un peu, répondit-il.

— Rentre vite ! » Mme Li avait hâte de savoir comment le prendrait sa voisine.

La jeune Ma intervint sur un ton des plus aimables : « Les enfants peuvent bien s'amuser chez moi, je n'ai rien d'urgent à faire. »

Mme Li voulut procéder à une analyse approfondie de la situation :

« Avez-vous déjà déjeuné, Petite sœur ?

— C'est déjà fait. Et vous-même ? » La voix était affable, agréablement modulée.

La pierre qui écrasait le cœur de Mme Li tomba enfin par terre : « Faut-il croire qu'elle n'a rien entendu hier ? » songea-t-elle. Puis, tout haut : « Soyez bien sages, mes petits. Je vous défends de faire les effrontés avec la tante Ma, avez-vous entendu ? »

Mais tout en surveillant ses pains à la vapeur, elle sentit la pierre qui remontait pour écraser à nouveau son cœur : « Il est impossible qu'elle n'ait rien entendu, elle doit faire semblant de tout ignorer : "Bouche de miel, cœur de fiel." Elle a peut-être vraiment peur de se frotter à moi ! Au fond, elle est dans son tort ; si le scandale doit éclater, c'est elle qui perdra la face. Une jeune femme d'une vingtaine d'années, qui s'en va sans barguigner dénicher un amant chez les voisins ! » Sur cette dernière réflexion, son esprit retrouva la parfaite quiétude : elle venait de remporter une victoire complète !

C'était la dernière foire de l'année dans le Temple de la Sauvegarde de l'État. Le vent soufflait assez fort ; Lao Li pensa qu'il ne rencontrerait pas une grande affluence et qu'il pourrait acheter au meilleur prix quelques fleurs ou plantes. Il prendrait des narcisses ou deux pots de pruniers des frimas, afin d'atténuer l'atmosphère de vulgarité qui régnait chez lui. Ce qu'il appelait « vulgarité » s'appliquait, semble-t-il, à son épouse ; peut-être aussi à la paire de sentences parallèles apportée par Mme Zhang, mais il aurait été vain de le préciser.

En réalité, il y avait pas mal de monde à la foire et le prix des marchandises était donc plutôt élevé. Lao Li s'étonna de voir les gens se passionner à tel point pour la fête du Nouvel An. Des jeunes filles, des jeunes femmes, des vieillards asthmatiques, souffrant de catarrhe et de toux, ne cessaient d'entrer et de sortir, tous pleins de vaillance. Certains ne venaient pas pour faire des emplettes, mais uniquement pour braver le vent, le froid, la poussière, et voir passer les jolies filles. « Faut-il que la vie soit vraiment cafardeuse, se dit Lao Li, sinon... » À l'instant même, il faillit se croire en plein rêve : non loin de lui, près d'un marchand de porcelaine, se tenait la jeune Ma ! Il sentit aussitôt son visage s'enflammer.

« Avancez donc, en cette heureuse fin d'année ; ne restez pas là planté comme un soliveau ! » Un vieillard aussi revêche que misérable le bouscula de toutes ses forces.

Avançant machinalement de deux pas, Lao Li n'osait se diriger vers elle, tout en brûlant pourtant du désir de la rejoindre. Enfin, prenant son courage à deux mains, dans une sorte d'état second, comme s'il n'était plus responsable de ses actes, il s'approcha. Craignant que sa propre hardiesse ne diminuât, et craignant aussi de la voir s'éloigner, il balaya d'un coup tous ses scrupules : « En avant, allons-y, bravons tout ! » se dit-il pour s'encourager. « Surtout, ne vous éloignez pas ! priait-il intérieurement en s'adressant à elle. Aujourd'hui, c'est le grand jour ; libérons-nous de toutes les contraintes, agissons enfin en homme libre ! »

Elle semblait rester là comme pour l'attendre, telle une branche de pêcher en fleurs espérant l'arrivée d'un loriot de printemps. Dans tout l'univers, le vent, le froid et l'angoisse avaient disparu. Lao Li avait l'impression que leurs deux cœurs, étroitement unis, étaient seuls au monde. Sans échanger un mot, ils quittèrent ensemble le temple. En marchant à côté d'elle, Lao Li sentait son cœur battre à un rythme accéléré et frémir le tréfonds de son être. Tête baissée, mais le dos toujours droit, elle avançait avec légèreté en montrant ses belles chevilles ; ses épaules rondes se balançaient délicatement et, visiblement, elle bravait et défiait tout avec grâce.

Sans même se consulter, ils s'engagèrent dans la rue de la Contemplation mystique, plus calme que la grande avenue. Lao Li n'osait parler : d'une part, il avait tant de choses à dire qu'il ne savait par où commencer ; d'autre part, il ne voulait pas détruire le doux silence qui régnait entre eux. C'est la jeune femme qui le rompit :

— « Grand frère Li — ses yeux regardaient droit devant elle, son visage n'était pas éclairé du moindre sourire —, dorénavant, tâchez, non, tâchons de nous éviter. Je n'avais vraiment guère envie de vous en parler ; mais savez-vous que votre femme m'a insultée ?

— Elle...

— C'est bien ce que je pensais, poursuivit-elle, les traits toujours tendus. Si vous faites une scène à votre femme à ce propos, je ne vous dirai plus jamais rien !

— Je ne lui ferai pas de scène, c'est juré. Mais pourquoi vous a-t-elle insultée ?

— À cause du navet rose. Voilà, je vous ai tout raconté. Dorénavant, tâchons... Oh, je vais prendre un pousse.

— Attendez ! Dites-moi une chose : pourquoi vos parents ne veulent-ils plus de vous ? »

Elle se mit enfin à sourire : « Je vais vous expliquer toute cette histoire, si vous voulez. Mon mari était mon précepteur. Il me donnait des leçons particulières d'anglais et de mathématiques, parce que j'avais échoué deux fois à l'examen d'entrée au collège. Plus tard, je me suis enfuie avec lui, c'est pourquoi mes parents m'ont défendu de rentrer à la maison. Au fond, si je leur adressais quelques prières, tout pourrait s'arranger, mais je ne veux pas m'abaisser à demander pardon ! Et puis, ma belle-mère est très gentille avec moi, je ne voudrais pas la quitter. Tout ça n'a pas grande importance ! » Elle semblait pressée d'en finir, pour éviter toute intervention de Lao Li. Son récit terminé, elle resserra son fichu sur sa tête et fit quelques pas : « Je vais prendre un pousse. » Elle hâta la marche, le dos encore plus droit. Soudain, elle se retourna : « Surtout, ne faites pas de scène ! »

Elle monta dans un pousse. Le monde redevenait noir, froid et venteux. Le beau rêve de Lao Li se brisait en mille morceaux. Il avait cru que c'était le début d'une aventure romantique, mais les propos qu'elle venait de lui tenir étaient pleins de banalité et dépourvus du moindre éclat. Loin de le considérer comme un soupirant, elle jouait le rôle d'une sœur aînée qui lui faisait la leçon, tout en le tenant à distance. Elle avait eu une liaison sentimentale, mais elle estimait qu'il n'était pas fait, lui, pour ce genre d'aventure, qu'il était un bon à rien, qu'il devait mener sa petite vie auprès de sa bébête de femme — surtout, ne faites pas de scène ! Une branche de pêcher en fleurs espérant l'arrivée d'un loriot de printemps ? Plutôt une douce colombe fuyant devant l'épervier ! La honte qu'il éprouvait l'emportait sur la déception ; car, derrière la déception se cachait peut-être un nouvel espoir, alors que, couvert d'une telle honte et faute de pouvoir se décharger sur autrui, il ne lui restait qu'à se jeter dans les bras de la mort. Il songeait à tous les efforts qu'il avait dû déployer dans le temple pour oser s'approcher d'elle. Et voilà qu'un incident des plus ordinaires le faisait tomber dans un tas de fumier ! S'il se mettait à la haïr, ce serait décharger sa bile sur elle. Il refusait pareille solution ; il ne lui restait qu'à se haïr lui-même ! Décidément, il devait être un type au-dessous de l'ordinaire, car même un homme particulièrement banal pouvait attirer l'attention d'autrui, tandis que personne ne faisait attention à lui. Il allait jusqu'à penser que ce minable de Ding Erye devait lui être supérieur. Non seulement il n'avait pas eu la hardiesse de se lancer dans une aventure sentimentale et il s'en était privé depuis des années, mais à peine avait-il risqué le premier pas, à peine son cœur s'était-il mis à palpiter, qu'il avait aussitôt perdu la face ! Deux êtres étroitement confondus ? Mais quel cœur voudrait s'unir au sien ? Lao Li se cogna contre un poteau électrique et se rendit compte alors qu'il s'était trompé de chemin.

Il songea de nouveau à sa femme qui, contre toute attente, avait osé, elle, s'en prendre à quelqu'un ; elle aussi lui était donc supérieure. Sans doute ce tour de malice lui avait-il été enseigné par la jeune Ma qui subissait maintenant les conséquences de ses actes ! Mais au lieu de contre-attaquer, c'est à lui que la jeune femme était venue donner un avertissement ; peut-être avait-elle agi dans une bonne intention, afin de sauvegarder sa respectabilité à lui. « Misérable petit fonctionnaire, se dit-il, toute ta vie tu ne seras qu'un minable gratte-papier. Zhang Dage et la jeune Ma ont certes pitié de toi, mais leur soutien bienveillant est plutôt cruel. Au fond, tu n'assures ta subsistance que grâce à la commisération des autres en touchant un maigre salaire ; et jusqu'à la fin de tes jours tu seras vêtu du même costume occidental, le visage exsangue et le regard fixe ! » Lao Li avait envie de franchir l'enceinte de la ville pour se jeter dans le premier trou qu'il verrait creusé dans la glace ; mais, sans qu'il en eût conscience, ses pas le ramenèrent à la maison. Surtout, ne faites pas de scène !

CHAPITRE XI

Avec l'arrivée du Nouvel An, une grande animation régnait partout. En cette période où l'année nouvelle vient supplanter l'ancienne, tout le monde se sentait plein d'entrain et comme animé d'une force mystérieuse. Le seul à faire exception était Lao Li. Sa femme s'activait pour préparer les plats de la fête, pour offrir des cadeaux en échange de ceux qu'elle avait reçus, en particulier de Mme Zhang, enfin, pour habiller de neuf les enfants. Mais il avait beau lui donner de temps en temps un coup de main, le cœur n'y était pas : même à table, il n'avait aucun goût pour ce qu'il mangeait. Par deux fois il rencontra la jeune Ma dans la cour, mais il garda volontairement les yeux baissés et attendit qu'elle fût passée pour la regarder de dos à la dérobée.

Face à cette fée, à cette apparition ensorcelante, il se sentait le plus quelconque des mortels ; plus il admirait sa fierté et son indépendance d'esprit, plus il détestait sa propre lâcheté et trouvait son horizon borné. La cuisine que sa femme avait confectionnée spécialement pour la fête n'eut aucun résultat, sinon de renforcer sa mine de pénitent. Dans la situation sans issue qui était la sienne, il lui fallait absolument chercher du réconfort, mais trouverait-il dans l'amour le remède voulu ? Il avait les traits tirés, les mains plus fiévreuses que jamais et l'esprit totalement dans le vague, comme quelqu'un qui souhaiterait faire de beaux rêves mais ne rêverait que de malheurs et de désordres épouvantables !

Le soir même du réveillon, quand toute sa famille se fut endormie, il se retrouva seul et alluma une paire de bougies rouges, tout en écoutant les voix et les bruits de pétards qui venaient de la rue. Plus le vacarme extérieur grandissait, plus la solitude lui pesait. Il crut un instant entendre des pleurs étouffés dans la maison de gauche, mais non, ce n'était pas possible : elle tenait compagnie à sa belle-mère dans l'aile de droite.

Les pétillements du fourneau et les oscillations brusques de la flamme des bougies finirent par l'agacer. Il tendit l'oreille en direction de la maison d'à côté : il aurait aimé surprendre quelques bribes de la conversation qu'échangeaient les deux femmes, rien que pour surmonter l'irritation qui le gagnait. Seulement voilà : il n'arrivait pas à comprendre un traître mot, ce qui ne fit qu'aggraver son désarroi.

Soudain, il l'aperçut qui sortait et traversait la cour, tandis que la vieille Ma, prise d'une quinte de toux, éteignait sa lampe.

En regardant à travers la croisée, il vit qu'elle aussi avait allumé des bougies : leur flamme se projetait par intermittence sur le papier qui garnissait ses fenêtres. Ouvrant tout doucement la porte, il se tint sur le seuil. La nuit était très belle et jamais il n'avait vu autant d'étoiles dans le ciel. Il se souvint alors que, dans son enfance, il était persuadé que le dernier soir de l'année, toutes les divinités descendaient sur la Terre. Bien sûr, il y avait longtemps qu'il n'y croyait plus, mais, la nuit du Nouvel An, on éprouvait réellement une impression de paix, qui suffisait à dissiper toutes les appréhensions, en dépit des rigueurs de la saison. Les pétards qui explosaient dans les rues, par leur seul bruit, avaient un effet encore plus grand sur le cœur des hommes : ils les plongeaient dans une sorte d'extase, où les sentiments les plus opposés se trouvaient mêlés. Levant la tête vers les étoiles, Lao Li poussa un soupir et ses yeux s'emplirent de larmes. Voilà une année de plus et perdue comme toutes les autres ! Il commençait à avoir froid mais il se refusait à rentrer.

Deux fois de suite, l'ombre de la jolie voisine se profila sur le papier des fenêtres ; elle était en train de croquer des graines de pastèque ! Dans la rue retentirent les pétards de gros calibre qu'on y avait lancés. Il ne sut plus très bien où il se trouvait, ni ce qu'il faisait là. À nouveau, son regard se porta vers le ciel : plus il les regardait, plus les constellations lui semblaient nombreuses et lointaines. Ah ! que ne pouvait-il voler à travers cet espace infini et, tel un pétard, exploser en plein vol pour donner naissance à une myriade de petites étoiles !

La jeune Ma sortit au même moment et se dirigea vers le fond de la cour : elle ne l'avait probablement pas vu. Mais lui sentit son cœur qui bondissait. Une nouvelle série de pétards se fit entendre et elle revint. À la porte, un marchand de lait caillé se signala à l'attention du quartier par un cri particulièrement long et riche de modulations. Elle gagna l'entrée de sa maison, hésita un instant à ouvrir la porte et finit par sortir dans la rue. En la voyant faire, Lao Li entendit son cœur qui hurlait : « Vas-y ! C'est l'occasion ou jamais ! » Mais il avait les pieds rivés au sol et ses jambes étaient si tremblantes qu'il ne bougea pas. Incapable de prononcer la moindre parole, tellement il avait la gorge sèche, il la vit s'éloigner et ouvrir le portail donnant sur la rue. Alors, il n'entendit plus rien. En revenant, elle referma le portail, et il perçut à nouveau le bruit de ses pas. Elle s'arrêta un instant devant sa porte, les mains chargées. La lueur des bougies révéla qu'il s'agissait de deux petits bols blancs. Elle fit quelques pas en direction de la maison d'en face, visiblement partagée entre l'intention d'offrir un peu de lait caillé à sa belle-mère et la crainte de la déranger. Finalement, elle retourna chez elle, en ouvrant la porte avec la pointe du pied.

Pendant tout ce temps, Lao Li n'avait pas bougé. Pourtant, quand elle eut disparu, il se sentit tout déprimé et accablé de regrets. Ses jambes flageolantes étaient tout ce qu'il restait de lui-même. Lorsqu'il rentra chez lui, la chaleur du poêle lui sauta au visage et la flamme des bougies se mit à virevolter dans toute la pièce. Il se jeta sur le premier siège venu. Il lui semblait entendre encore le bruit des pétards, mais si lointain qu'il paraissait provenir d'un autre monde.

Lao Li se prenait si peu au sérieux que jamais il ne se serait plaint d'être malade. Pour lui, fièvres et maux de tête disparaissaient toujours comme ils étaient venus. Pour les maladies plus graves, il lui suffisait de s'adresser à Zhang, qui avait naturellement chez lui une pharmacie bien fournie, avec tous les remèdes voulus, y compris pour soigner la scarlatine et la diphtérie. Lao Li avait toujours refusé de consulter le moindre médecin.

Cette fois-ci, en revanche, il eut le sentiment que c'était vraiment sérieux. Il ne craignait pas la maladie, mais il redoutait qu'elle le force à révéler le secret qu'il tenait caché au fond de son cœur. Instinctivement, il savait bien que s'il tombait malade, ce serait très grave. Or, sous le coup d'une forte fièvre, on délire facilement et il suffisait d'une parole de trop pour compromettre l'équilibre d'un ménage.

Le lendemain matin, il eut du mal à tenir debout, mais il s'administra un petit remède psychologique. Faisant semblant de ne pas prendre garde à son état, il se leva comme à l'accoutumée et sortit se promener dans la rue. Celle-ci était paisible et déserte comme tous les matins de Nouvel An : pas la moindre âme qui vive et toutes les boutiques encore fermées. Les seuls passants qu'il pouvait rencontrer étaient en habits de fête et arboraient des sourires comparables aux sentences de bon augure que l'on venait juste de coller de chaque côté des portes. Lao Li s'était à peine éloigné qu'il sentit le besoin de revenir en arrière : il avait l'impression d'avoir à la place de la tête un bloc de pierre d'une tonne et ses jambes étaient si molles qu'il trébuchait à chaque pas, comme s'il marchait dans du coton. Se mordant les lèvres, il avançait péniblement en direction de son domicile. Une fois chez lui, il se regarda dans la glace : il avait les yeux tout rouges et congestionnés. Sans rien dire, il garda son manteau et s'assit. Puis tout à coup il se leva et se mit à s'entraîner avec son chapeau comme s'il avait eu entre les mains un ballon de volley.

« Dis, papa, à quoi tu joues ? » lui demanda son fils.

Tout grelottant, il se hâta de poser son chapeau. Il prononça quelques mots, sans savoir ce qu'il disait. À nouveau il reprit son chapeau et le reposa aussi précipitamment. Il courut tout droit dans sa chambre, où il tomba tête la première sur le lit.

Les jours suivants constituèrent un trou complet dans son existence. Le cinquième, il n'avait toujours pas ouvert un œil, mais il eut conscience que quelqu'un lui palpait le front et reconnut la main de sa femme. Il entrouvrit légèrement les yeux : elle avait changé autant qu'une femme qui aurait souffert d'une longue maladie. Ses cheveux donnaient l'impression de n'avoir jamais été coiffés, elle avait les paupières toutes rougies et le visage si marqué qu'elle faisait bien deux ans de plus. Cependant, il remarqua que son regard, qui ne le quittait pas, était plein d'une tendresse qu'il était incapable de mesurer. Mais il referma les yeux : il était trop faible pour réfléchir et n'aurait pas osé le faire. La défaite qu'elle lui avait infligée alors qu'il se trouvait entre la vie et la mort était trop lourde ! Il ne pouvait se considérer autrement que comme un malade. Tranquillement couché comme il l'était sous la garde de sa femme, il se sentait aussi peu libre de ses mouvements qu'un bébé. Il lui devait la vie et ne l'oubliait pas.

Il aurait volontiers prolongé indéfiniment sa maladie, à condition de ne pas mourir. Mais il se remettait lentement. Son épouse passait encore au moins la moitié de la nuit à le veiller. Quand il fut capable de se lever, elle continua de lui interdire de sortir pour aller aux cabinets. Indifférente aux soins les plus rebutants, elle semblait n'avoir d'yeux que pour lui. Mais elle ignorait comment le réconforter. Chaque fois qu'elle voulait lui prouver son amour, tout ce qu'elle trouvait à dire était du genre : « J'ai mis de côté pour toi tous les plats du Nouvel An, dépêche-toi de guérir et tu te régaleras ! » Une phrase comme celle-là ne produisait absolument aucun effet sur Lao Li. Pourtant, une fois, au cœur de la nuit, alors qu'il n'était pas endormi, elle se réveilla en sursaut au milieu d'un rêve et se mit à crier : « Mon chéri ! Mon chéri ! » Voyant qu'il la repoussait, elle lui demanda : « Tu ne m'as pas appelée ? J'ai cru entendre le son de ta voix.

— Non, je t'assure.

— Je devais rêver ! » fit Mme Li, qui n'ajouta plus un mot.

De son côté, Lao Li fut incapable de trouver le sommeil, assailli qu'il était par les pensées et les larmes.

Le lendemain, comme sa femme était allée chercher des médicaments, il appela son fils auprès de lui et lui demanda aussitôt : « Qu'est devenue ta sœur ?

— Elle a été emmenée par sa mère adoptive.

— Sa mère adoptive est venue ?

— Oui, et Zhang Dage aussi.

— Quel Zhang Dage ? » Lao Li, ne se souvenant pas de qui Ying voulait parler, était sur le point de poser une question quand un sourire subit indiqua qu'il avait compris : « Ying, tu devrais savoir que M. Zhang est ton oncle et non ton grand frère.

— Mais maman l'appelle toujours Zhang Dage », dit en gloussant le diable de gamin, qui avait trouvé sur qui s'appuyer.

Lao Li n'était pas en état de pousser plus avant la discussion. Au bout d'un moment, il interrogea de nouveau son fils : « Dis-moi, Ying, est-ce que tu m'as entendu raconter tout haut des bêtises ?

— L'autre jour, tu chantais même si fort que maman pleurait, et moi aussi... » À nouveau, le garçon ne put s'empêcher de glousser au souvenir d'une scène aussi cocasse. « Ling pleurait tellement que sa mère adoptive a dû l'emmener. Moi aussi, je voulais m'en aller, mais maman m'a retenu de force. Ah ! Quelle drôle d'aventure ! » Ying s'arrêta pour réfléchir un instant. « La tante qui habite le pavillon est, elle aussi, pleurait, sans bouger de chez elle. Voyant que maman m'ignorait, je suis allé jouer dans sa maison et j'ai pu voir ses yeux immenses — comme je l'ai déjà dit, on dirait des étoiles — et tout pleins de larmes, ils étaient vraiment superbes !

— Et la vieille dame ? » À dessein Lao Li changea de sujet.

« Elle venait tous les jours pour te voir et t'a fait préparer à plusieurs reprises des médicaments. Maman voulait toujours aller en chercher elle-même, mais la vieille dame s'emparait de l'ordonnance et y allait à sa place, sans réclamer à maman le moindre argent. Quelle vieille cloche !

— Qu'est-ce que tu dis, Ying ?

— C'est tante Zhang qui appelle comme ça son mari ; et moi maintenant, chaque fois que je vois quelqu'un de vieux, je le traite de vieille cloche.

— Je t'interdis de le faire. »

Le diable de gamin détourna à son tour la conversation : « Dis-moi, papa, comment es-tu tombé malade ? »

Comme son père restait un bon moment sans répondre, il crut avoir commis une nouvelle bévue et gloussa de plus belle.

« Ying, quand tu seras grand, dis-moi quel genre de femme tu épouseras. » Lao Li se trouvait un peu bête de poser une pareille question.

« J'en veux une très belle, aussi jolie que la tante Ma. Le jour du mariage, j'aurai une grosse fleur rouge sur la poitrine et je frapperai du tambour, dong, dong, dong ! Ce sera magnifique ! »

Lao Li hocha la tête ; il ne trouvait pas drôles les paroles de son fils.

Quand on est malade, les amis vous manquent. Même la compagnie de Xiao Zhao n'aurait pas déplu à Lao Li. Tous les deux jours, Zhang Dage lui faisait une visite, à la fois pour prendre de ses nouvelles et le tenir informé des moindres détails de la vie quotidienne de sa fille adoptive, comme si la petite Ling avait été une vraie princesse.

Par ailleurs, la fidélité de Ding Erye se révéla très utile : en bons termes avec Mme Li, il avait les mots qu'il fallait pour lui rendre la vie moins pénible et il était toujours prêt à l'aider en faisant des courses pour elle. Ses malheureuses jambes avaient au moins un avantage : elles obéissaient toujours lorsqu'un étranger leur demandait de se mettre en mouvement. Lao Li n'était pas le dernier à les apprécier. Tout le monde savait comment Ding avait perdu sa femme et son emploi, comment il avait trouvé refuge dans une auberge borgne : même Ying connaissait l'histoire par cœur.

La personne que le malade aurait le plus aimé voir était à la fois la plus proche et la plus difficile à rencontrer : il s'agissait de la jeune Ma. Elle ne consentait pas à venir et il était dans l'impossibilité de l'inviter lui-même : dans ces conditions, l'issue de sa maladie lui était plutôt indifférente. En poussant un peu plus loin la réflexion, il estima tout de même préférable de guérir : pour sa femme comme pour ses enfants, il lui fallait vivre, quitte à mener toujours la même existence misérable ; sinon, il ne rembourserait jamais la dette qu'il avait contractée auprès de son épouse. Or, il n'avait jamais imaginé que l'affection qu'elle lui témoignait pouvait ne pas être récompensée. Peut-être n'était-il pas assez égoïste, ou bien ne l'aimait-il pas suffisamment pour faire ce genre de calcul.

Entre époux, le plus raisonnable était de peser équitablement ce que l'un devait à l'autre, et inversement. Avec la jeune Ma, c'eût été différent : elle ne s'était pas occupée de lui mais il aurait pu très bien accepter tout bonnement ses services, sans se sentir lié par aucune obligation à son égard. Il se faisait peut-être des illusions. N'empêche qu'il y croyait.

Il était donc très partagé. À certains moments, il aurait aimé guérir sur-le-champ ; à d'autres, non. La perspective de reprendre le travail pour pouvoir entretenir sa femme ne lui plaisait qu'à moitié. D'un côté, c'était s'acquitter d'une dette à son égard ; de l'autre, il risquait, en prouvant son abnégation, de contribuer à la gloire de la société bourgeoise, sans en retirer aucun profit personnellement.

Sa petite Ling lui manquait, mais il craignait que le retour de la fillette n'alourdît la tâche ménagère et il ne voulait pas donner du travail supplémentaire à son épouse. Il faudrait sans doute engager une domestique. « Dis-moi, que dirais-tu de prendre une bonne ? »

Mme Li réfléchit un bon moment ; jamais pareille idée ne lui était venue à l'esprit. Avec seulement quatre personnes à la maison, engager une bonne ? En plus des gages, il faudrait la nourrir, et compter avec la gratte, usuelle parmi les gens de maison. Et puis, si elle en avait une, elle ne voyait pas comment elle répartirait le travail entre elles deux. Jamais elle ne permettrait à quiconque de toucher à ses propres affaires : si elle confiait son linge à la bonne, il risquait d'être lavé n'importe comment et de lui revenir tout troué au bout de deux fois. Enfin, elle n'imaginait pas sa cuisine occupée par une autre. Bref, sa réponse fut très simple : « Je n'en ai pas besoin !

— C'est à Ling que je songe, dit-il.

— Il n'y a qu'à la ramener ! À moi aussi, elle me manque beaucoup !

— Mais si elle revient, ce sera pour toi un surcroît de travail !

— Il y a des familles de cinq ou six enfants qui se passent très bien de bonne et ont tout ce qu'il leur faut !

— Mais j'ai peur que tu ne sois trop fatiguée !

— Je te dis que je ne le suis pas ! »

Lao Li n'insista plus. Mais, après un long moment de réflexion, sa femme revint sur le sujet : « Si on devait chercher quelqu'un, il vaudrait encore mieux dire à Erli de venir nous rejoindre. »

Erli était un homme de sa famille à elle. Il vivait à la campagne et travaillait à la demande. Il était capable aussi bien de confectionner des nouilles de la grosseur d'un cigare ou des galettes que de faire une lessive et il se chargeait bien sûr de toutes les commissions.

Lao Li n'avait pas encore pu porter de jugement sur la proposition de sa femme quand Xiao Zhao arriva. Temporairement, la question de la bonne resta en suspens.

Très courtois, Xiao Zhao avait apporté toute une corbeille de fruits.

La femme du Directeur avait déjà entendu parler de Lao Li et de sa maladie. Non seulement Xiao Zhao lui donnait régulièrement des nouvelles, mais ils avaient réfléchi plus d'une fois ensemble sur la façon de s'y prendre avec Lao Li. Celui-ci n'avait jamais fait de tort à Xiao Zhao et l'autre ne le lui pardonnait pas. Aussi, lorsqu'il se retrouvait avec la femme du Directeur, il lui déclarait tout de go : « Ce salaud de Lao Li n'a pas été vidé lorsque le patron est entré en fonctions et il prétend qu'il ne le connaissait pas, mon œil ! Nous avions plus de trois cents hommes à placer, et lui n'aurait pas eu de contact avec le Directeur, pas le moindre contact ! Dire que récemment le patron l'a même choisi entre tous pour traiter une affaire importante, sans que ni moi ni le Secrétaire général nous fussions le moins du monde au courant ! Si nous ne prenons pas les devants pour lui administrer le châtiment qu'il mérite, il est parfaitement capable de nous créer des ennuis. Autant sévir tout de suite, pendant qu'il est malade. Dites donc au Directeur de le balancer ! »

En parlant des trois cents et quelques hommes qui restaient à caser, Xiao Zhao avait touché un point sensible. La femme du patron entama donc des pourparlers avec son mari. Celui-ci l'assura qu'il ne connaissait pas de Lao Li. Il ne se rappela qu'il en existait un que lorsque son épouse évoqua le matin où il lui avait confié le fameux dossier. Quant à le congédier pour maladie, il n'en était pas question : les astres s'y opposaient formellement, au point qu'il pouvait renvoyer tout le monde, sauf Lao Li. En fait, celui-ci était la seule personne de toute la direction à ne pas être en cheville, directement ou indirectement, avec la femme du patron et Xiao Zhao. Il était donc la victime toute désignée, mais le patron avait décidé qu'il ne se séparerait pas de lui : Lao Li était son étoile du matin. Jusqu'alors, le Directeur obéissait à son épouse, mais voilà qu'il avait décidé d'obéir également à Lü Dongbin[1]. Comme il n'avait cessé d'obéir à la première, il fallait bien, ne serait-ce que pour rétablir l'équilibre, qu'il obéît cette fois-là au second. Jamais il ne s'était montré aussi ferme avec son épouse. Celle-ci informa aussitôt Xiao Zhao, qui aurait volontiers administré une raclée à l'immortel astrologue.

Le Directeur était un vrai dévot de Lü, dont il observait à la lettre tous les enseignements, à l'exception des préceptes relatifs à l'argent et aux femmes. La veille de son départ pour Tianjin, la divinité taoïste s'était manifestée et il avait pu lire, tracés sur le plateau de sable, dans une graphie évoquant la danse d'un phénix sur le point de s'envoler, les quatre caractères : étoile matinale pas claire. Le matin suivant, une fois au bureau, il était tombé par hasard sur Lao Li : c'était donc lui, l'étoile matinale ! Quand le même Lao Li avait sollicité un congé pour maladie, la prophétie s'était pleinement réalisée. Justement, le Directeur venait une fois de plus de toucher un pot-de-vin ; bien que la somme ne fût pas supérieure à cinquante ou soixante mille yuans, il n'avait pas précisément la conscience très tranquille au moment de s'incliner devant le portrait de l'immortel : autant donc se racheter aussitôt en agissant conformément à la prophétie. Protéger l'étoile matinale

1. Voir chap. VII, p. 143, note.

était même un devoir sacré, pour lequel il ne craignait pas d'affronter sa femme, qui, pourtant, était parfois infiniment plus redoutable que Lü. Il userait, à l'égard de l'un comme de l'autre, de tous les expédients possibles, mais, pour l'instant, il ne congédierait certainement pas son étoile. Si jamais son épouse engageait une résistance à long terme et ne cédait pas, il verrait bien, le moment venu. Par exemple, en attendant deux mois pour mettre fin aux fonctions de Lao Li, est-ce que ce ne serait pas un moyen de satisfaire tout le monde, à la fois son épouse et l'immortel ?

Pour sa part, Xiao Zhao était bien résolu à décrocher l'étoile et à la jeter au fond d'un puits. Mais quand il vit qu'il n'y parviendrait pas tout de suite, il fut bien obligé d'acheter quelques fruits pour avoir quelque chose à offrir à l'étoile malade et lui soutirer, par la même occasion, la vérité sur toute l'affaire. Si Lao Li n'y était pour rien, il n'avait plus à craindre l'étoile et on pouvait donc lui régler son compte sans plus tarder. Si, en revanche, il se prenait lui-même pour l'étoile du matin, il faudrait trouver un autre moyen, agir par exemple sur Lü et lui faire dire que cette étoile était devenue trop brillante, de façon que le patron arrête lui-même les mesures appropriées. Xiao Zhao fut donc d'une amabilité peu coutumière et parla pendant au moins quarante minutes avec Lao Li, comme s'ils avaient été de véritables frères. Au bout de l'entretien, il n'était pas plus avancé qu'auparavant. Au sortir de la pièce, il serra les dents de fureur et s'écria, dès qu'il fut dans la rue : « Je te réglerai ton compte ou bien je ne m'appelle pas Zhao ! »

Lao Li, de son côté, trouvait que, depuis qu'il était malade, l'humanité avait fait beaucoup de progrès : même des gens comme Xiao Zhao n'étaient plus tellement désagréables.

Pendant plus d'un mois, du Nouvel An au début du mois suivant, Mme Li triompha sur toute la ligne.

Mme Zhang ramena la petite Ling. Elle ne tarissait pas d'éloges sur sa fille adoptive : « Elle ressemble tant à sa mère, agréable comme elle est, avec ses mots si gentils ! »

Lao Li, jusque-là, n'avait jamais noté que sa femme eût des mots gentils.

Survint alors Mme Wu, qui assaillit le convalescent : « Monsieur Li, heureusement que vous aviez votre femme ! Avec une maladie comme la vôtre ! Un moment d'inattention, et vous risquiez... » Elle ferma les yeux, sans doute pour imaginer l'air qu'aurait eu Lao Li une fois mort.

Arriva ensuite Mme Qiu, qui se jeta aussi sur Lao Li : « Vous voyez, monsieur Li, qu'il vaut mieux avoir une femme traditionnelle comme la vôtre ! Hier, on m'a parlé d'un professeur d'université qui est mort dans un hôpital de contagieux : sa femme n'était pas venue le voir une fois, de peur d'attraper la maladie ! Je n'en croyais pas mes oreilles ! » Cultivée comme elle l'était, Mme Qiu rangeait visiblement Mme Li dans la série des « Femmes illustres ».

Zhang fit également son apparition. Il ne dit rien, mais ses sourcils froncés et ses toussotements parlaient pour lui : « Quand je t'ai poussé à faire venir toute ta famille ici, ai-je eu tort ? Qu'aurais-tu fait sans ta femme durant ta maladie ? À quoi bon tant parler de divorce alors qu'au fond le premier mariage est le bon ? » Lao Li n'en était que plus mal à l'aise : la seule solution était d'éviter autant que possible le regard de Zhang.

Celui-ci, à cette époque de l'année, était particulièrement satisfait, car le printemps approchait et les unions devaient être conclues à temps, la gloire d'un entremetteur étant un peu comparable à la pluie saisonnière qui favorise l'éclosion des fleurs. Zhang raconta ainsi de nombreuses anecdotes piquantes concernant des mariages qu'il avait arrangés, mais, apparemment, Lao Li n'y prêtait pas la moindre attention. Finalement, Zhang pointa sa pipe en direction de la fenêtre et dit : « Lao Li, un de ces quatre matins au bureau, il va y avoir mort d'homme ! » Juste à ce moment-là, Lao Li était en train d'admirer la tenue de son visiteur : sa robe de satin bleu roi doublée de petit-gris, avec des manches larges et un col étroit, son pantalon léger en coton d'un bleu plus clair, aux jambes flottantes, laissant voir un peu ses chaussettes jaune paille, enfin, ses souliers de cuir noir. « Mort d'homme ? » répéta Li, qui n'avait entendu que la fin de la phrase.

Zhang ferma hermétiquement l'œil gauche et, baissant la voix, articula lentement, comme s'il déclamait une épopée en vers : « Notre collègue Wu et Xiao Zhao !

— Mais Mme Wu est venue l'autre jour, fit remarquer Lao Li.

— Bien entendu, elle ne t'aura rien dit. C'est Wu qui a mis le feu aux poudres et comme, de son côté, Xiao Zhao n'est pas de ceux qui pardonnent facilement, l'histoire ne peut que mal tourner ! »

Lao Li était impatient d'entendre la suite.

« Tu sais que Wu, dès qu'il avait un moment de libre, clamait son intention de prendre une concubine ? »

Lao Li acquiesça de la tête.

« C'est bien beau de faire de la boxe, mais il a de l'énergie à revendre ! Et il est probable que sa femme le surveille trop étroitement. L'histoire vient peut-être de là. Tu sais que Xiao Zhao parle souvent de sa femme, mais que jamais personne ne l'a vue ! » Zhang sourit, sans doute parce qu'il trouvait qu'il avait mis trop de passion dans son récit, au point de le rendre un peu désordonné.

Juste à ce moment-là, Ding Erye, l'air tout affolé, pénétra en courant dans la pièce : « Rentrez vite à la maison ! Tianzhen a été arrêté ! »

CHAPITRE XII

Malgré tous les conseils, Lao Li tenait absolument à sortir. Sortir sans être complètement guéri et au risque d'une rechute, c'était manquer de bon sens. Mais se dévouer pour les autres présentait au moins un certain intérêt. Depuis sa naissance jusqu'à ce jour, il avait vécu en observant scrupuleusement toutes les règles, et il était le premier à s'apercevoir que ce genre d'existence n'était qu'un leurre. Bien que Zhang Dage s'affairât à l'aveuglette, son activité n'était pas uniquement égocentrique. L'aide mutuelle entre les hommes était ce qu'il y avait de plus authentique dans la vie, peu importait que cette entraide naquît spontanément ou fût l'œuvre d'organisations sociales. Du reste, personne ne pouvait empêcher Lao Li de se rendre chez Zhang Dage. Ses jambes étaient flageolantes, mais sa volonté inébranlable ; il prit un pousse pour aller chez son collègue.

Mme Zhang avait tellement pleuré qu'elle était transformée en statue de larmes, depuis que son fils avait été emmené ligoté, les bras derrière le dos.

Quant à Zhang Dage, on ne l'avait jamais vu dans un tel état d'affliction, et on aurait été incapable d'imaginer qu'il pût avoir une physionomie aussi déplaisante. Dans sa figure exsangue, l'œil gauche était complètement fermé, un tic faisait sauter la paupière inférieure et la commissure des lèvres ; il ne disait pas un mot, mais une sorte de râle résonnait dans sa gorge. La main qui tenait sa pipe était secouée de tremblements.

À peine entré dans la pièce, Lao Li prit un siège ; il se sentait impuissant, bon à rien, hors d'état de prononcer une seule phrase.

À l'arrivée de son collègue, Zhang ne s'était même pas levé ; après un moment d'hébétude, il ouvrit brusquement l'œil gauche, qui cligna à plusieurs reprises, et il ravala bruyamment son souffle. Tout à coup, il se redressa en criant : « Lao Li ! » Sans rien ajouter, il se dirigea vers la cour ; sur le seuil, il jeta un regard à sa femme : « Je vais chercher mon fils ! »

En dehors du fait que son fils avait été emmené ligoté, les bras dans le dos, Mme Zhang ne savait rien.

Sa cage de serins miteux à la main, Ding Erye se promenait dans la cour et, tout en faisant les cent pas, il laissait couler ses larmes : « Petits oiseaux, petits oiseaux ! Chantez un peu, chantez un peu ! Si vous vous mettez à chanter, Tianzhen ne sera plus en danger. Chantez, chantez donc ! » Mais les serins restaient muets.

Le lendemain, Lao Li décida d'aller au bureau, malgré son état maladif.

Wu, l'ancien militaire, avait été révoqué ; M. Qiu ainsi que Zhang Dage étaient en congé. Parmi les collègues qu'il connaissait, il ne rencontra que M. Sun. Celui-ci séjournait à Pékin pour la première fois. Il avait pour mission d'y apprendre la langue nationale ; c'est pourquoi, malgré sa tête de bois, son incompétence dans les affaires administratives et sa nullité, il avait pu décrocher un poste. Comme l'apprentissage linguistique était son travail personnel, et que le rôle de fonctionnaire relevait d'un service public, le premier l'emportait naturellement de beaucoup sur le second. Usant d'une langue nationale de son invention, M. Sun fit un rapport à Lao Li :

« Lao Wur... » Pour rendre son parler plus pékinois, il croyait bon d'ajouter uniformément à presque tous les mots une finale rétroflexe. « Lao Wur et Xiao Zhaor, oh la la ! Ils se sont battus furieusement ! Ils n'ont radicalement pas fini de se cogner dessus et ils continuent maintenant encore. Oh la la, quelle rage !

— Pourquoi est-ce qu'ils se battent ? demanda avec impatience Lao Li, qui était pourtant d'ordinaire l'incarnation de la patience.

— Xiao Zhaor avait une fiancée radicalement chouette, chouette à crever !

— Il n'est donc pas marié ?

— Il est marié radicalement sans l'être pourtant. C'est comme on dit : "Le cul d'un boiteux — est drôlement tordu !" » M. Sun était enchanté d'avoir placé un trait d'esprit. Il poursuivit : « Voici le fin mot de l'histoire : Xiao Zhaor se marie, et puis hop, comme c'est un type formidable, il propose la nouvelle mariée à un autre. Dans ce cas, il est radicalement marié sans l'être du tout ; drôlement fort ! Nous sommes, vous et moi, trop honnêtes et trop réguliers pour nous livrer à un pareil micmac, impossible ! Mais Xiao Zhaor, lui, se livre partout à des escroqueries : pour une centaine de yuans, il achète une femme et, après l'avoir parée et maquillée avec du fard et du rouge, il la revend. C'est un gros malin, radicalement ! » Puis il baissa la voix et prit un air mystérieux : « Savez-vous qu'il fréquente la résidence du Directeur ? Madame est sa maîtresse. Oh la la, elle est fichtrement belle ! Xiao Zhaor et elle, comment dire, portent le Directeur aux nues ; moyennant quoi, Xiao Zhaor a l'espoir de se faire nommer maire plus tard. Drôlement fort ! Cette fois, il a encore déniché une fille d'à peine dix-neuf ans. Il pensait, après l'avoir dégrossie, la proposer à un colonel ou même à un général de brigade, je n'en suis pas très sûr. Oui, c'est ça, un général de brigade qui s'appelle Wang, un excellent boxeur, spécialiste de la boxe de singe et de fleur de prunier, un vrai champion. Xiao Zhaor, selon l'expression pékinoise "L'oncle de l'ours, c'est l'orang-outang" est malin comme un singe. Il a confié la fille à Lao Wur, pour qu'il lui enseigne la boxe et qu'elle devienne une émule de la Treizième Petite sœur [1] ; redoutable ! Le

1. He Yufeng, surnommée la Treizième Petite sœur, un des principaux personnages de l'*Histoire des héros et des héroïnes*, roman du XVIIIe siècle.

général doit aimer la fameuse guerrière, terrible ! » M. Sun aspergea de postillons la figure de Lao Li. Après avoir repris haleine, il poursuivit : « Holà ! Quel régal pour Lao Wur ! Quelle aubaine ! "Un cochon gras devant sa porte", selon l'expression pékinoise. Affaire dans le sac, en deux temps trois mouvements : hum ! une pucelle de dix-neuf ans ! Et juste au moment où Xiao Zhaor se rendait à Tianjin, sans rien soupçonner ! Dès qu'il rentra, il y a quelques jours, au premier coup d'œil, oh la la ! Quelque chose de tout cuit, selon l'expression pékinoise ; voyons, faut-il dire oie ou canard ?

— Canard !

— Exact. "Le canard tout cuit avait pris son vol." Il fut saisi d'une telle colère que son cou gonfla pour devenir aussi gros que sa cuisse. Terrible ! Xiao Zhaor et Lao Wur sont pourtant apparentés. Lao Wur a montré trop d'impatience. Est-ce que Xiao Zhaor pouvait supporter cet affront ? Pan, pan, il lui a administré deux gifles, oh la la ! Lao Wur en a été profondément humilié. Il a beau être un excellent boxeur et avoir des poings énormes, il n'osait pas rendre les coups parce qu'il était tout honteux, il n'osait pas faire face à son adversaire. À force de donner des gifles, Xiao Zhaor y a pris — quoi ? Passion ? Non, ça y est, il y a pris goût. Il a même dit à Lao Wur : "Attends un peu, je vais lever cent, mille, dix mille hommes pour t'abattre !" Mais la mastodonte, Mme Wu, s'est lancée dans la bataille à l'instar de Fan Lihua[1] ; d'un

1. Épouse de Xue Dingshan, redoutable guerrière de la dynastie des Tang (618-907).

seul élan, elle a écrasé Xiao Zhaor de tout son poids et a failli l'étouffer pour de bon, car elle pèse plus de trois cents livres. Une ennemie formidable ! Si Lao Wur ne les avait pas séparés, Xiao Zhaor aurait été aplati comme une crêpe. Holà, il s'est enfin relevé et n'a radicalement plus osé parler de se battre. Il renonce à la lutte armée pour se lancer dans des escarmouches de lettré, en publiant des articles dans la presse et en intentant un procès à son adversaire ; terrible ! À la suite de quoi, Lao Wur a été révoqué.

— Et Xiao Zhaor ? demanda Lao Li.

— Xiao Zhaor ? Tout le monde dit que c'est un type épatant et que Lao Wur est une canaille. » M. Sun jeta un coup d'œil sur sa montre. « Holà, je dois vous fausser compagnie, je vous raconterai le reste quand j'aurai un peu plus de loisir. » Se donnant une allure imposante, le petit fonctionnaire prit la porte.

Lao Li aurait voulu s'informer au sujet de Zhang Dage, mais il s'aperçut que M. Sun était déjà parti. Resté seul, il jugea malséant de quitter lui aussi le bureau, et il se mit à réfléchir au savoureux récit de M. Sun. « Les hommes sont des salauds, songeait-il. Candide, une femme se jette dans un piège ; belle, elle se forge des chaînes ; laide, elle souffre tous les maux de l'enfer. Quoi qu'elles fassent, les femmes sont vouées au malheur parce que les hommes sont mauvais !

« Non, ce n'est pas une affaire personnelle entre hommes et femmes, il s'agit d'un problème bien plus vaste qui ne devrait pas exister. Inutile d'aller chercher bien loin, ses collègues du bureau lui fournissaient d'excellents exemples. Qui était le Directeur ? Un gros bureaucrate doublé d'un bandit. Xiao Zhao ? Un simple fonctionnaire cachant un escroc. Zhang Dage ? Un entremetteur. Wu, l'ancien militaire ? Un sac à riz amateur de boxe. M. Sun ? Un voyou collectionneur d'expressions pékinoises. M. Qiu ? Un rond-de-cuir symbole de la neurasthénie. Et ces déchets humains constituaient le personnel d'un service ?

« Quant aux épouses, Mme Zhang, Mme Wu, Mme Sun, Mme Qiu et sa propre femme à lui, Lao Li, y en avait-il parmi elles une seule de présentable ?

« Dire que ces hommes et ces femmes prétendent être l'élite d'une société, et qu'ils veulent mettre au monde des enfants pour multiplier leur espèce ! Quelle dérision ! Il doit y avoir une erreur à l'origine, sinon ces individus n'auraient jamais dû voir le jour. Étant donné qu'ils sont autorisés à vivre, que peuvent-ils faire d'autre que des âneries ? »

Lao Li eut l'impression de respirer une odeur fétide. Il s'exhorta lui-même : « Cesse de t'affliger sur ta petite histoire de rien du tout ! Dans un pays puant, il ne saurait y avoir d'existence heureuse ; un pays pourri ne saurait produire des femmes parfaites. » Et lui-même, que ferait-il s'il avait la liberté d'aimer ? Il finit par retrouver un peu d'énergie. Il devait prendre une vue plus large du monde. Puisque le bonheur était le produit d'une civilisation saine, eh bien ! il fallait édifier une nouvelle société, à partir de la base. On n'y réussirait pas en donnant seulement quelques baisers de plus et en disant quelques *darling* de plus.

Il décida de ne plus s'occuper de l'affaire de Wu, l'ancien militaire. Il s'agissait d'une histoire des plus banales, indigne de susciter le moindre intérêt. Quelle importance y avait-il que le vainqueur du combat fût Lao Wu ou Xiao Zhao ? Il fallait anéantir la civilisation des Xiao Zhao et compagnie, pour que la vie puisse donner naissance à des fleurs embaumées et à de véritables fruits. Ni Xiao Zhao ni Lao Wu ne valaient la peine qu'on parle d'eux !

Sa propre épouse ? À quoi bon penser à elle ? Elle était aussi pitoyable que des milliers, des millions de femmes. Celle du pavillon est — il ne voulait plus s'en soucier, elle ne méritait pas un seul regard, brin d'herbe rescapé d'une prairie incendiée.

Alors, que faire ? Aider Zhang Dage à sauver son fils ? Pourquoi ? Uniquement pour que son collègue ait plus tard une bonne bru, et qu'il reçoive les félicitations de mille personnes ? Mais c'étaient là des sentiments humains, très humains. En fin de compte, Zhang n'était pas un mauvais bougre. Que ferait-il donc s'il ne s'occupait pas de son ami ?

Et le voilà de nouveau devant une impasse ! Cette société se moquait de lui ; il ne pouvait ni agir ni rester inactif. Quelle décision prendre ? Comment arriverait-il à s'en sortir s'il continuait à tourner en rond dans un cloaque pestilentiel ? Il commençait à avoir mal à la tête. Autant rentrer à la maison ! Il n'y avait plus que lui au bureau, tant pis ! Le bureau pouvait bien rester vide même pendant trois ans !

Le symbole vivant de la neurasthénie qu'était M. Qiu prit l'initiative de réconcilier Wu et Zhao, afin d'atténuer sa propre angoisse. Toujours plein de droiture, l'ancien militaire acquiesçait à tout, mais Xiao Zhao hochait négativement la tête. Après s'être entretenu avec la Treizième Petite sœur, M. Qiu sut tout de suite que Xiao Zhao avait perdu la partie. La jeune personne préférait rester avec M. Wu. Elle ne correspondait pas tout à fait à la description de M. Sun : « Une pucelle de dix-neuf ans. » Dix-neuf ans, ce n'était peut-être pas faux, mais pucelle ? D'après ses propres dires, elle avait perdu sa virginité à l'âge de quatorze ans, et de quatorze à dix-neuf ans, elle était passée par plusieurs mains. Chaque fois qu'elle entendait le tintement des pièces d'argent, elle savait qu'elle allait prendre un nouveau nom de famille. Un jour que Wu, son professeur de boxe, lui enseignait la position dite « déploiement des ailes de la grue blanche », il mit tant de minutie à sa leçon qu'il profita de l'occasion pour lui dire : « Je t'aimerai toujours », puis il s'engagea par le plus solennel des serments. Elle se déclara prête à suivre n'importe quel homme, à condition de ne plus en changer. C'est pourquoi elle décida de ne pas rejoindre Xiao Zhao.

Celui-ci hochait la tête avec moins d'assurance, mais il réclamait un dédommagement. L'ancien militaire n'avait pas d'argent. Mme Wu, qui possédait quelques économies, exigea que Xiao Zhao vînt lui-même chercher la somme. Craignant d'être à nouveau aplati comme une crêpe, il n'osait pas y aller. M. Qiu était ravi : « Xiao Zhao a perdu la face, et Lao Wu son poste ; donc, match nul. Il faut ménager tout le monde, à quoi bon se montrer si pointilleux ? » De son côté, Xiao Zhao ne se résignait pas, mais il redoutait la grosse Mme Wu ; d'autre part, s'il poussait à bout l'ancien militaire, il devrait se méfier de ses énormes poings ! M. Qiu lui aussi mettait en avant ce dernier argument : « Xiao Zhao, si Lao Wu te rendait tes deux claques, est-ce que tu serais capable de les encaisser ? Sois raisonnable ; tu l'as giflé et il n'a pas riposté, parce qu'il se savait dans son tort. Mais, quand il redeviendra notre collègue... Il faut être indulgent quand on doit l'être ; est-ce que je n'ai pas raison, mon cher ami ? » Au souvenir des claques qu'il avait administrées sur la figure de l'ancien militaire, Xiao Zhao se sentait extrêmement satisfait ; mais il avait failli être écrasé sous le poids de l'énorme femme... Par bonheur, il était assez costaud, sinon...

Cependant, puisqu'il ne pouvait toucher directement aucune indemnisation des Wu, il se croyait obligé d'en obtenir une d'un autre côté. La place laissée vacante par Lao Wu n'était pas encore prise. Après avoir mûrement réfléchi, Xiao Zhao céda et renonça à poursuivre l'ancien militaire. « Qu'il prenne du bon temps avec la petite ! Je le punirai à mon heure. Lao Qiu, c'est par considération pour toi que je cesse de l'attaquer. » M. Qiu était au comble de la satisfaction, et Xiao Zhao entreprit de briguer le poste de Lao Wu.

M. Qiu fit un rapport triomphal à Lao Li qui, constatant le zèle qu'il avait déployé pour la réconciliation de leurs deux collègues, sentit une merveilleuse idée lui germer dans l'esprit :

« Cher ami, ne devrions-nous pas signer une pétition en faveur de Tianzhen ?

— Quel Tianzhen ?

— Le fils de Zhang Dage, qui n'a que ce seul et unique héritier ! »

Lao Li cherchait à émouvoir M. Qiu ; celui-ci restait pourtant muet. Pour se conformer aux usages, Lao Li aurait dû alors changer de sujet de conversation. Mais, surestimant son interlocuteur, il insista :

« Qu'en pensez-vous ?

— De quoi ? » répliqua M. Qiu, les yeux révulsés.

Lao Li avait entendu « De quoi ? » sans voir les yeux blancs de son collègue. Il poursuivit :

« De la pétition en faveur de Tianzhen.

— Pour ça, excusez-moi, je n'y participerai pas. »

Le cœur de Lao Li se glaça. Cependant, après le départ de M. Qiu, il s'enflamma de nouveau : « Eh bien, on s'intéresse à une histoire cochonne et on se détourne d'une action généreuse ! Mais moi, je m'y tiens ! »

Lao Li n'avait pas jusque-là considéré la pétition comme une affaire méritoire ou significative. Le refus de M. Qiu lui donna une forte impulsion. Zhang Dage était d'ordinaire l'ami de tout le monde, mais, depuis que le malheur s'était abattu sur lui, chacun le regardait sans rien faire, les mains dans les poches ! En comparaison de ce qui était arrivé aux Zhang, la querelle entre Wu et Zhao n'était qu'une ridicule péripétie, alors que Zhang Dage risquait de perdre son fils ! Lao Li rédigea donc sur-le-champ un brouillon de pétition dont il pesa trois ou quatre fois chaque mot, puis il le mit au propre et, muni de son document, se présenta chez M. Sun. « Il n'est pas possible que tous mes collègues ressemblent à Qiu », se dit-il à part soi.

« Holà, Lao Lir, quel style ! C'est génial ! » La pétition en main, M. Sun prodiguait les éloges tout en poursuivant sa lecture. Il trouvait excellent n'importe quel texte comportant des caractères qu'il ne connaissait pas et, en conséquence, il multipliait les louanges. Sa lecture achevée, il rendit la pétition à son auteur :

« Bravo ! Radicalement magnifique !

— Voudriez-vous y apposer votre signature ? suggéra Lao Li avec une extrême courtoisie.

— Moi ? Vous me demandez de signer ? Holà, attendons un peu ! On verra plus tard ! Mais votre style est d'une beauté sensationnelle ! »

Lao Li saisit un pinceau et signa illico le document :

« Je signe le premier ; mais, pour le texte définitif, nous verrons qui devra apposer sa signature en tête.

— Vous avez là une bonne idée, tout à fait excellente. J'attends quand même un peu, encore un peu. »

Lao Li fit le tour des services et, finalement, il se

trouva que c'était M. Qiu qui s'était exprimé avec le plus de franchise ; les autres se contentaient, sous couvert de modestie et d'amabilité, de tourner autour du pot, et ils éludaient la signature sans pourtant énoncer clairement leur refus. Le document n'était plus présentable à force d'avoir été froissé par tant de mains, et ne comportait toujours que la signature de son auteur.

La colère de Lao Li finit par se calmer ; il s'en voulait seulement de ne pas pouvoir pleurer un bon coup sur le sort de Zhang Dage. Ce dernier avait passé toute son existence à aider les autres, et maintenant qu'il était tombé dans le malheur... À supposer que Tianzhen fût mort et que Zhang en fît célébrer les funérailles, il y aurait au bas mot un millier de personnes qui viendraient exprimer leurs condoléances. Pour tous ces gens, l'assistance à des cérémonies conventionnelles, accompagnée d'un présent, était le summum des relations humaines ; faire un cadeau ou lancer une invitation était à leurs yeux la seule expression de la sympathie entre les hommes. Quant à essayer de sauver Tianzhen ? Sans aller aussi loin, disons que même consoler un peu le cœur meurtri de Zhang Dage dépassait les limites de leur humanité ! Lao Li demeurait tout hébété devant la pétition. Brusquement, il la saisit et la déchira en mille morceaux qu'il jeta sur le sol.

Lorsque Lao Li rentra chez lui, sa femme et Mme Wu s'entretenaient en pleurant et en se mouchant à grand bruit. À sa vue, l'épouse de l'ancien militaire eut une crise de larmes encore plus violente : « Monsieur Li, parmi tous les collègues de mon mari, c'est encore vous qui êtes l'homme le plus honnête, je vous demande un conseil. Cette petite diablesse me fait enrager, vraiment enrager ! »

Sur le moment, il ne comprit pas à qui elle faisait allusion : peut-être la maison des Wu était-elle hantée depuis peu par un fantôme ? Mais, à mesure qu'elle avançait dans son récit, il finit par démêler que la petite diablesse n'était autre que la Treizième Petite sœur, une véritable sorcière aux yeux de Mme Wu. Lao Li distinguait peu à peu un fil directeur dans ce bavardage confus. C'est grâce à la parenté qui liait Xiao Zhao et Mme Wu que l'ancien militaire avait pu trouver une situation à la Direction des Finances. Au moment de la dispute entre les deux hommes, l'énorme femme était tombée dans le plus grand embarras : il ne convenait pas de venir en aide au cousin en attaquant le mari, ni de faire chorus avec ce dernier pour opprimer l'autre. Quand Xiao Zhao s'était mis à gifler Lao Wu en déclarant qu'il allait lever une troupe pour revenir en force, elle avait fini par prendre parti en faveur de son époux et à terrasser son cousin en l'écrasant sous son poids. Après avoir triomphé de Xiao Zhao, elle comptait chasser la garce impudique pour remporter une victoire complète. En dehors du poste de son mari, elle n'aurait rien perdu dans la bataille ; son époux se mettrait en quête d'un autre emploi, après tout, la place d'un fonctionnaire n'était pas inamovible !

Mais, contre toute attente, la petite garce s'accrochait à Lao Wu, l'intervention de M. Qiu avait officialisé leur liaison, et son mari, avec ses poings gros comme des bols, se laissait ensorceler par cette petite diablesse ! Manifestement, les soucis avaient fait perdre au visage de Mme Wu plus d'une livre de graisse.

Malgré la totale compassion qu'elle éprouvait pour sa visiteuse, Mme Li ne trouvait aucun bon conseil à lui donner, d'autant qu'elle n'avait pas très bien saisi le contenu de l'histoire. Elle-même ressentait une haine farouche à l'égard de Xiao Zhao, mais pour une tout autre raison. Elle détestait également Lao Wu qui abandonnait sans vergogne une si bonne épouse pour cette enjôleuse !

Lao Li, qui avait fini par démêler tous les nœuds et les embrouillaminis de l'affaire, répugnait à s'occuper de ce genre d'histoire ; par-dessus le marché, il lui restait sur le cœur ce qui lui était arrivé au bureau, si bien qu'il était encore moins disposé à consoler Mme Wu et qu'il la rembarra d'une simple phrase : « Madame Wu, allez donc solliciter les conseils de M. Qiu, il saura peut-être vous en donner de meilleurs que moi. » Et il songeait au fond de lui-même : « Chacun sa spécialité. Pour ma part, je n'ai rien à faire des répugnantes histoires de votre honorable maison. » Puis, élevant la voix : « Au besoin, demandez tout simplement le divorce ! » S'il n'avait pas eu le cœur gonflé de rage, Lao Li n'eût certainement pas suggéré cette solution extrême ; mais, étouffé par la colère, il se sentait un violent besoin de destruction. Puisque Lao Qiu se montrait un parfait négociateur, si elle tenait à une réconciliation, elle n'avait qu'à s'adresser à lui. Pour Lao Li, la bonne solution était le divorce ; si elle refusait de rester à la maison, elle pouvait très bien se mettre en quête d'un autre homme, à supposer qu'il existât en ce monde quelqu'un pour vouloir d'un tel mastodonte ! L'idée de briser toutes ces chaînes lui apportait quelque soulagement. Qui sait si lui-même ne prendrait pas la fuite avec une autre femme ?

« Le divorce ? » Mme Wu semblait n'y avoir jamais songé. « Que dites-vous là, monsieur Li ? N'ai-je pas suffisamment perdu la face devant tout le monde, qu'il me faille encore divorcer ? »

Lao Li ne pipait plus mot. Les yeux de Mme Wu se tournèrent vers Mme Li. Sous le coup d'une illumination subite, celle-ci eut une inspiration :

« Est-ce que vous ne pourriez pas reconduire en cachette la petite traînée chez Xiao Zhao ? Ainsi, tout serait réglé !

— C'est en effet une idée, Petite sœur, et même une bonne idée ! » Comme son cou trop épais l'empêchait d'incliner la tête, Mme Wu se contenta de cligner des yeux. « Laissez-moi le temps d'y réfléchir quand je serai rentrée chez moi. Ah ! j'y suis ; je vais aller chez Mme Qiu pour voir si elle n'a pas une meilleure solution. »

Elle semblait décidée à ne plus avoir recours aux conseils des hommes.

Mme Qiu approuva l'idée du divorce : « Ni vous ni moi nous n'avons d'enfant ; puisque votre mari n'est pas plus sensible au sentiment qu'à la raison, à quoi bon vous cramponner à lui ? »

Mme Wu remua plusieurs fois le cou et la tête :

« C'est facile à dire ; mais, une fois divorcée, de quoi est-ce que je vivrai ?

— Ne pouvons-nous pas chercher du travail ? Avant mon mariage, je voulais rester fille ; et depuis, c'est moi qui décide de tout dans le ménage. Si mon mari regimbait tant soit peu, je reprendrais illico un poste. Si jamais il se montrait de mauvaise humeur, je ne le supporterais pas !

— Vous avez des capacités que je ne possède malheureusement pas ! » répliqua Mme Wu, les larmes aux yeux.

Mme Qiu avait oublié que toutes les femmes n'étaient pas comme elle, diplômées de l'université. Mais, son opinion une fois exprimée, elle avait scrupule à se rétracter, étant donné qu'elle se piquait d'être une femme de caractère.

« Ça non plus, ça n'a aucune importance. Dites à votre mari de vous verser une pension alimentaire. Vous tenez entre les mains les preuves irréfutables de son infidélité ; qu'il vous donne donc de quoi vivre !

— Il faudrait pouvoir ! » Mme Wu semblait souffrir davantage. « Du temps où il était officier, l'argent entrait aussi facilement qu'il sortait. Son armée une fois dissoute, il est resté au chômage pendant deux années entières. Comme il était habitué à la bonne chère et aux meilleurs crus, il était incapable de supporter la moindre restriction. Depuis sa nomination à la Direction des

Finances, j'ai serré rigoureusement les cordons de la bourse et j'ai économisé autant que possible, yuan par yuan, mao par mao. Mais comme son traitement est fixe, j'ai beau rogner sur la nourriture et sur les autres dépenses, je ne peux pas tout mettre de côté ! En admettant que ce soit faisable, à combien s'élèverait la somme ? Hélas ! Tout ça à cause du sort malheureux qui est le mien. Comment se fait-il que je n'aie pas eu un enfant ? Si j'avais eu un fils, je suis sûre que mon mari n'aurait pas osé prendre une concubine ! Je ne me suis pourtant pas privée de lui faire des scènes, en menaçant même de mettre fin à mes jours ; mais, si fines que nous soyons, nous autres femmes, nous ne pouvons pas dominer nos hommes sans leur assurer un héritier. En réalité, est-ce que c'est uniquement de ma faute si nous n'avons pas de descendance ? Pendant sa jeunesse, il a fait les quatre cents coups dans les bordels ! Hélas, inutile de me plaindre ; le sort l'aura voulu, et voilà tout ! » conclut-elle avec un long soupir.

Le problème qu'elle avait évoqué tourmentait également le cœur de Mme Qiu. Mais, pour montrer la fermeté de son caractère, elle ne pouvait pas mêler ses soupirs à ceux de sa visiteuse. « Moi non plus, je n'ai pas de fils, et pourtant, je souhaitais ardemment avoir un enfant. Mais, après tant d'années de mariage, je n'ai jamais été enceinte ; eh bien, tant pis, je m'en fiche royalement ! Je sais que mon mari désirait également avoir un enfant, mais, hum, il n'oserait pas faire le moindre froncement de sourcils devant moi ! »

Assises l'une en face de l'autre, Mme Wu,

l'énorme mastodonte, et Mme Qiu, le timbre-poste, restèrent silencieuses. La première n'avait pas obtenu la consolation escomptée, et la seconde éprouvait un vif désagrément au fond du cœur.

CHAPITRE XIII

Lao Li alla voir Zhang Dage. Celui-ci avait déjà beaucoup changé : on aurait dit que ses cheveux avaient blanchi tout d'un coup et que ses yeux étaient plus enfoncés dans les orbites que jamais. Il avait confié toutes les responsabilités qu'il assumait comme entremetteur à Ding Erye, qui s'acquittait de sa nouvelle tâche de la façon la plus simple : quand quelqu'un se présentait et demandait Zhang Dage, il se contentait de répondre : « Il n'est pas là. » Lao Li n'osa pas raconter à son ami comment leurs collègues du bureau avaient refusé de signer la pétition qu'il avait fait circuler pour obtenir la libération de Tianzhen. Mais il trouvait que rendre visite à quelqu'un pour le réconforter était un moyen de se donner bonne conscience, à défaut de pouvoir se rendre utile. Zhang Dage, pour sa part, n'avait toujours pas réussi à voir son fils : il avait pourtant couru partout et ses jambes tout amaigries s'en ressentaient.

« Lao Li ! » dit Zhang en serrant longuement les mains du visiteur dans les siennes. « Lao Li » : ses lèvres tremblaient tellement qu'il ne put prononcer un mot de plus et fut sur le point de pleurer.

Lao Li comprenait ce que son ami ressentait. Perdre son fils quand on avait cinquante ans comme Zhang, c'était avoir déjà atteint le stade ultime de la vie. Il n'en était pas moins incapable de soulager sa peine. Il était prêt à se démener pour faire, à la place de Zhang, toutes les démarches qui pouvaient aboutir, mais, encore une fois, les paroles de consolation, même les mieux tournées, lui semblaient dénuées d'utilité. Sa visite à Zhang n'avait de sens que dans la mesure où il s'agissait de trouver le moyen de sauver Tianzhen. Malgré les relations et l'influence dont il disposait, l'entremetteur avait seulement appris que son fils avait été arrêté par une organisation secrète, tellement secrète que lui-même, qui connaissait des gens dans tous les services, en ignorait l'existence, retranchée qu'elle était derrière un mystère digne de l'au-delà. Il avait fait alors le tour de ses connaissances : rien qu'à leur façon de parler, il avait découvert que Tianzhen était pour le moins suspecté d'être communiste et qu'il n'était peut-être déjà plus vivant.

Zhang était dans un tel état d'épuisement physique et nerveux qu'il ne lui restait plus qu'à se laisser mourir de chagrin. S'il avait eu la moindre lueur d'espoir, il aurait été le dernier à verser des larmes, mais voilà qu'il se trouvait plongé dans le plus épais brouillard. Si au moins son fils était mort sous ses yeux, il aurait pleuré une bonne fois et s'en serait tenu là. Devant Lao Li, en revanche, ses pleurs redoublaient tandis qu'il s'apitoyait sur lui-même. Dire que pendant toute sa vie il n'avait jamais prononcé la moindre parole blessante, qu'il avait toujours su conserver son rang et qu'il était devenu, pour tous ses amis, un véritable conseiller ! Tout ça pour qu'à la fin on lui dise que son fils était communiste ! Si telle était la raison de la mort de Tianzhen, alors lui, Zhang Dage, ne lui survivrait pas. Mais comment un homme tel que lui, qui avait toujours pris bien soin d'éviter tout contact avec les partis révolutionnaires, ce qui ne l'empêchait pas d'offrir des présents à d'anciens révolutionnaires devenus fonctionnaires, pouvait-il avoir un tel fils ?

Lao Li se rendit compte que son ami ne s'en sortirait pas : s'il ne mourait pas de chagrin, il sombrerait dans la folie. Fallait-il le secouer en lui parlant plus fermement ? C'était inutile. Zhang ne faisait preuve de fermeté que lorsqu'il s'agissait d'insister pour payer une addition ; quant à invectiver son semblable, cela lui paraissait une atteinte aux règles de la vie en société. Lao Li resta donc bouche close.

Parmi les gens du bureau, il avait vu tout le monde, sauf le Directeur et Xiao Zhao. Devait-il avoir une entrevue avec le patron ? Tant qu'à faire, il se dit qu'il valait encore mieux voir Xiao Zhao. Il trouvait désagréable d'avoir à lui demander quelque chose, mais, puisque c'était pour un ami, il ne pouvait faire autrement.

Il réussit donc à rencontrer Xiao Zhao. Celui-ci l'interpella le premier : « Eh ! Lao Li ! C'est précisément toi que je cherchais ! Aurais-tu un moment ? On pourrait aller ensemble aux bains publics ! »

Lao Li se dit que son diable de collègue devait sûrement mijoter un nouveau coup, mais il accepta de le suivre.

À peine franchie la grande porte de l'établissement, Xiao Zhao commença à se dévêtir ; il paraissait moins pressé de prendre un bain que de se montrer tout nu. Une fois dans la cabine qui leur était réservée, il s'était déjà entièrement déshabillé, rien que pour se mettre dans l'ambiance. Il alluma une cigarette et se tapa sur le derrière, l'air satisfait et pas gêné du tout.

« Dis-moi, Lao Li, tu te débrouilles bien, fit-il, avant d'ajouter, en roulant des prunelles : — La pétition qui a fait le tour des divisions, bien sûr, c'était toi ! Tu savais que tu allais être promu à la première classe et tu voulais que tout le monde au bureau admire l'élégance de ton geste, c'est bien ça ? Tu es vraiment très fort !

— De quelle promotion veux-tu parler ?

— Ne fais pas l'imbécile ! Lao Li, tu exagères : chacun sait que c'est toi qui vas prendre la place de Wu ! Si tu continues, je sens que je vais t'administrer une paire de baffes ! Le poste de Wu, c'est à moi qu'il le devait. Quand ce salaud s'est mis à jouer double jeu, je l'ai donc mis à la porte. Comme tu es dans la même division que lui, comme par ailleurs tu as la faveur du patron et que tu es précisément de la classe en dessous, je ne vois pas qui pourrait être désigné sinon toi. Allons, cesse de faire l'idiot ! Mais que dirais-tu de manger un morceau ? » Décidément, Xiao Zhao songeait à tout, sauf à prendre un bain.

« Personnellement, je n'ai pas faim. Mais je t'assure, Xiao Zhao...

— Oui, c'est ça, appelle-moi Xiao Zhao. Entre nous, les formules de politesse sont inutiles. Xiao Zhao et Lao Li font beaucoup plus naturel. On ne peut du reste inverser : Lao Zhao et Xiao Li, ça ne sonne pas bien. »

Lao Li détestait tellement son collègue que c'était effectivement la première fois qu'il l'appelait « Xiao Zhao ». « Oui, je t'assure, Xiao Zhao, ce n'est pas la peine de répandre de faux bruits sur mon compte. Je n'ai pas de rapports spéciaux avec le patron et je n'ai nullement l'ambition d'occuper un poste plus élevé. À mon avis, il faudrait, au contraire, apporter notre soutien à Lao Wu. Lui et moi, nous n'avons pas de liens, alors que toi, tu es son parent, pourquoi ne pas...

— Je t'interdis de prononcer jamais son nom devant moi ! s'écria Xiao Zhao, qui cessa aussitôt de rouler des prunelles. Un parent à moi ? Il me vole ma fiancée et tu nous crois apparentés ! Je suis loin d'en avoir fini avec lui ! Je suis un type régulier et un homme de ma trempe répond toujours à un bienfait par un bienfait, à une offense par une offense ! Dans ton cas, par exemple, dès que je t'ai vu, je me suis dit que j'avais affaire à un ami : nous étions de cette espèce d'hommes qui sont faits pour se comprendre ! » À nouveau, les prunelles de ses yeux se mirent à danser. « Mais dis-moi, Lao Li, que penses-tu du poste de Wu ? S'il te revient, je ne dirai rien car tu es un ami. En revanche, s'il échoit à quelqu'un d'autre, supposons à ce vieux Sun, je ne pourrai pas avaler la chose aussi facilement. La femme du patron a encore beaucoup de gens à elle à caser, mais si le poste revient à un ami, je pourrai toujours lui dire quelques mots pour faire aboutir l'opération, bien que j'aie aussi le pouvoir de tout faire échouer ! Qu'est-ce que tu en dis, Lao Li ?

— Je n'en sais rien. Si je t'ai cherché aujourd'hui, c'est pour te demander une faveur.

— Demander une faveur ? Ce mot est de trop ! Dis plutôt : Xiao Zhao, tu vas faire ça pour moi ! Une faveur ? Qu'est-ce que ça veut dire ? Mais je t'écoute, Lao Li.

— Je ne vais pas être long. Je te demande seulement de répondre par oui ou par non, sans tourner autour du pot ! » En voyant que, pour une fois, il pouvait traiter avec Xiao Zhao à armes égales, Lao Li se sentit tout rasséréné. « Il s'agit toujours de la même affaire, de la libération de Tianzhen. Au bureau, personne n'a levé le petit doigt, je me sens désarmé, bien que résolu à faire quelque chose. Quant à toi ?

— Moi ? C'est oui ! Même s'il ne s'agissait pas de Tianzhen, je le ferais rien que pour Zhang Dage ! Mais tu proposes quoi ? dit Xiao Zhao en se donnant des tapes sur le derrière.

— Je ne sais que faire. Zhang ne connaît même pas l'endroit où son fils est emprisonné. Si tu parviens à le savoir, tu lui rendras un service inestimable, car, si on ne fait rien, il ne tardera pas à devenir fou de chagrin. Quand tu le sauras, nous aviserons tous les deux, entendu ?

— Parfaitement ! Rien de plus facile pour moi que d'obtenir cette information ! À défaut de posséder d'autres avantages, j'ai, au moins, de nombreuses relations. » En disant cela, Xiao Zhao fit sauter et rouler plusieurs fois ses prunelles, puis son visage s'immobilisa : « Mais je veux bien, Lao Li, à une condition : que tu me fasses en échange une promesse !

— Laquelle ?

— Bien ! Tu n'avais réellement pas intrigué pour obtenir le poste de Wu ?

— Je le jure : non, je n'ai rien fait !

— Bien ! Et si c'est moi qui te le fais avoir, tu le prendras ?

— Je n'en ai pas l'intention !

— Eh bien ! Si tu n'en veux pas, je me désintéresserai aussi de l'affaire des Zhang et tout sera fini entre nous !

— Et si je prends le poste ?

— Je fais sortir Tianzhen de prison.

— Eh bien ! c'est d'accord !

— Voilà comment je vais m'y prendre...

— Je n'ai pas besoin de le savoir !

— Bon ! Je pourrai donc agir à ma guise ?

— Oui, pourvu que tu portes secours à Zhang Dage.

— Bien ! Tu t'en remets à moi ?

— Oui, entièrement. Pour ma part, je ne crains pas de me sacrifier, même si on se joue de moi. Mais en ce qui concerne Zhang, je compte absolument sur ton aide et j'espère qu'il n'arrivera rien de mal.

— Tu peux compter sur moi ! »

Lao Li était très content. Non pas tant de ce qu'il avait fait pour Zhang, ce n'était pas grand-chose, ni non plus du langage ferme qu'il avait tenu devant Xiao Zhao, ce dernier n'ayant jamais été qu'une crapule éhontée. Ce qui lui avait plu, c'était de servir lui-même d'otage et de se livrer ainsi pieds et poings liés, comme Faust vendant son âme au diable ! Et il songeait : « On va bien voir ce que Xiao Zhao fera de moi ! » Enfin, la vie avait de l'intérêt ! De retour chez lui, il eut envie d'en dire quelques mots à sa femme. Mais elle n'y comprenait rien ; les gens du bureau pas davantage, c'était normal et, après tout, ça n'avait pas d'importance. Autant profiter tout seul de ce mystérieux roman de chevalerie. Une société pleine de ténèbres ne pouvait engendrer qu'une tragédie, et celui qui aurait alors le courage de se sacrifier serait une sorte de héros. À cette idée, Lao Li avala, sans s'en apercevoir, un bol de riz supplémentaire.

Ces derniers temps, Mme Li avait deux seuls sujets de préoccupation : les vêtements de printemps des enfants, qu'il fallait laver après avoir décousu la doublure, et la situation de la malheureuse Mme Wu. Elle était inquiète à son sujet parce qu'elle n'approuvait pas la suggestion que Lao Li lui avait faite de divorcer. Un homme honnête ne pouvait faire une chose pareille ! Elle ne savait pas très bien ce qu'était un divorce, mais, à ses yeux, il s'agissait d'une séparation et elle ne voyait pas comment deux époux pouvaient se séparer. Lao Li était terrible ! Il ne disait jamais rien, mais, visiblement, il tenait compte de tout.

Depuis plusieurs jours, Mme Li mettait plus de soin que d'habitude à peigner les deux petites nattes qui lui tombaient sur la nuque, et, tout en se coiffant, elle réfléchissait : si Mme Wu se séparait de son mari, le prochain tour serait pour elle. Lao Li aurait-il fait une pareille suggestion s'il n'avait pas lui-même caressé l'idée de la séparation ? Arrivée là, elle soignait encore davantage sa coiffure et s'appliquait tout un pot de fard sur la figure. Elle n'osait pas pour autant demander encore de l'argent à son mari. Lors de sa maladie, les dépenses supplémentaires avaient été si nombreuses, il ne fallait surtout pas qu'il prenne mal la chose et lui en attribue la responsabilité ! Avant tout, elle devait aller voir les Zhang : l'entremetteur et sa femme n'avaient cessé de se succéder au chevet de son mari et maintenant, avec ce qu'il leur était arrivé, elle aurait trouvé anormal de ne pas leur rendre visite. À ses yeux, l'arrestation de Tianzhen était un événement familial, comme une naissance ou un mariage, et une visite — éventuellement un cadeau — s'imposait. Toutefois, comme elle était à court d'argent et qu'elle ne sortait jamais sans en dépenser, elle préféra attendre que Tianzhen fût libéré pour décider ce qu'elle devait faire.

À l'égard de la jeune Ma, une certaine reprise des relations lui semblait nécessaire. La vieille dame, pendant toute la maladie de Lao Li, s'était montrée si gentille et dévouée ! Sa belle-fille, de toute évidence, ne lui avait pas monté la tête : elle devait donc avoir aussi bon cœur. Peut-être le seul coupable était-il Lao Li : les hommes sont si peu dignes de foi ! Il n'y avait qu'à regarder ce M. Wu qui, à son âge, se permettait de voler la fiancée de Xiao Zhao ! Il est vrai que celui-ci le méritait bien ! Elle devait donc se rapprocher de la jeune Ma : plus elle s'interposerait entre la jeune femme et son mari, plus ils s'uniraient pour faire front. Il fallait, au contraire, attirer la jeune Ma de son côté ; Lao Li ne pourrait en vouloir à sa femme, et l'autre ne pourrait plus décemment... Mme Li savourait d'avance le triomphe de sa logique toute campagnarde. En présence de son mari elle prit un petit pantalon qu'elle venait de finir de couper pour Ling et lui dit : « Je vais demander à notre jeune voisine de le coudre : elle est très bonne couturière ! »

Lao Li ne répondit rien et se contenta de hocher la tête. Une fois qu'elle fut sortie de la pièce, il se mit à sourire. Elle aussi savait se montrer chevaleresque. Il ne fallait surtout pas prendre la vie au tragique.

Plusieurs jours de suite, tout le monde dressa l'oreille au bureau, en particulier les fonctionnaires de deuxième ou de troisième classe. L'intérêt qu'avait suscité l'affrontement entre Wu et Xiao Zhao était presque entièrement retombé et on ne mentionnait plus le nom du vieux militaire, sinon pour parler du poste qu'il avait laissé. Les fonctionnaires qui espéraient être promus à la première classe étaient nombreux, et chacun faisait tout ce qu'il pouvait pour que son rêve devînt réalité, au point qu'une sourde agitation régnait, entretenue par tous ceux qui nourrissaient les mêmes espérances.

Lao Li était l'un des moins acharnés, mais, depuis le jour où il avait fait circuler sa pétition pour Zhang Dage, tous ses collègues le regardaient avec des yeux différents. Chaque fois qu'on le rencontrait, entrant ou sortant du bureau, on entendait des murmures sur son passage. À l'égard de Zhang, c'était autre chose : on évitait à tout prix d'employer le mot de « zhang », même lorsqu'il s'agissait d'une simple « feuille de papier[1] ». « Zhang » était devenu un mot tabou ! « Son fils est communiste ! » Tout le monde regrettait même d'avoir pu connaître un tel homme. C'est pourquoi on trouvait de plus en plus à Lao Li un air sibyllin et déroutant, presque inquiétant. « Même s'il est sûr de sa promotion, il n'a pas à être arrogant comme il l'est ! » disait-on dès qu'il avait le dos tourné, en le désignant du doigt. Certains, qui acceptaient mal de n'avoir aucun espoir d'être promus, firent courir, pour se consoler, un nouveau bruit, selon lequel le père d'un communiste devait démissionner, et s'étonnaient que le patron ait pu le garder aussi longtemps.

Le poste qu'occupait Zhang n'était pas de première classe, mais il était particulièrement lucratif, avec les marchés et les commissions... Cette nou-

1. Les deux mots, le patronyme et le nom commun, s'écrivent et se prononcent de la même façon.

velle et les espoirs qu'elle suscita provoquèrent une grande tension au niveau des fonctionnaires concernés : on aurait dit que le sort de l'univers en dépendait. Du matin au soir, le même bruit bourdonnait à l'oreille des chefs de division et du Secrétaire général, qui n'avaient jamais vu leurs subordonnés se démener autant pour se trouver chacun des recommandations. Aux échelons élevés de la hiérarchie, les cartons d'invitation pleuvaient tellement que certains s'étonnèrent qu'un homme aussi démuni d'appuis que Lao Li ne les eût toujours pas invités.

De son côté, celui vers qui tous les regards étaient tournés en avait reçu deux ou trois : les gens venaient même le trouver pour s'assurer de son soutien au cas où sa promotion laisserait une place vide et lui rappeler leur invitation pour le lendemain soir. Lao Li avait beau avoir parfois le sens de l'humour, la plaisanterie était trop grosse pour qu'il y prît goût. Il jetait délicatement les cartons dans la corbeille à papier.

Prise en haut lieu, la décision arriva enfin : comme prévu, Lao Li fut promu et celui qui prit son ancienne place fut un nommé Wang, que personne ne connaissait. Tout en félicitant Lao Li, les collègues cherchaient à savoir qui était ce Wang. Comme Lao Li ne semblait pas non plus le connaître, ils trouvèrent qu'il exagérait : protégé comme il l'était, il n'avait pas à se montrer aussi arrogant ! S'il ne leur disait pas de qui il s'agissait, ils s'en passeraient ! Ainsi, mécontents de Lao Li, ils étaient tous à espérer que la révocation de Zhang Dage serait bientôt chose faite.

« Toutes mes félicitations, Lao Li ! » M. Sun ne perdait jamais une occasion de pratiquer son mandarin. « Quand allez-vous nous recevoir ? Je serai de la partie, je vous le jure ! Comme Zhu Bajie au fond de son baquet[1], il y a tout lieu de manger et de boire[2] ! »

Lao Li décréta qu'il ne lançait pas d'invitations. Ses collègues furent terriblement déçus. Qiu, le « symbole de la neurasthénie », fut le premier à trouver que c'était faire fi de tous les liens de l'amitié. Il était lui-même de la classe supérieure et n'avait pas de raison d'envier la promotion de son collègue, mais le dégoût de la vie qui le caractérisait était si grand qu'il saisissait tous les prétextes de se montrer désagréable. Au bureau, il décida de se tourner les pouces et de se décharger sur Lao Li de tout le travail qui lui revenait. Auparavant, c'était déjà le cas, mais il le faisait avec courtoisie, tandis que, cette fois-là, il se conduisit un peu comme la femme d'un frère aîné qui donne directement des ordres à sa jeune belle-sœur : il le prit de haut et lui fit sentir toute la différence d'ancienneté qui les séparait.

Le cœur de Lao Li débordait de rage. Il resta cloué un bon moment sur sa chaise, en se disant que quand on avait à travailler avec des types pareils, il fallait bien s'en accommoder ; sinon la solution la plus simple était de s'en aller. Refusant

1. Le héros à face de cochon du fameux roman *Le voyage vers l'Ouest* était célèbre pour sa gloutonnerie.

2. Cette phrase, constituant une sorte de dicton pékinois, est employée de travers par M. Sun qui, maîtrisant mal la langue de la capitale, n'en mesure pas la trivialité.

tout compromis, il décida de se montrer ferme avec ses collègues. De toute façon, il était déjà engagé vis-à-vis de Xiao Zhao, et qui pouvait savoir ce que l'animal avait dans le ventre ? Autant se battre ! Sans avoir même ouvert l'enveloppe qui les contenait, il rendit tous les dossiers à Qiu, et lui dit : « Je dois sortir pour voir quelqu'un. Regardez-les d'abord ! » Mais il sentit ses lèvres trembler et pensa qu'au fond il n'avait pas l'habitude de jouer ce genre de comédie, où il s'agissait de mettre autrui dans l'embarras. Il alla voir Zhang Dage.

Fallait-il faire état devant lui des rumeurs concernant sa révocation ? Ce n'étaient que des bruits, mais, dans le monde de la politique, les bruits sont souvent plus importants que la réalité. Comment donc s'y prendre ? Il se sentait mal rien que d'y songer. S'il ne lui en parlait pas, il risquait, au cas où l'événement se produirait, de causer à son ami un choc encore plus douloureux. Par rapport à la fois précédente, Zhang Dage faisait moins peine à voir, mais il avait l'air épuisé. Lao Li eut l'impression que sa santé était menacée. Toute sa vie, Zhang s'était adapté aux circonstances, faisant preuve d'une souplesse de ver de terre, mais jamais il n'aurait versé dans la paresse ou accepté le moindre relâchement. Or voilà que, pour la première fois, il restait là sans bouger, comme un cheval que sa course a épuisé et qui n'a même plus la force de remuer la queue. La situation était critique et Lao Li se sentit consterné. Zhang aurait pu avoir tous les défauts de la terre, c'était son ami.

« Comment vas-tu, Dage ?

— Assieds-toi, Lao Li », lui répondit l'entremetteur, qui n'avait pas oublié les règles de la civilité, mais dont la voix avait bien perdu plus de la moitié de sa flamme ordinaire. On aurait même dit qu'il se forçait à s'exprimer. Il laissait clairement paraître qu'il n'avait plus aucun espoir pour son fils et préférait ne pas en parler. « Assieds-toi donc. Je n'ai aucune nouvelle. Xiao Zhao est venu une fois et il est en train de s'informer un peu partout pour moi. D'après lui, Tianzhen n'est pas en danger. »

Rien qu'en entendant ces quelques mots, Lao Li se rendit compte qu'on ne pouvait pas faire la moindre confiance à ce que disait Xiao Zhao.

« C'est moi qui lui ai suggéré d'agir, précisa-t-il, non pas pour se mettre en avant, mais pour meubler la conversation.

— Tu as bien fait : ne connaît-il pas beaucoup de monde ? »

Les deux hommes restèrent sans rien dire. Mais le silence pesait tant à Lao Li qu'au bout d'un moment il ne le supporta plus : « Dage, il y a des gens au bureau qui prétendent... mais il vaut mieux que tu y ailles toi-même. Dans le monde qui est le nôtre, on ne sait plus que croire.

— Ah ! Mais quelle importance ? » Zhang avait compris ce que Lao Li voulait dire, mais son visage ne laissait pas paraître la moindre émotion : « Aucune importance, Lao Li ! » On aurait cru que c'était lui qui cherchait à réconforter son interlocuteur : « Ça m'est complètement égal : depuis que mon fils n'est plus là, je ne vois pas à quoi je pourrais encore m'intéresser ! » Au fur et à mesure qu'il parlait, le son de sa voix s'était élevé, mais il s'arrêta soudain, comme s'il n'avait pas la force de continuer.

« Je ne pense pas que la situation soit réellement dangereuse », dit Lao Li ; sa phrase était un peu pour la forme, mais le cœur y était.

« Tu as peut-être raison. »

En fait, l'abdication de Zhang était totale et il n'avait plus que faire de son poste au bureau !

Sa cage à oiseaux déplumés à la main, Ding Erye entra alors dans la pièce : « Dage, la femme de l'ancien médecin est arrivée. Je lui ai déjà dit que vous ne pouviez pas la recevoir, mais elle insiste. Peut-être que c'est au sujet de son mari.

— Tu n'as qu'à lui dire de filer au plus vite ! s'écria Zhang en se levant subitement. Je ne sais même pas si mon propre fils est mort ou vivant. Comment aurais-je le temps de m'occuper de leurs sales histoires ? Qu'elle file ! » Toisant Ding Erye du regard, il se rassit. L'autre se retira et l'ancien entremetteur eut l'air de quelqu'un qui songeait : « C'est fini, je ne m'en occupe plus ! Je ne vais tout de même pas expier tous les crimes que j'ai pu commettre dans une existence antérieure ! »

Lao Li se leva également : il avait la figure toute pâle et il essuya sur son manteau la sueur qui inondait la paume de ses mains. Il n'osait pas regarder en face son ami et se contenta de lui dire en détournant le visage : « Dage, je reviendrai te voir demain. »

Zhang redressa la tête : « Ah ! Tu t'en vas ! À

demain, Lao Li », mais il ne se leva pas pour le raccompagner.

À la porte de la maison, Ding retint Lao Li : « Je vous en prie, monsieur Li, revenez demain. Au moins quand il est avec vous, il ne se fâche pas, et ça vaut mieux. Vous reviendrez donc demain, c'est sûr ? »

Lao Li se rendit tout droit au bureau. Il ne voulait plus songer à rien, tant la réflexion lui semblait inutile. En voyant Zhang Dage, il avait eu une image de ce qui attendait finalement tout homme du commun ; pour vivre heureux, il fallait s'y prendre autrement. L'entremetteur allait tellement dans le sens de la société qu'aucun de ses poils ne se serait permis de pousser de travers, mais à quoi cela lui avait-il servi ? À présent, il n'y avait plus rien : Zhang et la société n'existaient plus et, devant un vide pareil, on se demandait à quoi bon se torturer encore l'esprit.

Une fois au bureau, il songea à Qiu. À son égard, il était plus que jamais résolu à faire preuve de fermeté : l'esprit trop conciliant de Zhang l'avait perdu.

Qiu avait la tête enfouie dans les dossiers. Ses sourcils arqués à l'extrême se détendirent un peu à la vue de Lao Li. Posant son pinceau, il se mit même à sourire : « J'espère que vous ne m'en voulez pas, Lao Li. À dire vrai, je ne me sentais pas bien et je n'avais pas l'intention d'offenser quiconque. Je vous le jure ! Et puis, voyez-vous, ajouta-t-il en baissant un peu la voix, ma femme — je vous le dis à vous mais surtout n'en parlez à personne d'autre —, ma femme a une si forte personnalité qu'elle passe son temps à me contrarier. Je ne cesse pourtant de dire que les époux doivent se faire des concessions mutuelles. Mais la voilà qui prétend : "Ce n'est pas moi qui t'ai cherché la première, c'est bien toi qui as demandé ma main ? On est bien d'accord ? Je vais donc agir à ma guise !" C'est incroyable, vous ne trouvez pas, Lao Li ? Il y a quelques jours, sans penser à mal, je me suis entremis dans l'affaire qui oppose Xiao Zhao au vieux Wu. À peine rentré à la maison, j'ai eu droit à une nouvelle scène : "Comment ? Au lieu d'aider Mme Wu à chasser cette créature, tu te fais le complice de cette infamie ! Vous autres, les hommes, vous n'avez pas le moindre sens moral ! Je t'interdis d'aller chez les Wu !" Elle exagère, c'est le moins qu'on puisse dire, Lao Li ! Mais je me suis bien rendu compte qu'elle fait tout pour me forcer à divorcer ! Mieux vaut épouser n'importe qui plutôt qu'une diplômée des universités. Avec tous leurs grands airs, ces demoiselles se prennent pour des perfections, alors que ce ne sont que d'horribles laiderons de vingt-huit ou vingt-neuf ans. Vous verrez, Lao Li, tôt ou tard, je vais être obligé de divorcer ! »

Lao Li se contenta d'acquiescer de la tête : il était peu disposé à prendre part au débat. Mais l'autre, après ce vaste détour, revint à son propos initial : « Dans une telle situation, on se sent si malheureux qu'on ne peut éviter parfois de se montrer blessant avec autrui. J'espère que vous ne m'en tenez pas rigueur, Lao Li. Les amis doivent s'entraider. Qui sait si vous n'allez pas vous retrouver un jour à la tête d'une division et moi Secrétaire général ? Sans ces scènes continuelles à la maison, peut-être qu'aujourd'hui je ne me retrouverais pas aussi bas dans la hiérarchie. En tout cas, le moment venu, comment pourrions-nous ne pas nous prêter main-forte ? »

Lao Li, qui était sur le point d'éclater de rire, se retint, tandis que l'autre poursuivait : « Vous savez, j'ai déjà invité Sun et le vieux Wu : il s'agit seulement de manger ensemble, et pas d'une invitation dans les règles. Mais je tenais d'abord à fêter votre promotion et ensuite à discuter un peu avec Wu. Je compte sur vous ! » dit Qiu en tendant à son collègue un carton d'invitation.

Lao Li, qui ne savait plus très bien s'il fallait rire ou pleurer, prit le carton en se disant qu'il avait intérêt à continuer de parler avec Qiu. Celui-ci, aux yeux de Zhang, était l'homme moderne type et il ne fallait pas gâcher une occasion d'en examiner un de près.

« Dites-moi, Lao Qiu, vous trouvez que la vie que nous menons a un sens ? »

Qiu resta sans ouvrir la bouche un bon moment, puis il se mit à rire : « Non, pas le moindre ! La vie humaine est devenue une prison, tout aussi absurde que la cage où l'on enferme des oiseaux. Quand j'étais jeune, je me sentais aussi libre qu'un poney sauvage. Mais une fois adulte, marié et doté d'un emploi, je me suis transformé en une vieille mule roublarde et, demain, on me traînera au-delà de Deshengmen[1], on me fera bouillir dans une grande marmite et on vendra ensuite ma viande en boucherie. Je suis, pour ma part, incapable de m'échapper, mais qui pourrait sortir d'une telle prison ? Je suis à présent comme un homme atteint de malaria : tantôt j'ai trop chaud, tantôt j'ai trop froid. Dans le premier cas, je ne peux m'empêcher d'être désagréable, alors que, dans le second, j'aime inviter les gens pour me faire pardonner. Je me sens ligoté. D'un côté, j'accepte mal de jouer au petit bureaucrate et à l'époux modèle, mais, par ailleurs, je ne vois pas ce que je pourrais faire d'autre. Ce n'est pas la première fois que je le remarque : vous savez vous montrer plus ferme que moi ; mais, entre nous, l'écart n'est pas si grand ; la différence est seulement de degré, car, en fait, tels des légumes, nous cuisons tous les deux dans la même marmite. Allons, en voilà assez ! Parlons plutôt de choses moins sérieuses : il n'y a rien de tel pour se divertir qu'une histoire drôle. »

Lao Li avait le sentiment d'avoir, une fois de plus, percé la coquille d'un homme, mais celui-ci semblait bien se connaître. Devant les liens d'amitié qui venaient de se nouer, Lao Li renonça à jeter comme les autres le carton de Qiu dans sa corbeille à papier.

De retour chez lui, il vit sa femme en train de donner une fessée à leur petit vaurien de fils. Faisant comme s'il n'avait rien remarqué, il ressortit aussitôt dans la rue et trouva un petit restaurant,

1. La Porte de la Victoire, située au nord de l'angle nord-ouest de la ville tartare ; c'était le quartier des abattoirs.

où il commanda une pleine assiette de ravioli farcis à la viande et à la pousse de ciboule, ainsi qu'une soupe alliant les trois saveurs du poisson, de la langoustine et de l'holothurie. Tout en mangeant, il se dit : « J'ai bien le droit de faire, moi aussi, ma petite crise de malaria ! »

CHAPITRE XIV

À Pékin, le printemps est de courte durée. À peine abeilles et papillons se sont-ils montrés que la saison paraît déjà terminée. Le renouveau ne produisait guère d'effets sur Lao Li et ses semblables : ils se contentaient de changer de vêtements selon les variations de la température, quittant la robe doublée de fourrure pour la robe ouatée, puis pour la robe à simple doublure. Passant de la boursouflure à la maigreur, leur apparence n'était plus du tout la même. Ils continuaient de se rendre au bureau, toujours au bureau ; s'ils allaient par hasard dans un parc public, ils avaient l'impression que le grand air leur fatiguait les poumons, de sorte qu'ils préféraient se réunir à quatre partenaires pour une partie de mah-jong.

Chaque année, au moment de la fête de la Pure Lumière [1], Zhang Dage franchissait l'enceinte de la

1. Cette fête marque une des vingt-quatre périodes solaires, qui commence vers le 5 avril, et pendant laquelle on visite les tombeaux.

ville pour une visite aux tombeaux de ses ancêtres. De cette seule et unique grande excursion, il ne manquait pas de rapporter quelques plantes sauvages qu'il faisait sécher dans de vieux bouquins. Mais, cette fois, il n'avait pas respecté la tradition parce que son fils était toujours incarcéré. Bien que Ding Erye eût transporté dans la cour les grenadiers, les lauriers-roses et les cactus, Zhang ne les gratifiait pas d'une seule goutte d'eau : il avait lui-même rompu tous ses liens avec le printemps. Mme Zhang avait atrocement maigri. Les serins de Ding Erye, qui semblaient frappés d'on ne sait quel mauvais sort, refusaient de chanter, même lorsque le soleil, dans l'azur, venait les baigner de ses rayons dorés. Perché sur le saule de l'arrière-cour, un corbeau était en train de pousser des croassements lugubres, lorsque Zhang reçut l'avis officiel de sa révocation. Il ne daigna pas y jeter un coup d'œil, comme s'il avait l'air d'attendre une plus grande catastrophe.

Wu, l'ancien militaire, vint lui exprimer sa compassion. Zhang refusa de le recevoir. Il n'accepta que la visite de Lao Li.

Chez ce dernier aussi, le printemps brillait par son absence. La belle saison paraissait ignorer à dessein le quartier qu'il habitait. Le vent printanier soulevait les odeurs nauséabondes et les remugles pestilentiels qui s'étaient accumulés pendant l'hiver, mais tout le reste demeurait laid et sec comme auparavant. La vieille Ma sortit dans la cour les petites plantes vivaces qu'elle avait gardées sous son lit. Malgré ses fréquents arrosages, elle doutait fort de les voir bourgeonner de nouveau.

Mme Li perdait, comme d'habitude, beaucoup de cheveux en cette saison ; elle avait bien du mal à les coiffer en deux nattes, aucun peigne ne réussissait à les rassembler. Le visage du petit noiraud était couvert d'eczéma dont le vent faisait écailler les pellicules. De toute la cour, seule la jeune Ma recevait, on ne savait d'où, quelques effluves printaniers. Bien qu'elle eût légèrement maigri, ses joues se coloraient de la teinte des fleurs du pommier à bouquets. Ayant retrouvé l'amitié de Mme Li, elle venait souvent lui rendre visite, même en présence du mari. C'est elle qui était en train de confectionner les nouveaux vêtements de la petite Ling ; ils étaient particulièrement jolis et seyants. Telle une grosse poupée, la fillette se laissait manipuler dans tous les sens par la voisine qui faufilait directement sur elle le col et les manches, puis y marquait des traits blancs et décousait l'ensemble avant de tout recoudre. Elle exécutait même quelques broderies au bas des manches. Tandis qu'elle s'activait, ses grands yeux clignaient sur l'enfant qui, à son tour, ne pouvait détacher les siens des joues roses de la tante Ma.

En contemplant la scène, Lao Li improvisa mentalement les vers suivants :

Dans un petit brin de poésie
Tout l'univers du printemps.

Il n'osa pas regarder les nattes indigentes de sa femme, de peur de perdre son inspiration.

Mme Li était secrètement ravie d'avoir soumis la jeune Ma, mais elle gardait une dent contre son mari parce que, à chacune de ses visites, l'énorme Mme Wu déclarait qu'elle devait divorcer sur le conseil de Lao Li. D'autre part, bien que les deux femmes fussent devenues très bonnes amies, l'épouse de l'ancien militaire n'en laissait pas moins percer son acrimonie contre Lao Li d'occuper le poste de M. Wu. Jusque-là, Mme Li n'avait pas eu encore connaissance de l'avancement de son mari, qui s'était bien gardé de lui en rien dire. L'ayant appris, elle se disait qu'avec cette promotion, il devait toucher un plus gros traitement, même s'il n'en parlait pas. Sans doute cachait-il son argent au fond de ses poches, et elle se demandait bien pour quel usage. Mme Qiu venait souvent elle aussi et, en dépit de ses propos toujours très modérés, elle laissait visiblement deviner que son époux ne lui témoignait plus les mêmes égards. Lorsque les quatre femmes étaient réunies, elles semblaient vouloir tenir leurs maris en laisse comme des chiens. Elles avaient oublié Mme Zhang. À plusieurs reprises, Ling exprima le désir d'aller voir sa mère adoptive. Mme Li ne disait pas non, mais les trois autres s'opposaient à cette visite : « Vous voudriez aller chez les Zhang, chez ces communistes ? » Finalement, ce fut Lao Li qui se chargea d'emmener sa fille chez la mère adoptive. Mme Li était tellement persuadée que les communistes étaient des ogres dévoreurs d'enfants qu'elle poussa un soupir de soulagement en voyant revenir sains et saufs son mari et sa fille.

Au bureau, quand les postes laissés vacants par Wu et Zhang eurent été pourvus, l'effervescence des autres fonctionnaires commença à se calmer.

Mais tous éprouvaient plus ou moins de haine et de jalousie contre les nouveaux titulaires, en particulier contre Lao Li. « Qui aurait cru que ce type, d'ordinaire si inoffensif, cachait en lui tant de noirceur ? Le voilà nommé au poste de Lao Wu ! Comment ne pas penser à toutes les manigances qu'il a dû faire pour évincer le vieux ? » Naguère, tout le monde se moquait de l'ancien militaire ; maintenant, on faisait de lui un martyr, victime de la perfidie de Lao Li. Quant à celui-ci, il ne pipait mot ni au bureau ni chez lui, laissant toute latitude à cette bande d'hommes et de femmes de se livrer à leurs clabaudages. C'est seulement dans la rue qu'il pouvait respirer à fond quelques bols d'air.

Ding Erye était là : « Monsieur Li, Zhang Dage vous prie de venir le voir. »

À l'arrivée de Lao Li, Zhang était en train de faire les cent pas dans la cour, les mains derrière le dos ; sa silhouette s'était encore un peu plus voûtée. Apercevant son ami, il entra rapidement dans le pavillon, comme s'il avait retrouvé son énergie habituelle. Avant même que le visiteur se fût assis, Zhang prit la parole : « Xiao Zhao est venu me voir, il m'a dit que Tianzhen pourrait sortir de prison. Mais il faut que je lui fasse une promesse. » Troublé, il réfléchit un instant. « Il m'a dit qu'il agissait à ton instigation et que tu étais responsable de tout. » Il fixa les yeux sur Lao Li.

« Je me suis en effet engagé auprès de Xiao

Zhao ! » se dit Lao Li. Puis, s'adressant à Zhang : « Qu'est-ce que tu dois lui promettre ? »

Zhang se mit debout et répondit en criant presque : « Il veut ma fille Xiuzhen ! C'est ma mort qu'il exige ! »

Lao Li était bien embarrassé pour répondre.

Zhang marchait de long en large dans la pièce et sa voix s'étranglait dans sa gorge. « Si je veux sauver mon fils, je dois sacrifier ma fille, il veut donc ma mort ! C'est là ton idée à toi, Lao Li ? Tu me connais bien mal. Donner ma fille à Xiao Zhao ? Vous tenez absolument à me forcer la main ? Tu veux aider ton ami, ou plutôt l'acculer à la mort ? »

Lao Li ne pouvait que frémir d'indignation. Il se dressa brusquement et s'apprêta à partir : « J'irai trouver Xiao Zhao ! » À peine avait-il atteint le seuil qu'il fut arrêté par Mme Zhang :

« Lao Li, ne partez pas encore ! ordonna-t-elle, les yeux pleins de larmes, mais sur un ton très décidé. Nous devons d'abord tirer au clair une question. Avez-vous vraiment conseillé à Xiao Zhao d'agir ainsi ?

— Je lui ai demandé de nous aider pour faire libérer Tianzhen, un point c'est tout. » Il se rassit.

« Je pensais bien que vous n'étiez pas ce genre d'individu. Mon mari a l'esprit chaviré par l'inquiétude, c'est pourquoi il a ajouté foi aux propos de Xiao Zhao. Discutons ensemble pour trouver une solution ! » Puis, s'adressant à son mari : « Assieds-toi et cherchons plutôt avec Lao Li un moyen de nous en sortir.

— Je ne vois aucun moyen ! » Tout en continuant à crier, Zhang prit tout de même un siège.

« Je ne sais plus que faire ! Pendant toute mon existence, j'ai aidé les autres ; mais, quand je suis dans le pétrin, tout le monde me regarde en rigolant ! Xiao Zhao veut s'emparer de ma fille ; pourquoi ne pas exiger tout simplement la mort de ma vieille carcasse ? Est-ce que j'ai fait du tort à quelqu'un ? Offensé quelqu'un ? Donner ma fille à Xiao Zhao ? Quelle prétention de sa part ! »

Ayant déchargé ses griefs, Zhang n'avait plus les lèvres tremblantes. Tête baissée, les mains posées sur les genoux, il haletait.

Lao Li demeura dans l'attente pendant un long moment ; enfin, voyant que Zhang avait cessé de se déchaîner, il lui chuchota : « Grand frère, nous trouverons bien une issue. Toi qui es capable de faire face à toutes les difficultés, je crois que cette fois encore tu ne t'avoueras pas vaincu. » Zhang acquiesça d'un signe de tête. « Unissons-nous pour trouver une solution, qu'en dis-tu, Grand frère ? »

Zhang leva la tête, jeta un coup d'œil sur son ami et poussa un soupir : « Lao Li, le Zhang Dage que tu connaissais est foutu ! Ma vie durant, j'ai scrupuleusement observé tous mes devoirs ; ma vie durant, je n'ai provoqué personne. Mais quand, au seuil de la vieillesse, on me fait un coup pareil, je me sens vraiment foutu. Quand on a le cœur déchiré, on n'a plus le loisir de chercher des moyens pour s'en sortir. Si on me disait de faire la révolution et de mettre tout à feu et à sang, j'en serais incapable, je ne pourrais que rester passif. Je n'ai vécu que pour assurer la subsistance de mes enfants ; s'ils sont perdus, je mourrai avec eux. Je ne pourrais pas vivre seul jusqu'à soixante-dix ou quatre-vingts ans, car l'existence, pour moi, n'aurait plus aucun goût. »

En l'écoutant, Lao Li se rendit compte que Zhang n'avait plus son équilibre habituel. Non seulement son idéal de vie était détruit de fond en comble, mais il était incapable de repartir d'un autre pied ; pour lui, l'unique refuge était de s'enfouir dans les ténèbres. Mais Lao Li n'était pas venu pour philosopher avec son ami, encore moins pour lui proposer une solution violente. Zhang était de ceux qui suivent les voies toutes tracées, il ne fallait absolument pas essayer de le faire sortir de l'ornière. « Dage, cesse donc de t'affliger, il est plus important d'agir. Dis-moi en quels termes Xiao Zhao t'a parlé. »

Les traits de Zhang se détendirent :

« Il m'a dit que Tianzhen n'était pas communiste et qu'on l'avait arrêté par erreur. Il m'a assuré qu'il trouverait un moyen pour le faire relâcher.

— Puisqu'il s'agit d'une erreur, ne pourrions-nous pas trouver par nous-mêmes un biais pour le faire libérer ? » répliqua Lao Li.

Zhang hocha négativement la tête :

« Xiao Zhao refuse précisément de me révéler où mon fils est emprisonné. Je suis trop vieux, et je ne comprends absolument rien à tout ce qui touche aux nouveaux organismes. S'il avait été gardé dans un commissariat de police, je l'aurais fait sortir sous caution depuis longtemps. Moi aussi, je me croyais apte à faire face à toutes les situations, mais je dois avouer que, pareil à un vieil ours, je ne peux plus exécuter de nouveaux tours.

— C'est parce que Xiao Zhao se sait indispensable qu'il a posé ses conditions ?

— C'est bien ça ; il m'a dit que l'idée venait de toi.

— Je lui ai seulement demandé une chose, répliqua Lao Li avec calme ; et voici ce que je lui ai dit : "S'il faut sacrifier quelqu'un, c'est moi, Lao Li, qui serai ta victime. Tu ne dois faire aucun mal à Zhang Dage ou aux siens." Et il m'a donné sa parole.

— Pourquoi t'es-tu adressé à lui ? »

Lao Li fut bien obligé de révéler la vérité :

« Y a-t-il au bureau quelqu'un d'autre qui accepte de t'aider ? D'ailleurs, personne n'a autant de relations que Xiao Zhao. Sachant bien qu'un type comme lui n'est pas digne de confiance, j'ai proposé de me porter moi-même garant.

— Tu t'es porté garant ?

— Oui, aussi vrai que je suis là. J'ignore pourquoi il m'en veut, pourquoi il cherche continuellement à me nuire. C'est peut-être ma figure qui ne lui revient pas, mais je m'en fiche. Je lui ai donné une occasion de me jouer un vilain tour ; pourvu qu'il sauve Tianzhen, qu'il me fasse donc ce qu'il voudra. »

Zhang était au bord des larmes. Sa femme poussa un cri venu du fond du cœur :

« Lao Li !

— Je ne suis pas ici pour vous raconter mes exploits, mais je suis réduit à jouer ce pion. Personnellement, je ne m'attendais pas à une nouvelle traîtrise de sa part, je suis encore trop naïf ! Mais, peu importe, tenons-nous-en à l'essentiel. Il faut procéder par petites étapes ; nous allons d'abord demander à Xiao Zhao de faire relâcher Tianzhen.

— Est-ce qu'il acceptera de nous rendre un pareil service si nous ne promettons pas de lui donner Xiuzhen ? questionna Mme Zhang.

— Faites-lui en toujours la promesse ! »

Le vieux couple se récria d'une seule voix :

« Comment ?

— Faites-le ; je trouverai bien un moyen pour que Xiuzhen ne subisse aucun outrage. Autrement, rien ne marchera, même si nous rencontrons d'autres appuis. On ne provoque pas impunément Xiao Zhao. Si nous l'écartons pour chercher ailleurs, il s'attaquera à nous de l'intérieur et votre fils risquera de ne jamais retrouver la liberté. Mieux vaut nous servir de lui pour que Tianzhen soit d'abord relâché ; nous aviserons ensuite. »

Les deux époux restèrent un moment interloqués, puis Zhang Dage rompit le silence :

« Lao Li, nous allons suivre ton plan. Pour moi, je suis foutu, mais qu'avant tout Tianzhen soit libéré. Je possède en tout et pour tout trois petites maisons ; que Xiao Zhao fasse son choix, je lui offrirai à deux mains celle qu'il préférera, mais qu'il épargne Xiuzhen ! »

Mme Zhang enchaîna :

« Lao Li, je n'ai qu'une fille ; jamais je ne pourrai la livrer à ce sacripant ! Impossible ! Pourtant, à part la prunelle de mes yeux, je suis prête à lui donner tout ce que j'ai. Même s'il nous prenait tous nos biens, nous irions mendier sans protester, mes enfants et moi.

— Oui, nous irions mendier ! » affirma aussi Zhang Dage.

Zhang venait de prendre une grande résolution, Lao Li s'en rendait compte. Sacrifier une de ses propriétés, c'était se séparer du fruit des efforts de toute sa vie, mais ses enfants lui étaient plus précieux que tout le reste. Lao Li n'approuvait pas son ami, néanmoins, il se sentait débordant de pitié.

« Il se peut que la situation ne soit pas si mauvaise. Sois tranquille, Dage ; je sacrifierai ma vie pour préserver Xiuzhen.

— Lao Li, ne commets rien d'irréparable pour nous aider ! Proposons plutôt de l'argent à Xiao Zhao ! » Les yeux de Zhang étaient fixés sur le visage de son interlocuteur.

Décidément, Zhang Dage resterait un mou jusqu'à sa mort ! Lao Li n'osa pas l'effrayer :

« J'agirai selon les circonstances ; si l'argent se révèle utile, je lui en proposerai.

— Oui, donnez-lui-en, Lao Li, donnez-lui-en ! répéta Mme Zhang comme si l'affaire était déjà conclue. Vous qui avez la charge de toute une famille, il ne faudrait pas que, pour nous aider... »

Sans achever sa phrase, Mme Zhang, d'une chiquenaude, écrasa une larme sur sa joue.

Comme si, au fond de son ennui, il avait retrouvé le goût de vivre, Lao Li se réjouissait de pouvoir affronter Xiao Zhao.

« Hé, Xiao Zhao ! lança-t-il avec l'air de siffler un chien ; comment ça marche l'affaire des Zhang ?

— Il y a de l'espoir ; Tianzhen pourra bientôt sortir.

— Zhang Dage m'a chargé de te demander ce qu'il devait t'offrir en échange ; c'est pourquoi je t'ai ainsi interpellé. Pardonne-moi ce manque de politesse ! »

Ravi d'être lui aussi capable de dire quelques mots spirituellement ironiques, Lao Li songeait : « Quand on n'a plus peur de personne, on doit pouvoir accomplir des miracles comme Jésus-Christ. »

« C'est justement pour ton franc-parler que j'aime ta compagnie, répondit Xiao Zhao qui, à force de tourner ses sourcils, était capable de les retrouver au-dessous des yeux. À quoi bon faire tant de manières ? Et pourquoi m'offrir une rétribution ? De la part de mon futur beau-père, je ne saurais rien accepter. Son gendre lui doit bien ce service !

— Quel futur beau-père ?

— Zhang Dage ne t'a rien dit ? Le "Grand frère" sera bientôt promu au rang de beau-père.

— Mais tu m'as promis de ne pas lui faire du mal !

— Faire du mal est une chose, contracter mariage en est une autre. Zhang Dage s'est plu toute sa vie à faire l'entremetteur, est-ce qu'il ne sera pas content de trouver un parti pour sa fille ? » Il pointa l'index vers le bout de son nez : « Regarde-moi bien, je suis maintenant un simple fonctionnaire, mais bientôt je deviendrai chef de service et, plus tard, j'ai l'espoir d'être nommé directeur, maire, et même ministre, qui peut savoir ! Quand le gendre deviendra Directeur, le beau-père sera nommé au moins Secrétaire général. Non seulement sa fille et moi nous formerons un beau couple, mais le beau-père lui-même tirera aussi quelque avantage de la situation ! »

Lao Li se sentit envahi par la colère, mais il réussit à se contenir.

« Xiao Zhao, réponds-moi franchement : si Zhang Dage t'offre de l'argent, est-ce que tu épargneras sa fille ?

— Lao Li, que racontes-tu là ? Pourquoi "épargner" ? Tu mériterais une raclée ! Mais, dis-moi, combien est-ce qu'il offre ?

— Il est prêt à te donner une maison.

La tête de Xiao Zhao tournait comme un ventilateur :

« Une simple maison ? Faire relâcher un communiste ne vaudrait qu'une simple maison ?

— Mais Tianzhen n'est pas du tout communiste !

— Si on arrête parfois sans raison, on ne relâche jamais sans raison. D'un mot, je peux faire libérer Tianzhen ; d'un autre, je peux le faire condamner à mort. Que Zhang Dage agisse à sa guise !

— Combien réclames-tu ?

— Combien je réclame ? Est-ce qu'il a au moins de quoi me satisfaire ? À combien se monte sa fortune ? »

La figure de Lao Li s'empourpra. Il ravala un flot de bile empoisonnée :

« Il possède en tout et pour tout trois petites maisons qui représentent les économies de sa vie entière.

— D'accord, je ne les lui prendrai pas toutes les trois, le cœur humain n'est pas dépourvu de sensibilité et je serais peiné de lui porter un coup trop dur. Qu'il m'en donne seulement deux.

— Je vais te demander encore une faveur : pour me faire plaisir, est-ce que tu ne pourrais pas te contenter d'une seule ? En compensation, je t'offrirai un peu d'argent. Qu'en dis-tu ?

— Ça dépend du montant de la somme.

— Deux cents yuans, c'est tout ce dont je dispose. Au-delà, je ne pourrai plus que me prosterner devant toi !

— Pas d'accord ! Est-ce que tu peux aller jusqu'à deux cent cinquante ?

— Eh bien ! d'accord. Zhang Dage te donne une petite maison ; moi, je te donne deux cent cinquante yuans. De ton côté, tu fais relâcher Tianzhen et tu renonces à Xiuzhen. Nous sommes bien d'accord ?

— Oui, mais ce n'est pas un marché avantageux ! C'est uniquement en raison de notre amitié que j'accepte.

— Entendu ! Prends un pinceau et note tout ça par écrit.

— À quoi bon écrire pour une telle broutille ? Ma parole n'est donc pas suffisante ?

— Elle ne vaut rien du tout. Écris et signe !

— Tu es fort, Lao Li. Tu deviens de plus en plus finaud, bravo ! Comment rédiger ?

— Tu reçois de moi deux cent cinquante yuans

aujourd'hui ; le jour où Tianzhen rentrera vivant chez ses parents, Zhang Dage te remettra l'acte de propriété d'une de ses maisons ; désormais, tu devras renoncer à Xiuzhen. Écris d'après ce que je viens de dire »

Xiao Zhao saisit un pinceau en riant :

« Je ne te savais pas si roublard ! Je le soupçonnais, mais pas à ce point. Est-ce qu'une pareille broutille mérite vraiment une signature ? Tu es sûr qu'il ne te faut pas aussi mes empreintes digitales ? »

L'acte une fois rédigé, chacune des deux parties en conserva un exemplaire. Au moment de signer, Lao Li tremblait si fort qu'il ne réussit pas à tracer correctement son propre nom. Il s'en voulait de ne pouvoir faire une seule bouchée de Xiao Zhao ; mais, à cause de Zhang Dage, il devait ménager son ennemi. Xiao Zhao était le saint des temps modernes et, tout compte fait, Lao Li ne valait guère mieux que Zhang et tous les individus de son espèce. Il jeta sur la table un chèque de deux cent cinquante yuans.

Xiao Zhao s'empara du chèque qu'il examina au recto et au verso, puis il le glissa en riant dans son portefeuille : « Tu possèdes un compte en banque, Lao Li ? Espèce de capitaliste ! Si je l'avais su plus tôt, je t'aurais fait cracher davantage ! Dis-moi un peu quel est le montant de tes économies ? »

Refusant de répondre, Lao Li se rendit chez Zhang Dage pour lui montrer l'acte signé par Xiao Zhao. Zhang lui manifesta une reconnaissance débordante, ce qui redoubla le malaise du visiteur. Il avait compté trouver quelque stimulant dans son existence grisâtre en jouant un rôle dans cette tragédie. Qui se serait douté qu'après tant d'efforts il tomberait dans les ornières de Zhang Dage, et qu'il serait manipulé comme un pantin par Xiao Zhao qui gagnait sur tous les tableaux ?

« Pourquoi Xiao Zhao nourrit-il tant de haine contre moi ? » C'était la seule phrase un peu colorée qui surgissait du fond de son cœur. « Est-ce à dire que je ne suis pas tout à fait devenu un autre Zhang Dage ? C'est peut-être la raison pour laquelle Xiao Zhao ne peut pas me souffrir. Même si c'est le cas, je ne suis pas sorti de mon ennui ! » Tête basse, il retourna chez lui. Une fois rentré, il n'osa pas avouer qu'il avait donné deux cent cinquante yuans à Xiao Zhao : même à sa femme, il devait mentir pour se tirer d'affaire.

Alors que l'été dorait les joues des abricots, Tianzhen était toujours en prison. Le Double Cinq[1] était fêté dans l'allégresse. Des roseaux et des armoires, auxquels on attribuait de mystérieux pouvoirs, étaient fichés devant chaque maison, à côté des porte-bonheur et des images du Juge des Enfers. Mais, chez les Zhang, on n'entendait résonner ni une parole ni un éclat de rire. Dans le cœur du couple, comme au rythme de la pendule accrochée au mur, s'égrenaient inlassablement jour et nuit les syllabes : « Tianzhen, Tianzhen ! » Les

1. Le cinquième jour du cinquième mois lunaire, une des trois principales fêtes en Chine. Voir chap. II, p. 55, note.

oiseaux de Ding Erye, entièrement déplumés, présentaient un aspect plus piteux que jamais. Dans la cour, les grenadiers assoiffés, aux feuilles rabougries et à demi desséchées, attendaient la pluie avec résignation.

Lao Li, qui s'était rendu à plusieurs reprises chez Xiao Zhao, s'était heurté chaque fois à la même argumentation pleine de logique : « Même si on sollicite tous les appuis, le détenu ne peut être relâché sur-le-champ, surtout pour un cas si grave ! Est-ce que je ne suis pas plus impatient que toi ? Tant qu'il restera en taule, je ne toucherai pas l'acte de propriété ! Or, je n'attends plus que ce papier pour me marier ! »

Lao Li, lui non plus, n'avait pas envie de célébrer la fête, et l'inquiétude envahit une fois de plus l'esprit de sa femme : « Que lui arrive-t-il encore ? Il renonce même à participer aux réjouissances ! Est-ce qu'il ne serait pas de nouveau... ? » Elle recommença à surveiller étroitement la jeune Ma, tandis que Ling et Ying reprenaient leurs fonctions de détectives privés.

Après la fête, Mme Wu, chargée d'un plein seau de larmes, vint chez les Li pour inonder le sol de leur maison.

« Je suis fichue, tout à fait fichue ! Me voilà divorcée ! Je ne sais plus où aller, c'est donc ici que je vais en finir ! Petite sœur, je n'ai absolument rien contre vous, c'est à Lao Li que j'en veux ! Puisqu'il ne me laisse pas vivre en paix, moi non plus, je ne le laisserai pas tranquille !

— Qu'a-t-il donc fait ? demanda Mme Li, toute pâle.

— Ce qu'il a fait? Je me suis exactement renseignée, c'est lui qui a évincé mon mari; sans ses machinations, Lao Wu n'aurait jamais perdu sa place; je me suis bien renseignée et je possède des preuves irréfutables! Non content de s'emparer du poste de mon mari, il a conservé le sien par-dessus le marché, afin de toucher double traitement. Il a même déniché un certain Wang qui lui sert de prête-nom et qui vient au bureau deux fois par mois pour quinze yuans; et c'est Lao Li qui empoche la différence. Si vous ne me croyez pas, demandez-lui donc où il s'est procuré les deux cent cinquante yuans qu'il a donnés dernièrement à Xiao Zhao! Est-ce que vous êtes au moins au courant?

— Je n'en savais absolument rien! répondit Mme Li, suffoquée.

— Le contraire m'aurait étonnée, ma pauvre Petite sœur! Et ce n'est pas tout! Il y a deux jours, Lao Li a chargé Xiao Zhao d'apporter cinquante yuans à M. Wu. Je voulais flanquer mon cousin dehors, mais, comme il était envoyé par Lao Li, je ne pouvais pas faire un coup d'éclat. Xiao Zhao m'a tout raconté par le menu : comment Lao Li a formé le projet d'acheter une maison appartenant à Zhang Dage, comment il a incité M. Wu à divorcer d'avec moi, et comment, une fois le divorce prononcé, il a l'intention d'utiliser ce précédent pour vous intimider, afin de prendre lui aussi une concubine. Ce lâche sans cœur de Lao Wu a empoché les cinquante yuans et, en vociférant, il m'a fichue à la porte! Quand il a pris une concubine, je ne lui ai rien reproché, c'est lui qui m'a cherché querelle. Tout est de la faute de Lao Li, c'est lui qui a tout manigancé ! Mais je ne me laisserai pas écraser sans regimber ! Je vais lui faire un de ces chambards, au bureau ! Un fonctionnaire ? Même s'il s'agissait de l'Empereur, je ne me soumettrais pas ! En tout cas, si je n'arrive pas à lui faire perdre sa situation, je serai venue au monde pour rien ! »

Ce flot de paroles déclencha un torrent de larmes chez Mme Li.

« Belle-sœur Wu, je vous en prie, ne faites pas de scène à mon mari ; tout le reste ne compte pas, pensez plutôt à mes enfants ! S'il perdait son poste, où trouverions-nous de quoi vivre ? Je vous en prie, n'entreprenez rien contre lui, laissez-moi faire. Je vais le soumettre à un interrogatoire, et je suis sûre de pouvoir apaiser votre colère ! »

En prodiguant force bonnes paroles, elle finit par obtenir que Mme Wu s'en aille.

Après son départ, Mme Li se sentit comme une fourmi en train de tourner sur un fourneau brûlant. Elle eut beau réfléchir longuement, elle ne savait à quoi se résoudre. Finalement, elle confia ses enfants à la jeune Ma, pendant qu'elle allait solliciter un conseil auprès de Mme Qiu.

Pour montrer la fermeté de son caractère, celle-ci ne laissa à la visiteuse aucune occasion d'ouvrir la bouche, et se mit à lui raconter ses propres affaires :

« Lao Qiu est fermement décidé à me chercher noise, je m'en suis bien aperçue ! Quand il rentre à la maison, rien ne semble lui convenir ; pas l'ombre d'un sourire. Tantôt il me propose d'adopter un enfant, tantôt il projette de donner sa démission en alléguant que, pour lui, la vie n'a plus aucun sens. À dessein, il invente sans cesse de faux prétextes. Il m'a prise en grippe, je m'en rends bien compte. Mais, tôt ou tard, je divorcerai. Avec mes diplômes, j'arriverai toujours à me débrouiller. »

Mme Li profita d'un léger répit pour glisser quelques mots :

« Lao Li n'est pas raisonnable non plus ! »

Mme Qiu enchaîna aussitôt :

« Aucun homme n'est raisonnable ! Mais il y a quand même une différence entre nous deux : vous avez un garçon et une fille, et il vous reste toujours la ressource de retourner chez vos beaux-parents, en province. Quant à moi, je me trouve dans une situation beaucoup plus pénible, bien que j'aie mon indépendance et que je sois capable de gagner ma vie : c'est que je n'ai malheureusement pas d'enfant. J'aurais beau mener une existence agréable, elle n'en resterait pas moins vide et illusoire. Toute seule, j'aurais peur de souffrir de l'isolement, n'est-il pas vrai ? Pour cette raison, bien que je sois toute prête à l'affronter, je ne veux pas non plus lui faire de grandes scènes. Quel embarras ! Mais, si je laisse tout passer, j'ai peur qu'il n'imite M. Wu en prenant une concubine à la maison. Telle que je suis, je ne supporterais pas qu'on m'accuse de n'avoir pas su retenir le cœur de mon mari. Et si je consentais au divorce, il serait trop content. Quelle situation impossible !

— Et moi, que faut-il que je fasse ? demanda Mme Li.

— Une scène à tout casser à votre époux. Vous et moi, nous ne sommes pas sur un pied d'égalité ; moi qui suis retenue par mon titre de licenciée ès lettres, je ne peux pas m'abaisser à utiliser des méthodes primitives. Mais vous, vous n'avez qu'à lui faire un beau charivari. J'assurerai vos arrières ! »

Gonflée à bloc, Mme Li rentra chez elle, toute prête à monter à l'assaut.

Qu'un mari distribue de l'argent à autrui sans prévenir son épouse, c'est, pour n'importe quelle femme, un procédé inadmissible. Plus Mme Li réfléchissait, plus elle sentait croître sa colère. Pour sa part, elle vivait en pleine communion de pensée avec son époux, et voilà qu'il donnait d'un seul coup à Xiao Zhao deux cent cinquante yuans, avec lesquels on aurait pu acheter au moins trois arpents de terre ! En outre, il se liguait avec M. Wu pour persécuter Mme Wu ! Il fallait s'en prendre directement à lui. Les propos de Mme Qiu étaient, certes, difficiles à comprendre, mais puisqu'elle avait déclaré nettement qu'elle assurerait « son arriéré », Mme Li, avec son aide, n'avait plus rien à craindre. Elle pouvait donc faire à son mari une scène à tout casser ! Ayant mal interprété l'expression employée par Mme Qiu, elle se sentait plus forte moralement et matériellement. Dire qu'elle avait quitté la campagne pour venir s'installer dans la capitale où elle comptait mener une existence agréable et harmonieuse ! Qui aurait supposé que son mari fût si méchant ? Puisqu'il était dans son tort, elle allait passer à l'action ! La porte une fois franchie, elle défit ses petites nattes et mit de vieux vêtements, de peur de déchirer les neufs au cours de la bagarre. Elle ne prépara rien pour le repas : finie, la vie commune !

À peine Lao Li eut-il mis le pied dans la cour qu'elle commença ses lamentations. À chaque phrase, elle prenait sa propre mère à témoin, mais, en fait, c'était son mari qu'elle injuriait. Il jugea l'affaire louche. Comme elle pleurait, il ne pouvait pas se mettre en colère. Mais plus il écoutait, moins il trouvait la scène à son goût, et il n'arrivait plus bien à contenir son irritation. La rosser ? Cette idée le gênait. L'empoigner par les cheveux, lui flanquer des gifles et des coups de pied ? Impossible. Après avoir fait un tour dans la chambre, il décida d'emmener les enfants déjeuner en ville, laissant sa femme se lamenter tout son soûl. Quelle bonne solution ! Comme il s'apprêtait à sortir, elle s'approcha de lui : « Ne t'en va pas, nous devons avoir une explication ! » Elle cherchait donc la bagarre ! Elle lui rapporta d'un bout à l'autre les propos que Mme Wu et Mme Qiu lui avaient tenus. Sans répondre même par un simple grognement, Lao Li prit le parti de l'ignorer. Ce faisant, il la plaçait dans une impasse, car une querelle ne peut avoir lieu que si les deux adversaires échangent des répliques. Or Lao Li était un sournois ; en se retranchant dans le silence, il laissait les voisines entendre uniquement ses cris à elle. Quelle hypocrisie, quelle méchanceté ! À bout d'arguments, elle finit par se donner deux bonnes claques, pan,

pan ! tout en s'injuriant. « Puante garce que tu es, tu ne sais pas distinguer le bien du mal, tu as perdu la face, personne même ne t'adresse plus la parole ! » Pan, pan ! deux autres claques vinrent s'ajouter aux précédentes.

La vieille Ma et sa bru arrivèrent en courant. La vieille se jeta sur Mme Li : « Dites-moi, madame Li, que se passe-t-il ? Tâchez de ne pas effrayer les enfants ! »

À leur vue, Mme Li voulut se donner davantage encore en spectacle : pan, pan ! Elle s'administra deux nouvelles gifles. « Je ne veux plus vivre ! J'en ai assez ! Je ne vois pas ce qui me retient ! »

Tenant la fillette dans ses bras, la jeune Ma lança un regard à Lao Li qui lui adressa un sourire mélancolique et dit, les lèvres frémissantes : « Voulez-vous préparer un peu de nourriture pour Ling ? J'emmène mon garçon. » Il ne lui avait jamais parlé aussi intimement et il éprouvait au fond du cœur une sensation très douce. « Ying, allons-y ! » S'accrochant à la main de son père, le petit noiraud, qui avait envie en même temps de rire et de pleurer, renifla deux fois coup sur coup.

CHAPITRE XV

Les premiers nénuphars s'entrouvraient à peine et les pêches venaient seulement de se farder les lèvres de rouge. Les gens paraissaient même plus beaux qu'ils n'étaient ; les hommes avec leurs canotiers, les femmes avec leurs robes à fleurs, tous, avec l'arrivée de l'été, se sentaient plus à l'aise et donnaient l'impression que la belle saison, à défaut de l'enrichir, embellissait au moins la population. Xiao Zhao portait un costume occidental tout neuf et une cravate aussi bariolée qu'un serpent tropical. Ses chaussures jaunes étaient également toutes neuves et leurs semelles aux dentelures blanches faisaient un bruit désagréable. Il avait parfumé son mouchoir et enduit ses cheveux de gomina. Il souriait tout en marchant et dès qu'il apercevait une représentante du beau sexe, ses yeux se portaient immédiatement vers elle, comme un cerf-volant chargé d'observer la personne en question sous toutes ses faces, au risque de l'intimider. Le cœur qui battait en lui était plus rouge encore qu'un grenadier en pleine floraison : il se sentait le plus heureux des hommes.

Il arriva au Lac du Nord[1]. À la surface de l'eau, quelques pétales de lotus profitaient de la brise pour se déployer. Les feuilles étant encore peu nombreuses, la tige des fleurs, entièrement visible, se dressait avec une exquise pureté et se balançait au gré du vent, tandis que les corolles ne cessaient d'osciller légèrement, tantôt face au ciel bleu, tantôt en direction de l'onde toute verte. S'arrêtant sur le pont de marbre qui enjambe le lac, Xiao Zhao regarda successivement les lotus et sa cravate : l'élégance des fleurs ne lui sembla nullement comparable à la sienne. L'admirable paysage qui l'entourait ne pouvait que le laisser indifférent : ne se prenait-il pas pour le centre même de l'univers ? Le costume occidental qu'il portait et en particulier sa fameuse cravate bariolée lui paraissaient des symboles de bonheur et de félicité pour l'humanité tout entière. Il ne pouvait donc rester là à contempler de simples fleurs. Les jeunes filles qui passaient étaient autrement vivantes et leur vue le fascinait. Un regard restait rarement sans réponse ; quand cela se produisait, la fille qui baissait timidement la tête ne faisait du reste qu'exciter sa convoitise. S'il n'y avait eu que des fleurs et pas de jeunes filles, le cœur de Xiao Zhao n'aurait plus su pour qui palpiter.

Déployant au maximum sa musculature, il donnait une impression de force ; en fait, il marchait

1. Situé au nord des Lacs du Sud et du Centre, lieu de promenade favori de nombreux Pékinois.

plutôt lentement, ce qui accentuait encore les craquements de ses chaussures neuves en isolant chacun de ses pas. Cette façon de marcher était un peu fatigante, mais, quand on portait un costume occidental, c'était la seule qui convenait. On ne mettait bien en valeur chaque détail de la coupe qu'en se tenant volontairement aussi droit et raide qu'un plastron de tortue. D'ailleurs, on ne portait pas ce genre de costume pour son confort personnel, mais pour rendre plus beau le monde environnant. Il avançait d'une allure assurée, mais sa tête ne restait pas longtemps immobile. À chaque pas, elle se tournait et se retournait comme un ventilateur afin de ne rien perdre du spectacle charmant qui pouvait se présenter tout autour. Pour rien au monde il n'aurait voulu laisser passer une jolie fille sans l'avoir happée du regard. Si celle qui survenait lui plaisait, il hâtait soudain sa marche pour la rejoindre et la dévisager. Quand elle lui jetait un regard furieux ou l'injuriait, il était ravi : il n'avait pas perdu son temps.

Mais, ce jour-là, les mouvements de tête de Xiao Zhao avaient un objectif bien déterminé. Certes, il continuait à lorgner les filles qui passaient, mais elles n'avaient plus pour lui qu'une importance secondaire. Il était sur le point de séduire pour de bon l'une d'entre elles et les autres n'avaient qu'un intérêt accessoire. « L'amour est exclusif » : telle était sa devise. Cependant, si l'occasion se présentait de séduire deux ou trois filles en même temps, ses principes n'étaient pas immuables et il s'adaptait aux circonstances. Mais, cet après-midi, son amour devait être particulièrement exclusif puisqu'il s'agissait pour une fois d'une pure et innocente collégienne. Jusqu'alors, il préférait plutôt les fruits bien mûrs : même s'ils avaient quelques taches, ça lui était égal, car, aussitôt consommés, il ne les gardait jamais pour lui-même et ne risquait pas de les voir pourrir dans ses mains. Lui, si blasé d'ordinaire, avait trouvé normal d'être légèrement ému : la pêche qu'il convoitait dans le cas présent commençait à peine à rosir. Lui qui ne se troublait jamais sentait une vague inquiétude le gagner.

Debout sous un grand pin, il se mit à réfléchir : allait-il garder le fruit pour lui tout seul ou bien l'offrir ensuite à quelqu'un d'autre? Une pêche qui commence seulement à mûrir peut être plus jolie à voir que bonne à manger : on ne saurait donc l'offrir. Surtout à des militaires qui n'apprécient guère les petites filles timides et préfèrent les femmes plus expertes. Au cas où il la garderait pour lui, il se demandait ce qui arriverait si, au bout d'un an ou deux, quelqu'un venait à la voir et la lui réclamait : consentirait-il à la céder? Serait-il jaloux ou non? Il aurait toujours la possibilité de la partager, mais que se passerait-il si elle s'y opposait? D'abord, elle ne s'y opposerait pas, car les femmes sont plus dociles qu'on ne le croit et, dans ces cas-là, ne résistent pas. Ensuite, il savait que tout dépendrait de la façon dont il traiterait, lui, le problème. Mais à la question qu'il se posait à lui-même — «Xiao Zhao, si un homme désirait ta propre femme, non pas une fille que tu achètes un jour pour la revendre le lendemain, mais ta véritable épouse, accepterais-tu de la lui laisser ? » —, il fut incapable de répondre.

Soudain, il la vit. « La voilà ! » Elle était encore loin et se dirigeait vers lui. Il sentit son cœur battre un peu plus vite que d'habitude. Jusqu'alors, les femmes dont il faisait commerce étaient seulement des marchandises qu'il échangeait contre de l'argent : il trouvait inutile de s'émouvoir à leur sujet, sauf lorsqu'il s'agissait d'en acheter une à bas prix pour la revendre beaucoup plus cher. Cette fois-ci, c'était différent : sans que quiconque eût servi d'intermédiaire, il avait, pour rien, fait l'acquisition d'un véritable trésor, et voilà qu'elle souriait en s'avançant à sa rencontre ! Xiao Zhao, qui découvrait un peu le mystère et la fragilité de la femme, n'en revenait pas : il n'avait pas dépensé un centime ; c'était elle qui, de sa propre initiative, venait à lui ! Comme c'était simple ! Il regretta de ne pas y avoir songé plus tôt ! En même temps, il craignait vaguement qu'une femme aussi facile à obtenir ne lui échappât un jour. Cela ne l'empêchait pas de ressentir une joie inconnue de lui jusqu'alors.

La jeune fille, qui ressemblait à une fleur de nénuphar à demi éclose, regardait en souriant le paysage qui l'entourait : elle avait l'impression que chaque bouffée du vent léger était pour elle. À son contact, la brise se chargeait d'un parfum qu'on ne respire qu'au début de l'été, la plus belle saison mais aussi le plus bel âge de la vie. De la main gauche, elle serrait sous son aisselle un petit sac de cuir si bleu qu'on aurait dit un morceau de ciel. Quant à sa main droite, elle tenait une petite ombrelle verte. Ses manches, qui s'arrêtaient au coude, laissaient voir des bras souples et lisses comme des rhizomes de lotus. Une mèche de cheveux lui masquait en partie l'œil droit mais elle mettait sa fierté à regarder à travers. Elle marchait d'un pas léger mais sûr, avec la satisfaction intérieure que lui donnait le fait d'avoir des pieds normaux, et non des pieds bandés comme tant de jeunes filles des générations antérieures, ainsi que des souliers bas en cuir noir, fermés par une bride sur le devant. Elle était si heureuse et débordante de vie que, lorsqu'elle souriait, deux petites fossettes se creusaient dans ses joues toutes roses et rebondies.

Se rappelant les romances sentimentales qu'elle avait vues au cinéma, elle se sentait encore un peu timide mais ne voulait rien en laisser paraître. Elle songea subitement à ses parents et redressa d'un coup la tête, rejetant en arrière les cheveux qui lui recouvraient l'œil droit. Ce geste, qui suffit à lui faire oublier père et mère, était une manière de défi. Mais elle haussa les épaules et poussa un soupir aussitôt après, comme si tous les états d'âme qui la traversaient n'avaient pas d'importance. Elle se sentit un peu mieux. Elle trouvait seulement que le souffle chaud qui s'échappait de ses lèvres rouges était bêtement gaspillé : elle aimait tellement les scènes où, sur l'écran, un homme et une femme se font face et s'embrassent sur la bouche !

Pour elle, l'amour, c'était ça et rien d'autre ! Un peu d'écume sur l'eau courante de la vie, voilà tout ce qu'un baiser ardent pouvait créer ! Il s'agissait seulement d'échanger un peu d'air parfumé contre de la force virile : c'était aussi simple que ça. D'ailleurs, n'était-ce pas ce que toutes ses amies faisaient ? Dans les romans, les pelouses et les bosquets avaient-ils d'autre usage que de faciliter les étreintes des amoureux ? Elle se rappelait aussi avoir vu dans un film une jeune fille aux cheveux roux qui giflait l'homme qu'elle venait d'embrasser. Mais, pour sa part, elle n'avait rien à craindre : la vue de ses pieds normalement développés et pleins de vigueur la rassura.

Chaque fois qu'elle rentrait de l'école à la maison, il y avait toujours pour la suivre des étudiants sans le sou. Leurs chaussettes étaient tire-bouchonnées et ils étaient vraiment crasseux ! Avec lui, c'était bien différent. Non seulement sa tenue était impeccable, mais il savait tout et ne cessait de lui raconter de nouvelles histoires. En plus, il était bon et ses démarches pour faire libérer Tianzhen prouvaient qu'il appartenait au nombre de ses amis les plus chers. Au passage, elle s'apitoya sur le sort de son frère. Dans quel état devait être son costume occidental ! Et comment pouvait-il se passer de cigarettes ? Ses amies étaient-elles venues le voir ? Elle imagina alors une scène de film où Tianzhen se tenait d'un côté des barreaux et sa petite amie de l'autre. Ils en étaient réduits à embrasser fiévreusement le dessus de leurs mains enlacées. C'était palpitant !

« Chère Xiuzhen », dit Xiao Zhao avec un sourire qui lui aplatit tout le visage à l'exception des oreilles. Et il ajouta, en retroussant énergiquement le nez pour éviter de perdre ses yeux tout exorbités : « Tu veux bien que je t'appelle *Dear*?

— Comme vous voulez ! » lui répondit la jeune fille, tandis que la rougeur s'élargissait autour de ses fossettes. Relevant ses cheveux en arrière, elle aperçut une pie au sommet d'un pin puis se mit à contempler Xiao Zhao en souriant.

« En ce cas, je vais le dire encore une fois », fit-il en approchant les lèvres des joues de Xiuzhen et en soufflant sur ses fossettes : « *Dear !* »

Le regard de la jeune fille glissa sur le côté et s'arrêta sur la pointe du nez de son partenaire. Un sourire de satisfaction traversa son visage.

Xiao Zhao connaissait pas mal de mots anglais. Quand il était dans un wagon-restaurant, il ne manquait pas une occasion de s'instruire auprès du garçon en lui commandant *butter*, *soda* ou *ice-cream* sans employer un seul terme chinois. À ses collègues de bureau, il déclarait souvent : « Pour savoir les langues étrangères, on n'a vraiment pas besoin d'aller faire ses études à l'étranger ! » Pour adopter la mode et la cuisine occidentales, il lui avait fallu un certain temps, mais il prétendait que c'était absolument nécessaire. Il lui arrivait d'affirmer devant des hommes qui avaient dépassé la quarantaine : « Même la danse est une science que vous devriez étudier ! Maintenant que des officiers font leurs études en Europe ou aux États-Unis, c'est une chose qu'on ne peut plus ignorer ! »

Sur ce point, la supériorité de Xiao Zhao vis-à-vis de Zhang Dage était écrasante. Non pas que l'entremetteur fût sot, mais ces nouvelles manières de vivre lui étaient totalement étrangères. L'un connaissait tout ce que l'autre savait, mais l'inverse n'était pas vrai. Zhang n'avait donc pas d'avenir devant lui, alors que l'on pouvait dire que Xiao Zhao irait loin. Xiuzhen avait beau être bornée, elle comprenait au moins une chose : l'esprit conservateur qui régnait en maître chez elle était si puissant et les principes y tenaient une telle place que jamais son père ne l'aurait autorisée à danser, bien qu'il eût à sa disposition toute une collection de disques récents. Même pour acheter une simple paire de chaussures en cuir, elle avait dû faire une véritable scène. Avec Xiao Zhao, c'était complètement différent : non seulement il savait apprécier aussi bien les choses les plus modernes que les anciennes, mais il connaissait tout. Elle lui donna l'ombrelle qu'elle portait et ils se dirigèrent côte à côte vers le nord du lac en suivant le rivage. Le rêve de Xiuzhen semblait déjà à moitié réalisé. L'idée du mariage ne l'avait pas encore effleurée, mais la perspective d'épouser quelqu'un comme Xiao Zhao lui paraissait plutôt séduisante. Impressionnée par l'étendue de son savoir, elle était aussi charmée par son éloquence et sa façon de rire. Elle le trouvait seulement un peu vulgaire, mais peut-être qu'en le connaissant mieux elle ne s'en apercevrait plus.

Elle et lui étaient de la même taille, avec, probablement, une légère supériorité de son côté à elle. Physiquement, Xiao Zhao était de ces vieux qui font encore jeunes, tandis que Xiuzhen faisait partie de ces enfants qui se sont développés plus vite que leur âge. Son apparence physique n'était toujours pas fixée, mais elle tenait à avoir déjà l'aspect d'une grande personne. Avec son visage rond, ses grands yeux, ses lèvres et ses fossettes, elle exerçait, qu'elle le veuille ou non, une séduction sensuelle bien réelle. Mais elle avait aussi les membres trop longs et elle marchait toujours le dos légèrement courbé, sans doute pour éviter qu'on ne lui reproche d'être trop grande. Sa robe fendue sur le côté était calquée sur celle que portait la plus célèbre étoile de cinéma de Shanghai[1] lorsqu'elle jouait les jeunes filles fortunées, mais, en même temps, elle conservait des talons plats de collégienne, et ses jambes, qui manquaient de finesse, étaient plus dignes d'une joueuse de basket que d'une actrice. Elle avait les cheveux frisés à la dernière mode, avec une grande mèche retombant sur l'œil droit. Si Tianzhen avait été une fille et sa sœur un garçon, il est vraisemblable que Zhang Dage eût été plus satisfait.

« Quand est-ce que mon frère pourra sortir ? demanda-t-elle sans plus attendre.

— Ça ne saurait tarder, j'ai déjà tout arrangé. Même si les affaires publiques ne se règlent pas du jour au lendemain, celle-ci ne va pas traîner en longueur ! Un garçon comme lui aurait dû se montrer un peu plus prudent, car, chez tout homme, un minimum de circonspection s'impose ! » Prenant alors un ton grave, Xiao Zhao enchaîna : « Tel que tu me vois, *dear*, personne, depuis mon enfance, ne s'est occupé de moi. Pourtant, je n'ai rien fait de dégradant et jamais je n'ai fourni à quiconque l'occasion de me porter tort, en dépit des malheurs et des difficultés qui s'abattaient sur moi sans que je puisse les éviter. » Il était au bord des

1. La célèbre « Butterfly » Wu.

larmes : « Les jeunes ont raison d'être romantiques, à condition de garder la tête sur les épaules. Comme nos familles sont restées traditionnelles et que nous-mêmes, nous appartenons tous à une génération moderne, il nous faut trouver un moyen de concilier les deux, en sachant être romantiques ou sages selon les circonstances. C'est la seule façon de nous en sortir et de goûter un bonheur véritable. Ainsi, dans ton cas, *dear*, une fille qui est encore au collège n'a nullement besoin de porter des talons hauts. Tu n'en portes donc pas et, dès que je l'ai remarqué, j'ai aussitôt compris que tu étais raisonnable et sensée. Moi-même, mais pourquoi parler aussi de moi ? D'ici peu tu auras appris par toi-même tout ce qui me concerne ! »

Xiuzhen était restée muette d'admiration. Elle se rappelait les lettres que lui envoyaient de simples collégiens : qu'ils étaient donc ridicules et sales, ces diables de garçons ! Incapables de parler d'autre chose, ils se bornaient à lui décerner quelques compliments, puis ils n'en finissaient pas de se raconter eux-mêmes. Immanquablement, ils évoquaient le conflit qui les opposait à leurs familles : c'était donc là tout ce qu'ils connaissaient du monde et de la vie ! L'homme qu'elle avait en face d'elle leur était tellement supérieur ! Non seulement il comprenait tout, aussi bien l'ancien que le moderne, mais il n'avait jamais plié devant tous les malheurs qui lui étaient arrivés ! Non, elle n'allait pas se contenter de s'amuser avec lui pour le plaisir : quelque chose en elle lui disait qu'il arrive toujours un moment où une jeune fille devient une femme et doit se marier. Dans son cas personnel, elle pensait que ce serait sûrement avec quelqu'un sur qui elle pourrait compter, avec un homme comme lui et pas avec un de ces collégiens miteux qui lui écrivaient des lettres d'amour. Depuis qu'il lui avait fait l'éloge de ses talons plats, elle trouvait même du charme à ses grands pieds. Mais, face à quelqu'un qui comprenait tout, elle craignait de poursuivre la conversation, de peur de ne pas se montrer à la hauteur ; elle ignorait tant de choses, même parmi les plus simples ! Ce qu'elle faisait au collège, de toute évidence, ne présentait aucun intérêt. Quant aux histoires de sa famille, elle les connaissait mal et ne trouvait rien à en dire. Tandis que lui, en revanche, pouvait probablement parler de n'importe quel sujet ! Elle n'était qu'une simple joueuse de basket, impressionnée par le personnage important qui s'adressait à elle. Allons, autant lui parler à nouveau de Tianzhen : « Est-ce que je pourrai retourner voir mon frère ?

— Déjà, la fois où nous y sommes allés, ils n'ont pas été contents. Une seconde visite risque de les importuner, d'autant qu'il va bientôt sortir.

— C'est que je voulais lui apporter des chewing-gums !

— C'est très simple : je trouverai un moyen de les lui faire parvenir », répondit Xiao Zhao, qui regarda longuement le ciel avant d'ajouter : « Quelques fruits en plus conviendraient assez bien, non ? Tu n'as qu'à me confier le tout et je trouverai quelqu'un pour le lui porter, car il vaut mieux que nous n'y retournions pas nous-mêmes. »

Ils s'assirent à une table dans le coin ouest du célèbre ensemble des Cinq Pavillons en forme de dragon. Xiao Zhao commanda du soda, des rhizomes de lotus et des noix fraîches. Xiuzhen hésitait à se servir : il lui était arrivé à plusieurs reprises de croquer dans les fruits de ses compagnes de classe, mais c'était la première fois qu'un homme lui offrait quelque chose à déguster. Dans les lettres d'amour qu'elle recevait de ses misérables correspondants, elle n'avait jamais trouvé qu'un signet ou bien des fleurs séchées. Aucun de ses soupirants n'aurait eu la libéralité de l'inviter comme venait de le faire Xiao Zhao. Aussi elle sentait qu'elle ne pouvait pas refuser de se servir. Elle se rappelait s'être déjà promenée dans ce parc avec ses parents : ils avaient même bu du thé, mais vraiment aucune comparaison n'était possible ! Dans le cas présent, tout ce qu'elle mangeait ou buvait avait une saveur infinie et elle avait l'impression que ce moment unique serait suivi de milliers d'autres : qui sait si elle ne passerait pas ainsi toute sa vie à festoyer et à rire en compagnie de Xiao Zhao ? D'ordinaire, lorsqu'elle se promenait dans le parc, elle évitait les Cinq Pavillons, tellement elle avait peur des vieilles statues qui occupaient, à l'ouest, la grande salle délabrée du temple. Et voilà qu'elle se trouvait en ce lieu sans la moindre appréhension ! Il faut dire qu'avec un compagnon aussi prévenant et agréable, elle n'avait rien à craindre. Elle saisit entre les doigts une tranche de rhizome de lotus d'une blancheur immaculée et la porta à ses lèvres. Souriant à son vis-à-vis, elle ne savait trop que lui dire.

Xiao Zhao lui tendit la perche : « Au collège, les examens vont bientôt commencer ? Pour ma part, je serais bien incapable de les repasser, même si je les préparais à mort : je ne me rappelle rien des matières que j'ai apprises ! »

Constatant qu'il y avait au moins un point sur lequel elle lui était supérieure, la jeune fille se sentit soulagée. Elle se mit aussitôt à parler de son collège. Elle mangeait tout en bavardant, et, à voir sa dextérité à ingurgiter ce qu'elle avait devant elle, elle n'éprouvait plus aucun scrupule à se retenir. Lorsque, en plus, il commanda des gâteaux, elle protesta, mais elle se dit qu'elle ferait bien de commander à son tour quelque chose pour lui. Oui, mais quoi ? Dans l'ignorance, elle préféra renoncer à son idée. Une chose était certaine : elle ne toucherait pas aux gâteaux, elle n'avait plus faim ! Elle songea alors qu'il était temps de regagner le collège, car les examens étaient proches ! Par ailleurs, elle craignait d'être vue en compagnie de Xiao Zhao. Après tout, c'était sans importance, puisqu'il s'agissait d'un des meilleurs amis de son père et que le but de leur rencontre était de parler du sort de Tianzhen : même si ses parents la voyaient, elle trouverait toujours un moyen de s'expliquer.

Décidée à rester là, elle était vissée sur sa chaise, mais le rouge lui montait malgré elle au visage.

Elle regarda les petites libellules qui volaient juste au-dessus de l'eau : d'un coup d'aile, elles se posaient sur une corolle de nénuphar où elles s'attardaient avant de s'envoler à nouveau. Sur le pont au sud du lac, elle apercevait une circulation intense de passants et d'attelages : on aurait dit une peinture, mais vivante. En dessous du pont, on voyait plusieurs barques : les hommes, en costume blanc, étaient penchés sur les avirons, tandis que leurs passagères s'abritaient sous leurs ombrelles de toutes les couleurs. La scène qu'elle avait sous les yeux était à la fois paisible et pleine de passion. Chargée de tout le parfum des fleurs aquatiques, une légère brise lui effleura le visage. Reprenant ses esprits, Xiuzhen observa Xiao Zhao : il avait lui-même les yeux fixés sur ses deux petites fossettes. Leurs regards se rencontrèrent, s'immobilisèrent et ne se séparèrent plus jusqu'à ce que le serveur vienne enlever les bouteilles de soda.

« Allons-nous faire un tour en bateau ?

— C'est qu'il faut que je rentre !

— Nous n'allons pas prendre un de ces vieux canots : je vais de ce pas au bureau du Conseil d'administration pour en demander un qui soit en bon état ! »

Elle ne lui avait toujours pas répondu, mais c'était lui qui portait son ombrelle.

Leur bateau s'arrêta sous les saules, elle garda pourtant son ombrelle ouverte pour regarder son propre reflet dans l'eau : elle vit ainsi des petits poissons qui lui flottaient en plein milieu du visage.

La partie de canotage s'étant prolongée, elle

décida de rentrer à son collège. Xiao Zhao l'en empêcha, en prétendant qu'ils devaient absolument dîner ensemble. Elle se sentit gênée. Mais elle voyait bien que celui qu'elle avait en face d'elle ne la considérait pas comme une jeune collégienne. Pour l'inviter, il avait au contraire mis toutes les formes et semblait la prendre vraiment pour une adulte : elle aurait cru entendre les termes mêmes que son père employait pour retenir des amis à dîner. Elle ne pouvait donc refuser. Elle n'allait tout de même pas se montrer obstinée comme une petite fille alors qu'on la traitait comme une grande personne. Il fallait accepter !

Pour commander les plats, régler l'addition et distribuer les pourboires, Xiao Zhao avait une aisance et un naturel qui firent l'admiration de Xiuzhen. Rien à voir avec ces camarades fauchés qui sortaient honteusement leur argent de leurs poches. À tous points de vue, elle se sentait très inférieure à lui : lui au moins il comprenait tout. Après le repas, lorsqu'il lui fallut pour de bon regagner son collège, non seulement il ne fit rien pour l'en empêcher, mais il se rallia à son avis, et ils se séparèrent dans le parc, en se serrant simplement la main, elle prenant la direction du sud et lui celle du nord. Il n'avait même pas insisté pour la raccompagner jusqu'à la sortie. Jamais elle n'avait rencontré un être aussi compréhensif !

Pourtant, dès qu'il eut tourné les talons, elle se sentit subitement beaucoup plus légère et se mit à marcher plus vite, comme si la grande personne qu'elle avait l'impression d'être l'instant d'auparavant avait disparu au profit de la jeune joueuse de basket, toute sautillante de joie au cours des matches. Elle n'avait pas pour autant oublié Xiao Zhao, mais, en son for intérieur, elle éprouvait une certaine crainte à son égard... sans pouvoir dire ce qui, chez lui, la gênait. Elle était encore tout excitée au souvenir des excellents moments passés en sa compagnie. Son rêve s'était réalisé ! Non, décidément, elle n'avait rien à redouter de sa part. C'était stupide ! Il n'avait pas eu une parole, un geste déplacés : ce ne pouvait être qu'un honnête homme. Et puis, il était si gentil ! Elle méditait tout en marchant. Soudain, elle s'arrêta, comme si elle avait perdu quelque chose. Palpant ses vêtements, elle réfléchit un moment : non, elle n'avait rien perdu ! Elle aperçut dans l'eau le reflet de son ombrelle, puis, en se penchant, celui de son visage : celui-ci était toujours le même, avec ses joues pleines et un peu roses autour des fossettes.

Elle pouvait donc le fréquenter sans danger. Sa mère lui avait recommandé d'être très prudente avec les hommes. Mais, parmi ceux-ci, des distinctions s'imposaient, et Xiuzhen ne voyait pas le péril qu'elle pouvait courir en sortant avec un homme sérieux comme Xiao Zhao. Elle se redressa et rejeta ses cheveux en arrière. Juste derrière elle marchait un couple : le mari, beaucoup plus âgé que la femme, portait dans ses bras un beau bébé de quelques mois. En voyant le superbe nourrisson, la jeune fille eut envie de le prendre et de le serrer contre elle. Le mariage était certainement quelque chose d'attrayant. À la voir, la jeune femme ne semblait guère plus âgée qu'elle ; elle avait des poignets très fins, mais le lait lui gonflait les seins. Le contraste entre le gros bébé et sa maman toute menue était drôle ! Tournant son visage, l'enfant sourit à Xiuzhen, qui, tout de suite après, crut entendre la petite bouche dire « non » par deux fois. Elle se sentit si gênée qu'elle courut tout droit devant elle comme elle le faisait sur un terrain pour s'emparer d'un ballon. Arrivée au bas du Dagoba blanc, elle trouva un gros rocher sur lequel elle s'assit, en proie aux sentiments mêlés qui se pressaient dans son cœur. Elle eut envie de boire et descendit en courant jusqu'à la buvette, où elle se fit servir deux bols de bon jus de prunelle.

De son côté, Xiao Zhao était loin d'avoir le cœur en veilleuse ; ses yeux ressemblaient à des haricots qu'on aurait fait sauter dans une poêle. Il trouvait décidément bien utile d'avoir un cœur comme le sien et sa vue ne lui semblait même pas si mauvaise que ça. Pour récompenser ses yeux qui l'avaient si bien servi, il se promit d'acheter des lunettes, tout en se disant : « Jeune comme elle est, il est à craindre qu'elle soit plus agréable à regarder qu'à consommer ! » Qu'importe ! Il commencerait par s'amuser un peu avec elle ! Pour acheter un fruit mûr, il fallait compter au moins deux cents yuans, et le « conditionnement » demandait du temps. Ce produit-là était certes un peu vert, mais il ne lui avait coûté que le prix de deux bouteilles de soda et d'un repas. En outre, une fille comme elle n'avait pas besoin qu'on la mette en condition :

elle était naturellement « belle ». Les temps avaient drôlement changé ! Voilà que les étudiantes paraissaient plus éclatantes que les filles les plus expérimentées et éliminaient de la compétition les professionnelles les mieux parées ! Avec un petit corsage de coton blanc ou une simple robe fendue sur le côté, elles surclassaient même en beauté les pensionnaires des bordels les plus chic !

Xiao Zhao pensa que, s'il ne voulait pas être en retard sur son temps, le moment était venu pour lui de goûter à la fraîcheur de la jeunesse. Il songea à tous ces imbéciles du bureau, incapables de comprendre une chose aussi simple, et il se dit : « Toi, au moins, tu es intelligent ! Tout ce que tu sais, tu l'as découvert tout seul. Non seulement tu es capable de te débrouiller avec une fille de seconde main ou de réconforter les concubines des autres, mais maintenant te voilà à même de séduire les petites étudiantes ! Tu n'as pas eu besoin de leçons ! Que le diable t'emporte si un de ces jours au Quartier des Légations tu ne lèves pas une jeune étrangère ! Quand on fait travailler un peu ses méninges, on parvient toujours à tout de ce qu'on entreprend ! »

Mais, au souvenir de ce que ses collègues s'étaient permis à son égard, il éclata de rage : « Salaud de Lao Wu, je te laisse tout au plus un mois pour t'amuser encore avec cette fille pourrie ; après quoi, si je ne trouve pas le moyen de t'expédier au fin fond des enfers, je serai le dernier des couillons ! Mais je vais d'abord te faire divorcer d'avec ta femme, puis je récupérerai la fille et je la revendrai ; même si je dois y laisser quelques yuans, au moins je me serai bien vengé ! Tu ne perds rien pour attendre : je ne m'appellerais pas Xiao Zhao si je ne devais pas vous réduire en bouillie, toi et les tiens ! »

Zhao n'aimait pas l'ancien militaire mais il détestait encore plus Lao Li, qu'il tenait pour « le roi des salauds » : « Dis-moi, *my dear*, tu prétends être plus puissant que moi ? Eh bien ! Je vais t'apprendre ce qu'il en coûte de ne pas collaborer avec M. Zhao, le Seigneur et Maître Zhao ! Tu n'oserais tout de même pas t'opposer directement à moi ? Espèce de chien, faut-il que tu sois aveugle ! Tu ne crois tout de même pas que tu vas travailler longtemps à la Direction des Finances si tu continues à refuser de me saluer ? Ça alors ! Dire que tu es encore venu tout récemment me chercher noise et m'interdire de toucher à Xiuzhen ! J'imagine d'ici la figure que tu feras quand tu sauras que la fille est déjà tombée entre mes mains, que c'est avec elle que je dépense tes deux cent cinquante yuans et qu'enfin la maison de Zhang ne va pas tarder à me revenir !

« Quant à toi, tu n'as pas fini de déguster ! Je demanderai d'abord à Mme Wu de venir te faire une grande scène au bureau, puis je lui dirai d'aller s'établir chez vous pour six mois ou un an. Le patron te protège ? Eh bien, on va voir qui de nous deux finira par l'emporter. Pour épouser Xiuzhen, j'attendrai même que tu sois révoqué et je t'enverrai un carton d'invitation ! Tu veux tenir tête à Xiao Zhao ? Tu es vraiment inconscient ! Ne sais-tu pas le brillant avenir qui attend celui qu'on n'appellera plus que Seigneur et Maître Zhao ?

Avec la seule Xiuzhen comme atout, je peux très bien me retrouver Directeur ! Tu ne me crois pas, peut-être ? Eh bien, c'est que tu ignores sans doute comment le maire actuel a obtenu sa place. Du reste, comment le saurais-tu, mon pauvre trésor ? Un peu de patience, tu verras ce dont Xiao Zhao est capable ! En te remerciant encore de ton argent, j'attends tout spécialement le jour où je pourrai de même te remercier de ton cadeau de mariage, et je compte bien que tu ne nous enverras pas seulement des sentences parallèles, c'est compris, collègue ? »

Xiao Zhao avait mangé deux ice-creams, mais ce qu'il avait dans le cœur lui faisait autant plaisir que la glace au fond de son estomac.

CHAPITRE XVI

Lao Li était très heureux de pouvoir se balader en ville tout l'après-midi avec son fils. Pour une fois qu'il s'absentait du bureau sans en avoir fait la demande, et oublieux de ses soucis domestiques, il ne songeait qu'à emmener l'enfant se distraire un peu partout. Il s'était rendu nettement compte que, dans le monde où il vivait, la seule solution était d'esquiver les difficultés sans aucun scrupule ; tout consciencieux qu'il était dans la pratique de cet art, Zhang Dage lui-même avait échoué. Il avait donc décidé de tout envoyer promener pour se donner du bon temps en compagnie de Ying. Lorsqu'ils eurent dîné, l'enfant était tellement recru de fatigue qu'il n'arrivait plus à ouvrir l'œil. Lao Li, qui n'avait nulle envie de regagner son logis, ne savait que faire de lui. « Rentrons quand même ; elle fera autant de boucan qu'elle voudra. Je ramène d'abord le petit, puis j'aviserai. Si ce n'est pas tenable, je pourrai toujours aller passer la nuit à l'hôtel, aucun problème. »

La jeune Ma était devant la porte de la cour, tenant Ling par la main. Le visage illuminé par les rayons du couchant, elle était vêtue d'une robe blanche ; la fillette portait une veste rouge à manches courtes. « Ne voilà-t-il pas un nénuphar blanc avec un bouton rouge ? » pensa-t-il. Ling se jeta dans les bras de son père, tandis que Ying courait vers la tante Ma. « Où êtes-vous donc allés, pour vous être absentés si longtemps ? » C'est au garçon qu'elle posait la question, tout en s'adressant naturellement aussi au père. Il souleva la fillette : « Nous sommes allés nous distraire. Puisqu'on n'a pas la paix à la maison, on est allés en ville. » L'idée : « Je m'en fiche éperdument », suggérée par le ton de ses paroles, était démentie par son regard. Les yeux de la jeune femme, rencontrant les siens, avaient vite perçu ce désaccord. Il le reconnaissait lui-même : non, il ne pouvait badiner avec la vie ; il avait beau chercher la dérobade, vouloir se ficher de tout, il n'y arrivait pas. Il savait qu'elle le comprenait.

« Ling, est-ce que maman fait toujours des sottises ? demanda-t-il en se forçant à rire.

— Maman a les joues toutes gonflées, elle ne mange rien, répondit Ling en donnant de petites tapes à son père. Papa, je te bats ! C'est toi qui fais enrager maman, et pas moi ! Je ne peux plus te sentir, oh, plus du tout ! » Elle se boucha le nez avec sa menotte.

Lao Li se mit de nouveau à rire, mais il hésitait toujours à franchir le seuil.

« Vous pouvez rentrer, plus rien à craindre ! » La jeune voisine lui adressa un sourire espiègle comme s'il s'agissait de se moquer de lui.

Le front couvert de sueur, Lao Li avait plutôt

envie de poser l'enfant à terre et de s'enfuir en courant trois jours et trois nuits, jusque dans une montagne déserte pour y vivre en sauvage. Pourtant, il finit par entrer dans la cour, tenant sa fille dans ses bras. Ying le suivit, tandis que la voisine restait debout dans la rue. Il se retourna pour jeter un regard sur elle : ses petites nattes avaient disparu et ses cheveux, parfaitement coupés, l'embellissaient encore.

Mme Li était toujours étendue dans la chambre. Ying vint lui faire une relation complète de leur promenade sans obtenir la moindre réaction.

« Papa, est-ce que tu m'as acheté quelque chose de bon ? » demanda Ling.

Il avait oublié. Une idée lui vint subitement à l'esprit : « Attends un peu, papa va t'acheter quelque chose de très bon. » Il posa l'enfant par terre et sortit en courant. Quand il arriva sous la voûte de l'entrée, la jeune femme venait de fermer la porte et se dirigeait vers l'intérieur de la cour.

« Où allez-vous encore ? dit-elle en s'écartant sur le côté.

— Je vais m'absenter pendant quelques jours ; je reviendrai quand ma femme sera de meilleure humeur. Je ne peux plus supporter toutes ces disputes !

— Ce serait stupide de votre part !

— Comment ? » rétorqua-t-il à voix basse, mais sur un ton irrité, comme s'il voulait entamer une querelle.

Un instant interloquée, elle reprit :

« Ne partez pas, quand ce ne serait que pour moi.

— Comment ? »

Cette fois, le mot était prononcé sur un ton beaucoup plus doux.

« J'ai reçu une lettre de mon mari, il me dit qu'il va rentrer bientôt. Nous aurons sûrement une scène.

— Comment ?

— C'est qu'il va certainement ramener cette femme.

— Il le dit dans la lettre ?

— Non.

— Comment l'as... l'avez-vous vu ?

— Je le sens, il va sûrement la ramener, et nous ne manquerons pas de nous chamailler ! »

Malgré l'obscurité qui régnait sous la voûte, il vit que le sourire de la jeune femme n'était pas très naturel non plus.

« D'accord, je ne pars plus ; j'attendais précisément quelqu'un avec qui me bagarrer ! Vous n'avez plus rien à craindre.

— Je ne vois pas ce que j'aurais à craindre. Mais, s'il y a un homme dans la maison, ça empêchera peut-être mon mari de se déchaîner.

— Il s'emporte facilement ? »

Elle acquiesça d'un signe de tête.

« Eh bien, vous voulez toujours vous en aller ?

— Je vais acheter quelques friandises pour ma fille, et je reviens tout de suite. »

Il rouvrit la porte qui laissa pénétrer les derniers rayons du soleil couchant. La rue et le monde entier avaient changé de figure, l'air était inondé d'une teinte et d'un parfum des plus romantiques.

À la Direction des Finances se présenta une visiteuse dont le corps était constitué d'un énorme bloc cubique, surmonté d'une boule blanche qu'on aurait crue retirée à l'instant d'un bain de lait de chaux. Elle voulait voir le Directeur. Quand le concierge lui demanda le motif de sa démarche, la boule blanche ne souffla mot ; mais, comme il refusait de l'annoncer, il reçut aussitôt une claque. Couvrant sa joue d'une main, il courut auprès du Directeur qui se mit à rouler des yeux : « Appelle les gendarmes pour qu'on la fiche à la porte. » Puis il réfléchit qu'il ne convenait pas d'offenser une femme à l'époque où l'on prônait l'égalité des sexes, d'autant qu'on ignorait l'identité de la visiteuse. « Prie M. Zhao de la recevoir à ma place. »

Xia Zhao se rendit, tout guilleret, à la salle de réception. Quelle aubaine, de rencontrer une personne du beau sexe ! Mais, quand il la vit entrer, il écarquilla les yeux : c'était Mme Wu !

« Eh bien, tu m'as conseillé de venir faire un esclandre. Me voilà ! Dis-moi comment je dois procéder. »

Elle prit un siège. Dans l'intention de protéger son supérieur, le concierge restait debout à son côté, enregistrant ce préambule.

« Li Shun, tu peux t'en aller ! ordonna Xiao Zhao.

— Bien ! »

L'employé n'avait pas du tout envie de sortir, mais il dut obtempérer.

« Ma chère cousine, tu es la plus lamentable des

imbéciles ! s'écria Xiao Zhao après avoir éconduit l'indésirable sur lequel il referma la porte. Est-ce que je ne t'ai pas dit de t'adresser au Directeur ?

— Il a refusé de me recevoir ; qu'est-ce que je pouvais faire ?

— Tu n'avais qu'à te mettre à hurler devant le portail : "Que le dénommé Li se présente devant moi ! C'est lui qui a évincé M. Wu pour toucher double traitement ! Et c'est encore lui qui l'a incité au divorce ! Je veux en finir avec lui !" Après quoi, tu aurais dû attacher une corde au chambranle pour simuler une pendaison. Même si tu ne réussissais pas à rencontrer le patron, ton engueulade avait des chances de parvenir à ses oreilles ! Ce n'est pas seulement lui, mais toute la direction qui aurait été mise au courant des manigances de Lao Li. Même s'il n'était pas révoqué, il aurait dû s'effacer de lui-même. Tu es la dernière des imbéciles. À quoi bon venir me voir ?

— Mais je ne le voulais pas ! C'est toi qui m'attendais dans cette pièce.

— Hélas, tout est fichu ! Dépêche-toi de déguerpir, je chercherai un autre moyen. De toute façon, il faut en finir avec ce type-là ! Va-t'en ! Attends-moi chez toi. »

Le sourire aux lèvres, Xiao Zhao reconduisit très protocolairement la visiteuse jusqu'au portail et lui dit en s'inclinant avec respect : « Au revoir, madame Wu. Je ferai un rapport circonstancié à M. le Directeur. Ayez le cœur en paix. » Puis il se retourna : « Li Shun, viens par ici ! Si tu laisses filtrer un seul mot de cette affaire, gare à ta peau ! »

Xiao Zhao était au comble du découragement.

Que son projet aboutît ou non, ça lui était bien égal ; mais la stupidité des gens le mettait hors de lui. Ainsi, Mme Wu n'était même pas capable de pousser des cris devant le bureau. À quoi lui servait d'être aussi corpulente ? Au premier boulet, le coup avait fait long feu. Comment cette bande d'abrutis aurait-elle pu réussir la moindre chose ? On avait beau tout leur apprendre, de A à Z, ils finissaient toujours par tout foutre par terre. Xiao Zhao souhaitait mettre au point une méthode éducative, afin d'imposer de nouveaux modes d'entraînement à ces imbéciles. « Patience, se dit-il, nous aviserons quand je serai nommé ministre de l'Instruction publique ! »

Lao Li avait déclaré la guerre à sa femme et rompu toute relation avec elle. Trois jours durant, ils ne s'adressèrent pas la parole, mais cela ne le préoccupait nullement. Il n'attendait qu'une chose, le retour du fils Ma, afin de pouvoir enfin observer quelle était la physionomie de ce séducteur, et cette idée fixe l'empêchait de souffrir de la solitude, même s'il ne trouvait personne à qui parler. À part cela, il s'inquiétait aussi de Zhang Dage. Quel vilain tour Xiao Zhao cachait-il encore dans son sac ? Tianzhen n'était toujours pas libéré ! Et Zhang lui inspirait de la pitié : à deux mains, le malheureux présentait sa vie entière en offrande, mais elle finissait par s'écouler comme de l'eau entre ses doigts. Pourquoi lui avoir enlevé précisément son fils ? Même si un incendie avait détruit sa maison et carbonisé ses meubles de palissandre, il aurait pu se remettre sur pied. Même s'il avait été réduit à gagner sa vie en disant la bonne aventure dans les rues, vêtu d'une vieille tunique, il aurait toujours eu souci de sa propreté et gardé son amabilité. Tant et si bien qu'il aurait pu économiser de quoi acheter une autre maison. Mais son fils, c'était une tout autre histoire ! Bizarre qu'un tel fils ait pu mettre Zhang dans cet état de prostration dont il n'essayait même plus de sortir. « Si Ying avait disparu, que deviendrais-je ? se demanda Lao Li. Je m'en affligerais, bien sûr, mais pas outre mesure, peut-être parce que je n'appartiens pas à la même génération que mon collègue ; peut-être aussi parce que notre amour conjugal laisse à désirer ; peut-être enfin parce que Zhang est plus bourgeois que moi. Mais ce n'est pas tout ça, allons plutôt lui faire une visite. »

Depuis que la capitale avait été transférée de Pékin à Nankin [1], le quartier de Xidan devenait de plus en plus florissant, bien que l'état réel de sa puissance économique fût loin d'être comparable à celui du marché couvert de Dong'an. Ce dernier, investi en sous-main par des capitalistes étrangers, pouvait presque s'afficher comme la zone aristocratique de la ville ; tandis que Xidan, exploité par la bourgeoisie indigène, conservait encore certains aspects populaires, tels que les éventaires des marchands de grosses galettes, de nouilles au coulis de soja... C'est pourquoi, aux yeux des gens ordinaires, ce quartier présentait un aspect plus sédui-

1. En 1928. La ville est redevenue capitale seulement en 1949.

sant, parce qu'on y retrouvait davantage de couleur locale. On n'avait pas encore songé à y construire un Hôtel de Pékin ou un grand building pour une compagnie étrangère. Serveuses de café, marchandises japonaises des grands magasins, étudiants et étudiantes cherchant à se distinguer par leurs canotiers tout neufs ou leurs chaussures de tennis blanches, fruits et légumes de toutes sortes, canards laqués, petits pains à la vapeur farcis de viande de mouton, fleurs de glaïeuls et de tubéreuses, tout cela composait un merveilleux tableau vivant à la fois désordonné et reposant, animé sans trop d'excès, insolite et en même temps banal.

C'est surtout à l'approche du soir qu'affluaient les jeunes filles vêtues de leurs plus belles robes d'été à fleurs. Les marchands de jus de prune acide faisaient tinter leurs timbales de cuivre au son clair et vif, tandis que les vendeurs de pastèques poussaient leur cri traînant et modulé. Parfois, une brise fraîche survenait. Le reflet du soleil n'avait pas encore disparu dans le ciel que les lampes électriques s'allumaient déjà dans les magasins. Les odeurs dégagées par la masse humaine, l'aigreur de la transpiration mêlée au parfum des fards et de l'eau de Cologne donnaient une sensation d'ivresse et de bien-être à la fois, procurant quelque plaisir même à ceux qui n'avaient pas un sou en poche. Quant aux riches, assis dans les pousses, ils se voyaient obligés de rouler au milieu de la chaussée goudronnée, frôlant les tramways d'où s'exhalaient des relents de sueur, et ils se dirigeaient vers l'avenue de la Paix éternelle, dans le vacarme des timbres et des avertisseurs.

Lao Li n'avait aucun goût pour ce spectacle. Il détestait le désœuvrement et l'agitation de la classe moyenne et pensait que son âme à lui recelait quelque noblesse cachée. Il marchait au bord de la chaussée pour éviter la bousculade de la foule qui envahissait les trottoirs. Comme il arrivait près du *hutong* qu'habitaient les Zhang, quelqu'un saisit son bras droit : c'était Ding Erye.

« Ah, monsieur Li ! » La langue de Ding semblait pâteuse, sa figure était toute rouge, il s'agrippait au bras de Lao Li en le secouant. « Monsieur Li, encore une fois je me promène pour dissiper les vapeurs de l'alcool ! J'ai encore bu, un tout petit peu. Monsieur Li, la dernière fois, c'est vous qui m'avez invité, je vous en suis toujours reconnaissant. Aujourd'hui, c'est la deuxième fois, je m'en souviens bien, et même très bien. Mais j'ai encore soif, car je suis préoccupé par une affaire, une affaire qui me tient à cœur », dit-il en se désignant la poitrine.

Lao Li flaira instinctivement quelque chose d'étrange ; tout en le tirant et en le poussant, il l'entraîna dans un petit restaurant.

Ding vida deux coupes et sa physionomie perdit brusquement son aspect ordinaire ; même les pointes de ses sourcils, habituellement très recourbées, se redressèrent.

« Monsieur Li, Xiuzhen ! » Il approcha sa bouche de l'oreille de son interlocuteur, sans baisser cependant sa voix dont l'intensité creva les tympans de Lao Li. « Xiuzhen !

— Qu'est-il arrivé à cette pauvre fille ? demanda Lao Li qui profita de l'occasion pour s'éloigner de la bouche de son convive.

— Je connais les femmes, je les connais très bien. Je vous ai raconté ma propre expérience ? » Lao Li acquiesça d'un signe de tête. « Je sais donc observer leurs yeux, leur allure, et mon regard ne me trompe pas. » Il se hâta d'avaler encore une rasade. « Quand Xiuzhen est rentrée à la maison aujourd'hui, rien qu'à voir ses yeux, son expression, j'ai tout compris. Les jeunes filles qui attendent le mariage ont un air spécial, celles qui se lancent dans une amourette en ont un autre, je sais les distinguer. Cette petite a grandi dans mes bras depuis sa plus tendre enfance, maintenant... »

Hochant la tête, Ding se tut, plongé dans les souvenirs d'antan.

« Et maintenant, que lui est-il arrivé ? »

Lao Li était impatient de savoir le reste de l'histoire.

« Hélas ! » Un soupir tomba des lèvres de Ding en même temps que sa coupe. « Hélas ! Dès qu'elle a franchi le seuil je me suis aperçu qu'il y avait quelque chose de louche, de drôlement louche. Elle ne marchait pas comme d'habitude mais elle avançait en se dandinant ; elle souriait, les yeux fixés sur ses grands pieds ! Il y avait en elle quelque chose qui n'allait pas ! Mes oiseaux s'en sont aperçus eux aussi ; subitement, ils se sont mis à chanter, oui, subitement ! Je l'ai fait entrer dans ma chambre, où elle n'était pas venue depuis bien longtemps. Lorsqu'elle était petite, elle venait à tout moment chercher son tonton Ding, la petite coquine ! Je l'ai interrogée très gentiment. Elle m'a avoué son histoire avec Xiao Zhao.

— Qu'y a-t-il entre elle et Xiao Zhao ? »

Les yeux de Lao Li, qui semblaient ne jamais pouvoir s'ouvrir complètement, devinrent tout ronds.

« Ils sont sortis ensemble plus d'une fois, oui, plus d'une fois déjà !

— Rien d'autre ?

— Pas encore, mais ça arrivera vite. Xiuzhen n'est pas de taille à lui résister.

— Hé !

— Hélas, les femmes ! reprit Ding en secouant la tête, les femmes sont à la fois trop faciles et trop difficiles. Quand elles sont faciles, c'est comme un melon trop mûr qui cède dès qu'on le touche ; mais quand elles sont difficiles, c'est plus ardu que d'atteindre le ciel. Je réfléchis souvent parce que je n'ai rien à faire ; dans mes moments de loisir, je me mets à réfléchir, mes oiseaux m'aident à méditer : à moins qu'un jour les relations entre hommes et femmes ne deviennent tout à fait libres, il n'y aura jamais d'harmonie dans leurs rapports. Si les époux doivent rester strictement attachés l'un à l'autre, il y aura toujours des drames. Voilà le résultat de mes réflexions. »

Lao Li éprouvait une grande admiration pour son interlocuteur, mais il n'avait pas le temps de prolonger ce genre de discussion.

« Que faut-il faire ?

— Que faire ? J'ai bien une idée, sinon je n'aurais pas recommencé à boire. À notre époque où les hommes et les femmes ne peuvent pas encore s'aimer librement, dès que les enfants commencent à flirter, ils inquiètent leurs parents. Nous devons aider Zhang Dage. Si Xiuzhen s'enfuit avec Xiao Zhao, j'en suis sûr, Zhang Dage deviendra fou, aucun doute là-dessus. J'ai mon idée : flanquer une bonne raclée à Xiao Zhao. S'il s'agissait d'un homme honnête, les choses seraient différentes, Xiuzhen pourrait l'épouser si elle en avait le désir. Quand une fille est tombée amoureuse, on ne peut pas la dissuader, c'est impossible, j'en ai l'expérience. Mais Xiuzhen est encore trop jeune. Elle m'a dit qu'elle trouvait Xiao Zhao amusant. Amusant, Xiao Zhao ? Je vais cogner sur ce type ! Il y a vingt ans, dans mon propre cas, le tort que j'ai eu fut de ne pas cogner. Voilà bientôt vingt ans que Zhang Dage me nourrit ; je dois lui témoigner ma reconnaissance, je lui dois au moins ça ! Je vais aller flanquer une raclée à Xiao Zhao !

— Et après la raclée ? demanda Lao Li.

— Je le battrai jusqu'à ce que mort s'ensuive car, tant qu'il aura un souffle de vie, l'histoire risque de se prolonger : plus on le maltraitera, plus elle l'aimera, voilà les femmes. Mais si je l'expédie au Ciel avec une bonne raclée, elle l'oubliera en dix ou quinze jours. C'est la meilleure méthode, et la plus sûre. Quant à la raisonner, pas possible !

— Et vous-même ? demanda Lao Li avec sollicitude.

— S'il meurt, est-ce que je pourrai songer à vivre ? Est-ce que j'aurai encore le goût d'exister ? Je n'en aurai plus aucune envie, plus du tout ! Les vingt dernières années ont été de trop pour moi, sans aucun intérêt. Videz une coupe, monsieur Li ;

ce sera la dernière que je viderai avec mon meilleur ami. À votre santé ! »

Lao Li vida une coupe en sa compagnie.

« C'est bien d'accord, monsieur Li. Maintenant, je dois m'en aller. » Ding ne bougeait pas pour autant. Il réfléchit un instant, une main couvrant sa coupe. « Ah, mes pauvres serins ! Quand je serai... monsieur Li, je vous prie d'en prendre soin, ils pourront amuser vos enfants. Voilà, je n'ai plus aucun autre souci ! »

Lao Li avait envie de lui serrer très fort la main, mais il restait immobile, plongé dans l'hébétude.

Ding Erye fit quelques pas en vacillant, puis revint : « Monsieur Li, dit-il, le visage encore plus rouge. Monsieur Li, prêtez-moi un peu d'argent, pour le cas où je devrais acheter une arme. »

Lao Li n'avait plus envie d'aller voir Zhang Dage. Les propos de Ding Erye étaient comme incrustés dans son cerveau ; il ne savait s'il devait admirer cet homme ou avoir pitié de lui. Mais il n'avait nullement l'intention de le dissuader de son projet, comme si le dessein de punir Xiao Zhao était la meilleure chose qui pût exister dans le monde. Il éprouvait cependant un peu de honte : pourquoi n'allait-il pas lui-même se mesurer avec Xiao Zhao ? L'unique réponse qu'il avait à fournir c'était que, retenu par la charge de sa famille, il ne pouvait risquer sa vie ; ce n'était pourtant pas le courage qui lui manquait ! Mais l'épouse qu'il avait valait-elle l'abandon de ce projet ? Allait-il rester toute sa vie un homme médiocre, sans avenir et sans fierté ? Loin d'égaler Ding Erye, il n'était lui-même qu'un déchet vivant, maintenu par un faible souffle. Il n'osait offenser personne, pas même Xiao Zhao, et tout ça pour cette famille désunie, pour cette femme à laquelle il n'avait pas adressé la parole depuis trois jours ! Plus il se méprisait, plus il avait l'impression de se mal connaître. Que savait-il faire, au fond ? — Rien. Ses connaissances ? Elles ne semblaient pas avoir beaucoup de rapport avec la vie ; elles ne lui servaient à rien au bureau. Sa pensée, sans débouché sur l'action, ne pouvait que le conduire à l'égarement. Ce dont il était le plus fier, c'était de son cœur généreux ; mais la bonté était-elle un critère ? Quelle en était l'utilité ? Si un cœur généreux devait le rendre lâche, complaisant aux usages mondains, prêt à la compromission, mieux valait avoir un cœur méchant.

Tête baissée, il marchait lentement, baigné dans la lumière du crépuscule. Les bruits et les mouvements de la rue, confus et désordonnés, lui semblaient dépourvus de tout intérêt. Il atteignit le pied de la muraille nord de l'enceinte ; à la vue du mur tout noirci, il prit conscience de son existence et eut l'impression de se trouver devant un poteau indiquant une impasse. Il s'arrêta, leva la tête pour regarder les étoiles au-dessus du mur. Aux alentours, plus personne ne se faisait entendre et les lumières étaient plutôt rares. On aurait dit que les saules pleureurs allaient s'endormir, tandis que les étoiles brillaient d'un éclat tout particulier. Il avait pénétré dans un autre monde sans habitants, sans disputes ennuyeuses, sans chansons insipides ; un monde où les saules verdoyants tenaient compagnie aux étoiles brillantes, où le souffle de la brise caressait doucement les lentilles d'eau, où régnait un silence si profond que les nénuphars eux-mêmes tardaient à répandre leur parfum. À ce moment-là s'élevèrent au loin quelques chants de coqs et, des étoiles, se mirent à tomber une ou deux gouttes de pluie. Le monde se trouvait plongé dans une merveilleuse confusion. Après être resté longtemps debout dans un état second, Lao Li finit par se réveiller. Poussant un soupir, il s'assit par terre.

Le sol était encore trop chaud pour qu'il eût du plaisir à demeurer assis, mais il avait la paresse de bouger. Au sud, dans le ciel, s'élevait une nuée ardente qui brillait d'un éclat lugubre. Il percevait au loin un bourdonnement qui semblait émis au cœur de la nuée, une sorte de grincement dont on ignorait la nature, comme si l'univers était en train de procéder à un grand broyage. Situés entre la vie et la mort, ces bruits angoissaient les hommes, mais ils leur donnaient aussi un certain espoir. Il baissa la tête sans plus rien regarder. Il évoquait le paysage campagnard de sa jeunesse. Aux soirs d'été, après la moisson, il se revoyait dans sa chambre, lisant le livre qu'il avait à la main. Autour de la petite lampe une nuée d'insectes verts, jaunes, gris, ainsi que quelques phalènes tachetées se lançaient à l'assaut de l'abat-jour. Le « collégien », tel était le nom que les autres lui donnaient avec respect. À l'âge de quatorze ou quinze ans, il était allé faire ses études au chef-lieu de la province, et il eut plus que jamais conscience de sa qualité de « collégien ». La gloire de sa famille, de son pays, voire du monde entier lui semblait entièrement contenue dans ses livres. L'acquisition de chaque nouveau caractère l'éloignait davantage des siens et le rapprochait du monde extérieur. La lecture des romans de cape et d'épée ne lui avait pas fait oublier les aspirations du « collégien ». Une fois cependant, il avait été obligé de se bagarrer avec un camarade, à la façon des chevaliers errants, ce qui lui avait valu un blâme du proviseur. Quelle honte pour le « collégien » !

Il se rappela son départ pour Pékin. Lorsqu'il l'avait aperçue de loin pour la première fois, la capitale se dessinait dans cette même nuée rouge, comme si la grande ville vers laquelle il volait était située en plein ciel. Le collégien avait fait place à l'étudiant. Il planait désormais dans les nuages, futur envoyé céleste de la société et de la nation, et il allait descendre du firmament pour arracher les hommes à la poussière et à la crasse. Ensuite, il s'était marié. Il avait voulu d'abord s'opposer à ses parents, ne pas épouser une fille de la campagne, mais il avait hésité. Tant était grande sa confiance dans le pouvoir de l'étudiant qu'il se croyait capable de tout transformer : une paysanne, entre ses mains, se changerait au moins en déesse et ils se rendraient ensemble dans le royaume des cieux. Ses études supérieures terminées, il se fit photographier coiffé du bonnet carré, le sourire aux lèvres, mais le regard un peu stupide.

Comme il cherchait une situation, il accepta n'importe quel poste, persuadé qu'en travaillant avec sa bonne conscience il rendrait toujours service à l'humanité. Il n'était plus question de retourner cultiver la terre à la campagne où le sorgho et le maïs atteignaient au maximum une hauteur de quelques pieds, alors qu'il se destinait à l'escalade dans les hautes sphères. Il eut à ce moment l'occasion d'aller faire la révolution, mais il désapprouvait les actes de destruction, et répandre le sang lui semblait contraire à tout sentiment humain, bien qu'il éprouvât le plus profond mépris pour l'ensemble de la société. Qui donc descendrait aux enfers, sinon lui-même ? Ainsi, il y était descendu et, jusqu'à présent, il n'en était pas encore sorti ; les diables y pullulaient et sa propre figure s'était même noircie au contact des flammes. Il fallait absolument détruire de pareils enfers ! Nombreux étaient ceux qui avaient déjà eu la même intention. Ils avaient réussi à emmener avec eux une horde de démons mais, au bout de quelque temps, on les avait vus revenir, la peau parfois plus noire qu'avant, et ils ne pensaient plus à s'en aller. En réalité, mieux valait s'occuper de soi-même et se mettre à l'école de Zhang Dage. Ce fantôme à la physionomie souriante était le plus sage des enfers. C'est à son instigation que, dans un effort surhumain, il avait fait venir non seulement ses enfants, mais sa femme ; et la présence de ce diable femelle n'avait fait que rendre les enfers encore plus ténébreux. Dire que pendant trois jours ils n'avaient pas échangé une seule parole ! Dans la limite des enfers, il était prêt à partir en pleine aventure. Mais il se demandait pourquoi il était si timide, et il se disait qu'il était peut-être trop fier pour se lancer dans l'action. Qui sait ? De nouveau, il vit la nuée ardente et il constata que Pékin ne se trouvait pas en plein ciel ; le grondement qu'il avait entendu provenait en fait du feu infernal qui rôtissait des fantômes vivants, des fantômes en chair et en os, certains très dodus, par exemple la grosse Mme Wu.

Il n'osait plus poursuivre de telles chimères ! Puisqu'il n'y avait pas d'avenir, à quoi bon rêver ? Le meilleur sort qui pouvait l'attendre était celui de Zhang Dage puisque, même en restant tranquillement assis chez soi, on risquait d'être foudroyé par un malheur tombé du ciel. De toute manière, la vie dans les enfers n'était que châtiment. Il songea à Xiao Zhao qui devait être au comble de la satisfaction et se dit que le projet de Ding Erye était illusoire : quand un fantôme en frappait un autre, le poignard était-il taché de sang ? Lui-même n'avait prise sur rien. Devant lui, une sphère ardente bouchait l'horizon et, dans son dos, il sentait la muraille de la ville ; par bonheur, il y avait des étoiles dans le ciel, ces grosses lucioles parfaitement inutiles ! Il lui sembla entendre son père héler ses bœufs. Il pensa au lopin de terre que ce dernier possédait, et sur lequel il avait répandu tant de sueur. Pourrait-il même le conserver à jamais, dans ce monde qui n'était qu'un enfer ? Lors des moissons, les flammes infernales pouvaient s'en donner à cœur joie ; un coup de vent suffisait à anéantir dix ou cent lis de cultures à la ronde, sans même y laisser le moindre fétu de paille.

Il se leva très lentement. Comme il n'y avait personne dans les environs, il s'en alla, la tête basse. Il prit la direction de l'est en suivant le canal, là où la terre était amollie par l'humidité, là où les saules se balançaient doucement comme un grand berceau conduisant la ville entière aux limites du rêve. Soudain, de derrière un arbre surgit une ombre qui se colla prestement contre son épaule, tandis qu'il était assailli par un écœurant parfum bon marché. « Venez un instant chez moi, ce n'est pas loin ! Vous me donnerez ce que vous voudrez. » C'était une voix féminine rauque, désagréable, comme si elle venait d'être guérie d'un rhume. Lao Li s'éloigna instinctivement, mais la femme se rapprocha aussitôt. Il fouilla dans ses poches où il ne trouva que des petites coupures ; il en sortit quelques-unes et les glissa dans la main de la femme. « Vous ne venez donc pas chez moi ? » dit-elle en laissant retomber sa main. Avec l'impression pénible qu'une pierre lui obstruait la gorge, il s'éloigna rapidement, un peu clopin-clopant, et finit par se retrouver sur une grande rue où il ralentit l'allure. « Te voilà citoyen modèle des enfers, se dit-il. Rebroussons chemin, elle doit être encore là-bas. Pourquoi ne pas lui donner ma montre ? » Mais il n'osa pas y retourner. Une montre ne pouvait sauver personne. À la lueur d'un réverbère, il jeta un coup d'œil à la sienne : il était déjà minuit et demi.

Les deux jours suivants, Lao Li n'alla pas au bureau. D'abord, il voulait attendre chez lui l'arrivée de ce séducteur de Ma. Ensuite, il n'avait pas suffisamment d'énergie pour se consacrer à ses tâches habituelles. Ding Erye pouvait bien devenir un héros, tandis que lui se sentait complètement ligoté par sa qualité de fonctionnaire, tel un oiseau qui, habitué à la vie en cage, n'oserait pas s'échapper, même si on laissait la porte ouverte. « Essayons de nous absenter carrément pendant quelques jours, se dit-il. Si on me révoque, tant pis ! » Au fond de son cœur, il craignait de devenir un autre Zhang Dage : il ne se voyait pas rester toute sa vie un modeste fonctionnaire, dans l'impossibilité de protester contre les injustices dont il était victime, semblable à l'oiseau qui, à force d'être enfermé, ne chante plus que pour plaire à ses maîtres et finit par attendre la mort, les yeux fermés, sans même oser pousser un cri. Une existence comme celle-là lui faisait très peur. Il savait qu'il était prisonnier de Pékin et qu'il devait d'abord essayer de libérer ses ailes pour s'envoler un moment dans l'espace. Malgré la puissante attirance que la ville exerçait sur lui, il refusait absolument de reconnaître que Pékin était le centre de la culture. Si une civilisation était capable d'enivrer les gens, mieux valait encore qu'elle pût les mettre en garde contre le danger. Lao Li n'aimait pas boire du café, parce qu'une petite tasse l'empêchait de dormir pendant toute la nuit. Et voilà qu'il se mettait à chercher dans la vie un stimulant aussi fort, amer, noir, propre à lui donner un coup de fouet. Pékin ressemblait trop à du lait, et même à du lait déjà tourné.

Il ne parlait toujours pas avec sa femme. C'était

sans importance. Dans la famille d'un « agent de l'État », même une dispute devait se dérouler à voix basse ; alors, ne valait-il pas mieux ne rien dire ? Plus Lao Li se sentait mal à l'aise, plus il détestait sa femme. Si elle ne soufflait mot, tant mieux ; ça lui évitait de sentir perpétuellement sa présence. Plus tard, il en irait de même puisque, après leur mort, jusqu'au moment où leurs cercueils tomberaient en poussière et où leurs os se mêleraient, ils resteraient silencieux, côte à côte, pendant toute l'éternité ; eh bien, ils n'avaient qu'à s'exercer pendant qu'ils étaient encore en vie ! Mais si des amis en visite venaient à s'apercevoir de leur brouille, ce serait gênant pour un « agent de l'État ». Tant pis, n'importe qui pouvait venir, il se sentait capable de tenir tête même à des amis et ne voyait pas de raison de les ménager.

Sur ce, Mme Qiu survint. Toujours aussi plate qu'un timbre-poste, elle semblait spécialement prête à se glisser dans la souffrance des autres. Lao Li avait bien envie de la mettre à la porte, mais il n'osa pas ; il lui fallait donc bavarder avec la visiteuse, quelque insipide que fût la conversation.

« Monsieur Li, j'ai une question à vous poser : croyez-vous que mon mari ait vraiment l'intention d'imiter M. Wu ? »

Elle montrait toutes ses dents.

« Je n'en sais rien.

— Hum ! Vous, les hommes, vous vous soutenez les uns les autres, vous formez une ligue ! Mais je n'ai pas peur. S'il faut divorcer, ce sera tant mieux. »

« Dans ces conditions, à quoi bon me rebattre les oreilles ? » songea Lao Li.

Mme Qiu entra dans la chambre pour y rejoindre Mme Li. Lao Li comprit qu'il lui fallait s'éclipser : un fonctionnaire ne devait pas entrer en conflit avec l'épouse d'un collègue. Il sortit en emmenant son fils.

Où aller ? Il se souvint de la femme, près de la muraille nord. Mais aurait-il la chance de la retrouver ? D'ailleurs, il ne risquait pas de la reconnaître puisque la rencontre avait eu lieu pendant la nuit. La malheureuse fille ! Il pouvait même s'agir d'une femme mariée. Pourquoi ne se jetait-elle pas dans le canal ? Mais qui aurait envie de le faire ? Puisque lui-même acceptait de vendre son existence à ce maudit bureau, pourquoi cette femme n'aurait-elle pas le droit de vendre son corps ? Qui sait ? Elle exerçait peut-être ce métier pour nourrir sa vieille mère ? Ou bien pour payer les études de son jeune frère ? Rien de plus tragique que la rencontre d'un cœur généreux et d'une société pourrie.

Rendre visite à Zhang Dage ? Il n'en avait pas l'intention, ou plutôt il se sentait gêné parce que Tianzhen n'était pas encore sorti de prison. Que voulait au juste Xiao Zhao ? Pourquoi ne pas aller tirer les oreilles de cette crapule pour lui faire cracher le morceau ? « Décidément, Lao Li, tu n'es qu'un sac à riz, un bel imbécile ! »

Après avoir acheté un énorme melon à la chair blanche pour fermer le bec de son fils, il erra à l'aventure, poussé par un impérieux désir de marcher.

CHAPITRE XVII

Au beau milieu de la nuit, Zhang Dage secoua sa femme : « J'ai fait un rêve, j'ai fait un rêve ! dit-il en répétant exprès sa phrase pour être sûr qu'elle fût bien réveillée avant de lui raconter la suite.

— Qu'est-ce que tu as rêvé ? demanda-t-elle en bâillant.

— Que Tianzhen était de retour.

— Le rêve a toujours été l'expression d'un désir intérieur. »

Zhang était encore sous le coup de l'émotion : « Je l'ai vu rentrer, il avait l'air très heureux. Au bout d'un moment, Xiuzhen, elle aussi, est revenue. Elle devrait être déjà là : n'est-elle pas en vacances ?

— Elle n'aura fini que dans quelques jours, le 1er juillet.

— N'empêche que je l'ai vue, et elle semblait, elle aussi, très heureuse. D'autant que, peu après, j'ai eu l'impression de me trouver en plein mariage : une tente était dressée au-dessus de toute la cour, avec des caractères "Double bonheur" sur les vitres ; Wang Er, le cuisinier, était là, ainsi que tous nos amis et tous nos proches, et on nous avait livré une quantité de bouteilles de soda. Notre fille se mariait, devine un peu avec qui ?

— Comment veux-tu que je sache ? Je ne peux pas rêver à ta place ! »

De nouveau, Zhang accusa un moment le coup. « Avec Xiao Zhao ! Elle se mariait avec Xiao Zhao ! Il portait un costume occidental, le veston orné d'une grosse fleur rouge, et il venait en personne chercher sa fiancée. Ensuite, j'ai cru vaguement reconnaître Wu, Qiu et Sun, debout près du pavillon ouest, en train de fumer des cigarettes. Mais je me souviens très bien qu'ils avaient tous les yeux braqués sur moi, comme s'ils regardaient un singe dans un zoo et leurs visages avaient une expression légèrement ironique. Sous ce double choc, j'ai eu le sentiment que mon cœur allait se fendre. Je me suis retourné et j'ai vu Xiuzhen dans le pavillon central : elle n'avait pas sa robe de mariée et portait encore l'uniforme de son collège. L'air indifférent, elle se contentait d'être là, comme une figurante dans un théâtre de marionnettes, qui se tient sans bouger dans un coin. Je t'ai alors cherchée mais sans te trouver. Pourtant, j'ai fait plusieurs fois le tour de la maison. Tu te souviens de notre vieux chien jaune ? L'été, lorsqu'il cherchait désespérément à attraper un taon, il n'arrêtait pas de tourner en rond, à la fois impatient et résigné. Eh bien, j'étais tout à fait comme lui. J'avais envie de rosser Xiao Zhao mais, comme je ne me suis jamais battu de ma vie, je n'arrivais même pas à lever le bras et il ne me restait qu'à trembler de tous mes membres. Tourné vers moi, il riait. J'ai fait quelques pas en arrière pour m'interposer entre Xiuzhen et lui. Puis, en tirant notre fille par la main, j'espérais pouvoir m'enfuir de la cour avec elle, mais voilà qu'il a bloqué la porte donnant sur la rue. Wu et les autres étaient derrière lui et me montraient du doigt en riant. Tenant toujours Xiuzhen par la main, j'ai été contraint de reculer. Juste à ce moment, un bruit violent a résonné dans la rue, ébranlant ciel et terre : on aurait dit le fracas de la foudre. Je me suis alors réveillé. Je me demande bien tout ce que ça veut dire !

— Rien ! sinon que Tianzhen va bientôt sortir de prison. Demain matin, je vais ranger sa chambre. » Mme Zhang cherchait à apaiser ses propres craintes autant que celles de son mari.

« Le rêve est si étrange que je me fais vraiment du souci pour Xiuzhen !

— Pour elle ? Il n'y a pas de quoi ! Elle est juste en train de passer ses examens au collège. Que veux-tu qu'il lui arrive ? » Elle parlait d'un ton très assuré mais elle n'était pas certaine elle-même de ce qu'elle avançait.

Zhang Dage se tut. On n'entendait plus que les allées et venues d'un moustique qui rôdait autour de la moustiquaire. Au bout d'un long moment, il demanda à sa femme : « Tu es toujours éveillée ?

— Je n'arrive pas à dormir. Est-ce que le moustique ne serait pas entré dans la moustiquaire ? »

Lui avait d'autres préoccupations : « Écoute-moi plutôt : qu'allons-nous faire si Xiao Zhao réclame à toute force la main de Xiuzhen ?

— Pourquoi irais-tu croire à un tel rêve ? Est-ce que Lao Li n'a pas tout arrangé avec ton jeune collègue ?

— Rêve ou pas, je me pose la question ! D'autant que voilà deux jours que Lao Li n'est pas venu nous voir !

— Il a peut-être beaucoup à faire au bureau.

— C'est possible. Mais encore une fois, que feras-tu si Xiao Zhao se montre intraitable ?

— Moi ? Je ne pourrai jamais lui donner ma fille !

— Mais si tu ne la lui donnes pas, c'est Tianzhen qui ne sera pas relâché ! rétorqua aussitôt Zhang.

— En ce cas... »

Après un cri de douleur, Zhang, de nouveau, sombra dans le silence.

Tandis que le mari et la femme étaient entièrement absorbés dans leurs pensées, le moustique continuait sa petite ronde autour de la moustiquaire. Mme Zhang fut la première à reprendre la parole : « C'est ma fille et je ne la lui donnerai pas !

— Mais on ne peut pas non plus renoncer comme ça à son fils !

— Ce n'est pas que je n'aime pas notre fils, mais...

— S'il l'épouse dans les formes, naturellement ce sera dur à accepter, pourtant...

— Si le destin le veut, il faudra bien renoncer à notre fils et, comme ça, notre fille restera libre...

— Inutile de discuter davantage, dit Zhang qui sentait la colère l'envahir. Inutile, je te dis ! Le destin a déjà tout tranché ! Je suis un homme fini ! Il ne me reste plus qu'à prendre un couteau et à transpercer moi-même Xiao Zhao, ce fils de pédé ! »

Cela faisait des années qu'une telle expression n'était pas venue aux lèvres de Zhang Dage. Quant à transpercer quelqu'un de coups de couteau, il en était bien incapable, lui qui ne savait même pas se servir d'un simple tranchoir de cuisine. Faute de pouvoir se rendormir, il vit défiler une par une sous ses yeux toutes les scènes de sa vie. D'abord, son enfance laborieuse, puis la fondation de son propre foyer, son cercle d'amis, sa joie d'être père d'un garçon puis d'une fille, ses succès comme entremetteur, ses états de service en tant que citoyen, la constitution de son patrimoine... et voilà que, d'une façon tout à fait injustifiée, les calamités lui tombaient du ciel ! Depuis sa jeunesse, il ne comptait plus les troubles et les révolutions, mais jamais il ne s'était lui-même retrouvé à terre ; et ses biens n'avaient pas souffert. Même un changement aussi important que le déplacement de la capitale de Pékin à Nankin n'avait eu aucune répercussion sur sa vie. Le jour où sa ville natale avait changé de nom [1], il avait bien cru que la fin du monde était là. Pourtant, son existence individuelle n'avait été nullement menacée. Que s'était-il donc passé pour qu'il en fût maintenant arrivé là ?

À cette question, il était bien incapable de don-

1. Lors du transfert de la capitale à Nankin, le 4 octobre 1928, Pékin (*Beijing* ou « Capitale du Nord ») devint Peip'ing (*Beiping* ou « Pacification du Nord »).

ner le moindre élément de réponse, sinon que Xiao Zhao avait vingt ans de moins que lui. Il se sentait un peu comme une voiture à mule confrontée à un avion. La mule n'avait aucunement l'intention de rattraper l'avion, mais celui-ci avait sous lui des bombes qui tombaient à l'aveuglette. L'une d'entre elles faisait voler en éclats la voiture. Zhang se rappela alors un accident qui avait eu lieu deux ans auparavant à Shunzhimen, une des portes de la ville : une automobile avait tué un vieil âne. Voyant l'auto arriver sur lui, l'animal s'était agenouillé, comme paralysé, fixant de ses deux gros yeux les deux roues qui allaient lui écraser la tête. L'instant d'après, au milieu d'une flaque de sang, il ne bougeait plus, mais ses yeux étaient grands ouverts. Peut-être le même âne servait-il lors des processions à Miaofengshan [1] ou sur la voie sacrée qui mène au Baiyunguan [2]. Alors, le poitrail tintinnabulant de grelots, sellé de neuf et la robe toute soyeuse, il dilatait ses naseaux et on aurait cru le voir voler, tandis qu'il soulevait sur son passage une légère poussière en même temps que les acclamations des badauds. Mais voilà : il était resté immobile devant l'auto qui fonçait sur lui !

Zhang entendit au loin le chant du coq et vit le papier de la croisée qui s'éclaircissait peu à peu. Non, décidément, il ne pouvait plus dormir ! Il avait l'impression d'être lui-même le vieil âne : age-

1. La « Montagne aux Cimes merveilleuses », célèbre pèlerinage bouddhiste situé au sud-ouest de la capitale.

2. Le « Temple des Nuages blancs », le plus important sanctuaire taoïste de Pékin.

nouillé devant Xiao Zhao, il implorait sa pitié et lui demandait grâce ; s'il le fallait absolument, il était prêt à sacrifier sa propre fille : après tout, une fille avait moins de prix qu'un garçon. Mme Zhang, elle non plus, n'avait pas dormi.

Le lendemain, elle alla trouver Lao Li pour lui demander ce qui se passait avec Xiao Zhao. Produisant le papier que ce dernier avait lui-même signé, elle dit à Lao Li que son mari avait fait un terrible cauchemar.

En voyant qu'elle était là, Mme Li fut bien forcée de la recevoir en même temps que son époux. Celui-ci la terrorisait des yeux, comme s'il avait été un chat en face d'une souris et que toutes les forces de son corps se fussent concentrées dans son regard. Comme d'habitude, il ne dit rien. Mme Zhang, de son côté, avait beau se forcer à sourire, son visage restait nettement marqué par les traces des larmes de la nuit précédente. Elle était anxieuse pour son fils, mais aussi pour sa fille, au point de poser directement la question : « Notre petite Xiu est-elle vraiment à l'abri du danger ? » Lao Li ne sut que répondre. Il avait les lèvres blêmes, le front couvert de sueur et les yeux plus impressionnants que jamais. D'ordinaire, il n'aimait pas s'occuper de ce qui ne le regardait pas, bien qu'il fût intérieurement disposé à se battre contre l'injustice. En proposant pour une fois son aide, vu les piètres dispositions qui étaient les siennes, il ne pouvait qu'être la dupe de Xiao Zhao et de toutes ses manigances. Il était le premier à s'en prendre à sa bêtise congénitale ! Entièrement manipulé, comment aurait-il eu son mot à dire ? Les vêtements qu'il portait, son propre mariage, la décision de vivre en famille à Pékin, tout, de sa naissance à sa mort, avait dépendu, ou dépendrait, de l'avis de quelqu'un d'autre. Il n'osait même pas élever la voix contre sa femme. Il était vraiment stupide ! Tout absorbé par ses propres problèmes, il n'écoutait même plus ce que disait Mme Zhang. Quant à prononcer la moindre parole, il en était incapable : il se contentait de remuer les lèvres, comme un poisson qui se débat dans un bassin privé d'eau !

Mme Zhang, qui faisait toujours les mêmes efforts pour paraître souriante, entreprit de jouer un instant avec sa fille adoptive. Mais, en caressant les joues rebondies de Ling, elle éclata en sanglots : la fillette lui rappelait trop sa petite Xiuzhen au même âge. À cette vue, Mme Li fondit à son tour en larmes, faute aussi d'avoir pu profiter de la présence de son amie pour déverser tout ce qu'elle avait sur le cœur. Mais, compte tenu de l'air terrible de son mari, elle n'osa pas pleurer longtemps et dut même persuader Mme Zhang de mettre un terme à ses sanglots.

Juste à cet instant survint Mme Wu qui, aussitôt franchie la porte de la pièce, se mit à hurler. Elle avait le visage couvert de bleus et un œil au beurre noir. « Non, je ne vivrai pas un instant de plus ! » cria-t-elle sans autre préambule. En apercevant Mme Zhang, elle se sentit encore plus forte et apostropha Lao Li : « Si c'est ma mort que vous voulez, ne croyez pas que je vous laisserai vivre en paix ! Ce salaud de Wu est une brute ! N'empêche que jamais jusqu'ici il ne m'avait battue, et vous pouvez voir maintenant ce qu'il m'a fait, dit-elle en montrant du doigt sa figure pleine de traces de coups. Tout ça, c'est votre faute ! C'est vous qui lui avez fait perdre son poste, vous qui nous avez poussés au divorce ! Vous ne pouvez plus vous dérober : le moment est venu d'aller nous expliquer tous les deux en pleine rue ! »

Pour cette même question de divorce, Mme Li s'était déjà donné à elle-même plus d'une fois une gifle, mais jamais son mari et elle n'en avaient parlé ouvertement. Pourtant, il était évident qu'il traversait une vraie crise morale. Elle n'avait pas besoin de lui en dire un mot pour qu'il sût de quoi il retournait. Il le savait très bien, même s'il faisait l'imbécile et ne lui adressait plus la parole depuis plusieurs jours ! Mme Wu tombait bien : en se battant avec lui, elle le démasquerait ! Dire qu'il avait donné pour rien deux cent cinquante yuans à Xiao Zhao, de quoi acheter plusieurs arpents de terre à la campagne !

De son côté, Lao Li était trop abasourdi pour prononcer la moindre phrase. Sa bouche s'ouvrait seulement pour se refermer aussitôt. Il sentait sa chemise lui coller au dos : elle était aussi trempée que par une forte averse.

Mme Zhang posa quelques questions à la femme de l'ancien militaire. Elle laissa de côté provisoirement ses propres malheurs et retint ses larmes afin de mieux défendre Lao Li. « Tenez, ce papier a été écrit par Xiao Zhao. Je ne connais pas tous les caractères, mais je sais ce qu'il veut dire. Si Lao Li a donné une pareille somme à Xiao Zhao, c'est pour nous qu'il l'a fait ! Il s'est même porté garant pour nous ! Comment aurait-il été capable de faire perdre son poste à votre mari et de le pousser au divorce ? Quand le malheur s'est abattu sur notre famille, vous n'êtes même pas venus prendre de nos nouvelles ! Le seul à voler à notre secours, ce fut Lao Li ! Je tenais à vous le dire, chère madame Wu ! Et quand on prétend que c'est Lao Li qui a acheté la maison qui nous appartenait, c'est faux ! Xiao Zhao, en fait, la voulait en plus du reste ! Pas étonnant qu'un type de son espèce vous soit apparenté ! » Tout en regrettant de ne pouvoir déverser sur l'épouse de l'ancien militaire toute la rancœur qu'elle avait accumulée depuis des mois, Mme Zhang se sentit néanmoins un peu mieux.

Mme Wu n'ajouta pas un mot, mais ses lamentations redoublèrent : « N'empêche que j'ai bel et bien été battue ! » et, en elle-même, elle se disait : « Il faut au moins que ça serve à quelque chose ! »

Les yeux tout écarquillés, Mme Li se félicitait de ne pas avoir raconté à Mme Zhang ses propres soucis. Le regard de son époux était toujours aussi terrible et elle se demandait s'il n'allait pas lui faire subir un sort encore plus affreux que celui que venait de connaître Mme Wu.

En fait, Lao Li ne proféra pas le moindre son. Certes, il était content que Mme Zhang eût cloué le bec à la femme de son ancien collègue mais, au fond de lui, il n'éprouvait que du dégoût pour toutes ces bonnes femmes et ce vaurien de Xiao Zhao ! Dans une pareille affaire, un homme de bien comme lui ne pouvait décidément être d'aucun service !

Mme Zhang avait encore quelques conseils à donner à Mme Wu : « Vous n'avez qu'à aller vous en prendre à Xiao Zhao ! Si vous avez le dessus, votre mari n'osera plus jamais vous battre. Mon mari, lui aussi, a perdu son poste et qui irait prétendre que c'est de la faute à Lao Li ? »

« Quand je pense que c'est Xiao Zhao qui m'a dit de faire une scène au bureau ! » songea alors Mme Wu. Au bout d'un instant, elle dit aux deux dames qu'elle avait en face d'elle : « Je n'accuse personne d'autre que cette petite traînée que je n'aurais jamais dû garder à la maison. Avant, je n'avais jamais été battue, non, jamais ! » Elle avait le sentiment qu'elle venait de subir un affront irréparable : « Mais ce n'est pas fini : je rentre de ce pas à la maison et quand ils me verront morte, ils auront belle figure ! Non, je n'accuse personne ! » Elle tenta en vain d'entrouvrir son œil tuméfié, comme si elle avait voulu s'excuser auprès de Lao Li, puis elle prit congé en disant : « Je m'en vais. Après ma mort, je vous demande une seule chose : c'est de brûler un peu de monnaie de papier sur ma tombe ! »

Quand la malheureuse fut partie, Mme Li voulut profiter de ce que Mme Zhang était encore là pour rompre la glace et parler avec son mari. En présence de quelqu'un d'autre, cela lui semblait plus facile. Mais voilà : Lao Li faisait toujours comme si elle n'existait pas.

Xiao Zhao avait pour seul principe de ne pas en avoir. *Primo,* il n'avait aucune conviction religieuse ; *secundo,* il n'avait pas de sens moral ; *tertio,* il ne croyait à aucune doctrine politique ; *quarto,* il ne trouvait pas nécessaire que l'homme eût une conscience ; enfin, *quinto,* il se considérait comme délié de toute obligation vis-à-vis de ses semblables. Dans ces conditions, un homme comme lui n'aurait dû connaître aucun souci : il suffisait d'avoir de l'argent pour aplanir toutes les difficultés. Cependant, un cœur est toujours fait de chair, et comme le sien ne constituait malheureusement pas une exception, Xiao Zhao était condamné à subir toutes les affres de la passion. C'était là le hic ! À l'égard de Xiuzhen, il se sentait même un peu gêné. Normalement, il aurait très bien pu l'emmener quelque part et abuser d'elle. Or, voilà qu'il n'était toujours pas passé aux actes, sans savoir pourquoi. Les sentiments empêcheraient-ils l'homme de devenir un surhomme ? À cette pensée, Xiao Zhao se maudissait lui-même. Dire que la proie n'avait jamais été aussi facile ! Avec les femmes comme celles qu'il avait connues jusqu'alors, il fallait non seulement dépenser de l'argent, mais user de stratagèmes et faire signer des engagements écrits. Elle, au contraire, était venue d'elle-même et ne lui avait rien coûté, sinon une bouteille de soda et quelques *dear* : il avait suffi de l'emmener une fois voir son frère et le tour était joué. Mais non : il n'avait pas encore osé toucher à la jeune fille et le séducteur qu'il croyait être ne se reconnaissait plus.

Auparavant, il ne s'était jamais trouvé dans une telle situation : sa stratégie était purement rationnelle et ne recourait pas au sentiment ; les succès et les échecs dépendaient uniquement du soin minutieux avec lequel il exécutait ses plans et la conscience morale n'intervenait pas du tout. Il séduisait les femmes comme d'autres jouent de l'argent, en comptant les gains et les pertes. Un revers ne l'empêchait pas de repartir à zéro : il n'en concevait aucun dépit. Mais Xiuzhen était si différente de toutes ses conquêtes antérieures : elle avait la simplicité d'une grande poupée de chiffon et, avec elle, il n'y avait vraiment pas à se torturer l'esprit.

Dans son cas, peut-être, la raison se reposait et les sentiments prenaient le dessus ? D'ordinaire, Xiao Zhao était comme un chat habitué à capturer les souris. Cette fois-ci, il en avait saisi une si petite qu'il avait refusé de l'avaler tout de suite, préférant jouer un peu avec. Il savait très bien que c'était un jeu risqué et même stupide, mais il ne pouvait faire autrement. S'il continuait de se montrer aussi faible, il risquait à l'avenir de perdre jusqu'à sa capacité d'attraper les souris ! À cette pensée, il se sentit tout perplexe.

Quand il songeait à ses yeux, à son petit nez, à ses jolies fossettes et même à ses grands pieds, il se disait qu'il avait bien affaire à une vraie jeune fille et non à une « denrée commerciale ». Il pensait souvent à ses propres parents : pour eux aussi, les choses avaient dû se passer de cette façon méprisable, mais il ne pouvait tout de même pas manquer comme ça de respect à sa propre mère. À l'égard de Xiuzhen, il avait une réaction du même ordre. Il souhaitait entretenir avec elle des relations autres que vénales, des rapports d'être humain à être humain. Jusqu'alors, une jeune fille lui servait toujours d'instrument : elle n'avait guère plus d'utilité ou de prix qu'un vase de porcelaine sans grande valeur. Or voilà que Xiuzhen avait su lui toucher le cœur. Il avait lui-même fait une très étrange découverte : la fascination qu'il ressentait avait quelque chose de plus mystérieux que le simple jeu du chat qui attrape les souris. En fait, il avait l'intention de garder pour lui la jeune fille : elle satisferait toujours ses désirs charnels et il n'aurait donc plus de raison de l'abandonner du jour au lendemain. Cette idée l'étonna lui-même. Cela revenait à changer les rôles : de Xiao Zhao il deviendrait Zhang Dage. Oui, mais que pouvait-on encore attendre du vieil entremetteur ? Cela supposait aussi que le simple jouisseur qu'il avait été fît place à l'homme responsable et renonçât à sa liberté complète pour se mettre sur le dos une famille et une maison, avec, à plus long terme, des enfants à élever. S'il gardait Xiuzhen intacte, ce ne pouvait être que pour en faire sa propre épouse. L'idée lui paraissait ridicule, mais, en même temps, il lui trouvait une saveur spéciale, car la jeune fille était certainement différente de toutes ses semblables.

Cependant, valait-il bien la peine de sacrifier son avenir personnel à cette fascination qu'il venait de découvrir ? S'il vendait Xiuzhen, il pourrait au minimum obtenir une forte somme de l'opération, sans parler des avantages qu'il en retirerait pour sa carrière dans l'administration. Xiao Zhao se sentait bien embarrassé. Ses idées restaient aussi claires, mais, ce coup-ci, il y avait quelque chose qui venait toujours troubler sa réflexion. Pour un homme comme lui, la satisfaction du désir sexuel n'avait jamais posé de problème. Pourquoi fallait-il qu'il attachât, dans ce cas précis, une telle importance à la chose : il n'allait tout de même pas l'appeler *dear* toute sa vie ! C'était trop lui demander ! Il se voyait mal assurer la subsistance d'une épouse ou préparer lui-même les repas d'enfants en bas âge. Quant à appeler sa femme « chérie » tous les jours, il n'était pas gâteux à ce point ! Cependant, Xiuzhen exerçait sur lui une telle attraction qu'il se disait qu'avec elle ce ne serait pas pareil. Il aurait toujours plaisir à l'appeler *dear*, même tous les jours, et l'idée d'avoir un ou deux petits Zhao, qu'elle aurait mis au monde, n'était peut-être pas sans intérêt. Il avait conscience de s'être laissé prendre au piège. Jamais il n'aurait dû fréquenter une pareille ensorceleuse.

Mais il était également incapable du moindre regret, emporté qu'il était par le désir qu'il avait de se promener avec elle et d'apercevoir à nouveau ses grands pieds, sous lesquels sa vie risquait pourtant d'être écrasée. Alors que, d'ordinaire, les autres femmes lui paraissaient des abstractions, cette fois il avait affaire à une créature bien concrète : ses petites fossettes et son parfum avaient même pris possession de son cœur, un peu comme le cataplasme qu'un médecin lui avait collé un jour sur la peau lorsqu'il avait eu mal au ventre. Le remède avait ses inconvénients, mais il ne pouvait nier qu'il fît partie intégrante de son corps : tout en chatouillant la peau, il réchauffait l'intérieur du corps et donnait le sentiment d'avoir le ventre bien protégé. Le cataplasme n'avait coûté qu'un yuan, mais, une fois mis en place, il valait bien son pesant d'or. Directement appliquée sur le cœur de Xiao Zhao, l'image de Xiuzhen jouait à peu près le même rôle. La différence, c'était que le malade ne se reconnaissait aucune maladie de ce côté-là. Situation vraiment embarrassante !

Ding Erye avait réussi à trouver celui qu'il recherchait. « Monsieur Zhao, dit-il en employant la formule qui l'honorait le plus, monsieur Zhao !

— C'est toi, Ding Er ? Qu'y a-t-il ? » Zhao, qui mesurait toujours ses propos, ne voyait pas la nécessité de prononcer en entier le nom du vieux serviteur[1].

« C'est Mlle Xiu qui m'envoie.

— Que dis-tu ?

— Je dis que Mlle Xiu m'envoie.

— De quelle Mlle Xiu veux-tu parler ? » Xiao Zhao était tellement éberlué que ses pupilles, d'ordinaire si mobiles, restaient fixées sur Ding comme celles d'un poisson mort. Il ne détestait rien tant que de voir les autres être au courant de ses propres affaires.

« Mais de Xiuzhen, de ma nièce Xiuzhen, répondit le vieil homme, comme pour se rendre encore plus désagréable.

1. Littéralement, Erye signifie « Deuxième Seigneur ». En l'appelant Ding Er, Xiao Zhao traite le vieillard comme un simple domestique.

— De ta nièce ? » On aurait dit que Xiao Zhao ne savait plus qui était la jeune fille, tant lui déplaisait l'idée qu'elle eût la moindre parenté avec Ding.

« C'est moi qui l'ai portée dans mes bras quand elle était toute petite, je vous assure que je dis vrai. Je la connais aussi bien qu'elle me connaît. Nous n'avons pas de secret entre nous. Ainsi je sais tout sur elle et vous, et c'est bien elle qui m'a dit de venir vous trouver. »

Xiao Zhao était dans un tel état d'agacement qu'il aurait volontiers fusillé Ding sur-le-champ, pour ne plus jamais avoir affaire à lui. « Mais de quoi s'agit-il ? Et, d'abord, y a-t-il d'autres personnes au courant ?

– Comment y en aurait-il ? Je suis le seul à qui elle se soit confiée et j'ai toujours tenu ma langue, comme si j'avais un galet dessus !

— C'en est fait de toi si jamais tu oses en parler à quelqu'un d'autre !

— Je ne dirai rien, je vous le jure, car le misérable que je suis ne peut se passer du soutien de Vénérables Seigneurs tels que vous. La fois, par exemple, où vous m'avez donné un yuan, je ne l'oublierai jamais, je m'en souviendrai toujours !

— Dépêche-toi plutôt de me dire de quoi il s'agit ! » Xiao Zhao était moins soupçonneux, mais son impatience n'en était que plus grande. Ding était vraiment le pire des emmerdeurs !

« Voilà ce qu'il en est.

— Va plus vite, et tiens-toi à l'essentiel ! Je n'ai pas de temps à perdre !

— Dans un jour ou deux, Xiuzhen va revenir à

la maison et comme elle ne pourra plus entrer et sortir aussi librement qu'au collège, elle vous demande instamment ce qu'elle doit faire. Elle dit que la meilleure solution serait que vous commenciez par faire libérer Tianzhen. Comme ça, vous pourriez parler plus facilement avec son père de l'heureuse union que vous souhaitez conclure. Ça marchera à coup sûr. Mademoiselle m'a dit aussi qu'elle parlerait elle-même à ses parents et que, s'ils n'étaient pas d'accord, elle n'hésiterait pas à se pendre. Mais il faut absolument obtenir d'abord la libération de Tianzhen, sans quoi elle ne pourrait rien dire à ses parents.

— Ça va, tu peux t'en aller, je vais m'en occuper sans tarder. Ce yuan est pour toi ! » Jetant un billet par terre, Xiao Zhao ajouta : « Prends bien garde à toi ! Si jamais tu parles de tout ça à quelqu'un d'autre, tu es un homme mort ! Tu m'as bien compris ? »

Ding ramassa le billet : « Merci beaucoup, monsieur Zhao ! Je vous promets que je ne dirai rien à personne ! Si, de votre côté, vous pouvez agir assez rapidement... Xiuzhen est vraiment une charmante jeune fille. Alliant la grâce à la compétence, vous formerez un couple tout à fait assorti ! Je vous le dis, monsieur Zhao : je n'attends plus que de pouvoir assister à votre banquet nuptial ! Si, par la suite, vous avez quelque message à transmettre à Mlle Xiu, vous pouvez compter sur moi : je vous garantis que le secret sera bien gardé ! »

Au fond de lui-même, Xiao Zhao avait bien de la peine à se reconnaître. Il refusait d'admettre qu'un homme tel que lui ait pu tomber dans le filet de l'amour et s'y débattre comme un vulgaire insecte dans une toile d'araignée. Une chose pareille ne pouvait lui être arrivée ! Pourtant, les dernières phrases prononcées par Ding lui chatouillaient encore le cœur, en particulier celles où il était question du banquet nuptial, du couple assorti... Qu'il était difficile à un individu d'échapper aux faiblesses communes à toute l'humanité ! Xiao Zhao ne se pardonnait pas d'être aussi lâche. Toutefois, il ne pouvait s'empêcher de penser à la nuit de noces qui l'attendait : sous le dais nuptial, il se voyait baisant ces deux grands pieds, que personne avant lui n'aurait effleurés des lèvres, et il imaginait son visage rougissant, avec ses jolies fossettes comme deux fleurs de pommier à bouquets ! Dire qu'avec les femmes précédentes il n'avait jamais connu d'autre élasticité que celle des planches ! Non, même s'il l'avait voulu, Xiao Zhao aurait été bien incapable à cet instant de s'arracher le cœur et de mettre un caillou à la place !

Ding Erye n'avait jamais menti de sa vie : c'était la première fois. Il était d'autant plus ému que ses mensonges visaient personnellement un homme que personne ne se serait permis d'offenser. En outre, il avait réussi à lui soutirer un yuan : vraiment, la vie était passionnante ! Peut-être même que s'il avait tué Xiao Zhao à coups de poing, il ne lui serait rien arrivé. Après tout, comment le savoir ? Le monde ne manquait que d'une chose : d'hommes déterminés à agir, quelle que fût l'issue de leur action. Ding songea à sa propre histoire : si, durant sa jeunesse, une occasion lui avait été donnée de faire preuve de courage, il ne serait probablement pas devenu le bon à rien qu'il était. Il éprouva un peu de regret. Mais il n'était pas trop tard pour bien faire : il allait montrer à Xiao Zhao de quoi il était capable. Il profiterait de ce que l'autre ne lui témoignait pas la moindre considération pour le surprendre à l'improviste !

Ding Erye n'imaginait même pas qu'il était sur le point d'accomplir une action héroïque : il se connaissait suffisamment lui-même pour mesurer toute la distance qui le séparait d'un véritable héros. Pour lui, il s'agissait seulement de se mettre à l'épreuve. S'il réussissait, il s'acquitterait par la même occasion de sa dette vis-à-vis de Zhang Dage. En revanche, s'il échouait, qui pouvait prévoir ce qui se passerait ? Le passé était enveloppé d'un épais brouillard ; l'avenir aussi. Entre les deux, seul le présent était relativement ensoleillé. Il songea à Xiuzhen : cette petite coquine était vraiment adorable ! Si son fils était resté avec lui, peut-être aurait-il pu obtenir la main de la jeune fille ! Mais il n'avait plus de nouvelles ni du garçon ni de sa mère. Dans la rue, il voyait le facteur distribuer des lettres toute l'année, mais il n'y avait jamais rien pour lui ! Le mieux était encore d'aller boire deux verres d'alcool, en profitant de ce yuan qui venait de lui tomber du ciel !

CHAPITRE XVIII

Lao Li souffrait de ne pouvoir trouver personne à qui confier sa douleur. Sa femme n'était pas particulièrement acariâtre ; elle était même peut-être meilleure que Mmes Wu et Qiu, mais elle ne comprenait pas son mari qui, d'ailleurs, était un personnage insaisissable. Sans être poète ni particulièrement féru de beauté, il imaginait souvent des paysages aux contours estompés : un champ de blé, une colline sur laquelle brillait un croissant de lune estival, un petit ruisseau tout bordé d'herbes et de fleurs où, de temps à autre, on entendait sauter une grenouille... Ces images floues aux teintes douces apparaissaient fréquemment dans son esprit. Probablement ces simples ébauches suffisaient-elles à définir la beauté à ses yeux. De même, pour les femmes, il imaginait un type assez vague dont il ne réussissait même pas à préciser la silhouette, mais à qui il prêtait des qualités essentielles. « Un brin de poésie », avait-il déclaré à Zhang Dage. Si, un beau jour, il rencontrait une femme qui répondît à cette exigence fondamentale, il pourrait l'adorer comme une déesse et proclamer en la montrant : « Voilà ce que j'appelle un brin de poésie. » Mme Li en était vraiment trop éloignée.

Tout comme les beaux paysages qui peuplaient son esprit, pour lui, la femme idéale devait être simple, calme et libre. Légère dans ses mouvements, telle la lune claire ou les nuages flottants, elle serait discrète et ne causerait aucune gêne. Elle resterait silencieuse, tout en étant capable de le comprendre. Elle ne rirait pas de ses gaucheries et devinerait même les choses qu'il ne parviendrait pas à exprimer. Elle ne serait pas obligatoirement belle, mais elle remplirait d'aise son compagnon, comme une fleur délicatement parfumée : plutôt qu'une pivoine, une fleur de poirier ou d'hibiscus en était le symbole. Le jour de leur rencontre, il lui ferait partager pleinement les sentiments passionnés qui l'animaient ; il se voyait déjà, souriant de tout son être. Ou bien, sur les pétales de cette fleur, il pourrait répandre toutes les larmes dissimulées au fond de son cœur. Parvenu à cet état de bonheur, il aurait enfin conscience d'exister, il pourrait rire ou pleurer, se rebeller ou faire simplement ce qu'il aimait. Même dans une société aussi sombre qu'une vieille cheminée, il se sentirait heureux, il saurait se dépenser et lancer des réformes. La seule condition était qu'elle se trouvât à son côté. Il ne s'agissait pas seulement pour lui de satisfaire un besoin d'ordre sexuel. Il souhaitait une compagne avec laquelle, à tout moment, il pourrait se fondre en un seul être. Même sans partager le même lit, ils pourraient, à tout moment, respirer au même rythme dans un rêve commun — par exemple au bord d'une rivière — sans avoir besoin de parler, leurs deux cœurs échangeant des sourires.

Pour l'heure, il ne trouvait rien à dire à son épouse. Pendant plusieurs jours, ils ne s'étaient pas adressé la parole. Lao Li n'était pas en colère, mais il souffrait de la solitude, sans que cette impression fût liée au fait qu'il ne parlait ni ne plaisantait avec sa femme. Elle n'était pourtant pas aussi sotte qu'elle le paraissait : au contraire, elle voulait le protéger, le surveiller comme une sœur aînée, comme une vieille gardienne d'orphelinat, et c'était ça qu'il ne pouvait pas supporter. Les problèmes qui la préoccupaient étaient tous d'ordre pratique, tellement pratique qu'ils lui donnaient envie de vomir : son plus bel idéal, c'était de se coiffer avec deux petites nattes, de se farder copieusement et de confectionner des robes à fleurs pour sa fille. Il lui suffisait que son mari fût capable de gagner de l'argent, ne prît pas de concubine et rentrât à la maison à heure fixe. De son côté, elle lui lavait son linge et lui préparait de bons plats. Par ailleurs, quand il y avait des invités, elle savait leur faire le salut moderne, leur tenir une conversation, les reconduire jusqu'au seuil de la rue puis, quelques jours après, acheter des cadeaux pour leur rendre visite à son tour. Elle avait conscience d'avoir vraiment acquis beaucoup de savoir-vivre à Pékin.

Lorsqu'elle ne réussissait pas à déclencher une querelle avec son mari, elle se donnait des gifles. Quand les enfants faisaient trop de sottises, elle administrait une fessée à Ying, mais elle ne voulait pas frapper trop souvent Ling, qui était une fille. Lorsque la petite l'énervait, elle se contentait de lui heurter du doigt le front. Toute sa personne était enracinée dans le réel, à l'opposé de Lao Li qui préférait rêver. Elle trouvait probablement une consolation dans le fait de lui pardonner : s'il n'aimait pas parler, c'était sans doute à cause de la fatigue ; s'il avait le visage menaçant comme un nuage noir, il valait mieux le laisser tranquille. Mais lui, de son côté, ne trouvait là aucune consolation. Plus il essayait d'excuser sa femme, plus il découvrait des raisons de se tourmenter ; il se haïssait d'être aussi égoïste, mais son cœur lui disait : « Lao Li, tu es trop indulgent, tu t'es complètement sacrifié. »

La jeune Ma répondait davantage à son idéal, bien qu'imparfaitement. Elle avait le mérite d'être calme, indépendante, de ne pas inspirer de dégoût ; ses malheurs compensaient ses défauts. Cependant, elle était trop terre à terre elle aussi, parce qu'elle ne voyait en Lao Li que le mari de Mme Li. Il était sur le point de concrétiser en elle son brin de poésie, quand elle avait brisé son rêve ; elle ressemblait à un marchand ambulant qui crie sa marchandise. Malgré tout, il ne parvenait pas à l'effacer entièrement de sa pensée à cause de l'accord qui aurait pu naître entre eux.

Lao Li était très impatient de voir comment elle se comporterait avec son fugueur de mari ; c'est pourquoi il n'avait nulle envie de se rendre au bureau et se laissait aller. Si on le révoquait, tant pis ! L'affaire de Zhang, il avait l'intention de s'en occuper, mais sans grand entrain. Il se laissait aller.

Puisque tout le monde était en enfer, personne n'était capable de sauver son prochain.

Mme Li jugeait la situation intenable. Son mari n'allait plus au bureau depuis trois ou quatre jours, que se passait-il ?... Elle se sentait dans son tort ; elle ne devait pas lui chercher querelle avant d'avoir tiré l'affaire au clair. Submergée de honte et de crainte, elle décida, malgré sa confusion, de le réconforter en lui prodiguant des conseils : « Tu ne vas pas au bureau aujourd'hui ? » Comme si elle savait pourquoi il n'y allait pas les jours précédents. « On est peut-être en vacances ? » Elle parlait dans le vague afin de ne pas laisser de trace.

Il se contenta de pousser un grognement.

Il y eut un très gros orage. Il pleuvait tellement qu'on aurait dit que la mer avait pris la place du ciel. Le pavillon des Li était transformé en une vraie passoire. La tête couverte d'un sac de farine, les enfants jouaient à cache-cache avec les gouttes d'eau aux quatre coins de la pièce. À peine avaient-ils trouvé un endroit sec qu'une goutte frappait leur crâne, les obligeant à chercher un autre abri ; finalement, ils se réfugièrent sous la table. Des gouttes de pluie firent résonner agréablement le plateau de cuivre, sans pouvoir les atteindre. « Papa, viens donc par ici ! » Mais leur père était trop grand pour se glisser auprès d'eux.

Un instant après, la cour était pleine d'eau. Brusquement éclata un énorme coup de tonnerre dont le grondement retentit du sud vers le nord, en suivant la folle course des nuages. Ensuite, le ciel bleu réapparut au midi, tandis que des nuées sombres s'accumulaient dans la direction opposée et que des éclairs brillaient à l'horizon. Des nuages noirs, à la traîne, semblaient avoir perdu l'espoir d'aller plus loin et lançaient avec hésitation leurs tentacules à droite et à gauche ; leur bord devenait progressivement de plus en plus clair, certains se transformant même en une vague blanche qui s'allongeait et se rétrécissait capricieusement dans l'espace.

Une atmosphère différente régnait dans la cour. Les rayons du soleil se reflétaient sur les tuiles du toit qui ressemblaient à des écailles de poisson frais, tellement elles étaient brillantes, lisses et moirées. De nombreuses libellules, sorties on ne sait d'où, avaient fait leur apparition : les petites jaunes formaient des bataillons au sommet des arbres, tandis que les grosses, de couleur bleu-vert, zigzaguaient à fleur d'eau. Les feuilles des plantes de la vieille Ma étaient aussi vertes que des émeraudes récemment taillées. Une phalène qui s'était réfugiée sous la fenêtre déploya ses ailes blanches et se mit à voltiger sans se presser dans le ciel lumineux. Au pied du mur, des escargots sortaient de leur coquille, avançant lentement vers le haut, comme s'ils voulaient grimper jusqu'à la crête pour humer l'air du temps. Un coup de vent fit tomber des arbres les gouttes qui y restaient encore : elles provoquèrent de petites bulles à la surface de l'eau. Plusieurs fois agitées, les feuilles étaient presque sèches et les branches purent se redresser, en se balançant gaiement dans la lumière. Ying et Ling, qui avaient quitté leur refuge, s'exclamèrent en voyant l'eau accumulée dans la cour.

Sans se donner le mot, ils se touchèrent la main comme des fourmis mettent en contact leurs antennes lorsqu'elles se rencontrent en chemin. Ils s'étaient compris et, la main dans la main, ils s'enfoncèrent dans ce qui leur semblait un véritable lac. Ying se mit à chanter : « Escargot, escargot, montre-moi tes cornes, et puis aussi ta tête. » À la vue des nuages blancs qui ressemblaient à un troupeau de moutons, Ling, elle aussi, chanta : « Moutons, moutons, sautez par-dessus la haie... » et fit gicler l'eau. D'une chiquenaude avec ses deux premiers orteils, Ying arrivait à produire du bruit et même à faire une bulle. Sa sœur voulut l'imiter. Le pied à peine sorti de l'eau, elle s'apprêtait à tordre les orteils, lorsqu'elle eut l'impression qu'on lui poussait la jambe ; elle glissa en arrière. Ying, qui n'arrivait pas à la retenir, finit par lâcher prise. Le petit corps dodu était plongé dans la mare, seule la tête émergeait. Ying cria au secours de toutes ses forces. Ling allait ouvrir la bouche, mais l'eau affleurait ses lèvres : elle se mit à pleurer et ses larmes coulaient directement dans la mare : « Maman ! Maman !... »

Dans toute la cour, l'ordre de mobilisation générale fut déclenché. Papa sortit le premier, suivi de maman. Tante Ma était le commandant en chef du front est et, sur le front ouest, la vieille dame avait déjà ouvert sa porte. Papa repêcha sa fille qui ressemblait à une petite otarie tout habillée. De sa barboteuse rouge vif coulait de l'eau et son dos était couvert de boue. Elle avait le visage tout pâle et les coins de la bouche très tirés, mais elle regardait sa mère sans oser éclater en sanglots. « Ce n'est rien, Ling ; vite, on va t'essuyer ! » La vieille Ma voyait bien que la fillette avait envie de pleurer, même si elle n'osait pas. Quant à sa bru, elle s'empressa également de calmer l'enfant : « Ce n'est rien, Ling ! » Ling, qui avait compris qu'on ne lui donnerait pas une fessée, dit en montrant sa barboteuse : « Elle était toute neuve ! » et se mit à pleurer, comme si rien n'était plus précieux que ce vêtement. Peut-être, en s'accusant elle-même, espérait-elle diminuer la fureur maternelle. De fait, sa mère n'était pas en colère, mais elle ne souriait pas non plus : « Voyons si tu n'as rien de cassé ! » Ayant retrouvé son assurance, Ling parlait plus volontiers : « Je n'ai rien de cassé ! Je n'ai pas bougé, mais c'est l'eau qui m'a poussée : plouf ! » Elle rit et tout le monde se mit à rire avec elle. Mme Li prit sa fille dans les bras. Ying, pour sa part, s'était réfugié au sud de la cour : il ne revint que lorsque sa mère fut rentrée dans la maison. Prenant la main de la tante Ma, il gloussait comme d'habitude, malgré son pantalon à moitié trempé.

La vieille Ma trouvait que cette pluie était fort bien venue et Lao Li, qui se souvenait de son village natal, était plutôt d'accord avec elle. Mais une averse aussi violente sur un sol desséché pouvait causer de gros dégâts aux pastèques. La jeune voisine ne savait pas qu'on les cultivait aussi en plein champ, et pas seulement en jardin potager ; aussi ne disait-elle rien pour éviter de montrer son ignorance. Parmi les scènes rurales qu'évoquait la pluie pour Lao Li, il y en avait de très sales, mais aussi de superbes, notamment au coucher du soleil, lorsque au bord des champs il attrapait des libellules à main nue. « Ying, si nous allions nous promener un peu au-delà de Xizhimen[1]. » Il avait grande envie de respirer de l'air frais hors de la ville, mais il renonça à son idée en voyant que son fils était en train de chercher des escargots avec la jeune Ma.

Celle-ci portait sans chaussettes des bottines de caoutchouc qui découvraient ses chevilles. Les rayons du soleil brillaient sur ses cheveux et, comme le reflet de l'eau lui faisait une auréole, on aurait dit une vraie Madone, digne de la peinture occidentale. Le petit ne craignait pas le soleil, elle non plus. Accroupie derrière lui, elle cherchait des escargots le long du mur et ses chevilles claires avançaient doucement, pas à pas. Quand la vieille Ma rentra chez elle, Lao Li put enfin contempler à sa guise la silhouette de la jeune femme, depuis le bas de ses jambes jusqu'à l'auréole qui couronnait ses cheveux. En s'associant à elle, les paysages champêtres de son enfance, magnifiques après la pluie, lui donnaient une impression de beau temps, de fraîcheur, de calme et de pureté : il avait enfin trouvé ce « brin de poésie » qu'il cherchait.

Ayant changé de vêtements, Ling sortit de la maison et prit la main de son père. « Ying, donne-moi un escargot ! » Comme son frère ne lui répondait pas, elle remarqua les souliers de son papa : « Dis, tes chaussures sont trempées, toutes trem-

1. « Porte directe de l'Ouest », située à l'ouest de l'angle nord-ouest de la ville tartare.

pées ! » Il ne s'en était pas rendu compte jusqu'alors ! Il rit et rentra pour changer de souliers.

Le niveau de l'eau avait baissé dans la cour, il n'y avait plus le moindre souffle de vent, il régnait partout une chaleur torride et le chant strident des cigales perçait les tympans. Empestée par une odeur de moisi particulièrement désagréable, la maison ne faisait plus du tout penser à une habitation, mais plutôt à un moulin encombré de crottin de cheval mouillé au moment de la saison des pluies. Lao Li, qui avait envie de faire quelques pas en ville, craignait qu'il n'y eût trop de boue dans les rues. Sur ces entrefaites, Ying et Ling s'élancèrent de nouveau dans la mare parce que, du haut des marches, ils avaient vu entrer Ding Erye. Ils arrêtèrent le visiteur en plein milieu, le tirant chacun par une main. Ses pieds traînaient une masse considérable de boue, sa tunique de ramie était constellée d'éclaboussures et une vapeur s'échappait de son canotier comme s'il venait de le retirer de l'eau. Encadré par les deux enfants, il fit irruption dans le pavillon : on aurait cru un noble trio de vacanciers s'ébattant au bord de la mer.

« Monsieur Li, cher monsieur Li ! s'écria-t-il, sans se soucier d'enlever son chapeau ni de savoir quelle quantité d'eau il apportait dans ses chaussures. Tianzhen est rentré, il est rentré à la maison ! Zhang Dage vous prie de venir ! » Il était transporté d'un tel enthousiasme que chacune de ses paroles semblait s'élever de ses talons et, sous l'effet de la pression, faisait jaillir tout autour des souliers un véritable petit lac.

Lao Li, qui avait envie de se réjouir pour son

ami, se demandait pourquoi il demeurait si indifférent, comme si la libération de Tianzhen n'avait plus aucune importance.

« Venez, monsieur Li. Dans la rue, on marche assez facilement. »

Ding l'exhortait avec ardeur. Lao Li fut contraint d'accepter.

« J'arrive tout de suite !

— Deuxième oncle, tu dis qu'on marche assez facilement, fit remarquer Ying en désignant le petit lac sur le sol. Mais regarde donc ça !

— On marche sans peine au milieu de la chaussée ; mais je suis si content que je n'ai pas pris le temps de regarder où je posais les pieds. J'ai marché tout droit, et mes pieds clapotaient dans l'eau. »

Ding était au comble de la satisfaction, comme s'il avait accompli une action d'éclat.

« Deuxième oncle ! » L'esprit d'aventure de Ying était en éveil. « Emmène-nous en ville pour patauger dans les flaques. Et si on se mettait pieds nus ?

— C'est impossible aujourd'hui ! Ding Er a encore beaucoup à faire : il doit aller chercher Xiao Zhao ! » dit le visiteur sur un ton d'excuse, c'est pourquoi il parlait de lui-même à la troisième personne.

Ying fit la moue. Le père demanda :

« Pourquoi aller chercher Xiao Zhao ?

— Pour lui transmettre l'invitation à un banquet chez les Zhang. Zhang Dage invite ses amis demain.

— Ah ! » fit Lao Li, tout surpris de la résurrection de Zhang Dage.

Ding lui semblait un peu mystérieux : n'était-il pas résolu, dernièrement, à flanquer une raclée à Xiao Zhao ? Maintenant, il ne paraissait pas d'humeur à vouloir rosser quiconque. Fallait-il croire que... « Au diable cette bande d'imbéciles ! » songea Lao Li qui se garda de pousser plus loin ses réflexions.

Ding se dirigeait vers la porte de la rue. Alors que les deux enfants étaient sur le point de fondre en larmes, persuadés que le Deuxième oncle allait bien s'amuser sans eux, tout seul, dans l'eau, Lao Li proposa de les emmener.

« On enlève nos chaussettes ? demanda Ying.

— Oui ! répondit Lao Li en défaisant les lacets de ses chaussures.

— Mettons-nous pieds nus, mettons-nous pieds nus ! chantonnait le garçon. Ling, tu mets tes petits petons nus ?

— Maman, je peux les mettre nus ? »

Lao Li s'éloigna, les tenant par la main. Les trois paires de pieds de taille différente quittèrent la cour en pataugeant. Ils étaient heureux, le père plus encore que les enfants.

Le lendemain, le ciel était d'une beauté à défier l'imagination. Les feuilles étaient d'un vert éclatant et le soleil matinal, comme au sortir du bain, semblait se prélasser au bord de la mer. Sur l'immensité bleue, on ne voyait rien d'autre que de minces traînées de vapeur blanche. Tandis qu'une brise légère effleurait l'eau accumulée dans les terrains vagues, les libellules aux ailes de soie moirée contemplaient leur propre reflet. Les hirondelles volaient si haut qu'elles n'étaient plus que de minuscules points noirs sous la voûte azurée. Les volubilis aux fleurs en forme de trompette grimpaient jusqu'à la crête des murs pour jouir des bienfaits du soleil et de la brise. Si les rues étaient encore boueuses, les murs et les toits avaient été lavés à fond; l'enceinte rouge des monastères bouddhistes virait au pourpre. Les passants avaient l'air plus alerte et plus libre dans leurs mouvements; même les roues des pousses, de couleur gris foncé, étaient gonflées à bloc. Sur le marché, les ciboules fraîchement coupées et les jeunes choux, bien qu'éclaboussés d'un peu de terre, n'avaient pourtant pas l'air sales; sur leurs feuilles perlaient encore des gouttes d'eau.

Lao Li se rendit au bureau. L'aspect de la rue éveillait en lui de nouveau une vague sensation poétique, tout comme jadis les beaux paysages de son village, mais d'une nature différente. Comme il était encore très tôt, il franchit la Porte de la Paix de l'Ouest et admira la cathédrale, la Bibliothèque nationale, les Lacs du Centre et du Nord. Il ne pouvait pas décider quelle beauté l'emportait sur l'autre, celle de la campagne ou celle de Pékin. Après la pluie, on ne voyait à Pékin que la ville elle-même; le reste était effacé : les hommes, les habitations, les chevaux et tous les ennuis de la vie citadine. La ville devenait une abstraction, combinant à la fois la beauté de l'architecture et la jouissance esthétique. En la contemplant, il pensait uniquement aux goûts artistiques des Anciens et à sa propre satisfaction présente ; plus rien d'autre n'existait. Lao Li se trouvait devant un immense tableau au tracé minutieux : depuis les pavillons et les pagodes jusqu'aux fleurs de lotus, tout était dessiné avec exactitude. Au-delà des bâtiments à étages, on apercevait une chaîne de montagnes bleues, et tout près, sur un pétale de nénuphar, une petite libellule. À la campagne, en revanche, la beauté, brossée à grands traits, avait plus de force, l'artifice et les souvenirs historiques n'y occupaient guère de place. Symbole de Pékin, le Pont de la Rivière impériale[1], bordé de lotus, et déjà envahi par la circulation, réunissait l'art et la nature en une synthèse originale qui n'avait ni l'air étriqué de certaines architectures, ni l'aspect sauvage de la campagne. Une peinture ancienne aux couleurs toutes fraîches : Pékin n'était jamais aussi beau qu'après la pluie !

Ayant oublié sa haine contre sa contrée natale, Lao Li aurait été complètement conquis par la ville, si la vue du bureau ne l'avait fait changer d'idée une fois de plus. Pourquoi fallait-il qu'il existât de pareils monstres ? Il imaginait l'Hôtel de Pékin rempli de punaises et de seaux d'ordures, les nobles pavillons du Parc Sun Yat-sen occupés par des chiottes ! Devant le bureau, il eut un mouvement d'horreur. Ce n'était pas tant l'ancienne capitale qu'il accusait de remplir son existence de grisaille, mais plutôt le bureau et ses tracasseries qui avaient fait de lui un être ni tout à fait vivant, ni tout à fait mort : dire qu'il n'osait même pas

1. Situé entre les Lacs du Nord et du Centre.

donner une gifle à Xiao Zhao, ou seulement refuser de lancer une invitation, quelle pitié !

Lorsque ses collègues furent arrivés les uns après les autres, leurs propos firent assister Lao Li à la résurrection de Zhang Dage. À les entendre, la maison de l'entremetteur n'était plus un repaire de communistes. Finie la terreur qui y régnait et vous figeait le sang ! Ils avaient tous reçu la carte d'invitation de Zhang : Tianzhen n'était donc pas communiste ! Ils se mirent à envisager l'achat d'un cadeau destiné à apaiser l'effroi de Zhang, comme si, les mois précédents, Zhang n'avait jamais connu d'horribles frayeurs. Cet achat entraîna une longue discussion : des cadeaux individuels risquaient d'être compromettants ; il fallait donc que tous les collègues se cotisent pour acheter un cadeau absolument inutile, car un objet utile semblerait moins officiel, et par suite discourtois.

À la boutique de cadeaux, un coffret recouvert de brocart, contenant la moitié d'un vermicelle, ou une boîte multicolore fleurant légèrement la crème d'amande constituaient le présent idéal.

La discussion achevée, on argumenta sur la question de savoir si Zhang Dage pourrait reprendre son poste. Les avis étaient très partagés. Puisqu'il avait des connaissances dans tous les milieux, il n'était pas obligé de se retrouver à la Direction des Finances. Mais un autre objecta que s'il ne souhaitait pas sa réintégration dans la Direction, il n'avait aucune raison de convier ses anciens collègues. « C'est que Xiao Zhao est le principal invité, et Zhang se sent obligé de nous inviter aussi pour lui tenir compagnie », annonça un troisième, conscient de la gravité de son propos. S'il revenait, reprendrait-il son ancien poste, ou y aurait-il un autre arrangement ? L'ardeur de la discussion faiblit légèrement devant cette dernière remarque. Chacun se disait en son for intérieur : « Pourvu qu'il ne m'évince pas ! » Non, Zhang ne devait pas réintégrer la Direction des Finances. Peut-être serait-il muté à la Préfecture de Police, puisqu'il avait tant de relations. Cette solution réussit à calmer un peu les esprits.

En écoutant tous leurs cancans, Lao Li avait l'impression d'entendre éclater les bulles d'un cloaque fangeux. Il en avait la nausée.

M. Sun s'approcha pour lui demander :

« Eh bien, Lao Lir, qu'est-ce qu'on va offrir à Zhang Dage ? Radicalement, je n'arrive pas à trouver la moindre idée.

— Moi, je n'offre rien.

— Oh ! »

M. Sun semblait avoir oublié tout son pékinois ; il s'éclipsa sans insister. Lao Li se sentit un peu soulagé.

Son fils une fois de retour à la maison, Zhang Dage semblait revenu à la vie. Le monde avait retrouvé sa douceur. Parmi tous les êtres vivants, l'espèce humaine était bien la plus intelligente puisqu'elle était capable de lancer des invitations. Inviter ses amis, pour Zhang, était aussitôt apparu comme une nécessité absolue. Xiao Zhao était celui auquel il devait le plus de reconnaissance.

Certes, il ne pouvait obtenir la main de sa fille, mais, du moment qu'il avait sauvé Tianzhen, il était le meilleur des hommes. Si Zhang invitait Xiao Zhao, il devait naturellement inviter aussi ses collègues pour lui tenir compagnie. Aucun d'entre eux n'était venu, ne fût-ce qu'une seule fois, lui rendre visite ces temps derniers, mais, au lieu de leur en garder rancune, mieux valait entretenir de bonnes relations avec eux. D'ailleurs, il n'avait aucune raison de leur en vouloir. S'ils avaient eu dans leur famille un communiste, Zhang Dage aurait été le premier à les fuir, pas vrai ? De toute façon, son fils était revenu ; il lui interdirait désormais de créer des difficultés et de s'opposer à quiconque. Un fils était tout ce qu'il y avait de plus important à ses yeux. Si les quatre cents millions de ses compatriotes perdaient en même temps leurs fils, la Chine serait aussitôt rayée du monde.

Les souffrances qu'il avait endurées pendant plusieurs mois avaient transformé l'aspect de Zhang Dage : ses cheveux avaient blanchi, son teint avait pris une couleur gris-jaune, son dos s'était légèrement voûté. Mais en retrouvant son fils, il avait repris du poil de la bête et il était redevenu lui-même. Somme toute, les petits changements physiques avaient peu d'importance, un homme devait toujours vieillir, et la seule chose qu'il devait craindre, c'était d'être privé de fils au seuil de la vieillesse. Il avait même eu envie de profiter de l'occasion pour se laisser pousser la moustache. Son visage avait repris quelque couleur. Malgré son dos voûté, il n'avait jamais marché aussi vite et avec une allure aussi imposante. Il s'empressa de sortir d'un coffre sa tunique en voile de mousseline, son éventail laqué de Fujian, et se rendit en ville pour commander un repas. Il lui fallait aussi convoquer la femme du charlatan pour qu'elle vienne donner un coup de main. Récemment, il l'avait plutôt mal reçue, mais, baste ! on lui offrirait un bon dîner et l'amitié serait aussitôt rétablie.

Qu'il faisait beau ! Que les nuages étaient bleus ! Et quelle courtoisie déployaient les commerçants ! Pékin redevenait le joyau de Zhang Dage. Après avoir commandé les mets, il acheta un plateau entier de fleurs en pot et choisit pour son fils, avec le plus grand soin, quelques pêches au goût de miel. Comme Xiuzhen était également de retour, il dut prendre aussi pour elle quelques bonnes choses, des noix fraîches et des rhizomes de lotus, car les filles aiment ce genre de friandises. En l'absence du fils, la fille n'avait plus compté ; maintenant que le fils était revenu, il fallait la traiter sur un pied d'égalité avec son frère.

Lorsque Zhang rentra chez lui, sa tunique était trempée de sueur. Il faisait une chaleur torride. Lui qui n'était pas sorti depuis de longs mois se sentait les jambes lourdes, mais le moral était bon. Il ressemblait aux grosses colonnes de teck du Palais impérial : la peinture avait beau être écaillée, l'intérieur n'était jamais rongé par les vers.

Un coiffeur fut convoqué pour tailler les cheveux et raser le visage du père et du fils ; par la même occasion, il fit une permanente à la fille. On n'avait qu'à dépenser de l'argent, puisqu'on était capable d'en gagner ! Et pour qui gagner de l'argent, si on n'avait pas de fils ? Parmi les cheveux coupés qui jonchaient le sol, il y en avait beaucoup de blancs. Aucune importance, puisque la plupart des grands mandarins étaient des vieillards à barbe blanche. Quand Tianzhen serait marié et aurait des enfants, le grand-père ne devrait-il pas être un vieillard aux cheveux blancs et à la mine bienveillante ?

Lorsque la femme du charlatan se présenta, Zhang lui souhaita la bienvenue.

« Grand frère, dit-elle, ces derniers mois ont dû être bien pénibles pour vous !

— Ça n'a pas été trop dur ! » Zhang, qui avait traversé sans succomber une longue épreuve, se sentait supérieur au commun des mortels. « Et votre mari ?

— Est-ce que je ne suis pas venue vous trouver ? Mais comme vous étiez justement... Vous n'avez pas pu me recevoir, dit-elle en hésitant. Il a été libéré, mais il n'exerce plus la médecine. Les policiers ne lui ont pourtant rien interdit ; le problème, c'est que les clients ne viennent plus, plus du tout. Lui proposer de changer de métier ? Avec ses mains incapables de porter des paniers et ses épaules trop faibles pour soutenir une palanche, il ne pourrait même pas se faire marchand ambulant. Il aurait bien voulu venir vous demander votre appui, mais il n'en a pas eu le courage. Nous voilà donc réduits à crever de faim ! Voyez-vous, il est tellement angoissé qu'il passe son temps à se lamenter, la bouche grande ouverte. »

La jeune femme était au bord des larmes.

« Ne vous faites pas de souci, nous trouverons un moyen de vous en sortir ; puisqu'il est en vie, on lui trouvera une occupation. Mais, dites-moi, comment se porte votre bébé ? Il est né juste au moment de l'affaire de mon fils et je ne suis même pas allé vous féliciter !

— Il a maintenant plus de deux mois ; mais, hélas, je n'ai pas assez de lait pour le nourrir ! »

Il jeta un coup d'œil sur la jeune femme : elle avait beaucoup maigri. Si elle ne mangeait pas à sa faim, comment aurait-elle pu avoir du lait ? Et, sans lait, comment élever son enfant ? Il prit aussitôt la décision de procurer un emploi au charlatan : ce n'était pas tellement pour lui, mais pour le malheureux bébé !

« C'est bon, je m'en occupe. Allez d'abord à la cuisine. »

Pour le moment, la question était réglée.

Combien d'affaires avait-il laissées de côté au cours de ces derniers mois ? Il n'était pas allé présenter de félicitations aux mariages célébrés durant le printemps, y compris ceux pour lesquels il avait lui-même joué le rôle d'entremetteur ; il se sentait vraiment plein de confusion ! Il devait s'excuser auprès de toutes ces familles, mais il s'en occuperait plus tard. Pour le moment, il fallait d'abord remettre en état la cour de la maison, car deux des grenadiers avaient crevé. On les enlèverait pour les remplacer par les fleurs et les plantes qui venaient d'être achetées ; la cour reprendrait aussitôt de l'allure. Quel dommage de ne pas avoir de lotus ! Mais il était trop tard pour en planter et les acheter en pleine floraison coûterait trop cher.

On verrait l'an prochain. Comme l'été à venir serait sûrement très beau, il en faudrait au moins trois ou quatre vasques de la variété dite « siège du Bouddha ».

L'ombre projetée par le pavillon ouest s'étalait sur la moitié de la cour. Les belles-de-nuit et les tubéreuses récemment achetées exhalaient leur parfum, attirant de gros papillons à longue trompe qui déployaient leurs ailes frémissantes et s'immobilisaient devant les fleurs. La voûte du ciel était très haute, le chant des cigales semblait plus proche ou plus lointain selon les caprices de la brise. Sur les branches vertes des saules, le soleil couchant faisait osciller sa lumière dorée. Devant le pavillon ouest on avait placé une table ronde, couverte d'une nappe blanche immaculée, et une table carrée garnie de cigarettes, d'allumettes à tête noire et de bouteilles de soda. Sous cette table étaient couchées deux ou trois grosses pastèques oblongues, tellement lustrées qu'on les aurait dites badigeonnées de peinture verte. Armée d'une tapette de la même couleur, Xiuzhen n'atteignait aucune mouche et risquait seulement de renverser quelques tasses à thé. La figure vermeille, elle s'abîmait ensuite dans la rêverie. Elle tenait entre ses lèvres une graine de pastèque. La sueur qui perlait sur son nez délayait la poudre au fur et à mesure qu'elle se tamponnait le visage pour en rajouter. Tout en se poudrant, elle s'attardait intentionnellement pour mirer ses fossettes dans une petite glace ronde ; tournant la tête tantôt à droite tantôt à gauche, elle se souriait à elle-même.

Le dos légèrement voûté, Zhang Dage courait à chaque instant dans la cuisine. Il accablait de recommandations le cuisinier qui en avait les mains agitées de tremblements nerveux. Les plats commandés chez le traiteur étaient de toute fraîcheur et de première qualité, néanmoins, Zhang ne pouvait laisser en repos le chef. L'arak « Vert feuille de bambou » acheté en vrac était excellent malgré son prix modique ; il surveillait spécialement le garçon qui le transvasait dans des pichets. Il ne fallait pas laisser passer la moindre négligence, la vie devait être réglée avec ordre et méthode, aucun relâchement n'était permis : un sou d'épargné, c'était un sou qu'il laisserait à son fils. Le thé « Printemps à l'Escargot d'Émeraude » qu'il avait fait infuser était conservé dans la glacière. Cette boisson parfumée, limpide et fraîche, dissuaderait les invités de se servir à volonté de soda : une seule bouteille coûtait deux maos, tandis que le thé de bonne qualité coûtait à l'once le même prix et, avec une once, on pouvait remplir cinq ou six théières. D'ailleurs, ce soda, rien que par le bruit qu'il faisait lorsqu'on ouvrait la bouteille, lui semblait manquer de naturel !

La veste de ramie de Mme Zhang était collée à son corps. Ses yeux restaient cernés de rouge et, quand elle pensait aux souffrances endurées par son fils, elle continuait à s'affliger par moments ; mais voyant son mari ressuscité s'affairer avec une ardeur accrue, elle ne voulait pas rester à la traîne, bien qu'elle eût envie de se réfugier dans un lieu plus solitaire pour y pleurer un bon coup. Sa fille aux gestes amples n'était bonne qu'à poursuivre les mouches en donnant des coups de tapette à tort et à travers ; elle était incapable de rendre aucun autre service. Sous prétexte qu'elle était collégienne, ses parents n'avaient qu'à trimer éternellement ; il n'y avait pas d'autre solution, puisqu'ils ne voulaient même pas se plaindre. Du reste, pour qui se donner du mal sinon pour ses enfants ? Rien que pour une permanente Xiuzhen avait perdu une heure et demie ; une mèche lui cachait toujours en partie l'œil droit, et ça pendant une saison si chaude ! Mais c'était la mode, et une jeune fille ne pouvait pas être coiffée comme une vieille femme. Par bonheur, l'épouse du charlatan était venue donner un coup de main, mais elle semblait surtout occupée à exposer ses griefs, de sorte qu'elle n'avait guère le cœur à l'ouvrage. C'est toujours la même chose : quand on a recours aux autres, on n'est jamais entièrement satisfait. D'ailleurs, la jeune femme était vraiment digne de pitié, elle ne pouvait s'assurer qu'un repas sur deux et, de surcroît, elle devait allaiter son bébé ! Mme Zhang lui glissa discrètement un yuan, en formulant le vœu que le poupon grandisse vite et puisse servir pieusement ses parents. Comme si un yuan suffisait à élever un enfant !

Les invités arrivaient. Ils avaient tous eu l'intention de venir plus tôt voir Zhang Dage, mais... Ils étaient tous très confus de l'invitation qu'il avait eu l'amabilité de leur envoyer, mais... Ils regrettaient tous d'avoir apporté un cadeau trop modeste, mais... Ils constataient tous qu'il avait changé, mais... Mais, finalement, c'était toujours le même Zhang Dage, celui sur lequel on pouvait compter quand on avait envie de festoyer, ou quand on avait besoin d'un service. Un homme aussi utile était une relation à conserver, d'autant plus que son fils n'était pas communiste. Tandis que les débris de graines de pastèques cliquetaient sur le sol dallé de briques, les bouteilles de soda s'ouvraient avec un « psitt » et la fumée bleue des cigarettes montait en colonnes jusqu'au bord de l'auvent, chassant des bataillons de moustiques. Les convives parlaient de la pluie et du beau temps, ou bien comparaient intérieurement le prix du tissu de leurs vêtements, et certains lorgnaient à l'occasion les bras nus de Xiuzhen.

M. Sun, qui avait depuis longtemps interrompu ses leçons de pékinois auprès de Zhang Dage, se montrait particulièrement aimable. Il lui annonça que Mme Sun était de nouveau enceinte. Décidément, le contrôle des naissances, tout comme une montre détraquée, manquait de précision !

M. Qiu fit à leur hôte un rapport sur Wu. L'ancien militaire, réduit à la misère, avait grande envie de mettre sa femme à la porte, rien que pour diminuer les dépenses en nourriture. La Treizième Petite sœur, toujours complaisante, lui était dévouée corps et âme ; elle n'avait que le défaut de se droguer à l'héroïne. Quant à M. Qiu lui-même, d'après ses propres dires, il ne craignait plus son épouse, l'exhibitionniste dentaire ; selon lui, c'était plutôt elle qui avait peur de lui. Naturellement, il était inévitable que son récit fût légèrement entaché d'exagération, mais, selon un témoin oculaire,

M. Qiu avait effectivement pris une maîtresse ; et Mme Qiu, qui naguère le menaçait du divorce, redoutait elle-même cette solution. On appréhendait un drame : les mêmes collègues qui le félicitaient publiquement d'avoir redressé le prestige marital s'inquiétaient en secret pour lui. En hochant la tête, ils déclaraient qu'un ménage ne devait pas se défaire à la légère : c'était plutôt gênant !

D'autres amis arrivaient les uns après les autres et observaient Tianzhen à la dérobée, sans oser lui demander la cause de son arrestation ; c'aurait été également bien gênant !

Le jeune homme, qui avait beaucoup maigri, n'avait rien à dire. Il affichait un sourire forcé et se considérait comme un héros parce qu'il avait été en prison. Pour un peu, il aurait trouvé normal de passer toute sa vie aux crochets de son père. Mais pourquoi avait-il été arrêté ? Il ne le savait pas lui-même. Pourquoi avait-il été relâché ? Il ne le savait pas davantage. Assurément, l'arrestation était une chose effroyable. Il avait été emmené ligoté, les bras derrière le dos ! C'était horrible, mais il en tirait gloire devant cette bande de minables qui, eux, seraient morts de peur avant même d'atteindre la prison. Cependant, il devrait se montrer un peu plus prudent : pour commencer, il sortirait moins ; il ne fallait pas renouveler trop souvent l'expérience. Il lui semblait que ses parents avaient beaucoup vieilli. Après tout, il était inutile de leur soutirer de l'argent pour aller faire des études à l'étranger ; ce ne serait pas si mal de garder le fric pour le dépenser à Pékin. Le vieux possédait sans doute un gros magot, puisqu'il avait offert une maison à Xiao Zhao ! Pour sa part, il devrait manifester un peu plus de docilité à l'égard de son père. S'il avait été arrêté sous la fausse inculpation de communisme, c'était probablement sa punition pour avoir voulu « communiser » la fortune paternelle. Un garçon moderne comme lui ne voyait du reste plus aucune antinomie entre son devoir de fils et son penchant pour les chansons sentimentales. Il avait décidé de se faire entretenir, et il cherchait par tous les moyens à plaire à son père, qu'il avait renoncé à traiter de « vieux capitaliste » pour éviter de se voir à nouveau accusé de communiste. Ostensiblement, il enleva deux bouteilles vides de soda devant son père, pour lui montrer qu'il souhaitait de tout cœur collaborer avec lui. Par ailleurs, il était très gentil avec Xiuzhen ; face à son frère aîné qui avait été en taule, la gamine ne pouvait prétendre connaître grand-chose, d'où la bienveillance particulière qu'il lui témoignait.

Tous les invités étaient là, sauf Xiao Zhao et Lao Li, ce qui causait une certaine inquiétude. Xiao Zhao étant l'hôte d'honneur, il était normal qu'on l'attendît sans trop d'impatience ; mais pourquoi Lao Li ne se montrait-il pas ? Pour quel motif ? Ses collègues étaient très montés contre lui depuis quelque temps, et comme son retard leur fournissait un nouveau prétexte pour le critiquer, ils faisaient tous la grimace.

« Lao Lir n'avait pas du tout l'intention de venir, déclara M. Sun en tordant lui aussi la bouche. Quand je lui ai demandé hier quel genre de cadeau il fallait offrir à Zhang Dage, oh la la, il m'a répondu : “Moi, je n'offre rien.” Extravagant, démesurément extravagant ! Je n'en croyais pas mes oreilles ! »

Zhang Dage voulut envoyer Ding Erye à leur recherche, mais Ding avait lui aussi disparu.

CHAPITRE XIX

Les changements politiques, pour les cadres de l'administration, laissaient toujours peser une menace sur la stabilité de l'emploi : on ne pouvait rien empêcher, mais on avait des maux de tête rien que d'en entendre parler. Certains, pourtant, se réjouissaient de voir la situation évoluer et se disaient que le vent allait tourner dans un sens favorable pour eux, mais ils n'étaient pas très nombreux. Xiao Zhao était de ceux qui regardaient toujours d'où venait le vent. Chaque fois qu'il avait un air particulièrement réjoui, inévitablement d'autres avaient de terribles migraines.

Mais, comme cela faisait deux jours qu'on ne l'avait pas vu au bureau, les esprits commencèrent à s'émouvoir : « Où est-il donc passé ? Il n'assistait même pas à la réception offerte par Zhang ! » Les simples spéculations individuelles n'étant pas suffisantes, on chercha également à s'enquérir en mettant en commun les informations. D'aucuns poussaient la conjecture jusqu'à affirmer : « Il est question d'un nouveau changement à la tête de la mairie. Xiao Zhao est sûrement retourné à Tianjin. Qui sait s'il n'en profitera pas pour se faire nommer à un poste plus important ? » Pensant que Lao Li était au courant, on alla le trouver : « Dis-nous, comment se fait-il qu'à la réception de Zhang ni toi ni Xiao Zhao vous n'ayez été là ? » L'insinuation n'était pas gratuite : depuis que Wu avait perdu son poste, Lao Li ne semblait-il pas en très bons termes avec Xiao Zhao ? Mais Lao Li ne répondit rien et tout le monde en tira la conclusion qu'il savait parfaitement de quoi il retournait. Fallait-il qu'il fût malin pour ne pas laisser filtrer la moindre information et rester ainsi muet comme une palourde !

Xiao Zhao avait disparu, mais quelqu'un avait vu Zhang Dage se rendre à la résidence du patron. À l'annonce de cette nouvelle, l'inquiétude fut générale. En effet, il n'y avait pas de poste disponible à la Direction et le retour de Zhang ne pouvait qu'entraîner le départ d'un autre. Personne n'appréciait l'homme qui lui avait pris sa place. Zhang, au moins, était expérimenté, alors que le nouveau venu ne connaissait rien à rien ! Mais, pour avoir ainsi mis la main sur ce poste, il ne devait pas manquer d'appuis. Il n'était donc pas certain que Zhang pût reprendre ses anciennes fonctions et on se demandait qui allait être la victime de son retour au bureau.

Pour sa part, Zhang était bien décidé à retrouver son poste : il s'était même donné un mois pour se voir officiellement restituer ses attributions. C'était bien normal : il avait perdu une maison, il n'allait tout de même pas attendre plus longtemps pour toucher à nouveau son traitement de fonctionnaire. Il avait également repris ses activités comme entremetteur, car il considérait que, sans mariages, la vie n'existait pas. De plus, il savait très bien que, s'il abandonnait ses responsabilités dans ce domaine, il ne ferait que se porter tort à lui-même : les gens diraient qu'avec ses cheveux blancs, le Zhang qu'ils avaient connu était bien fini ! C'était aussi important pour sa situation : comment pourrait-il en retrouver une s'il passait pour une vieille baderne ? Non, il ne pouvait accepter une chose pareille ! Il allait leur montrer qu'un homme comme lui avait au moins encore plus de vingt ans devant lui !

Il décida d'aller voir Lao Li. Comment se faisait-il que celui-ci eût été absent à la réception qu'il avait offerte ? Lao Li était un type bien et aussi un bon ami ; mais il ne pouvait être d'aucune utilité à Zhang dans ses intrigues en vue de récupérer son poste. Lao Li n'avait qu'un défaut : au bureau, il travaillait de façon routinière, beaucoup trop routinière. Bien sûr, il n'aurait pas accédé à la première classe s'il n'avait eu quelques qualités. Mais avec celles qu'il possédait, avec ses connaissances et son talent de rédacteur, n'importe qui d'autre serait vite devenu chef de division ! On n'avait pas idée d'être aussi routinier !

Lao Li n'étant pas chez lui, Zhang se mit à discuter avec son épouse : leur conversation marchait si bien qu'on aurait dit que Zhang lui-même était une femme. Depuis le jour où Mme Li s'était donné des gifles, son visage, en se désenflant, avait plutôt maigri, son cœur débordait toujours de larmes qui ne demandaient qu'à couler. Avec

Zhang, elle se sentait en confiance comme avec un oncle : elle lui raconta donc tous ses malheurs. L'entremetteur s'adressa à elle comme il aurait réconforté et encouragé des troupes en première ligne : il fit l'éloge de toutes ses qualités à elle, sans rien dire des défauts que pouvait avoir Lao Li. En pareille circonstance, il valait beaucoup mieux exciter le courage de l'armée que de rabaisser l'adversaire. Si elle était venue à Pékin, c'était du reste à son instigation à lui et il ne pouvait manifestement pas, sous prétexte d'aider la femme, dire du mal du mari. Si Lao Li avait réellement autant de défauts, n'était-ce pas à lui, Zhang, que revenait la responsabilité d'avoir jeté la malheureuse femme dans la gueule du lion ?

En écoutant les compliments que l'entremetteur lui prodiguait, Mme Li, sans le vouloir, se sentit beaucoup mieux. Elle songea qu'elle était, après tout, de deux ans plus âgée que son mari et qu'elle devait lui pardonner, même si elle en avait gros sur le cœur quand elle le voyait faire perpétuellement la moue et rester sans rien dire, tel Xu Shu dans le camp de Cao Cao[1].

Elle décida de retenir Zhang pour le dîner ; l'entremetteur refusa, mais il trouvait que Mme Li avait déjà bien tiré profit de son « éducation » pékinoise : pouvoir magique de la vieille capitale !

1. Ce personnage du *Roman des Trois Royaumes*, pour être fidèle à son ami Liu Bei, se condamna au silence lorsque, par traîtrise, Cao Cao l'obligea à passer dans son camp.

Le plat qu'elle avait préparé était des ravioli farcis de courgettes et de viande de mouton. Devant le refus de Zhang, elle se sentit un peu désappointée. Mais, peu de temps après le départ de l'entremetteur, Ding Erye survint. Mme Li n'eut pas besoin de plus de trois mots : elle tenait l'invité à qui faire déguster les fameux ravioli !

« Ça tombe très bien : j'aime beaucoup la farce à la viande de mouton ! » En parlant, Ding enleva la vieille tunique de ramie tout usée qu'il portait et se dirigea vers la cuisine, prêt à donner un coup de main.

Ne pouvant accepter que son invité mît la main à la pâte, la maîtresse de maison l'arrêta aussitôt, tandis que les deux enfants s'agrippaient à ses jambes de pantalon. D'un air cérémonieux il remit sa tunique, puis il entreprit de raconter aux enfants l'histoire de ses premières années, une histoire qu'ils connaissaient tous les deux par cœur.

« Ecoute bien, Ying, je reprends dès le début.

— Raconte-nous plutôt le bol cassé : il s'agit de quel bol au juste ? demanda le garçon.

— Du bol qui contenait les gâteaux assurant aux jeunes époux une longue descendance. Oui, on peut commencer par là. Dès qu'elle est descendue du palanquin, elle m'a pris en dégoût et ne voulait plus me voir ! Je lui ai rappelé qui était le maître. Ça ne l'a pas empêchée...

— De casser complètement le bol des gâteaux ! enchaîna Ying.

— Et pan ! Il était cassé ! » Ling n'avait pas la langue aussi bien pendue que son frère : elle ne pouvait que mimer la scène en tapant dans ses mains.

« Ah, pour s'être disputés, on s'est disputés ! Finalement, j'ai eu le dessous. Il faut dire que je suis...

— Un brave homme, un très brave homme ! »

Comme la phrase était simple, même Ling parvenait à la glisser juste au bon moment.

« Ce que vous dites là est loin d'être faux : c'est même tout à fait juste ! » Ding trouvait les deux enfants très intelligents. « Oui, Ding Er est un honnête homme... »

Ying et sa sœur, qui suivaient très attentivement le récit du vieux, cherchaient encore une occasion d'intervenir, quand, tout à coup, Ding changea de sujet : « Dis-moi, Ying, est-ce qu'il y a de l'alcool à la maison ? S'il n'y en a pas, dis à ta maman de nous donner de l'argent et nous irons en acheter. Quand j'en ai bu un peu, je raconte beaucoup mieux ! »

Ying revint avec le mao qu'il avait obtenu de sa mère. Ding prit la plus grande tasse qu'il put trouver. « Allons-y » dit-il en entraînant ses deux jeunes amis dans la rue.

Comme ils sortaient à l'angle est du *hutong*, ils tombèrent sur Lao Li. Montrant ostensiblement le billet qu'il tenait à la main, Ying lui cria : « Papa, nous allons acheter de l'alcool avec l'argent que j'ai demandé à maman. »

Lao Li sourit. Ding traînait Ling d'une main, tout en tenant la tasse de l'autre, et le petit noiraud brandissait son billet d'un mao. La scène était vraiment drôle, mais Lao Li ne savait pourquoi.

« J'étais en train de leur raconter mon histoire lorsque j'ai eu envie de boire un coup... »

Ying poursuivit à sa place : « Quand j'ai bu, je raconte beaucoup mieux. Nous en étions juste au moment où il y a de la casse, mais je ne me rappelle plus le nom du bol », fit le garçon en tirant sur la tunique de Ding.

Lao Li cessa de sourire. Il se dit qu'il avait lui aussi besoin de boire un peu d'alcool. Il les suivit, mais, quand ils arrivèrent devant l'épicerie, il arrêta Ying : « Allons plutôt là-bas ! »

Ils se rendirent dans une boutique spécialisée où Lao Li acheta une bouteille d'eau-de-vie parfumée à la fleur de nénuphar, ainsi que des pêches et des réceptacles de lotus pleins de graines, mais d'un vert si vif qu'on les avait sans doute ramassés trop tôt. Il confia la bouteille à Ding, tandis que Ling insistait pour prendre dans ses petits bras les deux bottes de lotus. Pour sa part, Ying ne se souciait pas d'avoir ou non quelque chose à porter : il n'avait d'yeux que pour le mao qu'il tenait toujours à la main. Une fois sorti du magasin, il se précipita vers un marchand ambulant, qui vendait des melons : « J'en veux pour un mao, des bons ! » dit-il en s'accroupissant pour mieux examiner l'étalage de ses yeux noirs, ronds comme des billes. S'avançant derrière lui, Lao Li en choisit trois et donna à l'homme un mao de plus. Ying, qui ne se sentait plus de joie, tira de nouveau Ding par sa tunique : « Deuxième oncle, moi aussi j'ai le droit de boire un peu d'alcool ! »

En les voyant revenir portant chacun quelque chose dans les bras, Mme Li fut toute contente et s'activa à faire les ravioli. Mais Ling se refusait absolument à lâcher ses bottes de lotus pour les donner à quiconque. Heureusement, son père eut une idée et il se mit à chuchoter à l'oreille de sa fille. Celle-ci ne voulait toujours pas céder, mais tout à coup elle sembla comprendre et lâcha une botte, tout en ordonnant à son frère : « Je te défends de toucher à ce machin vert, il est à moi. » Elle enrageait de ne pas savoir comment appeler au juste ce qu'elle avait tenu si longtemps dans ses bras. Conservant toujours l'autre botte et gonflant la poitrine, elle sortit. Dès qu'elle eut franchi la porte, on l'entendit crier : « Tante Ma, je te donne ce machin ! » La voisine sortit en disant :« Comment, c'est pour moi que tu l'apportes, Ling ?

— C'est papa qui m'a dit de te le donner, précisa la fillette, qui tenait toujours la botte dans ses bras et ne semblait pas prête à la lâcher.

— Tu n'as qu'à garder ça ! Je te remercie, mais je n'accepte pas ! » dit la jeune Ma avec un sourire.

Les paupières de Ling se mirent à battre très fort pendant un bon moment, puis la fillette rentra chez elle, serrant toujours dans ses bras la fameuse botte.

Dans la cour tout le monde riait. Seule, Mme Li, au fond de sa cuisine, ignorait ce qui se passait. Son mari, qui avait déjà nettoyé un melon, en donna une grosse tranche à Ling et obtint en échange la botte de « machin ». Lorsqu'il l'eut en main, il s'aperçut que la vieille Ma se tenait sur le pas de sa porte, tout amusée de ce qu'elle avait vu. Jetant un coup d'œil des deux côtés, il ne s'en dirigea pas moins, d'un air décidé, vers le pavillon est.

La jeune voisine reçut la botte avec un sourire, mais sa belle-mère intervint : « Il vaudrait mieux les garder pour les enfants ! — Il y en a encore ! » répliqua Lao Li, qui réussit ainsi à faire sourire les deux côtés de la cour. Jamais il ne s'était senti aussi heureux.

« Buvez donc un coup, les ravioli vont être prêts ! » s'écria la maîtresse de maison, enchantée devant le nombre de ravioli qu'elle avait préparés : bien gonflés, ils ressemblaient à une portée innombrable de petits chatons blancs bien repus.

Ying et sa sœur, qui finissaient leur melon, réclamèrent à leur mère un morceau de pâte pour en faire des poussins.

Lao Li et Ding se mirent à boire, mais le second refusait toujours d'enlever sa tunique. Bien qu'il n'eût pas encore absorbé beaucoup d'alcool, Lao Li avait déjà le visage tout rouge et le front en nage. Ayant vidé sa troisième coupe, Ding, les lèvres tremblantes, dut respirer un grand coup avant de pouvoir s'exprimer :

« Monsieur Li, monsieur Li, l'affaire est réglée : en fait, c'était facile, très facile ! Au début, on croit qu'on n'y arrivera pas, mais, une fois à l'œuvre, la chose ne semble pas impossible ! »

Lao Li, qui devinait de quoi il s'agissait, eut l'impression que la tunique du vieil homme devenait toute blanche et s'irradiait de lumière. « Au début, on croit qu'on n'y arrivera pas » : ces quelques mots, qui résonnaient toujours à l'oreille de Lao Li, avaient la même simplicité et la même force que des gouttes d'eau tombant du haut d'une falaise au plus profond d'un gouffre. Que Xiao

Zhao fût vivant ou mort, il s'en souciait au fond assez peu, tout occupé par le miracle qu'il venait de découvrir en la personne de Ding. Même ce type était capable de faire autre chose que de manger, de boire du thé ou d'aller au bureau ! Saisissant sa coupe, il était parti pour en avaler une grande lampée, mais il renonça et préféra continuer de siroter en gardant l'alcool longtemps au fond de la gorge.

« Monsieur Li, dit alors Ding, qui fouilla longuement dans les poches de sa tunique avant de tendre, d'une main tremblante, une épaisse feuille de papier pliée, c'est l'acte de propriété de la maison de Zhang Dage. Comme cette acquisition a dû être difficile, très difficile, pourriez-vous le lui remettre ? Mais buvons une coupe ! Dire que Xiao Zhao comptait épouser Mlle Xiuzhen ; il lui faudra attendre maintenant une existence future ! Allons, je vous en prie ! »

Alors que Ding avait déjà vidé toute la coupe, Lao Li se borna à porter la sienne à ses lèvres.

Le vieil homme étira son cou à plusieurs reprises sous l'effet de l'alcool, mais il paraissait extrêmement satisfait : « Pour Xiao Zhao, on peut dire que c'est terminé ! Comme vous allez voir, ça a été très simple. Je lui avais fixé un rendez-vous au Lac de Derrière [1], en lui disant que Xiuzhen l'attendrait là-bas. Il s'y est rendu, avec le plaisir que vous pouvez imaginer : quel pouvoir ont donc les femmes ! Je suis bien placé pour le savoir ! Il ne faisait pas tout à fait noir, mais il n'y avait personne dans les

1. Situé dans l'angle nord-ouest de la capitale.

parages. Je m'étais caché dans les roseaux depuis un bon bout de temps ; assailli par les moustiques, j'avais des piqûres sur tout le corps, mais je ne bronchais pas. Quand je l'ai vu arriver et se rapprocher, j'ai eu brusquement l'impression que mon cœur allait bondir hors de ma poitrine ! Je l'ai laissé avancer encore d'un pas, puis, comme si j'avais été un fantôme en quête de remplaçant[1], j'ai serré mes deux mains autour de son cou, très fort. Sur le moment, j'ai cru que j'allais m'évanouir. Je ne sentais plus que ces deux mains, et rien d'autre. Quant à lui, je l'ai très bien entendu, il a seulement poussé deux petits cris comme un jeune chien qui jappe pendant son sommeil, et puis c'est tout. Il n'a même pas donné de coups de pied par terre et s'est montré d'une docilité que je n'aurais jamais imaginée. J'ai aussitôt tiré son corps dans les roseaux. En le fouillant, j'ai découvert l'acte de propriété de Zhang. Je l'ai pris, mais j'ai laissé la montre et le porte-monnaie. Une fois la chose faite, je me suis senti si flageolant que je n'osais plus m'éloigner. J'étais incapable de faire un pas. Il était couché sur le dos ; je ne voyais pas très bien son visage, mais je savais qu'il était en train de me regarder, et j'avais une peur bleue ! En entendant bouger les roseaux, j'ai tressailli, persuadé que quelqu'un allait me tordre le cou ! »

Ayant avalé une nouvelle coupe d'alcool, Ding se tâta la gorge, comme pour s'assurer qu'elle était

1. Allusion à la croyance populaire selon laquelle l'âme d'un noyé ne pouvait se réincarner qu'en faisant périr un autre homme par noyade.

toujours intacte. « Au bout d'une bonne heure, j'avais tellement transpiré que j'avais l'impression de sortir d'un bain. J'étais si affolé que, lorsque j'ai voulu faire un pas, je lui ai marché sur la jambe ! Alors, je suis sorti et j'ai couru tout droit devant moi, sans me retourner, et je suis arrivé au Pont du Ciel. Pourquoi là ? Je ne sais pas, peut-être parce que c'est là qu'on fusille les condamnés. Et j'ai cru entendre des gens crier : "Ding Er au poteau !" J'ai passé ainsi toute la nuit, tapi au pied du mur du Temple du Ciel, sans pouvoir dormir un instant, avec l'impression que les étoiles clignaient des yeux rien que pour m'annoncer mon exécution à l'aube ! » Sur ce il se servit une nouvelle rasade.

Mme Li avait apporté deux grands plats de ravioli, bien chauds et appétissants, mais les deux hommes n'avaient même pas touché à leurs baguettes.

Il y eut un changement de Maire. Dans les bureaux et les services régnait une atmosphère extrêmement tendue, qui fut encore aggravée lorsque, dans son discours inaugural, le nouvel édile annonça qu'il n'y aurait pas de mutations de personnel et qu'il ne ferait pas appel à des hommes à lui. Tout le monde savait bien, en effet, qu'il s'agissait de propos de circonstance devant la presse et que le principe selon lequel « les ministres changent toujours avec les empereurs » avait force de loi. Le lendemain, le Bureau de l'Éducation eut un nouveau titulaire, et tous ceux qui y travaillaient, même les agents les plus modestes, furent remplacés. À la Direction des Finances, tout le monde s'enquit avec impatience de Xiao Zhao, depuis le patron toujours aussi ventru jusqu'aux garçons, en passant par le Secrétaire général, les chefs de division et les responsables intermédiaires. Mais personne ne parvint à savoir où il était. Dans l'inquiétude et l'incertitude de tous, des bruits circulaient : est-ce que Xiao Zhao n'allait pas prendre tout simplement la place du patron ? Ces rumeurs donnaient encore dix fois plus d'importance à celui qui avait disparu. Par ailleurs, on constatait que les collaborateurs les plus proches du Directeur se sentaient obligés de tourner casaque. Chacun se mit à tirer à hue et à dia, et était prêt à faire n'importe quoi pour protéger ses propres intérêts et, d'abord, son poste.

Pour tous, Lao Li était le point de mire. N'était-il pas le seul à ne point s'affoler et à garder son calme, comme s'il avait eu une petite glacière à la place du cœur ? « L'assurance de ce salaud dépasse les bornes ! » pensaient ses collègues, qui ne pouvaient s'empêcher de le maudire. Pour sa part, M. Sun affichait un sang-froid analogue mais il ne suscitait pas l'animosité, car, à la différence de ce cachottier de Lao Li, il avait fait connaître à tout le monde le sort qui l'attendait : « Figurez-vous donc que le Maire est un parent à moi ! Je suis comme Zhu Bajie au fond de son baquet : on peut dire que je suis bien tombé ! Qui sait si je ne vais pas me retrouver Secrétaire général quelque part ! » Avec sa façon si particulière de prononcer le pékinois, M. Sun était d'une franchise désarmante !

Chez lui, les cadeaux se mirent à affluer : fruits de saison et fleurs à foison !

Là-dessus, un éboueur découvrit le corps de Xiao Zhao. La nouvelle parut à la une des journaux en caractères gros comme des soucoupes. On y analysait même en détail l'odeur pestilentielle qui se dégageait du cadavre. L'affaire était considérée comme des plus mystérieuses. Du coup, tout le monde se crut autorisé à se livrer à ses propres conjectures et commentaires. Au bureau, les esprits se mobilisèrent et on parvint très vite à la conclusion qu'il s'agissait d'une histoire politique. On considérait en effet que Xiao Zhao, devant prendre la place du gros Directeur, entretenait nécessairement des relations très étroites avec le nouveau Maire. Celui-ci avait annoncé qu'il ne toucherait pas au personnel en place, ce qui n'avait pas empêché tous les fonctionnaires du Bureau de l'Éducation, y compris les agents, de perdre leur place. Comme Xiao Zhao avait sûrement, de son côté, un poste important qui l'attendait, c'était toute une autre fournée de fonctionnaires qui risquaient de perdre leur emploi, donc... non seulement la logique de ces déductions était parfaite, mais elle avait l'avantage de satisfaire pleinement le cœur des gens. Ceux-là même qui auraient tremblé à l'idée de tuer un simple poulet se réjouissaient qu'il y ait eu un justicier, capable de toutes les prouesses, pour exterminer ce Xiao Zhao qui menaçait la position de plusieurs collègues !

De son vivant, Xiao Zhao était un personnage qui comptait, mais la mort, du jour au lendemain, réduisit toute son importance à zéro. À la suite de ce genre d'hypothèses, petit à petit, ce fut le patron qui apparut comme le principal instigateur du crime. Personne ne se risquait à le dire, mais on n'en pensait pas moins. Au fond, tout le monde connaissait très bien les rapports que la femme du Directeur entretenait avec Xiao Zhao, chacun savait ce que le patron devait à ce dernier et la peur que Zhao lui inspirait, par suite de toutes les machinations qu'il tramait dans son dos pour lui prendre son poste... À bien y réfléchir, la supposition devenait de moins en moins gratuite. Et comme tout le monde était du même avis, l'idée finit on ne sait comment par être émise ouvertement, bien que personne n'eût osé prendre les devants en la rendant publique. Une fois sur toutes les lèvres, la rumeur dont chacun constatait la justesse prit si bien corps qu'elle devint un fait historique, un des plus marquants de la vie politique.

Elle ne tarda pas à se propager d'une administration à l'autre, ce qui obligea notamment le nouveau titulaire du Bureau de l'Éducation à rappeler plusieurs des fonctionnaires qu'il venait de démettre. Il avait, en effet, entendu dire que l'on n'avait pas seulement affaire à un meurtrier isolé mais à une bande de tueurs bien organisée. Les chefs de bureau, qui, en raison même de leur puissance, se sentaient plus exposés, durent prendre quelques précautions et se rappeler le vieil adage selon lequel le sage veille d'abord sur lui-même. De là, la nouvelle parvint jusqu'aux oreilles du Maire : on disait même que c'étaient de vrais gangsters, des aventuriers à la solde des Japonais qui avaient fait le coup. Sa femme n'avait pas attendu plus longtemps pour se réfugier à Tianjin, dont elle appréciait fort les dancings. Le Maire fut donc contraint à pactiser avec tous les responsables de l'administration dans la ville : au lieu de procéder à des remaniements massifs, il se contenta de placer quelques hommes à lui dans chaque bureau. Temporairement, il ne toucha pas aux dirigeants, mais il laissa clairement entendre que, pour accéder à la Mairie, il avait engagé de grosses dépenses. Tous les budgets furent donc révisés en conséquence.

Pendant ce temps, Zhang Dage courait un peu partout, à la recherche d'une nouvelle situation. Même Tianzhen s'émouvait de le voir se démener ainsi : « Vous devriez louer un pousse ! Il fait trop chaud ! » L'entremetteur était touché de l'attention de son fils, qu'il trouvait beaucoup plus compréhensif depuis qu'il était sorti de prison. Mais il lui répondait : « Pourquoi louer un pousse ? Autant aller à pied lorsque la distance est courte ! Comme ça, je ne dépense pas plus de quatre-vingts sous de transport par jour ! » Peut-être que, jusqu'à sa mort, Zhang se refuserait encore à parler de maos au sujet d'un pousse. À force de courir l'entremetteur finit par trouver une piste : un secrétaire du nouveau Maire, qui avait travaillé autrefois avec lui et dont le jeune frère avait même trouvé femme grâce à lui, non seulement lui avait promis son aide, mais lui avait également demandé dans quel service il voulait aller. Comme quoi il n'était pas inutile d'entretenir de bonnes relations avec les gens : on était bien payé de retour ! Pour un peu, Zhang en aurait pleuré de joie ! Il suffisait de ne plus avoir un communiste dans la famille pour que les choses s'arrangent. Qui avait même osé prétendre que les gens n'étaient plus aussi fidèles qu'autrefois ? Zhang n'en revenait pas que l'autre lui eût laissé le choix de son service. Il se demandait bien lequel choisir. C'était très embarrassant. Dans l'administration, toutes les fonctions se ressemblaient et dépendaient de qui les assumait. Toutefois, puisqu'on lui laissait le choix, il fallait qu'il se décide, ne serait-ce que pour répondre aux bonnes grâces du dévoué secrétaire. Fermant complètement l'œil gauche, il fuma deux pipes de suite et décida finalement de revenir à la Direction des Finances. C'était le service qu'il connaissait le mieux et les bureaux étaient plus spacieux qu'ailleurs.

Sa réintégration, en compagnie de plusieurs hommes qu'on n'avait jamais vus, n'entraîna, en fait, aucun changement parmi les fonctionnaires en place. Non seulement le Directeur tenait à garder la face, mais chacun de ses subordonnés bénéficiait de protections. Le résultat, ce fut que les nouveaux nommés le furent en surnombre. Il n'était même pas nécessaire que le Directeur les payât de sa poche : il suffisait de tondre un peu plus la foule innombrable des contribuables. En outre, le compromis passé entre le Maire et les responsables de l'administration n'était après tout que momentané : quand on pouvait s'attendre à être soi-même destitué du jour au lendemain, à quoi bon faire des mécontents en réduisant le personnel ? Dans ces conditions, le bureau, où anciens et nouveaux cherchaient à faire connaissance, était plein d'animation et la Grande Paix régnait partout.

On dut engager deux garçons de plus : ceux qui assuraient le service des serviettes chaudes et du thé, devant la multiplication de la demande, s'étaient révélés incapables de faire face. Zhang saisit l'occasion pour proposer le charlatan qui abusait du sulfate de calcium [1]. À ce dernier, il présenta la chose comme temporaire, en attendant de retrouver un autre poste de médecin à la faveur des changements qui ne manqueraient pas d'intervenir. Alors, il lui conseillerait, non pas de supprimer, mais de réduire autant que possible la prescription de son médicament favori. Par ailleurs, Zhang se montra particulièrement aimable avec tous ses nouveaux collègues qui venaient des quatre coins de la Chine. Aux uns, il enseignait le mandarin ; aux autres, il apprenait les nouvelles manières de table occidentales. Enfin, quand l'un d'entre eux voulait choisir une épouse, l'entremetteur était aux anges.

Lao Li avait, lui aussi, conservé son poste. La situation le faisait plutôt rire. Décidément, le bureau ressemblait de plus en plus à un monstre auquel on ne pouvait échapper, même si on en avait envie. Il n'y avait plus qu'à survivre, comme tout le monde, mais la différence, c'était que les autres étaient pleins d'entrain, alors que lui ne connaissait que la solitude et l'ennui. Il ne s'adressait guère aux nouveaux collègues ; quant aux anciens, ils étaient extrêmement montés contre

1. Cf. chap. II, p. 39.

lui. M. Sun, qui venait d'apprendre un nouveau dicton, s'empressa de l'utiliser à ses dépens : « Quand l'homme de la campagne ne reconnaît pas un cactus, il l'appelle une galette verte ! »

Lorsque Lao Li s'en vint remettre l'acte de propriété à Zhang, celui-ci fut tellement stupéfié que l'autre renonça à l'effrayer davantage. L'entremetteur n'osait même pas prendre dans ses mains le fameux papier : en le voyant, il avait l'impression de revoir Xiao Zhao en personne ! C'était vraiment dangereux ! « Mais puisque je te dis qu'il ne t'arrivera rien : tu n'as qu'à le prendre et le ranger ! »

Zhang songea aux romans de chevalerie, où il y a toujours un justicier pour châtier les criminels et protéger les innocents.

« Peux-tu me confier la cage à oiseaux de Ding Erye ? dit Lao Li, qui semblait changer complètement de conversation.

— Si encore je savais où le vieux se trouve ! Voilà plusieurs jours que je ne l'ai pas aperçu. Il profite toujours du moment où nous aurions le plus besoin de lui pour s'absenter et faire des siennes. C'est un vrai bon à rien ! » Zhang, visiblement, était très mécontent du vieux Ding.

« Il est chez nous depuis plusieurs jours, à nous rendre divers services, lui répondit Lao Li, qui n'osait pas dire que Ding se retrouvait en rêve toutes les nuits devant un peloton d'exécution et ne se risquait pas à mettre le nez dehors.

— Ah bon ! S'il est chez vous, alors je suis tranquille ! » L'entremetteur, par politesse, se montrait plus accommodant, mais il ne comprenait toujours pas ce que Ding pouvait avoir à faire chez les Li.

Lao Li prit la cage à oiseaux et s'en alla. De son côté, Zhang, l'air absent, regardait le papier qui venait de lui être rendu et se demandait bien tout ce que cela signifiait.

CHAPITRE XX

Lao Li n'avait plus qu'un but dans l'existence . trouver chaque jour une occasion d'apercevoir « un brin de poésie » du côté du pavillon est. Il était bel et bien envoûté : il ne pouvait pas se le dissimuler, même si la raison continuait d'exercer un puissant contrôle sur le moindre de ses gestes. Comme il n'osait pas — ou, plus exactement, ne voulait pas — passer à l'attaque en se fiant uniquement à ses sentiments, son seul espoir était de voir quelles seraient ses réactions à elle après le retour de son mari : il pourrait alors décider quelle devait être sa propre attitude. En admettant qu'il ne cherchât pas à s'illusionner lui-même une fois de plus, il espérait réellement que lorsque Ma reviendrait les époux se querelleraient. Il pourrait alors s'enfuir avec elle, loin de cette famille qui ne lui inspirait plus que du dégoût et loin de ce monstre qu'était le bureau. Ils iraient tout droit vers les mers du Sud, là où les couleurs sont intenses et les parfums capiteux. Vivant tout nus dans la jungle équatoriale, ils connaîtraient des nuits d'une douceur sans égale et leurs rêves auraient les teintes chatoyantes de la passion !

Ils emmèneraient avec eux Ding Erye. Un homme comme lui était vraiment né pour goûter un jour à la nonchalance des tropiques. Et puis, il fallait trouver pour lui une solution car il passait tout son temps dans la terreur d'être exécuté et il pouvait très bien, un jour ou l'autre, boire un coup de trop et aller se dénoncer au poste de police. Où l'emmener ? Probablement, au seul endroit qui convenait : les mers du Sud. Il se voyait déjà avec elle, tous deux accompagnés du malheureux Ding, au pied d'un cocotier : quelle magnifique scène de roman !

De son côté, le vieil homme consultait les sorts en interrogeant ses oiseaux : « Chantez donc, mes petits amis ! Tant que vous chanterez, personne ne viendra pour me fusiller ! » S'enfuir ! Oui, s'enfuir ! Le cœur de Lao Li, à cette idée, s'était brusquement emballé. On relâcherait également les oiseaux de leur cage et, eux aussi, ils pourraient voler, oui, voler droit à travers la mer toute verte, jusqu'aux forêts peuplées de perroquets multicolores, où ils étancheraient leur soif dans des ruisseaux parcourus par des poissons de toutes les teintes de l'arc-en-ciel.

La société qui l'entourait le faisait bien rire. Que le simple meurtre de Xiao Zhao ait permis d'assurer l'existence de tant de personnes lui semblait fort drôle !

On était dimanche. Les cigales n'avaient pas cessé de chanter depuis le point du jour. Au cours de la matinée, la température avait déjà atteint les trente degrés. Des plaques de petits boutons grandissaient à vue d'œil sur la tête et la poitrine des deux enfants. Il n'y avait pas un souffle de vent, et la ville étouffante ressemblait à un immense four : on aurait pu faire griller des galettes sur le mur des remparts. Ding ne supportait même plus sa vieille tunique de ramie. Ling et son frère avaient si chaud qu'ils étaient irritables et nerveux, comme l'est un chien qui mord tout ce qui se trouve à sa portée. Dans la cour, au-dessus du sol de briques, l'air était parcouru de vibrations lumineuses; les fleurs et les plantes baissaient toutes du nez, tandis que, réfugiés au pied du mur, les moineaux gardaient le bec ouvert et haletaient, comme s'ils allaient défaillir d'un instant à l'autre. Personne dans la maison n'avait faim, mais le cri du marchand de glace fut accueilli comme une bonne nouvelle, tombée directement du ciel. Lao Li, qui ne portait même pas de chaussettes, agitait énergiquement son éventail de jonc. En dehors des mouches, toujours aussi affairées, les êtres vivants étaient dans un état de semi-inertie. Quand un tram passa, le simple bruit de sa sonnette fit l'effet d'une fatale malédiction et plongea tout le monde dans l'anxiété.

L'été est une saison où il vaut mieux ne pas faire de visites : c'est vrai pour soi comme pour autrui, et spécialement pour les gens corpulents. Mais la grosse Mme Wu n'était pas de cet avis. Elle se crut obligée de venir prendre des nouvelles, comme si elle n'avait d'autre intention que d'augmenter encore la température ambiante.

Lao Li se hâta d'enfiler des chaussettes et de saisir une chemise. Ses coudes ruisselaient de sueur.

Mme Wu n'avait plus d'œil au beurre noir, mais, sur une de ses joues, on remarquait une belle cicatrice, mal fermée en raison de la sueur et attaquée par un bataillon de mouches.

« Monsieur Li, je suis venue pour vous présenter mes excuses, commença-t-elle, tandis que sa joue s'agitait d'elle-même pour éloigner les mouches. Maintenant, j'ai tout compris. Depuis la mort de Xiao Zhao, les choses sont très claires. Je viens donc vous faire mes excuses. Il y a aussi une nouvelle que je voulais vous annoncer. Mon mari a retrouvé un poste. À la faveur du changement qui s'est produit à la tête de la Mairie, grâce à un ami à lui, il est entré au Bureau de l'Éducation. Il a beau être militaire de formation, il commence à bien connaître ses caractères : récemment, quelqu'un l'a même chargé d'orner un éventail de sa calligraphie. C'est une solution comme une autre, mais peut-on vivre sans rien faire ? »

Voulant être poli, Lao Li posa la question qu'il ne fallait pas poser : « Ainsi, vous renoncez vous aussi à divorcer ? »

Mme Wu hocha la tête : « Que voulez-vous, on ne peut en parler à la légère ! Qui subviendrait à mes besoins ? Face aux nécessités de la vie, on n'a pas le choix : j'ai dû me résigner à mon sort ! Vous voyez cette cicatrice, ajouta-t-elle en montrant sa joue du doigt, c'est cette sale petite qui m'a griffée ! Naturellement, je ne lui ai pas pardonné et, comme elle ne fait pas le poids, elle a encore aujourd'hui la figure toute violette et toute bleue, tellement je l'ai pincée. J'ai fait la paix avec mon mari ; je peux donc me consacrer entièrement à elle et on va bien voir qui l'emporte, sa concubine ou moi, mais il serait bien étonnant, avec les coups que je vais lui administrer, que je n'arrive pas à la chasser ! Je vous quitte : je profite encore de la matinée pour faire une autre visite. » On aurait dit qu'elle était de ces gens qui s'entraînent spécialement contre le froid et la chaleur, et mettent donc spécialement à profit les jours les plus chauds de l'été.

Lao Li la raccompagna, en se disant : « En voilà au moins une qui ne divorce plus ! »

Il avait à peine enlevé sa chemise et essuyé la sueur qui inondait sa poitrine que survint Mme Qiu. Même elle, qui était le contraire d'une personne replète, avait le front en nage.

« On ne peut pas dire qu'il fasse très chaud, non, déclara-t-elle, comme pour mieux manifester sa singularité. Monsieur Li, je suis venue pour vous poser une question : où habite la nouvelle maîtresse de mon mari ?

— Je l'ignore », répondit Lao Li, qui, réellement, n'en savait rien.

L'index pointé dans sa direction, Mme Qiu s'exclama : « Vous tous, les hommes, vous n'êtes que des menteurs ! » Puis elle ajouta, avec un sourire contraint : « Je me moque de tout ce que vous pourriez me dire. Je me suis fait une raison : l'important, c'est que chacun puisse vivre. Il ne faut pas prendre les choses au tragique, surtout pas.

Tant que mon mari ne choquera pas trop la décence, je ne chercherai pas à en savoir davantage. Vous pensez que j'ai tort ?

— Comment, vous aussi, vous renoncez au divorce ? dit Lao Li, en insistant de la voix sur le mot "aussi".

— Je n'en vois plus la nécessité. C'est bien simple : quand on a comme époux un cadre de l'administration, on ne peut pas lui faire de scènes de ménage, ce serait oublier la position enviable qu'il occupe ! Mais vraiment vous ne savez rien au sujet de cette... »

Lao Li fit signe que non.

« Eh bien, puisqu'il me reste du temps, d'ici midi je vais aller m'informer un peu ailleurs ! » On aurait dit qu'elle avait la même passion de l'exercice estival que la grosse Mme Wu.

En la raccompagnant, Lao Li songea : « Encore une qui ne divorce plus ! »

Il était sur le point de regagner la cour quand arriva Zhang Dage, un grand panier de fruits à la main.

« Nous avons acheté ces quelques fruits pour notre fille adoptive. Il fait réellement une chaleur torride ! » dit Zhang tout en se dirigeant vers la maison.

Lorsque Ding Erye l'entendit, il s'empressa de se cacher dans sa chambre : il transpirait plus que jamais.

« Dis-moi, Lao Li, demanda Zhang en s'épongeant le front, quel rapport, en fin de compte, y a-t-il entre notre acte de propriété et Ding ? Ça me chiffonne et je me sens très embarrassé, comme tu peux t'en apercevoir ! »

Lao Li savait bien ce que son ami redoutait : qu'il y eût un lien entre cette histoire de titre de propriété et la mort de Xiao Zhao. D'une part, Zhang ne pouvait renoncer à cet acte de propriété et, de l'autre, il craignait de s'attirer de gros ennuis. Après avoir bien réfléchi, Lao Li préféra ne pas lui révéler la vérité : par une journée aussi chaude, c'eût été une catastrophe de provoquer lui-même l'évanouissement de son ami ! « De toute manière, tu n'as pas à t'en faire : je t'assure qu'il n'y a rien de louche et que je n'ai pas l'intention de te nuire ! »

Zhang avait entrouvert plusieurs fois la paupière de son œil gauche, tel un vieux cheval fourbu. Il continuait de ne pas prendre pour argent comptant ce que lui racontait Lao Li et il s'était même aperçu que ce dernier était résolu à ne pas lui dire la vérité : « Tu sais pourtant que Tianzhen vient tout juste de sortir de prison, et qu'il faut éviter de nouveaux... »

À ces mots, Lao Li eut le sentiment de mieux comprendre l'entremetteur : pour lui, aussi bien que pour les deux précédentes visiteuses et tous les autres, s'il y avait une chose à craindre, c'était un procès. Leur seul souci était de blanchir les scandales domestiques et, pour cela, ils étaient prêts à recourir à tous les expédients. L'important était de ne pas perdre la face en portant atteinte à sa réputation. Tianzhen avait beau être libre, son père considérait toujours son emprisonnement comme une souillure pour l'honneur familial : le mieux était de la recouvrir d'une couche de céruse aussi épaisse que possible. Surtout, il fallait éviter que cette affaire n'en entraîne une autre et ne parvienne ainsi à la connaissance de tous ; Zhang n'aurait pas la force de supporter un nouveau choc. Si on lui avait dit, comme à un âne muni d'œillères, de tourner pendant dix ou vingt ans la même meule, il aurait obéi volontiers ; si, en revanche, on lui avait demandé de faire librement quelques pas en pleine rue, il aurait été malheureux à en pleurer. « Grand frère, si tu n'es pas tranquille, tu n'as qu'à me confier le papier et à m'imputer toute l'affaire : tu es bien d'accord ?

— Ça... non, ça n'est pas nécessaire, répondit Zhang avec un sourire plutôt forcé, je t'en prie, Lao Li, ne te fais pas des idées ! Pour ma part, je... mais il faut que nous fassions un peu attention !

— Je t'assure qu'il n'y a pas de problème ! Ding sera chez toi dans quelques jours ; tu n'as pas à t'inquiéter !

— Bon, eh bien, je rentre, car quelqu'un m'attend pour discuter avec moi d'un projet de mariage. À demain ! »

Lao Li raccompagna l'entremetteur. La chaleur l'avait rendu si nerveux qu'il aurait bien mordu quelqu'un, rien que pour se soulager.

Ding Erye, la tête en nage, sortit alors de la pièce où il se tenait caché : « Monsieur Li, vous n'imaginez tout de même pas que je vais retourner chez les Zhang ! Si Zhang Dage me soumet à un véritable interrogatoire, je serai bien obligé de tout lui dire, oui, de tout lui dire !

— Je ne lui en ai parlé que pour qu'il s'en aille.

Mais personne ne te demande de retourner chez les Zhang ! » Cette façon de protéger le vieux Ding lui semblait à la fois pleine de sens et dépourvue de toute signification. Il ne savait au juste qu'en penser.

Cinq minutes à peine après le départ de l'entremetteur, un homme et une femme pénétrèrent dans la cour et s'introduisirent directement chez les Li. Le maître de céans venait juste d'enlever de nouveau ses chaussettes et sa chemise.

« Ne bougez pas, non, ne bougez pas ! s'écria l'homme en voyant Lao Li qui cherchait partout sa chemise, surtout, ne bougez pas, camarade ! Je suis Ma Ketong, le petit frère de Ma Kesi [1]. Et elle, dit-il pour présenter la jeune femme, c'est la camarade Gao, qui vit avec moi. D'après mes souvenirs, cet appartement était à ma mère : puis-je vous demander, camarade, ce que vous y faites ? »

Lao Li resta interdit.

Le camarade Ma, qui portait une valise, la déposa par terre et s'assit dessus, tandis que la camarade Gao, qui n'avait à la main qu'un petit panier de bambou, ne pouvait en faire autant ; elle alla chercher elle-même une chaise pour s'asseoir.

Lao Li avait enfin compris de qui il s'agissait : du fils de la vieille Ma et de sa compagne. Il les examina en détail l'un et l'autre.

Le camarade Ma avait une trentaine d'années. Il

1. Ma Kesi est une transcription phonétique du nom de Marx.

n'était pas grand. Il portait un short jaune, une chemise à manches courtes et à col ouvert, ainsi que des tennis de toile blanche. Sa physionomie ne manquait pas de fierté, avec ses sourcils tournés, l'un vers la terre, l'autre vers le ciel, et des yeux louchant d'un côté vers Moscou et de l'autre vers Rome. Avec son nez fortement dilaté, comme les naseaux d'un cheval qui vient de galoper, et sa bouche qui en profitait pour bâiller vers le haut, il semblait arborer un perpétuel sourire de satisfaction, d'un air qui voulait dire : « Regardez-moi donc ! »

La camarade Gao, qui avait sensiblement le même âge, était aussi de taille moyenne. Ses pieds nus étaient chaussés de grandes sandales blanches à talon plat, mais, sur elle, en dehors de sa robe à manches courtes de la même couleur, elle ne portait probablement rien : on voyait sa peau foncée au travers de l'étoffe. Les traits de son visage étaient assez lourds, sa grosse bouche en particulier, et son expression manquait plutôt d'allant ; du reste, elle fronçait les sourcils et paraissait avoir mal à la tête.

Ding Erye, Mme Li, les enfants, tout le monde se précipita pour voir les nouveaux venus : les deux camarades se retrouvèrent encerclés et dans l'impossibilité de bouger. Ma avait profité de l'occasion pour subtiliser à Ding son éventail de bananier, qui lui procurait un peu de fraîcheur ; la camarade Gao avait pris sur la table une belle pomme verte, une de celles que Zhang venait d'offrir, et s'apprêtait à la croquer, quand elle fut contrainte par Ying de la restituer.

« Regardez-moi ce petit bourgeois ! s'écria le camarade Ma, l'index pointé en direction de l'enfant, faut-il qu'il y ait si peu d'espoir sur la terre ! »

Voyant que son mari ne réagissait pas, Mme Li se fâcha : « Dites-moi plutôt ce que vous faites ici tous les deux !

— Nous sommes deux camarades. Et vous, qu'est-ce que vous faites là ? » rétorqua aussitôt Ma.

Mme Li resta sans réponse. Elle avait l'intention de gifler le camarade Ma, mais elle hésita à porter la main sur lui.

La porte s'ouvrit alors brusquement et la vieille Ma entra : « Dépêchez-vous de vous retirer, allons plutôt chez nous !

— Camarade Mère ! dit Ma en se levant et en serrant longuement la main de la vieille dame, restons donc ici, il fait plus frais ! »

La vieille Ma, qui avait les larmes aux yeux, eut de la peine à se contenir : « Mais c'est l'appartement de M. Li ! » Puis, se tournant vers ce dernier : « Ne tenez pas compte de ce qu'il vous dit, monsieur Li, vous voyez bien qu'il est un peu loufoque ! Allons-nous-en ! » À l'intention de la jeune femme, elle précisa : « Venez, vous aussi ! »

Ma refusait de s'en aller. Sa mère fut obligée de l'entraîner de force. Ding Erye porta sa valise. La camarade Gao sortit également en fronçant les sourcils. Lao Li vit alors la jeune Ma, debout devant sa maison : la lumière brutale du soleil inondait son visage, tout blême.

À l'heure du déjeuner, personne ne mangea : on but seulement un peu de potage froid au soja vert pour se rafraîchir. Lao Li, qui ne soufflait mot, semblait exprimer ses sentiments par la transpiration : il suait sans discontinuer. Il ne paraissait avoir d'oreilles que pour le pavillon est, mais aucun son n'en provenait. Il en admirait d'autant plus la jeune Ma : quel courage inflexible ! À force d'accumuler de l'énergie pour elle, il ne faisait que ruisseler davantage. Dans quelle situation difficile elle devait être ! Mais, comme d'habitude, elle restait silencieuse.

Ding Erye, pour qui le camarade Ma était un autre Xiao Zhao, aurait volontiers emprunté le battoir de la maison pour lui donner une bonne raclée. Mme Li trouvait que l'autre méritait une telle correction. Cependant, elle n'osa pas prêter son instrument à Ding.

Ying, qui s'était rendu en cachette au pavillon d'à côté pour voir la tante Ma, constata que la porte était fermée à clé : même en poussant, il ne réussit pas à l'ouvrir. Il appela la voisine, sans obtenir de réponse. Il était si agacé qu'il eut de nouveau le corps couvert de boutons.

Le pavillon ouest, en revanche, ressemblait à une petite maison de thé, tellement la discussion y était vive. On entendait surtout la voix, très sonore, du camarade Ma, et celle, plus sourde, de sa mère, car la camarade Gao ne semblait guère intervenir.

La vieille dame, à la fin de l'ère Guangxu [1], avait

1. 1875-1908.

suivi le mouvement réformateur, mais ses idées n'avaient pas beaucoup progressé depuis lors et elle ne comprenait pas grand-chose à tout ce qui s'était produit après le 4 Mai[1]. Pourtant, elle était intelligente, ouverte et plutôt éclairée : dans certains domaines, elle se montrait même plus perspicace que les jeunes qui ne juraient que par la révolution, tandis que, dans d'autres, elle était conservatrice à tout crin. Elle avait consciencieusement élevé ses enfants, mais, en même temps, elle s'était montrée d'une grande indulgence à leur égard. Lorsque son fils s'était marié, il l'avait fait en toute liberté et elle ne s'en était pas du tout mêlée. Elle éprouvait beaucoup d'affection pour sa bru et, depuis que Ma vivait avec la camarade Gao, elle n'avait jamais pardonné à son fils.

C'était là précisément l'objet de leur discussion. Si lui ne pouvait vraiment pas se séparer de sa compagne, eh bien, elle était décidée quant à elle à déménager ! Elle laissait naturellement à sa bru le choix de rester avec son mari ou de suivre sa belle-mère. Mais, si son fils pouvait renoncer à la camarade Gao, celle-ci n'avait qu'à déguerpir sur-le-champ. De tous les propos tenus par la vieille Ma, ce n'était là qu'un résumé : elle ne reviendrait pas dessus.

Le camarade Ma était un raté, pas très malin et extrêmement vaniteux. Son ambition était de

1. À la suite du traité de Versailles, qui avait attribué au Japon les possessions allemandes en Chine, les étudiants organisèrent, notamment à Pékin le 4 mai 1919, de grandes manifestations, point de départ d'un important mouvement de rénovation nationale.

devenir le petit frère de Marx, ce qui ne l'empêchait pas, en théorie comme en pratique, de donner pour unique objectif à la révolution sa réussite personnelle. Les riches ne l'impressionnaient pas et son seul désir était de les faire descendre de leur ciel sur la terre, rien que pour pouvoir leur piétiner le visage. À l'égard des pauvres, il se voulait charitable, mais il ne les comprenait absolument pas : faire pour eux la révolution n'avait aucun sens à ses yeux. Son rêve le plus beau était de devenir un révolutionnaire éminent, ce qui expliquait le « Regardez-moi donc ! » qu'on lisait sur son visage, mais, là encore, il avait totalement échoué.

Avec les femmes, il se voulait un amant passionné car il était également fasciné par leur beauté et le caractère original de chacune. Ainsi, il aimait les qualités esthétiques de son épouse, mais tant d'honnêteté et une âme aussi paisible avaient fini par lui peser. La jeune Gao, par contre, avait de l'entrain et un tempérament plein d'audace qu'il appréciait beaucoup ; malheureusement, elle était nettement moins belle et même un peu hommasse. Entre les deux il ne savait comment choisir et se disait : « Je suis vraiment coincé ! » Il ne voulait pas non plus trancher la question, considérant que la polygamie et la polyandrie étaient également légitimes, que chacun était donc libre d'agir à sa guise et que personne n'avait le droit de se mêler de ce qui ne le regardait pas. Il lui était impossible de se séparer de l'une plutôt que de l'autre ; comme, par ailleurs, aucune des deux ne semblait prête à accepter son système polygamique, il avait beau réfléchir, il ne trouvait pas la moindre solution.

Un autre de ses rêves, qui semblait bien devoir rester dans le domaine de l'utopie, était qu'en vivant avec la femme qui incarnerait pour lui l'amour il verrait ses entreprises couronnées de succès. Or, il ne lui avait servi à rien d'épouser celle qu'il aimait, et il en avait été de même lorsqu'il avait fait la conquête de cette autre femme énergique et active. Il estimait néanmoins que les femmes sont faites pour aider à la réussite des hommes. Le résultat, c'était que, lorsque l'homme échouait, il restait encombré d'une créature qui continuait plus que jamais de vivre à ses crochets. Certes, la camarade Gao aurait été capable de gagner sa vie mais c'eût été s'éloigner beaucoup du rôle que Ma lui avait assigné. Entre eux, les scènes étaient fréquentes : parfois, c'était elle qui le provoquait à dessein. Depuis qu'ils vivaient ensemble, elle lui en avait fait beaucoup voir et il le prenait mal. Auparavant, il ne savait pas ce que c'était que la souffrance. Il avait toujours pensé que la vie d'un révolutionnaire consistait à se déplacer fréquemment en voiture, à faire des discours et à boire bière sur bière : c'était ainsi que l'on parvenait au sommet de la hiérarchie des camarades. Or, il lui arrivait parfois de ne pas pouvoir se payer le tram ! Le désespoir l'ayant rendu un peu fou, pour menacer autrui il n'avait plus que les mots qui faisaient trembler le commun des mortels et sa vanité l'empêchait de reconnaître de bonne grâce son échec : « Regardez-moi donc ! J'ai au moins sur vous un avantage : toutes les personnes de plus de quarante ans doivent être liquidées ! » De tels propos faisaient frémir les honnêtes gens : il ressemblait un peu à un gamin qui effraie volontairement son chien en lui jouant des tours.

La réunion qui se tenait dans le pavillon ouest dura plus de deux heures. Ma ne savait que faire car sa mère ne pouvait garder la camarade Gao. Finalement, son panier de bambou à la main, celle-ci sortit et Ma ne l'accompagna même pas jusqu'à la rue.

La vieille Ma gagna le pavillon est. La porte était toujours fermée à clé : « Ouvre donc ! J'ai assez de soucis comme ça ! » À ces mots, la porte s'ouvrit et la belle-mère put entrer.

Pendant ce temps, Ma se glissa en direction du pavillon nord. Terrassés par la chaleur, Ying et Ling s'étaient endormis tous les deux. Les adultes, pour leur part, se tenaient dans la pièce principale, écoutant en silence les nouvelles provenant des deux pavillons latéraux. Le camarade leur annonça, la mine réjouie : « Il faut absolument que vous déménagiez tout de suite : il n'y a plus de place pour vous ! » Et, successivement, il s'adressa à chacune des trois personnes présentes en posant la même question : « As-tu fait ou non la révolution ? » Nul ne lui répondit.

« À les voir, reprit Ma en riant, vos têtes n'ont rien de révolutionnaire ! Moi, j'ai fait la révolution ! C'est donc à moi d'occuper le pavillon principal, vous allez débarrasser les lieux sans tarder ! »

Retrouvant sa juste indignation de paysanne, Mme Li flanqua une gifle tout à fait révolutionnaire sur la figure hilare du camarade, un peu comme elle aurait fait pour écraser un taon sur un bœuf de labour : elle n'aimait vraiment pas les hommes qui avaient deux femmes !

« Bravo, bravo ! » cria dans un coin Ding Erye.

Le camarade, se cachant le visage de la main, tourna les talons et sortit. Il ne semblait pas prêt à lancer une contre-offensive.

Lao Li, qui avait pourtant assisté à toute la scène, semblait n'avoir rien vu. Son esprit était ailleurs, tout entier tourné vers le pavillon est. Qu'était-elle devenue ? Que lui disait sa belle-mère ? La camarade Gao pouvait-elle vraiment s'effacer de gaieté de cœur ? La chaleur était toujours aussi forte mais il ne la sentait pas. Le cœur battant, il attendait que la vérité se fît jour. Le comportement de Ma l'avait un peu refroidi. En homme passionné d'aventures sentimentales, il aurait dû se prendre pour le centre de l'univers. Or, les aventures de Ma ne l'avaient conduit nulle part ; il était finalement rentré chez lui pour briser le cœur de sa vieille mère. C'était totalement dénué de sens ! Naturellement, la passion était un divertissement passager, fondé sur une jouissance momentanée, et se moquant bien des conséquences. Mais Lao Li était incapable d'imaginer une aventure qui n'aurait pas de suites. Briser le cœur de sa vieille mère lui semblait une chose inacceptable !

À l'heure du dîner, son cœur avait refroidi de moitié : la jeune Ma prenait son repas dans le pavillon d'en face ! Il n'entendait pas ses paroles, mais il était certain qu'elle était en train de manger à la même table que son mari et sa belle-mère !

Lorsque la nuit arriva, son cœur se refroidit tout à fait : Ma allait dormir dans le pavillon est ! Tel un pot fêlé qui se serait brisé en tombant de haut, le monde de Lao Li était en miettes. « Un brin de poésie » ? Ça n'existait pas sur terre, pas plus que la beauté sereine et l'indépendance qui l'avaient séduit jusqu'alors. La vie n'était qu'un lâche compromis, sans aucun rapport avec l'idéal. Il l'aurait admis de n'importe quelle autre femme, mais pas d'elle ! Et voilà qu'elle était comme toutes les autres ! Peut-être trouvait-elle Ma séduisant, mais pourquoi donc ? La jalousie fait souvent que les gens se posent des questions stupides.

Au début, il n'entendit que la voix de Ma. Pour sa part, elle ne disait rien. Par la suite, elle prononça quelques mots. Finalement, une véritable conversation s'engagea entre eux. Puis un profond silence s'installa. Sur le coup d'une heure du matin, Lao Li, qui n'avait pas envisagé un instant d'aller se coucher, put constater que la discussion avait repris, d'abord à voix basse, puis à voix de plus en plus haute, et que, pour finir, ils se querellaient. En entendant leurs cris, il éprouva une certaine satisfaction, comme si le résultat, pour ne pas dire le châtiment, de la compromission ne pouvait être que la dispute ! Il espérait même qu'à force de se chamailler, elle finirait par le quitter et qu'alors lui, Lao Li, aurait encore une chance. Mais, peu après, le silence revint. Lao Li se mit à imaginer quel pourrait être son avenir à elle. La camarade Gao pouvait très bien revenir un jour et la jeune Ma, qui avait capitulé devant son mari, était capable de céder devant sa rivale, voire de se laisser chasser à son tour. Il la considérait un peu comme une fleur qui perdait progressivement ses pétales et finirait même par voir tomber ses feuilles. Éprouvait-il de la haine ou de la pitié pour elle ? Il ne parvenait pas à le savoir. Dans le monde réel, personne n'avait jamais vu de fleurs perpétuellement épanouies. Les fleurs qui apparaissent dans les poèmes ne peuvent être qu'imaginaires !

L'univers était plongé dans l'obscurité la plus noire : pas le moindre rayon de lumière ! Lao Li avait perdu tout espoir. Il ne pouvait continuer d'habiter dans cette maison, pour laquelle il éprouvait désormais la même aversion que pour ce monstre de bureau. Il réveilla Ding Erye et se mit à lui chanter les louanges de la campagne, si belle malgré ses contours imprécis.

« Bonne idée, très bonne idée : je pars avec vous ! À Pékin, tôt ou tard, je serais bon pour le peloton d'exécution ! » Sur ce, Ding commença même à préparer les bagages.

Zhang Dage allait sortir pour se rendre au bureau lorsqu'il vit, sur le pas de sa porte, des hommes qui lui rapportaient tout un ensemble de tables et de chaises, ainsi qu'une paire de sentences parallèles non dédicacées, le tout accompagné d'une lettre. Une fois arrivé au bureau, il constata que ses collègues étaient très excités, comme s'ils avaient vu un fantôme en plein jour :

« Ce diable de Lao Li est complètement fou : il a démissionné ! Oui, démissionné ! » Eux qui ne pouvaient imaginer chose pareille en étaient encore tout interloqués : on aurait dit que le mot même de démission leur restait en travers du gosier.

« Il est déjà parti et, bizarrement, à la campagne ! » dit Zhang Dage, qui éprouvait sincèrement de la peine pour son ami. « Quelle perte ! » Naturellement, il regrettait plus le poste de première classe que son ancien collègue, mais il ne pouvait le dire.

« C'est à n'y rien comprendre ! Il a peut-être trouvé ailleurs une meilleure situation ? » supputèrent les autres. Mais non ! À la campagne, comment aurait-on pu lui réserver un poste dans l'administration comparable à celui qu'il occupait dans la capitale ?

« Ding Er est aussi parti avec lui ! précisa Zhang, apportant là un élément nouveau pour la discussion.

— De qui s'agit-il ? » demandèrent-ils tous à la fois.

Zhang leur raconta en détail l'histoire de Ding Erye. À la fin, il ajouta : « Ding était un bon à rien ! C'est Lao Li que nous devons regretter. Mais vous allez voir qu'il sera bientôt de retour ! Comment pourrait-il oublier Pékin ? »

DU MÊME AUTEUR

Aux Éditions Gallimard

GENS DE PÉKIN (Folio n° 2473).

LA CAGE ENTREBÂILLÉE (Folio n° 3746).

L'ENFANT DU NOUVEL AN.

HISTOIRE DE MA VIE, extrait de GENS DE PÉKIN (Folio à 2 € n° 3627).

Aux Éditions du Mercure de France

QUATRE GÉNÉRATIONS SOUS UN MÊME TOIT, tome 1 (repris en Folio n° 3119).

QUATRE GÉNÉRATIONS SOUS UN MÊME TOIT, tome 2 (repris en Folio n° 3356).

QUATRE GÉNÉRATIONS SOUS UN MÊME TOIT, tome 3 (repris en Folio n° 3564).

COLLECTION FOLIO

Dernières parutions

3545. Stephen Marlowe	*Octobre solitaire.*
3546. Albert Memmi	*Le Scorpion.*
3547. Tchékhov	*L'Île de Sakhaline.*
3548. Philippe Beaussant	*Stradella.*
3549. Michel Cyprien	*Le chocolat d'Apolline.*
3550. Naguib Mahfouz	*La Belle du Caire.*
3551. Marie Nimier	*Domino.*
3552. Bernard Pivot	*Le métier de lire.*
3553. Antoine Piazza	*Roman fleuve.*
3554. Serge Doubrovsky	*Fils.*
3555. Serge Doubrovsky	*Un amour de soi.*
3556. Annie Ernaux	*L'événement.*
3557. Annie Ernaux	*La vie extérieure.*
3558. Peter Handke	*Par une nuit obscure, je sortis de ma maison tranquille.*
3559. Angela Huth	*Tendres silences.*
3560. Hervé Jaouen	*Merci de fermer la porte.*
3561. Charles Juliet	*Attente en automne.*
3562. Joseph Kessel	*Contes.*
3563. Jean-Claude Pirotte	*Mont Afrique.*
3564. Lao She	*Quatre générations sous un même toit III.*
3565 Dai Sijie	*Balzac et la petite tailleuse chinoise.*
3566 Philippe Sollers	*Passion fixe.*
3567 Balzac	*Ferragus, chef des Dévorants.*
3568 Marc Villard	*Un jour je serai latin lover.*
3569 Marc Villard	*J'aurais voulu être un type bien.*
3570 Alessandro Baricco	*Soie.*
3571 Alessandro Baricco	*City.*
3572 Ray Bradbury	*Train de nuit pour Babylone.*
3573 Jerome Charyn	*L'Homme de Montezuma.*
3574 Philippe Djian	*Vers chez les blancs.*
3575 Timothy Findley	*Le chasseur de têtes.*

3576 René Fregni — *Elle danse dans le noir.*
3577 François Nourissier — *À défaut de génie.*
3578 Boris Schreiber — *L'excavatrice.*
3579 Denis Tillinac — *Les masques de l'éphémère.*
3580 Frank Waters — *L'homme qui a tué le cerf.*
3581 Anonyme — *Sindbâd de la mer* et autres contes.
3582 François Gantheret — *Libido Omnibus.*
3583 Ernest Hemingway — *La vérité à la lumière de l'aube.*
3584 Régis Jauffret — *Fragments de la vie des gens.*
3585 Thierry Jonquet — *La vie de ma mère !*
3586 Molly Keane — *L'amour sans larmes.*
3587 Andreï Makine — *Requiem pour l'Est.*
3588 Richard Millet — *Lauve le pur.*
3589 Gina B. Nahai — *Roxane,* ou *Le saut de l'ange.*
3590 Pier Paolo Pasolini — *Les Anges distraits.*
3591 Pier Paolo Pasolini — *L'odeur de l'Inde.*
3592 Sempé — *Marcellin Caillou.*
3593 Bruno Tessarech — *Les grandes personnes.*
3594 Jacques Tournier — *Le dernier des Mozart.*
3595 Roger Wallet — *Portraits d'automne.*
3596 Collectif — *Le Nouveau Testament.*
3597 Raphaël Confiant — *L'archet du colonel.*
3598 Remo Forlani — *Émile à l'Hôtel.*
3599 Chris Offutt — *Le fleuve et l'enfant.*
3600 Marc Petit — *Le Troisième Faust.*
3601 Roland Topor — *Portrait en pied de Suzanne.*
3602 Roger Vailland — *La fête.*
3603 Roger Vailland — *La truite.*
3604 Julian Barnes — *England, England.*
3605 Rabah Belamri — *Regard blessé.*
3606 François Bizot — *Le portail.*
3607 Olivier Bleys — *Pastel.*
3608 Larry Brown — *Père et fils.*
3609 Albert Camus — *Réflexions sur la peine capitale.*
3610 Jean-Marie Colombani — *Les infortunes de la République.*
3611 Maurice G. Dantec — *Le théâtre des opérations.*
3612 Michael Frayn — *Tête baissée.*
3613 Adrian C. Louis — *Colères sioux.*
3614 Dominique Noguez — *Les Martagons.*
3615 Jérôme Tonnerre — *Le petit Voisin.*

3616 Victor Hugo	*L'Homme qui rit.*
3617 Frédéric Boyer	*Une fée.*
3618 Aragon	*Le collaborateur* et autres nouvelles.
3619 Tonino Benacquista	*La boîte noire* et autres nouvelles.
3620 Ruth Rendell	*L'Arbousier.*
3621 Truman Capote	*Cercueils sur mesure.*
3622 Francis Scott Fitzgerald	*La Sorcière rousse,* précédé de *La coupe de cristal taillé.*
3623 Jean Giono	*Arcadie... Arcadie...,* précédé de *La pierre.*
3624 Henry James	*Daisy Miller.*
3625 Franz Kafka	*Lettre au père.*
3626 Joseph Kessel	*Makhno et sa juive.*
3627 Lao She	*Histoire de ma vie.*
3628 Ian McEwan	*Psychopolis* et autres nouvelles.
3629 Yukio Mishima	*Dojoji* et autres nouvelles.
3630 Philip Roth	*L'habit ne fait pas le moine,* précédé de *Défenseur de la foi.*
3631 Leonardo Sciascia	*Mort de l'Inquisiteur.*
3632 Didier Daeninckx	*Leurre de vérité* et autres nouvelles.
3633. Muriel Barbery	*Une gourmandise.*
3634. Alessandro Baricco	*Novecento : pianiste.*
3635. Philippe Beaussant	*Le Roi-Soleil se lève aussi.*
3636. Bernard Comment	*Le colloque des bustes.*
3637. Régine Detambel	*Graveurs d'enfance.*
3638. Alain Finkielkraut	*Une voix vient de l'autre rive.*
3639. Patrice Lemire	*Pas de charentaises pour Eddy Cochran.*
3640. Harry Mulisch	*La découverte du ciel.*
3641. Boualem Sansal	*L'enfant fou de l'arbre creux.*
3642. J.B. Pontalis	*Fenêtres.*
3643. Abdourahman A. Waberi	*Balbala.*
3644. Alexandre Dumas	*Le Collier de la reine.*
3645. Victor Hugo	*Notre-Dame de Paris.*
3646. Hector Bianciotti	*Comme la trace de l'oiseau dans l'air.*
3647. Henri Bosco	*Un rameau de la nuit.*

3648. Tracy Chevalier — *La jeune fille à la perle.*
3649. Rich Cohen — *Yiddish Connection.*
3650. Yves Courrière — *Jacques Prévert.*
3651. Joël Egloff — *Les Ensoleillés.*
3652. René Frégni — *On ne s'endort jamais seul.*
3653. Jérôme Garcin — *Barbara, claire de nuit.*
3654. Jacques Lacarrière — *La légende d'Alexandre.*
3655. Susan Minot — *Crépuscule.*
3656. Erik Orsenna — *Portrait d'un homme heureux.*
3657. Manuel Rivas — *Le crayon du charpentier.*
3658. Diderot — *Les Deux Amis de Bourbonne.*
3659. Stendhal — *Lucien Leuwen.*
3660. Alessandro Baricco — *Constellations.*
3661. Pierre Charras — *Comédien.*
3662. François Nourissier — *Un petit bourgeois.*
3663. Gérard de Cortanze — *Hemingway à Cuba.*
3664. Gérard de Cortanze — *J. M. G. Le Clézio.*
3665. Laurence Cossé — *Le Mobilier national.*
3666. Olivier Frébourg — *Maupassant, le clandestin.*
3667. J.M.G. Le Clézio — *Cœur brûle* et autres romances.
3668. Jean Meckert — *Les coups.*
3669. Marie Nimier — *La Nouvelle Pornographie.*
3670. Isaac B. Singer — *Ombres sur l'Hudson.*
3671. Guy Goffette — *Elle, par bonheur, et toujours nue.*
3672. Victor Hugo — *Théâtre en liberté.*
3673. Pascale Lismonde — *Les arts à l'école. Le Plan de Jack Lang et Catherine Tasca.*
3674. Collectif — *«Il y aura une fois». Une anthologie du Surréalisme.*
3675. Antoine Audouard — *Adieu, mon unique.*
3676. Jeanne Benameur — *Les Demeurées.*
3677. Patrick Chamoiseau — *Écrire en pays dominé.*
3678. Erri de Luca — *Trois chevaux.*
3679. Timothy Findley — *Pilgrim.*
3680. Christian Garcin — *Le vol du pigeon voyageur.*
3681. William Golding — *Trilogie maritime, 1. Rites de passage.*
3682. William Golding — *Trilogie maritime, 2. Coup de semonce.*

3683. William Golding — *Trilogie maritime, 3. La cuirasse de feu.*
3684. Jean-Noël Pancrazi — *Renée Camps.*
3686. Jean-Jacques Schuhl — *Ingrid Caven.*
3687. *Positif,* revue de cinéma — *Alain Resnais.*
3688. Collectif — *L'amour du cinéma. 50 ans de la revue* Positif.
3689. Alexandre Dumas — *Pauline.*
3690. Le Tasse — *Jérusalem libérée.*
3691. Roberto Calasso — *la ruine de Kasch.*
3692. Karen Blixen — *L'éternelle histoire.*
3693. Julio Cortázar — *L'homme à l'affût.*
3694. Roald Dahl — *L'invité.*
3695. Jack Kerouac — *Le vagabond américain en voie de disparition.*
3696. Lao-tseu — *Tao-tö king.*
3697. Pierre Magnan — *L'arbre.*
3698. Marquis de Sade — *Ernestine. Nouvelle suédoise.*
3699. Michel Tournier — *Lieux dits.*
3700. Paul Verlaine — *Chansons pour elle* et autres poèmes érotiques.
3701. Collectif — *« Ma chère maman ».*
3702. Junichirô Tanizaki — *Journal d'un vieux fou.*
3703. Théophile Gautier — *Le Capitaine Fracasse.*
3704. Alfred Jarry — *Ubu roi.*
3705. Guy de Maupassant — *Mont-Oriol.*
3706. Voltaire — *Micromégas. L'Ingénu.*
3707. Émile Zola — *Nana.*
3708. Émile Zola — *Le Ventre de Paris.*
3709. Pierre Assouline — *Double vie.*
3710. Alessandro Baricco — *Océan mer.*
3711. Jonathan Coe — *Les Nains de la Mort.*
3712. Annie Ernaux — *Se perdre.*
3713. Marie Ferranti — *La fuite aux Agriates.*
3714. Norman Mailer — *Le Combat du siècle.*
3715. Michel Mohrt — *Tombeau de La Rouërie.*
3716. Pierre Pelot — *Avant la fin du ciel. Sous le vent du monde.*
3718. Zoé Valdès — *Le pied de mon père.*
3719. Jules Verne — *Le beau Danube jaune.*
3720. Pierre Moinot — *Le matin vient et aussi la nuit.*
3721. Emmanuel Moses — *Valse noire.*

Composition Bussière
et impression Bussière Camedan Imprimeries
à Saint-Amand (Cher), le 7 octobre 2002.
Dépôt légal : octobre 2002.
Numéro d'imprimeur : 24377-023614/1.
ISBN 2-07-042497-9./Imprimé en France.

12568